BESTSELLER

Douglas Preston y **Lincoln Child** son coautores de la exitosa serie de novelas protagonizadas por el agente especial del FBI Aloysius X. L. Pendergast y recientemente han iniciado una nueva serie protagonizada por Gideon Crew. Todos sus libros se han convertido en best sellers internacionales. Douglas Preston ha trabajado en el Museo de Historia Natural de Nueva York y en la Universidad de Princeton. También ha escrito numerosos artículos científicos para *The New Yorker*. Lincoln Child ha sido editor de varias antologías de cuentos de terror y analista de sistemas. Ambos autores, que también han escrito libros de gran éxito por separado, invitan a sus lectores a visitar su web:

www.prestonchild.com

PRESTON & CHILD

Fuego blanco

Traducción de
Pilar de la Peña Minguell

DEBOLS!LLO

Título original: *White Fire*
Primera edición en Debolsillo: septiembre, 2015

Printed in Spain – Impreso en España

ISBN: 978-84-9062-732-7 (vol. 361/19)
Depósito legal: B-15748-2015

Compuesto en Comptex & Ass., S. L.
Impreso en Novoprint
Sant Andreu de la Barca (Barcelona)

P 627327

Penguin
Random House
Grupo Editorial

Nuestro más profundo agradecimiento a Conan Doyle Estate Ltd. por permitirnos usar los personajes que el difunto sir Arthur Conan Doyle ideó para Sherlock Holmes.

Lincoln Child dedica este libro
a su hija, Veronica

Douglas Preston dedica este libro
a David Morrell

Agradecimientos

Nos gustaría agradecer el apoyo y la ayuda a: Mitch Hoffman, Eric Simonoff, Jamie Raab, Lindsey Rose, Claudia Rülke, Nadine Waddell, Jon Lellenberg, Saul Cohen y a los responsables del patrimonio de sir Arthur Conan Doyle.

Rendimos homenaje a la excelentísima labor de los Irregulares de Baker Street.

Y nos disculpamos de antemano por cualquier libertad que hayamos podido tomarnos con el bosque de Kielder, la *Antología de Queen*, Hampstead Heath y cualquier otro lugar o entidad mencionados en esta obra.

Prólogo:
Una historia verídica

30 de agosto de 1889

El joven doctor se despidió de su esposa en el andén de Southsea, embarcó en el expreso a Londres de las cuatro y cuarto y llegó tres horas más tarde a Victoria Station. Abriéndose paso entre el ruido y el bullicio, salió de la estación y paró una calesa.

—Al hotel Langham, por favor —le dijo al cochero mientras, ruborizado por la expectación, entraba en el vehículo.

Se recostó en el asiento de cuero desgastado mientras el coche enfilaba Grosvenor Place. Hacía una noche estupenda de finales de verano, inusual en Londres, y una luz mortecina inundaba las calles repletas de carruajes y los edificios oscurecidos por el hollín, hechizándolo todo con su resplandor dorado. A las siete y media, apenas empezaban a encenderse las farolas.

El doctor no tenía a menudo ocasión de subir a Londres, y miraba con interés por la ventanilla de la calesa. Cuando el cochero giró a la derecha hacia Piccadilly, divisó el palacio de St. James y la Royal Academy, bañados por el resplandor crepuscular. Las multitudes, el ruido y el hedor de la ciudad, tan ajenos a la campiña donde residía, lo llenaban de energía. Innumerables cascos de caballo resonaban en la calzada adoquinada y las aceras bullían de gente de toda condición social: funcionarios, abogados y aristócratas convivían con deshollinadores, vendedores ambulantes y distribuidores de comida para gatos.

Al llegar a Piccadilly Circus, el coche giró bruscamente a la izquierda hacia Regent Street y, tras pasar por Carnaby y Oxford Circus, se detuvo en la entrada de carruajes del Langham. Había sido el primer gran hotel erigido en Londres y seguía siendo, con diferencia, el más elegante. Mientras pagaba al cochero, el doctor alzó la vista para contemplar la ornamentada fachada de arenisca, con sus ventanas francesas y sus balcones de hierro forjado, sus elevados gabletes y sus balaustradas. Sentía cierto interés por la arquitectura, y supuso que la fachada era una mezcla de academicismo francés y neorrenacimiento del norte de Alemania.

Tan pronto como cruzó la fabulosa entrada, llegó música a sus oídos: la de un cuarteto de cuerda, oculto tras una cortina de lirios de invernadero, que interpretaba a Schubert. Se detuvo a contemplar el magnífico vestíbulo, atestado de hombres sentados en sillas de respaldo alto, leyendo ejemplares recién planchados del *Times* y bebiendo oporto o jerez. Flotaba en el aire el humo de cigarros caros, mezclado con aroma a flores y perfume de mujer.

En la puerta del comedor se encontró con un hombre pequeño, bastante corpulento, vestido con levita de velarte y pantalones de color pardo, que se aproximó con paso enérgico.

—Usted debe de ser Doyle —dijo estrechándole la mano.

Lucía una amplia sonrisa y un fuerte acento americano.

—Soy Joe Stoddart. Me alegro de que haya podido venir. Acompáñeme, el resto acaban de llegar.

El doctor siguió a Stoddart, que fue abriéndose camino entre mesas cubiertas por manteles, hasta llegar a un rincón al fondo de la sala. El restaurante era aún más opulento que el vestíbulo, con revestimiento de madera de roble aceitunado, friso de color crema y complejas molduras en el techo. Stoddart se detuvo junto a una suntuosa mesa a la que había sentados ya dos hombres.

—Señor William Gill, señor Oscar Wilde —irrumpió Stoddart—, permítanme que les presente al doctor A. Conan Doyle.

Gill, un famoso diputado irlandés a quien Doyle reconoció, se alzó y lo saludó inclinándose con afable gravedad. La pesada cadena de oro albertina de su reloj de bolsillo se meció por su amplio chaleco. Wilde, que estaba en mitad de un sorbo de vino, se limpió los labios con una servilleta adamascada mientras le indicaba a Conan Doyle con un gesto que se sentara en la silla vacía que había a su lado.

—El señor Wilde nos estaba entreteniendo con el relato de una fiesta a la que ha asistido esta tarde —señaló Stoddart mientras tomaban asiento.

—En casa de lady Featherstone —añadió Wilde—. Ha enviudado hace poco. A la pobre mujer, la pena le ha encanecido el pelo.

—Oscar —dijo Gill riendo—, es usted muy cruel. Hablar de ese modo de una dama.

Wilde hizo un gesto de desdén con la mano.

—Milady seguro que me lo agradecería. En este mundo solo hay una cosa peor que el hecho de que hablen de uno, y es que no lo hagan.

Hablaba deprisa y en tono bajo y educado.

Doyle examinó a Wilde con disimulo. Era un hombre imponente. De estatura casi gigantesca, llevaba el pelo más largo de lo que dictaban los cánones, con la raya en medio y peinado hacia atrás con sumo cuidado; sus facciones eran angulosas. La ropa que vestía resultaba de una excentricidad que rozaba la locura. Llevaba un traje de terciopelo negro muy ajustado a su gran cuerpo, con bordados florales en las mangas y abombado en los hombros. Alrededor del cuello lucía un encaje de tres hileras con el mismo brocado que adornaba las mangas. A ello se sumaba el atrevimiento de vestir calzones cortos, igualmente ajustados, con medias de seda negra y zapatillas con lazos de grogrén. Un botonier formado por una inmensa orquídea blanca colgaba de su chaleco de color pardo claro; pendía tanto que parecía que pudiera chorrear néctar en cualquier momento. Unos gruesos anillos de oro brillaban en los dedos de sus indolentes manos. Pese a la idiosincrasia de su vestimenta, la expresión de su rostro era afable y equilibraba el ardor de sus ojos pardos. Y, aun con todo esto, el hombre exhibía una sensibilidad y un tacto extraordinarios. Hablaba con una curiosa precisión, e ilustraba su discurso una peculiarísima colección de pequeños gestos.

—Es todo un detalle por su parte obsequiarnos así, Stoddart —dijo Wilde en ese momento—. En el Langham, nada menos. De lo contrario, habría tenido que ingeniármelas yo solo. No porque necesite que me inviten a cenar, por supuesto. Solo los que pagan sus facturas carecen de dinero, ¿saben?, y yo no pago las mías.

—Temo que descubrirá que mis intenciones son únicamente comerciales —replicó Stoddart—. Quizá sepa que he venido aquí a crear la edición británica de *Lippincott's Monthly*.

—¿Filadelfia ya no es lo bastante grande para usted? —inquirió Gill.

Stoddart rió, luego miró a Wilde y después a Doyle.

—Albergo la intención de asegurarme, antes de que concluya esta comida, una novela de cada uno de ustedes.

Al oír eso, Doyle experimentó una gran emoción. En su telegrama, Stoddart había sido impreciso sobre las razones por las que quería cenar con él en Londres, pero el hombre era un conocido editor americano y aquello era exactamente lo que Doyle había querido oír. La consulta había empezado con más lentitud de lo que le habría gustado. Para ocupar su tiempo, había estado preparando borradores de sus novelas mientras le llegaban los pacientes. Las últimas habían tenido cierto éxito. Stoddart era el hombre que necesitaba para incrementar su progreso. Doyle lo encontraba agradable, incluso encantador, para ser americano.

La cena estaba resultando una delicia.

Gill era un tipo entretenido, pero Oscar Wilde era, como poco, excepcional. A Doyle lo cautivaba el elegante movimiento de sus manos; esa lánguida expresión que tanto se animaba cuando relataba alguna de sus peculiares anécdotas o exponía sus divertidas agudezas. Para Doyle, era casi mágico que, gracias a la tecnología moderna, se hubiera transportado en apenas unas horas de un adormilado pueblecito costero a aquel lugar tan elegante, donde lo acompañaban un eminente editor, un diputado y el popular defensor del esteticismo.

Llegaron los platos en abundancia y con celeridad: tostas de gambas a la cazuela, galantina de pollo, callos rebozados, crema de bogavante. Al comienzo de la velada, les habían servido vino tinto y blanco, que no había cesado de fluir generosamente. Era asombrosa la cantidad de dinero que tenían los americanos; Stoddart se estaba gastando una fortuna.

El momento elegido para aquella reunión era de lo más acertado. Doyle acababa de empezar una nueva novela que a Stoddart sin duda le gustaría. Su penúltima obra, *Micah Clarke*, había recibido críticas favorables, si bien su novela más reciente, sobre un detective, inspirada en parte por su viejo profesor de universidad Joseph Bell, había tenido una acogida un tanto decepcionante tras aparecer en *Beeton's Christmas Annual*... Se esforzó por unirse de nuevo a la conversación que mantenían. Gill, el diputado irlandés, cuestionaba la veracidad de la máxima según la cual la fortuna de los amigos genera el descontento propio.

Cuando Wilde oyó esto, le brillaron los ojos.

—Al cruzar una vez el desierto —replicó—, el diablo llegó a un lugar donde una serie de demonios atormentaba a un ermitaño. El hombre se libraba fácilmente de sus perversas propuestas. El diablo, siendo testigo de su fracaso, se acercó a darles una lección. «Lo que hacéis es demasiado burdo —dijo—. Permitidme un momento.» Dicho esto, le susurró al hombre santo: «A tu hermano lo han hecho obispo de Alejandría». Los celos ensombrecieron de inmediato el rostro sereno del ermitaño. «Algo así —dijo el diablo a los demonios— es lo que yo aconsejaría.»

Stoddart y Gill rieron a carcajadas, y acto seguido iniciaron una discusión sobre política. Wilde se volvió hacia Doyle.

—Cuénteme —le dijo—. ¿Va a hacer un libro para Stoddart?

—Desde luego me lo estaba planteando. Lo cierto es que ya he empezado a trabajar en una nueva novela. Tenía pensado titularla *Una madeja enmarañada* o *El signo de los cuatro*.

Wilde juntó las manos encantado.

—Apreciado colega, esa es una excelente noticia. Confío sinceramente en que se trate de otra aventura de Holmes.

Doyle lo miró sorprendido.

—¿Insinúa que ha leído *Estudio en escarlata*?

—No lo he leído, querido. Lo he devorado. —Wilde se llevó la mano al chaleco y sacó un ejemplar de la edición de Ward Lock & Co., con el título en caracteres vagamente orientales, tan en boga—. Hasta he vuelto a echarle un vistazo cuando he sabido que cenaría esta noche con nosotros.

—Es usted muy amable —señaló Conan Doyle, a falta de una respuesta mejor.

Lo asombraba a la vez que lo satisfacía que el príncipe de la decadencia inglesa disfrutara de una modesta novela de detectives.

—Albergo el presentimiento de que tiene usted en Holmes la materia prima de un personaje excepcional. Pero... —Y aquí Wilde hizo una pausa.

—¿Sí? —inquirió Doyle.

—Lo que he hallado más extraordinario ha sido la credibilidad de la trama. Los detalles de la labor policial, las pesquisas de Holmes me han parecido esclarecedoras. Tengo mucho que aprender de usted en ese sentido. Entre la vida y yo, ¿sabe?, hay siempre una neblina de palabras. Yo arrojo por la ventana la probabilidad en favor de una frase y la posibilidad de un epigrama me lleva a abandonar la verdad. Usted no adolece de ese mal. Y no obstante... no obstante creo que podría hacer mucho más con ese Holmes suyo.

—Le agradecería que se explicara —repuso Doyle.

Wilde bebió un sorbo de vino.

—Si ha de ser un detective verdaderamente excepcional, una

persona extraordinaria, tendría que ser más excéntrico. El mundo no necesita otro sargento Cuff, ni otro inspector Dupin. No, haga que su humanidad aspire a la grandeza de su arte. —Hizo una breve pausa, pensativo, y acarició distraído la orquídea que le colgaba del ojal—. En *Estudio en escarlata* define a Watson como «extremadamente perezoso». A mi juicio, debería otorgar las virtudes de la disipación y la indolencia a su héroe, no a su chico de los recados. Y haga a Holmes más reservado. Que no «brille el deleite en sus facciones», ni «ría con sonoras carcajadas».

Doyle se sonrojó al identificar la desafortunada fraseología.

—Debe conferirle un vicio —prosiguió Wilde—. Los virtuosos son tan banales que, sencillamente, no los soporto. —Hizo otra pausa—. No solo un vicio, Doyle, una debilidad. Déjeme pensar... ¡Ah, sí! Ya recuerdo. —Abrió su ejemplar de *Estudio en escarlata*, pasó rápidamente las páginas, encontró un pasaje y comenzó a citar al doctor Watson: «Podría haber sospechado que era adicto a algún narcótico, de no ser porque la sobriedad y la higiene de toda su existencia hacían imposible semejante idea». —Volvió a guardarse el libro en el bolsillo del chaleco—. ¿Ve? Tenía la debilidad perfecta en las manos, pero la dejó escapar. ¡Rescátela! Haga caer a Holmes en las garras de alguna adicción. Al opio, por ejemplo. No, el opio es tremendamente corriente hoy en día; las clases bajas lo han hecho suyo. —De pronto chascó los dedos—. ¡Ya lo tengo! El clorhidrato de cocaína. Ese es un vicio novedoso y elegante que tal vez pueda servirle.

—Cocaína —repitió Doyle con aire algo indeciso.

Como médico, había prescrito alguna vez una solución al siete por ciento a pacientes que sufrían agotamiento o depresión, pero la idea de convertir a Holmes en adicto le parecía, en principio, completamente absurda. Aunque le había pedido su opinión a Wilde, en realidad lo incomodaban sus críticas. Al otro lado de la mesa, proseguía la disputa amistosa entre Stoddart y Gill.

El esteta dio otro sorbo a su vino y se echó el pelo hacia atrás.

—¿Y qué hay de usted? —inquirió Doyle—. ¿Hará un libro para Stoddart?

—En efecto. Y lo haré por influencia suya o, mejor dicho, de Holmes. ¿Sabe?, siempre he creído que no existen libros morales o inmorales. Los libros están bien escritos o mal escritos, eso es todo. Pero me atrae la idea de escribir un libro sobre el arte y la moral. Pretendo llamarlo *El retrato de Dorian Gray*. ¿Y sabe qué? Creo que será un relato espeluznante. No una historia de fantasmas, precisamente, sino una en la que el protagonista tenga un final terrible. Una de esas historias que uno desea leer de día, no a la luz de una lámpara.

—Un relato así no parece propio de su trayectoria.

Wilde miró a Doyle con aire en apariencia divertido.

—¿Eso cree? ¿Piensa usted que, porque soy capaz de sacrificarme en pos del esteticismo, no reconozco el horror cuando lo tengo delante? Permítame que le diga que el escalofrío de miedo es tan sensual como el de placer, si no más aún. —Subrayó sus palabras con otro giro de muñeca—. Además, una vez me contaron una historia tan espantosa, tan inquietante en sus pormenores y en el alcance de su maldad que verdaderamente creo que nada más podría ya volver a asustarme.

—Qué interesante —replicó Doyle algo ausente, rumiando aún la crítica sobre Holmes.

Wilde lo observó con detenimiento mientras una leve sonrisa se dibujaba en sus facciones prominentes y pálidas.

—¿Le apetece oírla? No es apta para cardíacos.

Tal y como lo planteaba Wilde, sonaba a desafío.

—Por supuesto.

—Me la contaron durante mi gira de conferencias por América, hace ya algunos años. De camino a San Francisco, me detuve en un pueblo minero, miserable pero pintoresco, conocido como Roaring Fork. Di la conferencia al fondo de la mina y las buenas gentes del pueblo la recibieron con aterrador entusiasmo. Tras la charla, se me acercó uno de los mineros, un anciano, la peor compañía para echar un trago, o tal vez la mejor. Me llevó a un lado y me dijo que le había gustado tanto mi historia que tenía que contarme una a mí.

Wilde hizo una pausa y se humedeció los labios gruesos y encarnados con un delicado sorbo de vino.

—Venga, acérquese un poco más, eso es, y le contaré exactamente lo que me contaron a mí.

Diez minutos más tarde, un comensal del restaurante del hotel Langham observó asombrado, entre el murmullo de quedas conversaciones y el tintineo de la cubertería, que un joven vestido de médico rural se alzaba bruscamente de la mesa, muy pálido. Derribando la silla por la agitación y con una mano en la frente, el hombre salió tambaleándose de la estancia, casi volcándole al camarero una bandeja de manjares. Y, mientras se desvanecía en dirección al aseo de caballeros, su rostro revelaba una expresión clara de repugnancia y horror.

1

En la actualidad

Corrie Swanson entró en el baño de chicas por tercera vez para comprobar qué aspecto tenía. Las cosas habían cambiado mucho desde que se había trasladado al John Jay College of Criminal Justice al comienzo de su segundo año de universidad. El John Jay era un lugar extremadamente convencional. Se había resistido a él durante un tiempo, pero al final comprendió que debía madurar y jugar al juego de la vida en vez de actuar siempre como una rebelde. Adiós al pelo púrpura, los piercings, la cazadora de cuero negro, la sombra de ojos oscura y otros complementos góticos. Con el tatuaje de la banda de Möbius que llevaba en la nuca no podía hacer nada, salvo tapárselo con el cabello y llevar cuellos altos. No obstante, sabía que algún día tendría que desaparecer.

Si iba a jugar, jugaría bien.

Por desgracia, su transformación personal había llegado demasiado tarde para su tutor, un ex miembro de la policía de Nueva York que había vuelto a la academia para convertirse en profesor. Tenía la sensación de que la había tachado de delincuente desde el principio, y nada de lo que había hecho en el último año había logrado cambiar eso. Era obvio que le tenía manía. Ya había rechazado su primera propuesta de tesis, que consistía en viajar a Chile para efectuar un análisis perimortem de los restos óseos hallados en una fosa común de campesinos comunistas asesinados por el régimen de Pinochet en la década de los setenta. Demasiado lejos, le dijo, demasiado caro para ser un proyecto de investigación; además, eso ya era agua pasada. Cuando Corrie le replicó que de eso se trataba precisamente, de tumbas antiguas que precisaban técnicas forenses especializadas, él le respondió algo así como que no se metiera en controversias de política exterior, sobre todo comunistas.

Más tarde se le ocurrió otra idea para su tesis, una incluso mejor, y estaba dispuesta a casi cualquier cosa por sacarla adelante.

Examinándose en el espejo, se recolocó unos mechones de pelo, se retocó el conservador lápiz de labios, se ajustó la chaqueta del traje de estambre gris y se empolvó rápidamente la nariz. Apenas se reconocía; Dios, casi podían tomarla por miembro de las juventudes del Partido Republicano. Mucho mejor.

Salió del baño y enfiló con paso enérgico el pasillo, haciendo resonar con profesionalidad sus zapatos clásicos de tacón en el duro linóleo. La puerta del despacho de su director de tesis estaba cerrada, como de costumbre, así que llamó con vigor y decisión. Una voz desde el interior dijo:

—Pase.

Entró. La estancia estaba, como siempre, impecable; los libros y las revistas se alineaban al borde de las estanterías, los muebles de cuero, masculinos y cómodos, le daban un aire acogedor. El profesor Greg Carbone estaba sentado tras su gran escritorio, una extensión de caoba barnizada desprovista de libros, papeles, fotografías familiares o cachivaches.

—Buenos días, Corrie —dijo Carbone poniéndose de pie y abotonándose el traje de sarga azul—. Por favor, siéntese.

—Gracias, profesor.

Sabía que le gustaba que lo llamaran así. Pobre del alumno que se dirigiera a él como «señor» o, peor aún, «Greg».

Volvió a sentarse cuando lo hizo ella. Carbone era un hombre extraordinariamente guapo de pelo entrecano, dientes perfectos, esbelto y en forma, que vestía bien, se expresaba con soltura, de voz suave, inteligente y triunfador. Todo lo que hacía lo hacía bien y, en consecuencia, era un capullo integral, claro.

—Bueno, Corrie —empezó—, tiene buen aspecto hoy.

—Gracias, doctor Carbone.

—Estoy impaciente por conocer su nueva propuesta.

—Gracias. —Corrie abrió su maletín (en el John Jay no se usaban mochilas) y sacó una subcarpeta de color vainilla, que depositó en su regazo—. Seguro que ha leído algo de la investigación arqueológica que se está llevando a cabo en City Hall Park, cerca del emplazamiento de la antigua prisión conocida como «las Tumbas».

—Hábleme de ella.

—La Concejalía de Parques y Jardines ha excavado un pequeño cementerio de delincuentes ejecutados para abrir una boca de metro.

—Ah, sí, lo he leído —dijo Carbone.

—El cementerio estuvo operativo entre 1858 y 1865. Después de 1865, todas las ejecuciones se enterraron en Hart Island y permanecen inaccesibles.

Carbone asintió apenas con la cabeza. Parecía interesado; ella se sintió alentada.

—Creo que esta podría ser una gran ocasión para efectuar un estudio osteológico de esos esqueletos, para ver si una malnutrición infantil severa, que, como sabe, deja marcas osteológicas, podría corresponderse con una posterior conducta criminal.

Carbone volvió a asentir.

—Aquí lo tengo todo detallado. —Dejó la propuesta en el escritorio—. Hipótesis, metodología, grupo de control, observaciones y análisis.

El profesor puso una mano en el documento, lo atrajo hacia sí, lo abrió y empezó a examinarlo detenidamente.

—Existe una serie de razones por las que esto constituye una gran oportunidad —prosiguió Corrie—. Primero, la ciudad dispone de registros detallados sobre la mayoría de estos delincuentes ejecutados: nombres, fichas policiales, informes judiciales... Los que eran huérfanos y se criaron en la inclusa de Five Points, una media docena, también tienen expedientes de infancia. A todos los ejecutaron del mismo modo, en la horca, así que la causa de la muerte es idéntica. Además, el cementerio se utilizó solo durante siete años, con lo que todos los restos proceden más o menos de la misma época.

Hizo una pausa. Carbone pasaba las páginas despacio, una a una, leyendo, al menos en apariencia. No había modo de saber lo que pensaba; su rostro permanecía inexpresivo.

—He hecho algunas indagaciones y, por lo visto, la Concejalía de Parques y Jardines no tendría inconveniente en permitir que una alumna del John Jay examinara los restos.

El lento pasar de las páginas se detuvo.

—¿Ya se ha puesto en contacto con ellos?

—Sí. Solo para tantear...

—Para tantear... ¿Ha vuelto a ponerse en contacto con un organismo municipal sin pedir permiso primero?

«Ajá.»

—Como es lógico, no quería presentarle un proyecto que una autoridad externa pudiera echarme abajo después. ¿He hecho mal?

Un largo silencio.

—¿No se ha leído la guía del estudiante?

La inundó el temor. Se había leído la guía, sí, cuando la habían aceptado en el centro, pero de eso hacía ya un año.

—Últimamente no.

—La guía es bastante clara. Los estudiantes no deben contactar con otros organismos municipales salvo a través de los canales oficiales. Somos una institución municipal, como bien sabe, un centro de enseñanza superior de la Universidad de Nueva York —dijo él sereno, casi amable.

—Yo... lo siento, no recordaba esa parte de la guía.

Tragó saliva y notó que crecía en ella el pánico y la rabia.

Menuda bobada. Sin embargo, se obligó a permanecer tranquila.

—No han sido más que un par de llamadas telefónicas, nada oficial.

Él volvió a asentir con la cabeza.

—Estoy convencido de que no ha violado deliberadamente la normativa universitaria. —Siguió pasando páginas, despacio, una tras otra, sin mirarlas—. De todas formas, le encuentro otros inconvenientes a su propuesta de tesis.

—¿Sí?

Corrie sintió náuseas.

—Esa idea de que la malnutrición conduce a una vida de delincuencia está pasada de moda y es poco convincente.

—Bueno, a mí me parece digna de análisis.

—En aquella época, casi todo el mundo estaba malnutrido, pero no todo el mundo se convertía en delincuente. Además, la idea tiene cierto tufo a... ¿cómo se lo diría yo...?, a la teoría de que todo delito se debe a una experiencia traumática vivida durante la infancia.

—Pero la malnutrición... la malnutrición severa puede ocasionar alteraciones neurológicas, daños reales. Eso no es ninguna teoría, es ciencia.

Carbone sostuvo en alto la propuesta.

—Ya veo cuál será la conclusión: descubrirá que esos delincuentes ejecutados estaban malnutridos de niños. La verdadera cuestión es por qué, de todos esos niños hambrientos, solo un pequeño porcentaje cometió delitos graves. Y su plan de investigación no recoge ese punto. Lo siento. No saldrá bien. En absoluto.

Luego alargó el brazo y dejó caer suavemente el documento al escritorio.

2

El famoso, para algunos infame, Museo Rojo del John Jay College of Criminal Justice había empezado como una simple colección de antiguos archivos de investigación, pruebas materiales, pertenencias de presos y curiosidades que, hacía casi cien años, se habían puesto en una vitrina en un pasillo de la antigua academia de policía. Desde entonces, se había convertido en una de las mejores y mayores colecciones de objetos pertenecientes a delincuentes de todo el país. La *crème de la crème* de la colección se exhibía en una nueva y elegante sala de exposiciones del edificio Skidmore, Owings & Merrill del centro, en la Décima Avenida. El resto de la muestra, inmensos archivos desgastados y pruebas en estado de descomposición de crímenes cometidos hacía años, seguía almacenado en el horrible sótano del antiguo edificio de la academia de policía de la calle Veinte Este.

Corrie había descubierto ese archivo en sus primeros días en el John Jay. Era oro puro, ahora que era amiga del archivero y había aprendido a moverse entre los cajones desorganizados y las estanterías sobrecargadas de objetos. Había estado en los archivos del Museo Rojo muchas veces, en busca de temas para trabajos y proyectos; la última vez, a la caza de material para su tesis. Había dedicado muchísimo tiempo a los viejos casos no resueltos, esos casos tan antiguos que todos los implicados, incluidos los posibles autores, habían muerto con toda seguridad.

Al día siguiente de la reunión con su director, Corrie Swanson se dirigió de nuevo al sótano en un ascensor chirriante, desesperada por hallar un tema nuevo antes de que pasase el plazo de presentación. Era ya mediados de noviembre, y confiaba en poder dedicar las vacaciones de Navidad a investigar y redactar la tesis. Contaba con una beca parcial, pero el agente Pendergast había estado cubriendo el resto de los gastos de su formación y estaba decidida a no aceptar de él ni un solo centavo más de lo necesario. Si su tesis ganaba el Premio Rosewell, dotado con veinte mil dólares, no tendría que hacerlo.

Las puertas del ascensor se abrieron a un olor que le resultaba familiar: una mezcla de polvo y papel en proceso de acidificación, junto con un hedor a orina de roedor. Cruzó el pasillo hasta un par de puertas metálicas abolladas, adornadas con un rótulo que rezaba ARCHIVOS DEL MUSEO ROJO, y pulsó el timbre. Por el anticuado interfono, se oyó un sonido ininteligible; ella dio su nombre y sonó un zumbido que abrió las puertas y le permitió entrar.

—¿Corrie Swanson? ¡Qué alegría volver a verla! —exclamó la voz áspera del archivero, William Bloom, mientras se levantaba de detrás de un gran escritorio bañado por un haz de luz a cuya espalda se ocultaban, en la oscuridad, los recovecos del almacén.

Presentaba un aspecto cadavérico, flaco como un palo, con el pelo cano y bastante largo, pero, en el fondo, era como un abuelito encantador. A Corrie no le importaba que sus ojos vagaran por diversas partes de su anatomía femenina cuando pensaba que ella no prestaba atención.

Bloom se le acercó y le extendió la mano venosa; ella se la estrechó. La mano estaba inesperadamente caliente, y Corrie dio un respingo.

—Venga, siéntese. Tómese un té.

Había unas sillas frente al escritorio, con una mesita de centro y, a un lado, un pequeño armario maltrecho que albergaba un hornillo eléctrico, un hervidor y una tetera; un saloncito informal entre el polvo y la oscuridad. Corrie se dejó caer en una silla y soltó de golpe el maletín.

—Puf...

Bloom arqueó las cejas a modo de pregunta silenciosa.

—Carbone. Me ha vuelto a rechazar la propuesta de tesis. Ahora tengo que empezar de cero otra vez.

—Carbone es un imbécil de cuidado —dijo Bloom con su voz aguda.

Aquello despertó el interés de Corrie.

—¿Lo conoce?

—Conozco a todos los que bajan aquí. ¡Carbone! Siempre quejándose de que se le manchan de polvo sus trajes de Ralph Lauren, y queriendo que le haga de recadero. Por eso nunca le encuentro nada, pobre... ¿Sabe por qué le rechaza las propuestas de tesis?

—Supongo que porque soy estudiante de segundo.

Bloom se llevó un dedo a la nariz para indicar que tenía buen olfato, e hizo un gesto de asentimiento con la cabeza.

—Exacto. Y Carbone es de la vieja escuela, quisquilloso con el protocolo.

Corrie había temido que fuera eso. El Premio Rosewell a la tesis más destacada del año era muy codiciado en el John Jay. Quienes lo ganaban eran a menudo licenciados de cierta edad con excelentes calificaciones, que habían emprendido trayectorias profesionales de gran éxito en las fuerzas del orden. Que ella supiera, jamás se lo habían dado a un estudiante de segundo; de hecho, se incitaba de manera sutil a los estudiantes jóvenes para que no presentaran la tesis. Pero no había ninguna norma que lo prohibiera, y Corrie se negaba a dejarse disuadir por semejante entramado burocrático.

Bloom alzó la tetera con una sonrisa que dejaba ver sus dientes amarillentos.

—¿Té?

Corrie miró la repugnante tetera, que no parecía haber sido lavada en una decena de años.

—¿Eso es una tetera? Pensaba que era un arma asesina. Ya sabe, cargada de arsénico y lista para disparar.

—Siempre tan aguda. Aunque seguramente sabe que la mayoría de los envenenadores son mujeres. Si yo fuera un asesino, querría ver la sangre de mis víctimas. —Sirvió el té—. Así que Carbone ha rechazado su propuesta. Qué sorpresa. ¿Cuál es el plan B?

—Ese era el plan B. Confiaba en que usted pudiera proporcionarme algunas ideas frescas.

Bloom se recostó en el asiento y sorbió ruidosamente de su taza.

—Veamos. Si no recuerdo mal, se especializa en osteología forense, ¿no es así? ¿Qué es exactamente lo que busca?

—Necesito examinar algunos esqueletos humanos que revelen daños antemortem y perimortem. ¿Hay algún archivo de documentación que pudiera apuntar a algo así?

—Mmm. —Frunció su maltrecho rostro, concentrado.

—El problema es que resulta difícil dar con restos humanos accesibles. Salvo que me remonte a la prehistoria. Pero eso desataría otra polémica, la de la susceptibilidad de los nativos americanos. Además, quiero restos de los que haya buenos informes escritos. Restos históricos.

Pensativo, Bloom dio un buen trago a su té.

—Huesos. Daños ante o perimortem. Históricos. Buenos informes. Accesible.

Cerró los ojos, los párpados tan oscuros y venosos como si le hubieran dado un par de puñetazos. Corrie esperó, escuchando el crepitar de los archivos, el leve sonido del aire atrapado en ellos y un golpeteo que, sospechaba, se debía a las ratas.

Los ojos de Bloom volvieron a abrirse.

—Se me acaba de ocurrir algo. ¿Ha oído hablar alguna vez de los Irregulares de Baker Street?

—No.

—Es un club muy exclusivo de devotos de Sherlock Holmes. Organizan una cena anual en Nueva York y publican toda clase de literatura holmesiana, siempre dando por sentado que Holmes era una persona real. Bueno, pues uno de esos tipos murió hace unos años y su viuda, que no sabía qué hacer, nos envió su colección completa de material sherlockiano. Quizá ignoraba que Holmes era un detective de ficción y que aquí solo trabajamos con personas de carne y hueso. En cualquier caso, le he ido echando un vistazo de cuando en cuando. Casi todo es basura. Pero encontré una copia del diario de Doyle, no el real, por desgracia, y su lectura se reveló entretenida para un anciano atrapado por un trabajo ingrato en un archivo polvoriento.

—¿Y qué descubrió exactamente?

—Encontré algo sobre un oso devorador de hombres.

Corrie frunció el ceño.

—¿Un oso devorador de hombres? No sé...

—Venga conmigo.

Bloom se acercó a los interruptores y, bajándolos todos a la vez con la palma de la mano, transformó el archivo en un océano titilante de luz fluorescente. A Corrie le pareció oír a las ratas escabullirse entre chillidos cuando los tubos fueron encendiéndose a lo largo del pasillo.

Siguió al archivero, que se abría camino entre las largas filas de estanterías polvorientas y armarios de madera con etiquetas manuscritas y amarillentas, hasta llegar al fin a una zona donde las cajas de cartón abarrotaban unas mesas de biblioteca. Allí había tres cajas grandes juntas, etiquetadas como IBS. Bloom se acercó a una de ellas, hurgó, sacó una carpeta de acordeón, le quitó el polvo de un soplido y empezó a buscar entre los papeles.

—Aquí está —dijo mostrando unas hojas viejas—. El diario de Doyle. Con propiedad, claro, debería hablarse de Conan Doyle, pero es demasiado largo, ¿verdad?

A la escasa luz, pasó las páginas, luego empezó a leer en alto:

... Estaba en Londres por un asunto literario. Stoddard, el americano, resultó ser un tipo extraordinario, y había invitado a otras dos personas a cenar. Eran Gill, un diputado irlandés muy divertido, y Oscar Wilde...

Hizo una pausa. Su voz se tornó un murmullo mientras pasaba por alto una parte, después volvió a alzarse al llegar al pasaje que juzgaba importante.

... Lo más destacado de la velada, por llamarlo de algún modo, fue el relato de Wilde sobre su gira de conferencias por América. Aunque cueste creerlo, el afamado defensor del esteticismo despertaba un enorme interés en América, sobre todo en el oeste, donde, en una ocasión, un grupo de burdos mineros se levantó para ovacionarlo...

Corrie empezó a ponerse nerviosa. No disponía de mucho tiempo. Carraspeó.

—No estoy segura de que Oscar Wilde y Sherlock Holmes sean lo que busco —dijo educadamente.

Pero Bloom siguió leyendo, alzó un dedo para requerir toda su atención y atropelló las objeciones de ella con su voz aflautada.

... Hacia el final de la velada, Wilde, que había ingerido una gran cantidad del excelente clarete de Stoddart, me contó, en voz baja, una historia de tan singular horror, de tan grotesca repugnancia, que tuve que excusarme de la mesa. La historia relataba el asesinato y la posterior deglución de once mineros hacía unos años, supuestamente por un monstruoso oso grizzly en un pueblo minero llamado Roaring Fork. Los detalles son tan espantosos que no me veo capaz de plasmarlos en papel en estos momentos, si bien la impresión que me causaron es indeleble y, por desgracia, me seguirá hasta la tumba.

Hizo otra pausa y tomó aliento.

—Ahí lo tiene. Once cadáveres devorados por un oso grizzly. En Roaring Fork, nada menos.

—¿Roaring Fork? ¿Se refiere a la ostentosa estación de esquí de Colorado?

—A esa misma. Nació con el auge de las minas de plata.

—¿Cuándo fue eso?

—Wilde estuvo allí en 1881, así que lo del oso devorador de hombres probablemente tuvo lugar en la década de 1870.

Ella movió la cabeza.

—¿Y cómo se supone que voy a convertir eso en una tesis?

—¿Casi una docena de esqueletos de hombres devorados por un oso? Seguro que revelarán abundantes daños perimortem: marcas de colmillos y zarpazos, mordimientos, aplastamientos, dentelladas, rasgaduras, desgarros.

Bloom dijo aquellas palabras como saboreándolas.

—Estudio criminología forense, no «osología» forense.

—Sí, pero también sabrá que muchos, si no la mayoría, de los restos óseos de las víctimas de homicidio revelan daños que se emparentan con los producidos por animales. Debería ver la de archivos que tenemos de eso. Puede resultar muy difícil distinguir una marca animal de las dejadas por un asesino. Que yo recuerde, nadie ha hecho un estudio exhaustivo de daños óseos perimortem de ese tipo. Sería una aportación de lo más original a la ciencia forense.

«Muy cierto —se dijo Corrie, sorprendida por la perspicacia de Bloom—. Además, pensándolo bien, es un tema fabuloso y originalísimo para una tesis.»

Bloom prosiguió.

—Estoy casi seguro de que al menos a algunos de los pobres mineros los enterraron en el cementerio histórico de Roaring Fork.

—¿Ve? Ese es el problema. No puedo andar hurgando en un cementerio histórico en busca de las víctimas de un oso.

Bloom volvió a mostrar sus dientes amarillos.

—Mi querida Corrie, ¡la única razón por la que he sacado este tema es el fascinante artículo que ha publicado el *Times* esta misma mañana! ¿No lo ha visto?

—No.

—El camposanto de Roaring Fork se ha convertido en una pila de ataúdes amontonados en un almacén de material de esquí. Van a reubicar el cementerio por razones urbanísticas. —La miró y le guiñó un ojo, sonriendo aún más.

3

En la Costa Azul, al sur de Francia, en una terraza de piedra anclada en un risco en la parte más alta de Cap Ferrat, rodeado de buganvilla, descansaba bajo el sol de la tarde un hombre con traje de chaqueta negro. Hacía calor para esa época del año, y la luz doraba los limoneros que abarrotaban la terraza y descendía por la empinada colina hacia el Mediterráneo, hasta iluminar una franja de arena blanca de una desértica playa. Más allá se veía un amarradero de yates, y la punta rocosa del cabo coronada por un antiguo castillo tras el cual se extendía el horizonte azul.

El hombre se hallaba tendido en una tumbona forrada de seda adamascada, junto a una mesita en la que había una bandeja. Sus ojos grises estaban entornados. En la bandeja había cuatro objetos: un ejemplar de *La reina hada* de Spenser, una copa de pastis, una jarra de agua y una carta sin abrir. La bandeja la había traído hacía dos horas un criado, que ahora esperaba nuevas órdenes a la sombra del pórtico. El hombre que había alquilado la villa rara vez recibía correo. Las pocas cartas que le llegaban procedían de una tal Constance Greene, de Nueva York, o de lo que parecía un exclusivo internado en Suiza.

A medida que transcurría el tiempo, el criado comenzó a preguntarse si aquel caballero enfermizo que lo había contratado por una suma desorbitada habría sufrido un infarto, a juzgar por lo inmóvil que había estado durante las últimas horas. Pero no. Una mano lánguida se movió entonces y cogió la jarra de agua. Vertió una pequeña cantidad en la copa de pastis, transformando el líquido amarillo en verde amarillento. Luego alzó la copa y dio un sorbo largo y lento para volver a dejarla donde estaba.

Retornó la quietud, y las sombras vespertinas se alargaron. Pasó más tiempo. La mano volvió a moverse, como a cámara lenta, y acercó de nuevo la copa de cristal tallado hasta los pálidos labios, que dieron otro sorbo largo y lento al licor. Luego cogió el libro de poesía. Más silencio mientras el hombre aparentemente leía, pasando las páginas a intervalos prolongados, una tras otra. La última luz de la tarde iluminaba con su esplendor la fachada de la villa. Los sonidos de la vida que bullía abajo escapaban hacia arriba: un estrépito de voces lejanas que se elevaban en una discusión, el rumor de un yate que surcaba la bahía, los pájaros parloteando entre los árboles, la suave melodía de un piano interpretando a Hanon.

Entonces el hombre del traje negro cerró el libro de poesía, lo depositó en la bandeja y fijó su atención en la carta. Moviéndose aún como si estuviera bajo el agua, la cogió y, con una uña larga y bien cuidada, rasgó el sobre. De inmediato desplegó la carta y comenzó a leer:

27 de noviembre

Estimado Aloysius:

Le envío esta carta a través de Proctor con la esperanza de que se la haga llegar. Sé que aún está viajando y probablemente no quiera que lo molesten, pero hace casi un año que se fue y me imagino que quizá ya esté pensando en volver a casa. ¿No está ansioso por poner fin a su excedencia en el FBI y empezar a resolver asesinatos otra vez? En cualquier caso, tenía que hablarle de mi tesis. No se lo va a creer, pero ¡me voy a Roaring Fork, Colorado!

Tengo una idea estupenda. Procuraré ser breve, porque sé lo impaciente que es, pero, para explicárselo, debo hacer un poco de historia. En 1873 hallaron plata en las montañas de la divisoria continental, a la altura de Leadville, Colorado. En el valle, se levantó una población minera a la que se llamó Roaring Fork, por el río que la cruzaba, y las montañas circundantes se llenaron de concesiones. En mayo de 1876, un oso grizzly solitario mató y devoró a un minero en una de las concesiones más apartadas, y durante el resto del verano tuvo aterrorizada a toda la zona. Desde la ciudad enviaron unas partidas de caza para que dieran con él y lo mataran, en vano, porque las montañas eran muy escarpadas y estaban muy aisladas. Para cuando cesó el pánico, el oso ya había atacado y devorado a once mineros. Fue un suceso muy sonado en la época, con mucha difusión en la prensa local (así es como me he enterado de estos detalles), informes del sheriff y demás. Pero Roaring Fork era una población pequeña y, en cuanto cesaron las muertes, el suceso cayó en el olvido.

Se enterró a los mineros en el cementerio de Roaring Fork y su triste destino se perdió casi por completo. Las minas cerraron y la población de Roaring Fork disminuyó hasta convertirse prácticamente en una ciudad fantasma. Luego, en 1946, se apoderaron de la zona unos inversores y la convirtieron en estación de esquí, y ahora, claro, es una de las más famosas del mundo. ¡Una casa allí cuesta más de cuatro millones!

Así que esa es la historia. Este otoño, las tumbas del cementerio de Roaring Fork han sido desenterradas para impulsar la urbanización del terreno. Todos los restos se encuentran ahora apilados en un antiguo refugio de materiales en lo alto de las pistas de esquí mientras se decide qué hacer con ellos. Ciento treinta ataúdes, de los cuales ocho son los restos de los mineros asesinados por el grizzly. Los otros tres se perdieron o no se recuperaron jamás.

Eso me lleva al tema de mi tesis: «Análisis exhaustivo de traumas perimortem en los esqueletos de ocho mineros asesinados por un oso grizzly y recuperados de un cementerio histórico de Colorado».

Nunca se ha realizado un estudio a gran escala de lesiones perimortem infligidas en huesos humanos por un carnívoro de grandes dimensiones. ¡Jamás! No es corriente que un animal devore a una persona. ¡Mi estudio será pionero!

Mi director de tesis, el profesor Greg Carbone, rechazó mis

dos propuestas anteriores, y me alegro de que ese cabrón lo hiciera, con perdón de la palabra. Me habría rechazado esta también, por razones que no voy a mencionar ahora para no aburrirlo, pero decidí seguir su ejemplo. He echado mano del archivo del personal. Sabía que Carbone era demasiado perfecto para ser real. Hace algunos años, se cepillaba a una de sus alumnas y después fue tan torpe como para suspenderle la asignatura cuando ella cortó. Así que la chica protestó no por el sexo, sino por la nota. No habían infringido ninguna ley (ella tenía veinte años), pero esa escoria le puso un suspenso cuando merecía un sobresaliente. Se silenció el asunto, y tuvo su sobresaliente y le reembolsaron la matrícula del curso entero; una forma de compensarla sin que se supiese, sin duda.

Hoy en día se puede encontrar a cualquier persona, así que la localicé y la llamé. Su nombre es Molly Denton y es policía de Worcester, Massachusetts, teniente condecorada del departamento de Homicidios, nada menos. Me lo contó todo de mi director; ¡vaya si me lo contó! De modo que fui a la reunión con Carbone armada con un par de bombas nucleares, por si acaso.

Ojalá usted hubiera estado allí. Fue hermoso. Antes de empezar a hablar siquiera de mi nueva propuesta de tesis, mencioné con mucha educación y delicadeza que teníamos una amistad en común: Molly Denton. Luego le dediqué una amplia sonrisa de suficiencia, para asegurarme de que captaba el mensaje. Se puso pálido. Cambió enseguida de tema y retomó el de mi tesis, quería saber más, escuchó atentamente y reconoció de inmediato que era la propuesta más maravillosa que había oído en años, y me prometió que él mismo se encargaría de defenderla ante los miembros del tribunal. Luego, y esto es lo mejor, me sugirió que me marchara «cuanto antes» a Roaring Fork. Lo tenía completamente a mi merced.

Las vacaciones de Navidad acaban de empezar. ¡Así que me voy a Roaring Fork dentro de dos días! Deséeme suerte. Y, si le apetece, contésteme y envíeme la carta a través de su inseparable Proctor, que tendrá mi dirección en cuanto yo la sepa.

Con cariño,

CORRIE

P. D.: Casi olvidaba contarle una de las cosas más interesantes de mi nueva tesis. No se lo va a creer, pero me enteré de los asesinatos del oso grizzly ¡por el diario de Conan Doyle! A Doyle se lo contó nada menos que Oscar Wilde en una cena en Londres, en 1889. Por lo visto, a Wilde le encantaba recopilar relatos terribles y había oído este en una gira de conferencias por el oeste americano.

El criado, de pie en la sombra, vio que su peculiar señor terminaba de leer la carta. Sus dedos largos y blancos parecieron descolgarse lánguidamente y la carta resbaló hasta la mesa, como si la desechara. Mientras la mano se deslizaba para coger la copa de pastis, la brisa vespertina levantó los papeles y los arrastró por encima de la barandilla de la terraza, más allá de las copas de los limoneros; luego planearon hacia el cielo, revoloteando y girando sin rumbo hasta desaparecer de la vista, invisibles, imperceptibles y completamente ignorados por el hombre pálido del traje negro sentado a solas en una terraza a varios metros de altura sobre el nivel del mar.

4

La Policía de Roaring Fork se hallaba ubicada en un típico edificio victoriano de ladrillo rojo del viejo Oeste, tremendamente pintoresco, que se alzaba sobre una pradera, con espléndidos picos nevados de fondo. Delante había una estatua de tres metros y medio de la diosa de la Justicia cubierta de nieve y, curiosamente, sin la característica venda en los ojos.

Corrie Swanson se había cargado de libros sobre Roaring Fork y lo había leído todo de aquel palacio de justicia, célebre por el número de acusados que habían cruzado sus puertas, desde Hunter S. Thompson hasta el asesino en serie Ted Bundy. Roaring Fork era todo un centro turístico, lo sabía. El precio medio de la vivienda era el más elevado de todo el país. Eso le trajo inconvenientes, porque se vio obligada a instalarse en un pueblo llamado Basalt, a unos treinta kilómetros de serpenteante carretera por la carretera 82, en el penoso motel Cloud Nine, con paredes de pladur y una cama que picaba, por el desorbitado precio de ciento nueve dólares la noche. Era el primer día de diciembre y la temporada de esquí estaba en pleno apogeo. Con el dinero de sus trabajillos en el John Jay y lo que le había quedado del fajo de billetes que el agente Pendergast le había obligado a aceptar hacía un año, cuando la había mandado a casa de su padre en una mala época, había ahorrado casi cuatro mil dólares. Sin embargo, a ciento nueve dólares la noche, más las comidas y los grotescos treinta y nueve que pagaba al día por el alquiler de un coche de segunda mano, se iba a quedar sin nada enseguida.

En resumen, no tenía tiempo que perder.

El problema era que, en su afán por conseguir que le aprobaran la tesis, había contado una pequeña mentira. Bueno, a lo mejor no era tan pequeña. Les había dicho a Carbone y al tribunal que tenía permiso para examinar los restos, carta blanca. Lo cierto era que los correos que había enviado al jefe de policía de Roaring Fork, a quien juzgaba capacitado para permitirle el acceso, no habían recibido respuesta, y nadie le había devuelto las llamadas telefónicas. No es que hubieran sido groseros con ella, simplemente la habían ignorado con delicadeza.

Tras dirigirse en persona a la comisaría el día anterior, se las había arreglado para conseguir por fin una cita con el jefe Stanley Morris. En ese momento entró en el edificio y se aproximó al mostrador de recepción. Para su sorpresa, no lo llevaba un policía corpulento, sino una chica que parecía aún más joven que ella. Era bastante guapa, de tez nacarada, ojos oscuros y pelo rubio hasta los hombros.

Corrie se acercó a ella y la chica sonrió.

—¿Eres... policía? —preguntó Corrie.

La chica sonrió y negó con la cabeza.

—Aún no.

—Entonces ¿eres la recepcionista?

La joven volvió a negar.

—Hago prácticas en la comisaría durante las vacaciones. Hoy me ha tocado encargarme de recepción. —Hizo una pausa—. Me gustaría entrar en los cuerpos de seguridad algún día.

—Pues ya somos dos. Yo estudio en el John Jay.

La otra la miró con los ojos como platos.

—¿En serio?

Corrie le tendió la mano.

—Corrie Swanson.

—Jenny Baker —dijo la joven estrechándosela.

—Tengo una cita con el jefe Morris.

—Ah, sí. —Jenny consultó el libro de citas—. Te está esperando. Pasa directamente.

—Gracias.

Aquel era un buen comienzo. Corrie intentó controlar los nervios y no pensar en lo que pasaría si el jefe de policía le negaba el acceso a los restos. Como poco, su tesis dependía de ello. Además, había gastado una fortuna en llegar hasta allí, con billetes de avión no reembolsables y todo.

La puerta del despacho del jefe de policía estaba abierta y, cuando entró, el hombre se levantó de detrás de su escritorio, lo rodeó y le tendió la mano. La sobresaltó su aspecto: un tipo bajito y rechoncho de apariencia jovial y rostro sonriente, coronilla calva y uniforme arrugado. Su despacho presentaba un aire informal, con un conjunto de muebles de cuero viejos y cómodos y un agradable revoltijo de papeles, libros y fotos familiares en el escritorio.

El jefe la condujo a una pequeña zona de descanso en un rincón, y una anciana secretaria les llevó una bandeja con café en vasos de cartón, azúcar y crema de leche. Corrie, que había llegado hacía un par de días y aún sufría algo de desfase horario, se sirvió, procurando no echar en su vaso las cuatro cucharaditas de azúcar habituales y viendo al jefe ponerse nada menos que cinco.

—Bueno —dijo Morris recostándose—, parece que tiene entre manos un proyecto interesantísimo.

—Gracias —respondió Corrie—. Y gracias por recibirme habiendo avisado con tan poca antelación.

—Siempre me ha fascinado el pasado de Roaring Fork. Las matanzas del oso grizzly son parte de la tradición local, al menos para los que conocen nuestra historia, que cada vez son menos.

—Este proyecto de investigación presenta una oportunidad casi perfecta —señaló Corrie lanzándose a los puntos clave de su exposición cuidadosamente memorizados—. Constituye una auténtica ocasión de avanzar en la ciencia de la criminología forense.

Se entusiasmó mientras el jefe Morris la escuchaba con atención, la barbilla apoyada con aire pensativo en una de sus manos. Corrie abordó todos los puntos principales: por qué su proyecto obtendría sin duda la atención de la prensa nacional y daría una buena imagen de la Policía de Roaring Fork; cuánto apreciarían la cooperación del jefe de la policía local en el John Jay, el mejor centro universitario nacional para la formación de efectivos de los cuerpos de seguridad; de qué modo ella, por supuesto, trabajaría codo con codo con él y respetaría cualquier norma que se le impusiera. Luego hizo un breve repaso de su propia historia: lo mucho que había ansiado ser policía toda su vida; cómo había conseguido una beca para el John Jay; cuánto había trabajado, y concluyó diciendo con entusiasmo cuánto admiraba el puesto de trabajo que él ocupaba, lo ideal que era tener la oportunidad de trabajar en una comunidad tan hermosa e interesante. Le dio toda la coba de que fue capaz y pudo ver, satisfecha, que él respondía con un gesto de la cabeza, sonrisas y diversos murmullos de aprobación.

Cuando hubo terminado, soltó una carcajada lo más natural que pudo y dijo que había hablado demasiado y que le encantaría conocer su opinión.

Al oír esto, el jefe Morris dio otro sorbo a su café, se aclaró la garganta, la elogió por su trabajo y su iniciativa, le dijo lo mucho que apreciaba su visita y, una vez más, lo interesante que sonaba su proyecto. Sí, desde luego. Tendría que pensárselo, por supuesto, y consultarlo con el forense, y con la sociedad histórica, y con otros especialistas, averiguar su opinión, y probablemente también tendría que poner al corriente al fiscal del condado... Después apuró el café y apoyó las manos en los brazos de la silla, como si fuera a levantarse y poner fin a la reunión.

«Qué desastre.» Corrie inspiró hondo.

—¿Puedo ser totalmente franca con usted?

—Naturalmente. —Se recostó de nuevo en la silla.

—Me ha llevado una eternidad reunir el dinero necesario para este proyecto. Me busqué dos empleos, además de mi trabajo académico. Roaring Fork es uno de los sitios más caros del país, y solo estar aquí me está costando una fortuna. Me arruinaré esperando el permiso.

Hizo una pausa y tomó aliento.

—La verdad, jefe Morris, si consulta a toda esa gente, esto tardará mucho. Semanas, quizá. Cada uno tendrá una opinión. Y, tome la decisión que tome, siempre habrá alguien a quien le parezca que se le ha ignorado. Podría resultar un asunto polémico.

—Polémico —repitió Morris, alarmado y disgustado.

—¿Me permite que le haga una propuesta?

El jefe de policía se mostró algo sorprendido, pero no del todo molesto.

—Por supuesto.

—A mi modo de ver, usted dispone de plena autoridad para concederme el permiso. Así que... —Hizo una pausa y después decidió soltárselo sin ambages—: Le agradecería enormemente que tuviera la amabilidad de darme la autorización ahora para que pueda empezar mi investigación cuanto antes. Solo necesito un par de días con los restos, más la posibilidad de llevarme unos pocos huesos para analizarlos detenidamente. Nada más. Cuanto antes lo haga, mejor para todos. Los huesos están ahí esperando. Podría hacer mi trabajo sin que nadie se percatase. No dé lugar a que alguien pueda oponerse. Por favor, jefe Morris... ¡Es importantísimo para mí!

Terminó con una nota más desesperada de lo que pretendía, pero vio que, una vez más, había logrado impresionarlo.

—Bueno, bueno —dijo el jefe carraspeando y balbuciendo aún más—. Entiendo sus razones. Mmm. No queremos polémicas.

Se asomó por el borde de la silla en dirección a la puerta.

—¿Shirley? ¡Más café!

La secretaria volvió a entrar con otros dos vasos de cartón. Morris se echó de nuevo una montaña de azúcar en su vaso, tonteó con la cucharilla, la crema, removió el café de forma interminable sin dejar de fruncir el ceño. Por fin, soltó la cucharilla de plástico y le dio un buen sorbo al café.

—Estoy muy a favor de su propuesta —señaló—. Mucho. Le diré algo: solo es mediodía; si quiere la acerco y le enseño los ataúdes. Como es lógico, no podrá manipular los restos, pero sí hacerse una idea de lo que hay allí. Y mañana por la mañana le daré una respuesta. ¿Qué le parece?

—¡Eso sería estupendo! ¡Gracias!

El jefe Morris sonrió satisfecho.

—Entre usted y yo, creo que puede estar casi segura de que la respuesta será afirmativa.

Cuando se levantaron, Corrie tuvo que contenerse para no abrazarlo.

5

Corrie se instaló en el asiento del copiloto del coche patrulla, al lado del jefe, que, por lo visto, prescindía del chófer porque prefería conducir él mismo. En lugar del habitual Crown Vic, el vehículo era un jeep Cherokee, pintado en los dos colores tradicionales de los coches de policía y con el símbolo de la ciudad de Roaring Fork, una hoja de álamo, a cada lado, circundada por la estrella de seis puntas del sheriff.

Cayó en la cuenta de la inmensa suerte que había tenido. El jefe parecía un hombre decente y bien intencionado y, aunque por lo visto carecía de fuerza de voluntad, era razonable e inteligente.

—¿Ha estado en Roaring Fork antes? —preguntó Morris mientras metía la llave de contacto y el coche arrancaba con un rugido.

—Nunca. Ni siquiera esquío.

—¡Santo cielo! Tiene que aprender. Aquí estamos en temporada alta, con las Navidades a la vuelta de la esquina y todo eso, así que va a conocer la ciudad en su mejor momento.

El jeep enfiló East Main Street y el jefe empezó a señalarle algunos de los monumentos históricos de la ciudad: el ayuntamiento, el histórico hotel Sebastian, varias mansiones victorianas famosas... Todo estaba decorado con luces navideñas y guirnaldas de abeto, y la nieve cubría los tejados, helaba las ventanas y colgaba de las ramas de los árboles. Parecía sacado de una litografía de Currier & Ives. Atravesaron la zona comercial, cuyas calles reunían más boutiques de lujo que la famosa milla de oro de la Quinta Avenida. Era asombroso: las vías rebosantes de compradores forrados de pieles y diamantes, o con elegantes trajes de esquí, cargados de bolsas de compras. El tráfico avanzaba a paso glacial, y de pronto se vieron bajando la calle atrapados entre Hummer, Mercedes Geländewagen, Range Rover, Porsche Cayenne... y motonieves.

—Siento el atasco —se disculpó el jefe.

—¿Bromea? Esto es impresionante —replicó Corrie, casi saliéndose por la ventanilla mientras admiraba el desfile de tiendas que iban dejando atrás: Ralph Lauren, Tiffany, Dior, Louis Vuitton, Prada, Gucci, Rolex, Fendi, Bulgari, Burberry, Brioni... con los escaparates repletos de artículos caros. Parecían interminables.

—La cantidad de dinero que hay en esta ciudad es algo fuera de lo común —dijo él—. Y, la verdad, para los cuerpos de seguridad puede ser un problema. Muchas de estas personas piensan que las normas no se les aplican. Sin embargo, en la Policía de Roaring Fork tratamos igual a todo el mundo. A todo el mundo.

—Buena política.

—La única válida en una ciudad así —respondió con cierta pomposidad—, donde todos son celebridades, multimillonarios o ambas cosas.

—Debe de ser un imán para los ladrones —señaló Corrie sin dejar de mirar las tiendas carísimas.

—Ah, no. La tasa de delincuencia aquí es casi nula. Estamos tan aislados... Únicamente hay una carretera, la 82, que a veces es una carrera de obstáculos en invierno y suele estar cortada por la nieve; y nuestro aeropuerto solo lo usan aviones privados. Luego está lo que cuesta alojarse aquí, completamente fuera del alcance de cualquier vulgar ladrón. ¡Somos demasiado caros para los rateros! —Rió a carcajadas.

«A mí me lo va a decir», pensó Corrie.

Pasaban ahora por delante de algunas manzanas de lo que parecía una recreación de una ciudad típica del viejo Oeste: cantinas con puertas batientes, despachos dedicados a la compra de oro, tiendas de ultramarinos, unos cuantos edificios con ventanas de colores chillones y apariencia de burdeles. Todo estaba impoluto, desde las resplandecientes escupideras sobre las aceras elevadas de madera hasta las altas fachadas falsas de los edificios.

—¿Qué es todo eso? —preguntó Corrie señalando a una familia que se hacía una foto delante del Ideal Saloon.

—Es el casco antiguo —respondió Morris—. Lo que queda de la parte vieja de Roaring Fork. Esos edificios estuvieron muchos años ahí, deteriorándose. Cuando la estación de esquí empezó a repuntar, se propuso quitarlo todo de en medio, pero a alguien se le ocurrió la idea de restaurar la antigua ciudad fantasma y convertirla en una especie de museo sobre el pasado de Roaring Fork.

«Como Disneyland, pero en una estación de esquí», se dijo Corrie, maravillada por el anacronismo de aquella diseminación de viejas reliquias en medio de tamaño semillero de sobresaliente consumismo.

Mientras contemplaba las construcciones bien conservadas, cruzaron por allí con gran estruendo un par de motonieves, levantando a su paso una nube de polvo de nieve.

—¿Y todas esas motos de nieve? —inquirió ella.

—En Roaring Fork hay una gran tradición —le respondió el jefe Morris—. La ciudad no es solo famosa por sus pistas de esquí, sino también por las de motonieve. Hay kilómetros y kilómetros de ellas; la mayoría se sirve del entramado de viejas vías mineras que aún hay en las montañas que se alzan alrededor de la ciudad.

Al fin salieron de la zona comercial y, tras unos giros, pasaron por delante de un pequeño parque lleno de cantos rodados completamente nevados.

—Centennial State Park —le explicó el jefe—. Esas piedras forman parte del santuario a John Denver.

—¿A John Denver? —Corrie se estremeció.

—Todos los años, los fans se reúnen en el aniversario de su muerte. Una experiencia conmovedora. Qué genio fue, y qué gran pérdida.

—Sí, desde luego —corroboró ella enseguida—. Me encanta su trabajo. *Rocky Mountain High* es una de mis canciones favoritas de siempre.

—A mí aún me hace llorar.

—Exacto. Y a mí.

Dejaron atrás la densa red de calles del centro y atravesaron un precioso bosquecillo de abetos gigantes cargados de nieve.

—¿Por qué han excavado el cementerio? —inquirió Corrie. Conocía la respuesta, por supuesto, pero quería ver qué nueva información podía desvelarle Morris.

—Más adelante, en las montañas, hay un complejo urbanístico de lujo, The Heights. Viviendas de diez millones de dólares, grandes extensiones, acceso privado a las montañas, club exclusivo. Es la urbanización más exquisita de la ciudad y tiene mucho caché. Dinero viejo y todo eso. A finales de los años setenta, en la fase inicial de esa urbanización, The Heights adquirió Boot Hill, la colina en la que se encontraba el cementerio de la ciudad, y obtuvo la licencia para trasladarlo. Eso fue en la época en la que aún se podían negociar esas cosas. En cualquier caso, hace un par de años, pretendieron ejercer ese derecho para poder construir un balneario privado y un club nuevo en esa colina. Se formó un gran revuelo, como es lógico, y el ayuntamiento los llevó a juicio. Pero contaban con abogados muy profesionales, aparte de ese acuerdo de 1978, firmado bajo juramento, con disposiciones blindadas y a perpetuidad. Así que ganaron, finalmente han desenterrado las tumbas y así estamos. De momento, los restos se han guardado en un almacén en las montañas. No queda otra cosa que botones, botas y huesos.

—Entonces ¿adónde van a trasladarlos?

—La promotora tiene previsto volver a enterrarlos en un solar cercano en cuanto llegue la primavera.

—¿Aún hay polémica?

El jefe Morris hizo un gesto al aire con la mano, como descartando la idea.

—En cuanto empezaron las excavaciones, se acabó el revuelo. De todas formas, no era por los restos, era por la conservación del cementerio histórico. En cuanto eso desapareció, la gente perdió interés.

Los abetos dieron paso a un valle amplio y hermoso, que resplandecía bajo la luz del mediodía. En el extremo más próximo, había un sencillo rótulo tallado a mano, de dimensiones asombrosamente modestas, que rezaba:

THE HEIGHTS
SOLO MIEMBROS
POR FAVOR, PASE POR LA GARITA DEL VIGILANTE

Detrás había un inmenso muro de piedras de río rematado por puertas de hierro forjado junto a las que se encontraba una garita de cuento de hadas, con tejado a dos aguas de tablillas de cedro y paredes de tejuela. La base del valle estaba salpicada de mansiones gigantescas, ocultas entre los árboles, y las laderas de las montañas se elevaban alrededor; los tejados asomaban por encima de los abetos, muchos rematados por chimeneas de piedra que liberaban humo. Más allá se alzaba la zona de esquí, un trenzado de pistas que trepaban serpenteantes hasta los picos de varias montañas, y una cumbre elevada que ostentaba aún más mansiones, todas ellas enmarcadas en el cielo azul rociado de nubes de las Montañas Rocosas.

—¿Vamos a entrar? —preguntó Corrie.

—El almacén está en un lateral de la urbanización, al borde de las pistas de esquí.

Un guardia de seguridad le hizo una seña al jefe Morris para que pasara, y enfilaron un sinuoso sendero adoquinado, limpio y despejado con esmero. No, despejado no. Curiosamente, en la carretera no había hielo y estaba del todo seca, y en los márgenes no había restos de nieve retirada o apilada.

—¿Carretera calefactada? —inquirió Corrie mientras pasaban por delante de lo que parecía ser el club.

—No es inusual por aquí. Lo último en quitanieves: los copos se evaporan en cuanto tocan la superficie.

La carretera, que ahora se elevaba, enfilaba hacia un puente de piedra sobre un arroyo helado, al que el jefe llamó Silver Queen Creek, y luego desembocaba en una puerta de servicio. Más allá, protegidos por una valla alta, completamente pegados a una pista de esquí, había varios almacenes grandes y prefabricados, construidos en una zona de terreno elevado. De los lados colgaban estalactitas de tres metros de largo, que brillaban bajo la luz.

El jefe Morris entró en un área despejada delante del almacén más grande, aparcó y salió del vehículo. Corrie lo siguió. Hacía frío, pero no exagerado, entre tres y seis grados bajo cero, y no soplaba el viento. Al lado de la puerta principal del almacén había una más pequeña al lado, que Morris abrió con llave. Corrie lo siguió al interior de un espacio oscuro, y el olor la asaltó de inmediato. Sin embargo, no le resultó desagradable, no era un hedor a podrido, sino más bien un olor a tierra fértil.

Morris activó un cuadro de interruptores, y las lámparas de sodio del techo se encendieron e inundaron todo de un resplandor dorado. Hacía incluso más frío dentro del almacén que fuera, y Corrie se estrechó el abrigo alrededor del cuerpo, temblando. En la parte anterior del almacén, prácticamente a la sombra de la puerta principal, había una batería de seis motonieves, casi todas idénticas. Más allá, una fila de viejas oruga-quitanieves, que casi parecían reliquias, con enormes bandas rodantes y cabinas redondeadas, les impedía ver lo que había al fondo. Se abrieron paso entre las quitanieves hasta una zona despejada. Allí estaba el improvisado cementerio, sobre lonas oscuras: filas bien organizadas de féretros de plástico de color celeste, de esos que usan los forenses para retirar los restos humanos del escenario de un crimen.

Se acercaron a la fila más próxima, y ella echó un vistazo a la primera caja. Sujeta con celo a la tapa había una tarjeta grande con información impresa. Corrie se arrodilló para leerla. En la ficha se indicaba en qué parte del cementerio se habían encontrado los restos y se incluía una foto de la tumba; quedaba sitio para anotar si había lápida y, en caso de que la hubiera, para registrar los datos grabados en ella e incluir otra foto. Todo estaba numerado, catalogado y organizado. Se sintió aliviada: no tendría problemas de documentación.

—Las lápidas están allí —le dijo Morris.

Señaló una pared al fondo donde había apoyada una variopinta colección de lápidas, algunas, más lujosas, de pizarra o mármol; la mayoría, tan solo losas o piedras planas con algún texto grabado en ellas. También estas se habían catalogado y etiquetado con fichas.

—Tenemos unos ciento treinta restos humanos —añadió el jefe—. Y cerca de cien inscripciones. El resto... no sabemos quiénes son. Quizá tuvieran placas de madera, o tal vez algunas losas se hayan perdido o las hayan robado.

—¿En alguna se identifica a las víctimas del oso?

—En ninguna. Son inscripciones tradicionales: nombres, fechas, a veces una cita de la Biblia o un epitafio religioso estándar. La causa de la muerte no suele grabarse en las lápidas. Y que al difunto lo devorara un oso grizzly no es algo que uno quiera rememorar.

Corrie asintió con la cabeza. En realidad, le daba igual: ya había elaborado una lista de las víctimas investigando viejas crónicas de la prensa local.

—¿Sería posible levantar una de estas tapas? —preguntó.

—Por qué no. —Morris agarró el asa del ataúd más próximo.

—Espere, tengo una lista. —Hurgó en su maletín y sacó la carpeta—. Busquemos a una de las víctimas.

—Estupendo.

Pasaron unos minutos vagando entre los féretros, hasta que Corrie localizó uno que coincidía con uno de los nombres de su lista: Emmett Bowdree.

—Este, por favor —dijo.

Morris agarró la tapa por el asa y la retiró.

Dentro se encontraban los restos de un ataúd de pino podrido que contenía un esqueleto. La tapa se había desintegrado y los pedazos se hallaban dispersos por encima y a los lados del esqueleto. Corrie lo contempló impaciente. En un costado yacían los huesos de ambos brazos y una pierna; el cráneo estaba aplastado; la caja torácica, desgarrada; y los dos fémures, despedazados, destrozados por poderosas garras que buscaban sin duda la médula ósea. En los años que llevaba estudiando en el John Jay, Corrie había examinado muchos esqueletos con indicios de violencia perimortem, pero ninguno —¡ninguno!— como aquel.

—Cielos, el oso verdaderamente se ensañó con él —murmuró Morris.

—Y usted que lo diga.

Mientras examinaba los huesos, Corrie reparó en algo: unas marcas apenas visibles en el cráneo roto. Se arrodilló para verlas más de cerca, intentando averiguar qué eran. Dios, necesitaba una lupa. Miró rápidamente alrededor y, en uno de los fémures despedazados, detectó otra marca similar. Alargó el brazo para coger el hueso.

—¡Eh, sin tocar!

—Solo quiero examinar esto un poco más de cerca.

—No —dijo el jefe Morris—. En serio, ya es suficiente.

—Déjeme solo un instante —le suplicó Corrie.

—Lo siento —se disculpó él volviendo a tapar la caja—. Ya tendrá tiempo de sobra después.

Corrie se puso en pie, perpleja, desconcertada por lo que había visto. Quizá fueran imaginaciones suyas. En todo caso, las marcas serían antemortem, eso estaba claro. Roaring Fork era un lugar agreste en aquellos tiempos. Tal vez el tipo hubiera sobrevivido a una pelea a cuchillo. Movió la cabeza.

—Más vale que nos vayamos —señaló el jefe.

Salieron a la luz del día, al resplandor casi cegador de la manta de nieve. Pero, por más que lo intentó, Corrie no logró desprenderse de aquella inquietud.

6

La llamada que estaba esperando tuvo lugar a la mañana siguiente. Corrie estaba sentada en la biblioteca de Roaring Fork, empapándose de la historia de la ciudad. Era una biblioteca excelente, situada en un edificio moderno diseñado al estilo victoriano. El interior era precioso, con metros y metros de roble pulido, ventanas abovedadas, gruesa moqueta y un sistema de iluminación indirecta que lo bañaba todo de un cálido resplandor.

La sección histórica de la biblioteca era de lo más vanguardista, y el bibliotecario de esa área le había sido de gran utilidad. Era un tipo atractivo, de unos veintitantos años, atlético y bien formado, que acababa de licenciarse por la Universidad de Utah y se había tomado un par de años sabáticos para disfrutar de su afición al esquí. Ella le había hablado de su proyecto de investigación y de su encuentro con el jefe Morris. Ted la había escuchado con atención, le había hecho preguntas inteligentes y le había enseñado a manejar los archivos históricos. Para rematar, la había invitado a tomar una cerveza al día siguiente por la noche. Y ella había aceptado.

Los álbumes de antiguos periódicos, diarios de gran formato y anuncios públicos pertenecientes a la época del boom de las minas de plata se habían digitalizado cuidadosamente y convertido a formato PDF, lo que facilitaba las búsquedas. En cuestión de horas, había podido localizar decenas de artículos sobre la historia de Roaring Fork y las matanzas del oso grizzly, necrológicas y toda clase de material relacionado con los hechos, mucho más de lo que había conseguido en Nueva York.

La historia de la ciudad era fascinante. En el verano de 1873, un valiente grupo de aventureros de Leadville, desafiando la amenaza de los indios yuta, cruzó la divisoria continental y penetró en territorio inexplorado hacia el oeste. Allí, estos y otros que los siguieron dieron con una de las mayores minas de plata de la historia de Estados Unidos. De inmediato, se produjo la fiebre de la plata, y montones de mineros obtuvieron concesiones en todas las montañas que bordeaban el río Roaring Fork. Nació una ciudad, junto con molinos de extracción para pulverizar el mineral y una fundición construida precipitadamente para separar la plata y el oro de la mena. Pronto las colinas estuvieron repletas de buscadores, salpicadas de minas y asentamientos remotos, mientras la propia ciudad rebosaba de ingenieros de minas, quilatadores, carboneros, aserradores, herreros, taberneros, comerciantes, camioneros, fulanas, peones, pianistas, crupieres, estafadores y ladrones.

La primera muerte tuvo lugar en la primavera de 1876. En una concesión remota, en lo alto de Smuggler Mountain, un minero solitario fue asesinado y devorado. Pasaron semanas hasta que lo echaron de menos; en consecuencia, su cadáver no se descubrió inmediatamente, pero el aire de la montaña lo conservó lo suficiente como para deducir su funesto destino. Un oso, obviamente, le había desgarrado el cuerpo, lo había destripado y le había arrancado de cuajo las extremidades. Al parecer, había vuelto a por su presa varias veces en el transcurso de una semana, pues la mayoría de los huesos estaban desprovistos de carne, se había comido la lengua y el hígado, y las entrañas y las vísceras estaban dispersas por allí y más o menos consumidas.

El patrón se repetiría diez veces más a lo largo del verano.

Desde el comienzo, Roaring Fork, igual que buena parte del territorio de Colorado, se había visto infestado de osos grizzly, que habían empezado a habitar las zonas más altas de las montañas como consecuencia de la ocupación de los valles bajos. El oso grizzly, como recalcaban casi todos los artículos de la prensa, era uno de los pocos animales que se sabía que daba caza y mataba humanos para alimentarse.

En el transcurso de ese largo verano, aquel grizzly solitario había dado muerte y devorado a once mineros de diversas concesiones remotas. El animal rondaba un vasto territorio que, por desgracia, comprendía buena parte de la zona alta del distrito de la plata. Las muertes causaron el pánico generalizado, pero las leyes federales exigían a los buscadores que «explotaran la concesión» para poder conservar los derechos sobre ella, de modo que, pese al terror, la mayoría de los mineros se negó a abandonar sus minas.

En varias ocasiones, se crearon partidas de búsqueda para dar caza al oso, pero, no habiendo nieve, en los tramos más elevados de la escarpada montaña, más allá del límite forestal, resultaba difícil seguir el rastro del animal. Aun así, el verdadero problema, a juicio de Corrie, fue que las partidas de búsqueda no estaban demasiado dispuestas a encontrar al oso. Al parecer, pasaban más tiempo organizándose en las cantinas y pronunciando discursos que al aire libre en busca de la bestia.

Las muertes cesaron en el otoño de 1876, justo antes de las primeras nieves. Con el tiempo, la gente empezó a pensar que el oso se había mudado, había muerto o quizá estaba hibernando. La primavera siguiente hubo cierta aprensión, pero al ver que no se producían más muertes...

Corrie notó que le vibraba el móvil, lo sacó del bolso y vio que era de la comisaría. Miró alrededor y, como la biblioteca estaba vacía, salvo por el bibliotecario aficionado al esquí, que leía a Jack Kerouac sentado en su escritorio, supuso que podía contestar.

Pero no era el jefe Morris, sino su secretaria. Antes de que Corrie pudiera recurrir a las cortesías habituales, la mujer le soltó, casi sin respirar:

—El jefe lo lamenta muchísimo, muchísimo, pero no va a poder darle permiso para que examine los restos.

A Corrie se le secó la boca.

—¿Qué? —graznó—. Un momento...

—Está liado con reuniones todo el día, por eso me ha pedido que la llame. Verá...

—Pero me dijo que...

—No va a ser posible. Siente mucho no poder ayudarla.

—Pero ¿por qué? —logró decir.

—No me ha dado detalles, lo siento...

—¿No puedo hablar con él?

—Tiene reuniones todo el día... y toda la semana.

—¿Toda la semana? Pero si ayer me comentó...

—Lo lamento. Ya le he dicho que desconozco sus motivos.

—Mire —repuso Corrie procurando en vano controlar el tono de voz—, hace solo un día me aseguró que no habría problema, que él lo aprobaría, y ahora cambia de opinión, se niega a decirme por qué y... ¡encima le carga a usted el muerto de deshacerse de mí! ¡No es justo!

Corrie oyó un último y gélido «Ojalá pudiera ayudarla, pero la decisión es terminante» seguido de un rotundo clic. Le había colgado.

Se sentó y, dando una fuerte palmada en la mesa, gritó:

—¡Maldición, maldición, maldición!

Entonces alzó la vista. Ted la estaba mirando, con los ojos como platos.

—Ay, lo siento —dijo ella tapándose la boca—. Estoy molestando a toda la biblioteca.

Él levantó la mano sonriente.

—Como ves, ahora mismo no hay nadie aquí. —Titubeó, luego rodeó su escritorio y se acercó. Volvió a hablar, esta vez en un susurro—: Creo que sé lo que está pasando.

—¿Ah, sí? Pues te agradecería que me lo explicaras.

Pese a que seguía sin haber nadie alrededor, Ted bajó aún más la voz.

—La señora Kermode.

—¿Quién?

—Betty Brown Kermode ha hablado con el jefe de policía.

—¿Quién es Betty Brown Kermode?

Ted puso los ojos en blanco y miró furtivamente alrededor.

—¿Por dónde empiezo? Primero, es la dueña de Town & Mount Real Estate, la única agencia inmobiliaria de la ciudad. Es la presidenta de la Asociación de Vecinos de The Heights, y fue la responsable de que se trasladara el cementerio. En resumen, es una de esas personas mojigatas que lo controlan todo y a todos y no tolera disensiones. Lo cierto es que ella es la que manda de verdad en esta ciudad.

—¿Una mujer así puede influir en el jefe de policía?

Ted rió.

—Has conocido a Morris, ¿no? Un buen tipo. Todo el mundo le influye. Sobre todo ella. Impone, créeme, más aún que ese cuñado suyo, Montebello. Estoy seguro de que Morris tenía intención de concederte el permiso, hasta que ha llamado a Kermode.

—Pero ¿por qué iba a querer impedírmelo? ¿Qué daño le haría?

—Eso vas a tener que averiguarlo tú —replicó Ted.

7

A las nueve de la mañana siguiente, Corrie aparcó su coche de alquiler a la entrada de The Heights. Allí, el guardia, ni la mitad de amable que la otra vez que había ido con el jefe de policía, dedicó una cantidad de tiempo ofensiva a verificar su carnet de identidad y a llamar para comprobar su cita, sin dejar de lanzarle miradas despectivas a su coche.

Corrie se esforzó por ser educada y, al cabo de un buen rato, enfilaba al fin la carretera hacia el club y las oficinas de la promotora. No tardó mucho en ver un puñado de edificios en la base del valle: pintorescos, cubiertos de nieve y de carámbanos de hielo, con las chimeneas humeando. Al fondo, en la zona más elevada del valle nevado, divisó la inmensa franja de tierra de un solar en obras, sin duda el nuevo club balneario. Observó cómo las retroexcavadoras y los cargadores cavaban afanosamente los cimientos. No pudo evitar preguntarse para qué querrían un club nuevo cuando el antiguo ya era impresionante.

Dejó el vehículo en el aparcamiento de visitantes y entró en el club, donde la secretaria le indicó la ubicación de las oficinas de Town & Mount Real Estate.

La recepción de la inmobiliaria era suntuosa, toda de madera y piedra, con tapices navajo en las paredes, una espectacular lámpara de araña hecha de astas de ciervo, muebles de cuero y madera al estilo vaquero y una chimenea de piedra en la que ardían leños de verdad. Tomó asiento y se dispuso a esperar.

Una hora después la hicieron pasar por fin al despacho de la señora Kermode, presidenta de Town & Mount y directora de la Asociación de Vecinos de The Heights. Corrie se había vestido de mujer de negocios, con traje de chaqueta gris, blusa blanca y zapatos de tacón bajo. Estaba decidida a mantener la calma y ganarse a la señora Kermode con halagos, encanto y persuasión.

La tarde anterior había hecho lo indecible por desenterrar algún asunto turbio sobre Kermode, atendiendo a la máxima pendergastiana de que si quieres algo de alguien más te vale tener con qué chantajearlo. Pero Kermode parecía una mujer por encima de todo reproche: generosa colaboradora de las ONG locales, miembro veterano de la Iglesia presbiteriana, voluntaria en el comedor social (a Corrie le sorprendió que una ciudad como Roaring Fork tuviera siquiera comedor social) y mujer de negocios de reconocida integridad. Aunque no era precisamente amada, y de hecho muchos la detestaban, sí era respetada, y temida, por todos.

La señora Kermode sorprendió a Corrie. Lejos de ser la mujer rancia que inspiraba el nombre de Betty Brown Kermode, era una señora muy aparente, de sesenta y pocos años, esbelta y atlética, de pelo grisáceo muy bien peinado y maquillaje discreto. Iba vestida de vaquera elegante, con un chaleco indio bordado de cuentas, una camisa blanca, vaqueros ajustados y botas camperas. Un collar navajo de flores de calabaza completaba el conjunto. Las paredes de su despacho estaban forradas de fotos de ella montando un caballo de pelaje manchado en las montañas y compitiendo en un ruedo, arremetiendo contra un rebaño de vacas. En un rincón, había un dispensador de agua fría. Otro de los rincones del despacho estaba presidido por una magnífica silla del oeste, grabada toda ella en relieve y rematada en plata.

Con naturalidad y simpatía, la señora Kermode se adelantó y le estrechó la mano a Corrie, invitándola a sentarse. La irritación de Corrie por la hora de espera comenzó a disiparse con tan cálida acogida.

—Bueno, Corrie —empezó a hablar con pronunciado acento texano—, quiero agradecerle que haya venido. Así tengo ocasión de explicarle en persona por qué el jefe Morris y yo, lamentablemente, no podemos satisfacer su petición.

—Yo confiaba en poder explicarle...

Pero Kermode tenía prisa e hizo caso omiso al intento de Corrie de presentar sus argumentos.

—Corrie, le voy a ser franca. El examen científico de esos restos mortales para... una tesis universitaria es, a nuestro juicio, irrespetuoso con los difuntos.

Aquello no era lo que Corrie esperaba.

—¿En qué sentido?

Kermode soltó una risita maliciosa.

—Mi querida señorita Swanson, ¿cómo puede preguntarme algo así? ¿Querría usted que un estudiante manoseara los restos de su abuelo?

—A mí no me importaría.

—Yo no estaría tan segura. Claro que no querría. Al menos de donde yo vengo tratamos a los muertos con respeto. Esos restos humanos son sagrados.

Corrie trató desesperadamente de retomar sus argumentos.

—Pero esta es una oportunidad única para la medicina forense. Permitirá a los cuerpos de seguridad...

—¿Una tesis universitaria? ¿Aportar algo a la medicina forense? ¿No le parece que está exagerando un poco la importancia de este proyecto, señorita Swanson?

Corrie inspiró hondo.

—En absoluto. Este podría ser un estudio muy importante y recabaría una destacada cantidad de datos sobre las lesiones perimortem producidas por un carnívoro de grandes dimensiones. Cuando se encuentra el esqueleto de una víctima de asesinato, el patólogo forense debe distinguir cualquier marca ocasionada por los dientes de un animal y otros daños postmortem de las marcas dejadas en los huesos por el autor del crimen. Es un asunto serio, y este estudio...

—¡Como si me hablara en chino! —dijo riendo la señora Kermode, con un gesto despectivo de la mano, como indicando que no entendía nada.

Corrie decidió cambiar de estrategia.

—Es importante para mí, personalmente, señora Kermode, pero también podría serlo para Roaring Fork. Se haría algo constructivo, algo positivo con esos restos humanos. Daría muy buena imagen de esta comunidad y del jefe...

—No es respetuoso —espetó Kermode con firmeza—. No es cristiano. Muchos de los habitantes de esta ciudad lo encontrarían ofensivo. Somos los guardianes de esos restos y nos tomamos muy en serio nuestra responsabilidad. No puedo permitirlo bajo ningún concepto.

—Pero... —Corrie notó que la rabia se le desataba, pese a su empeño en contenerla—. Pero... si han sido ustedes mismos quienes los han desenterrado.

Se hizo el silencio. Luego Kermode habló con suavidad:

—La decisión se tomó hace mucho tiempo. En 1978, de hecho. La ciudad lo aprobó. En The Heights, llevamos casi diez años planificando el nuevo club balneario.

—¿Y para qué lo quieren si ya tienen un club precioso?

—Precisaremos uno más grande para atender las demandas de la Fase III, cuando abramos West Mountain a un número selecto de viviendas personalizadas. Como ya le he dicho repetidas veces, llevamos años planificando esto. Nos debemos a nuestros propietarios e inversores.

«Nuestros propietarios e inversores.»

—Lo único que quiero es examinar los huesos, con el máximo respeto y con válidos e importantes fines científicos. ¿Qué tiene eso de irrespetuoso?

Kermode se levantó, con una amplia sonrisa de plástico en los labios.

—La decisión ya está tomada, señorita Swanson, es terminante y yo soy una mujer muy ocupada. Le ruego que se marche.

Corrie se puso en pie. Tuvo aquella antigua y horrible sensación de que le hervía la sangre por dentro.

—Desentierran un cementerio entero para hacer dinero con un complejo urbanístico, meten los cadáveres en féretros de plástico y los guardan en un almacén de materiales ¿y se atreve a decirme que voy a deshonrar a los muertos por estudiar los huesos? ¡Es usted una hipócrita, así de simple!

Kermode palideció. Corrie vio que se le inflaba una vena del recio cuello. La voz se le puso muy grave, casi masculina.

—Mira, zorra —dijo—, te doy cinco minutos para que salgas del complejo. Como se te ocurra volver, te haré arrestar por allanamiento. ¡Largo!

Corrie de pronto se notó muy serena. Aquello era el fin. Se había acabado. Pero no iba a permitir que nadie la llamara «zorra». Miró a la señora Kermode con los ojos entrecerrados.

—¿Y usted se considera un miembro destacado de la Iglesia? Usted no es cristiana. No es más que una farsante. Una falsa, codiciosa y mentirosa.

En el camino de vuelta a Basalt, empezó a nevar. Mientras avanzaba a quince kilómetros por hora en su coche, con los limpiaparabrisas moviéndose en vano de un lado a otro, se le ocurrió una idea. Esas marcas anómalas que había detectado en los huesos... De pronto supo que quizá había otro modo de investigar aquel turbio asunto.

8

Tumbada en la cama de su habitación del motel Cloud Nine en Basalt, Colorado, Corrie tomó una decisión. Si esas marcas de los huesos eran lo que ella pensaba que podían ser, sus problemas se habrían resuelto. No habría elección: los restos tendrían que examinarse. Ni siquiera Kermode podría impedirlo. Sería su mejor baza.

Pero solo si podía demostrarlo.

Y para eso necesitaba volver a acceder a los huesos una vez más. Cinco minutos, como mucho, lo justo para fotografiarlos con el potente objetivo macro de su cámara.

Pero ¿cómo?

Incluso antes de hacerse la pregunta, ya sabía la respuesta: tendría que entrar por la fuerza.

Los argumentos en contra de semejante actuación se alinearon ante ella: el allanamiento de morada era un delito; no era ético; si la pillaban, su futuro profesional en los cuerpos de seguridad se iría al garete. Por otro lado, tampoco sería tan difícil. Durante la visita de hacía dos días, no había visto al jefe Morris desactivar ninguna alarma ni sistema de seguridad; solo había abierto el candado de la puerta y habían entrado. El almacén estaba aislado del resto del complejo, rodeado por una valla alta de madera y protegido por árboles. Se encontraba parcialmente abierto a una de las pistas de esquí, pero no habría nadie esquiando por la noche. Estaba señalado en los mapas de senderismo de la zona, donde se indicaba una vía de servicio que conducía al almacén desde el parque de maquinaria de la pista de esquí, evitando por completo The Heights.

Mientras sopesaba los pros y los contras, se sorprendió preguntándose qué haría Pendergast. Él nunca dejaba que las sutilezas legales se interpusieran en el camino de la verdad y la justicia. Seguro que él entraría por la fuerza y conseguiría la información que necesitaba. Aunque ya era demasiado tarde para que se hiciera justicia a Emmett Bowdree, nunca era demasiado tarde para la verdad.

Había dejado de nevar a medianoche y, en el cielo clarísimo, podían verse tres cuartos de luna. Hacía muchísimo frío. Según la aplicación WeatherBug de su iPad, estaban a quince grados bajo cero. Fuera daba la sensación de que hacía mucho más frío. La vía de servicio resultó ser solo para motonieves y estaba cubierta de nieve dura, pero se podía caminar por ella.

Dejó el coche al comienzo mismo de la carretera, en un bosquecillo de árboles altos, lo más escondido posible, y empezó a ascender, llevando el pesado equipo en la mochila: la Canon con trípode y objetivo macro, foco portátil y batería de repuesto, lupas, una linterna de LED, un cortapernos, bolsas con cierre zip, guantes y el iPad cargado de libros de texto y monografías sobre el análisis osteológico de traumatismos. El aire puro de la montaña le hacía jadear y, a la luz de la luna, brillaba el vaho de su aliento mientras avanzaba y esparcía bajo sus pies la capa de nieve en polvo que cubría la superficie. A lo lejos, en la llanura del valle, se extendían como en una alfombra mágica las luces de la ciudad; por encima de su cabeza veía el almacén, iluminado por postes de luz que bañaban de un resplandor dorado los abetos. Eran las dos de la madrugada y todo estaba en silencio. La única actividad era la de unos faros en lo alto de la montaña, donde estaba en funcionamiento el equipo de limpieza.

Había ensayado mentalmente una y otra vez los pasos que

debía dar, reorganizándolos y depurándolos para asegurarse de que pasaría el menor tiempo posible en el almacén. Cinco minutos, diez a lo sumo, y fuera.

Al aproximarse, hizo un reconocimiento exhaustivo para asegurarse de que estaba sola, después se acercó a la valla y se asomó por encima. A la izquierda, estaba la puerta lateral por la que habían entrado el jefe de policía y ella, iluminada por un haz de luz; se veía la nieve, muy pisoteada, delante. La puerta estaba cerrada con candado. Solía llevar encima un juego de ganzúas. En el instituto, se había aprendido casi de memoria el manual clandestino conocido como la *Guía para saltar cerraduras del MIT*, y estaba muy orgullosa de su habilidad. El candado era una pieza de ferretería de unos diez dólares —ningún problema por ese lado—, pero, para llegar a la puerta, tendría que cruzar la zona iluminada. Y luego quedarse al descubierto mientras manipulaba el candado. Aquel era uno de los dos factores de riesgo inevitables en su plan.

Esperó y aguzó el oído, pero todo estaba en silencio. Las máquinas de limpieza se encontraban en la parte más alta de la montaña y no parecía que fueran a pasar por allí en breve.

Inspiró hondo, saltó la valla y cruzó a toda velocidad la zona iluminada. Llevaba ya preparado el juego de ganzúas. El candado estaba helado y los dedos no tardaron en entumecérsele del frío. Aun con todo, solo empleó veinte segundos en saltar la cerradura. Entreabrió la puerta, se coló dentro y la cerró con cuidado.

Hacía mucho frío en el interior del almacén. Hurgó en la mochila y sacó la pequeña linterna de LED, la encendió y pasó enseguida por delante de las motonieves y las antiguas oruga-quitanieves, hasta llegar al fondo de la nave. Los ataúdes, perfectamente dispuestos en filas, brillaron apenas a la luz de su linterna. Tardó solo un instante en localizar el de Emmett Bowdree. Retiró la tapa con cuidado, procurando no hacer ruido, luego se arrodilló y dirigió el haz de luz hacia los huesos. El corazón le daba botes en el pecho y le temblaban las manos. Una vez más, una vocecilla en su interior le recordó que aquella era una de las cosas más estúpidas que había hecho en su vida y, de nuevo, otra le respondió que era lo único que podía hacer.

—Tranquilízate —se dijo en un susurro—. Y céntrate.

Siguiendo su guión mental, dejó la mochila en el suelo y la abrió. Cogió una lupa de ojo y se la ajustó, se calzó los guantes, sacó del féretro el fémur roto en el que se había fijado antes y lo examinó a la luz. El hueso mostraba varios arañazos largos y paralelos en la superficie cortical. Los estudió detenidamente en busca de algún indicio de curación, remodelación ósea o levantamiento perióstico, pero no había ninguno. Las marcas longitudinales eran limpias, frescas y no revelaban síntoma alguno de reacción ósea. Eso significaba que el arañazo había tenido lugar perimortem, es decir, en el momento de la muerte.

Ningún oso podría haber causado una marca así. Era el resultado de una herramienta tosca, quizá la hoja de un cuchillo romo, y sin duda se había hecho para separar la carne de los huesos.

Pero ¿estaba segura? Su experiencia práctica era muy limitada. Se quitó los guantes, sacó el iPad y abrió uno de sus libros de texto: *Análisis de traumatismos*. Repasó las ilustraciones de lesiones antemortem, perimortem y postmortem, entre ellas algunas de arañazos similares a aquellos, y las comparó con los del hueso que tenía en la mano. Confirmaron su impresión inicial. Intentó calentarse los dedos helados con el calor de su propio aliento, pero no funcionó, así que volvió a ponerse los guantes y se frotó las manos con el máximo sigilo. Logró recuperar así algo de sensibilidad en los dedos.

A continuación, debía fotografiar el hueso dañado. De nuevo, le sobraban los guantes. Sacó de la mochila el foco portátil, la batería auxiliar y el pequeño trípode; después, la cámara digital con el enorme objetivo macro que le había costado una fortuna. Atornilló la cámara a la zapata y la situó. Tras colocar el hueso en el suelo, dispuso las cosas lo mejor posible en la oscuridad y encendió el foco.

Segundo factor de riesgo: la luz se vería desde fuera. Pero era absolutamente indispensable. Lo había preparado todo para que el foco estuviera encendido el menor tiempo posible y no tener que andar encendiendo y apagando —algo que llamaría más la atención—, y poder recoger enseguida y marcharse.

Qué potencia. Lo iluminaba todo. Situó rápidamente la cámara y enfocó. Hizo una docena de fotos lo más rápido que pudo, desplazando un poco el hueso cada vez y ajustando la luz para lograr un efecto de barrido. Al hacerlo, bajo el potente resplandor, detectó algo más en el hueso: unas dentelladas. Paró un instante para examinarlas con la lupa. Sin duda eran marcas de dientes, pero no de los de un oso grizzly; eran demasiado débiles, estaban demasiado juntas y la huella de la corona era demasiado uniforme. Las fotografió desde varios ángulos.

Guardó aprisa el hueso en el ataúd y pasó a la siguiente marca anómala detectada en su primera visita: la de la calavera rota. El cráneo revelaba un traumatismo severo, todo él estaba destrozado. El golpe mayor, y al parecer el primero, se había producido a la derecha del parietal y había despedazado el cráneo en forma de estrella, separándolo por las suturas. Aquellas eran sin duda heridas perimortem, por la sencilla razón de que no había forma de sobrevivir a un golpe tan violento. Las fracturas en tallo verde indicaban que el hueso aún estaba sano cuando se habían producido.

La anomalía en ese caso era una marca en el punto del golpe. Examinó el punto de la fractura. Un oso podía sin duda destrozar un cráneo de un zarpazo o aplastarlo con las mandíbulas y los dientes, pero aquella marca no parecía de dientes ni de zarpas. Era irregular y presentaba múltiples hendiduras.

Bajo la lupa, sus sospechas se confirmaron. Se había hecho con un objeto rugoso y pesado, muy probablemente una piedra.

Aún más deprisa esta vez, tomó una serie de fotografías de los fragmentos del cráneo con el objetivo macro. Ya tenía pruebas más que suficientes. ¿O no? Titubeó un instante y luego, llevada por un impulso, sacó un par de bolsas de cierre zip y metió en ellas el trozo de fémur y uno de los fragmentos del cráneo roto. Con eso sí que tenía pruebas.

Hecho. Apagó el foco. Ahora disponía de muestras irrefutables de que a Emmett Bowdree no lo había asesinado y devorado un oso, sino un ser humano. De hecho, a juzgar por la naturaleza generalizada de las lesiones, podrían haber sido dos o tres, o quizá más, los que habían tomado parte en la matanza. Primero lo habían incapacitado con un golpe en la cabeza, le habían aplastado el cráneo, machacado los huesos y hecho pedazos literalmente con sus propias manos. Luego habían separado la carne de los huesos con un cuchillo sin afilar o un trozo de metal. Por último, se lo habían comido crudo, como revelaban las marcas de dientes y la ausencia de quemaduras en los huesos u otros indicios de cocción.

Horrible. Increíble. Había descubierto un homicidio con ciento cincuenta años de antigüedad. Lo que le planteaba la siguiente pregunta: ¿habrían sido asesinados los otros diez mineros del mismo modo, por humanos?

Miró rápidamente el reloj: once minutos. Sintió un escalofrío de miedo; era hora de salir pitando de allí. Empezó a recoger sus cosas y se dispuso a salir del almacén.

De pronto, le pareció oír un ruido. Apagó aprisa la linterna y aguzó el oído. Silencio. Volvió a oírlo: un levísimo crujido de nieve al otro lado de la puerta.

Cielos, venía alguien. Paralizada por el miedo, con el corazón desbocado, siguió atenta. Un chasquido clarísimo. Y luego, al otro lado del almacén, en una ventana a la altura del alero, vio un haz de luz iluminar un instante el cristal. Más silencio. A continuación, el sonido apagado de una conversación y el siseo de un emisor-receptor de radio.

Había gente fuera. Con radio.

¿Los guardias de seguridad? ¿La policía?

Cerró la cremallera de la mochila con infinito cuidado. Aún no había tapado el ataúd. ¿Y si deslizaba la tapa despacio? Se dispuso a hacerlo, pero paró al ver cómo chirriaba. No obstante, tenía que volver a taparlo, así que, con un movimiento rápido, la puso de nuevo en su sitio.

Detectó más actividad fuera: chasquidos, susurros... Había varias personas allí, e intentaban, sin mucho éxito, no hacer ruido.

Se echó la mochila al hombro y se alejó de los ataúdes. ¿Había puerta trasera? No podía averiguarlo, estaba demasiado oscuro, pero no recordaba haber visto ninguna. Lo que debía hacer era buscar un escondite y esperar a que pasara el peligro.

Caminando de puntillas, se dirigió a la parte posterior del almacén, donde estaban guardadas las piezas gigantes de un viejo telesilla: torres de alta tensión, asientos, poleas. Mientras cruzaba la estancia, oyó que se abría la puerta y corrió los últimos metros. Entonces oyó los murmullos en el interior de la nave. Y el ruido de las radios.

Al llegar a las pilas de material viejo, buscó un escondrijo y, poniéndose a cuatro patas, se ocultó lo más al fondo posible, retorcida entre las piezas gigantes de metal.

Un súbito chasquido y se encendieron todos los fluorescentes, que bañaron el almacén de una luz intensa. Corrie se arrastró más deprisa, se ocultó detrás de una bobina inmensa de cable de acero y se hizo un ovillo, apretándose la mochila contra el pecho para ocupar el mínimo espacio posible. Esperó, sin atreverse siquiera a respirar. Quizá pensaran que alguien se había dejado el candado abierto por accidente. Quizá no hubieran visto el coche. Quizá no la encontraran...

Unos pasos recorrieron el suelo de cemento, y luego Corrie oyó un montón de susurros. Entonces pudo distinguir voces y captar fragmentos de la conversación. Completamente horrorizada, oyó su nombre pronunciado con el acento texano de Kermode, quejumbroso, incitante.

Se cubrió la cabeza con las manos, estremecida por la pesadilla. Notó que el corazón estaba a punto de estallarle de angustia y congoja. ¿Por qué había hecho aquello? ¿Por qué?

Oyó una voz que hablaba, alto y claro; el áspero timbre nasal de Kermode.

—¿Corrie Swanson?

Resonó terrorífico en la cavernosa estancia.

—Corrie Swanson, sabemos que está aquí. Lo sabemos. Se ha metido en un buen lío. Lo mejor que puede hacer es salir de su escondite. Si obliga a estos policías a que la saquen, será peor para usted. ¿Lo entiende?

Corrie se ahogaba de miedo. Más sonidos: venía más gente. No podía moverse.

—Muy bien —oyó decir disgustado a Morris—. Joe, empiece por la parte de atrás. Fred, quédese junto a la puerta. Sterling, mire entre las quitanieves y las motos.

Corrie seguía sin poder moverse. El juego había terminado. Tendría que salir de su escondite, pero una extraña esperanza desesperada la mantenía oculta.

Se tapó aún más la cabeza, como una niña escondida bajo las sábanas, y esperó. Oyó pasos, los chirridos y chasquidos de las máquinas que movían. Pasaron unos minutos. Y luego, casi encima de ella, alguien dijo a gritos:

—¡Está aquí! —A continuación, le apuntó con el arma—. ¡Policía! Levántese despacio con las manos donde pueda verlas.

No podía moverse.

—Levántese con las manos donde pueda verlas. ¡Vamos!

Consiguió levantar la cabeza y vio a un policía de pie a unos metros de ella, con el revólver de reglamento desenfundado y apuntándole. Otros dos policías llegaban en ese momento.

Corrie se puso en pie agarrotada, las manos en alto. El policía se acercó, la cogió de la muñeca, la obligó a darse la vuelta, le llevó las manos a la espalda y le calzó unas esposas.

—Tiene derecho a permanecer en silencio —le oyó decir como desde muy lejos—. Cualquier cosa que diga podrá utilizarse en su contra en un tribunal...

No podía creer que aquello estuviera pasándole a ella.

—Tiene derecho a solicitar un abogado, y a que este se encuentre presente durante el interrogatorio. Si no puede permitírselo, se le asignará uno de oficio. ¿Lo ha comprendido?

No podía hablar.

—¿Lo ha comprendido? Por favor, conteste o asienta con la cabeza.

Corrie consiguió asentir.

—Queda constancia de que la detenida ha reconocido que comprende sus derechos —dijo el policía en voz alta.

Agarrándola por el brazo, la sacó de entre los montones de máquinas a un espacio abierto. La luz intensa le hizo parpadear. Otro policía le había abierto la mochila e inspeccionaba su contenido. No tardó en sacar las dos bolsas de cierre zip que contenían los huesos.

El jefe Morris lo observó, tremendamente descontento. De pie a su lado y flanqueada por varios guardias de The Heights, se hallaba la señora Kermode, con un ajustado conjunto de invierno a rayas, con remates de pelo de cebra, y una expresión de malicioso triunfo en el rostro.

—Vaya, vaya —dijo soltando vaho como un dragón—, resulta que la joven estudiante de criminalística es en realidad una delincuente. La calé en el mismo momento en que la vi, señorita Swanson. Sabía que intentaría algo así, y aquí está, previsible como un reloj. Allanamiento, vandalismo, robo, resistencia al arresto. —Alargando el brazo, cogió una de las bolsas que sostenía el policía y la agitó delante de la cara de Corrie—. ¡Y profanación de tumbas!

—Ya es suficiente —le dijo el jefe Morris a Kermode—. Por favor, devuelva esa prueba al oficial y salgamos de aquí. —Cogió a Corrie suavemente del brazo—. Y usted, jovencita, me temo que está arrestada.

9

Cinco largos días después, Corrie seguía encerrada en la prisión del condado de Roaring Fork. Se había establecido una fianza de cincuenta mil dólares, que ella no tenía, ni siquiera el depósito de cinco mil, y el fiador judicial de la zona se había negado a aceptarla como cliente porque era de otro estado y no poseía bienes que la avalaran ni familiares que respondieran por ella. Le había dado demasiada vergüenza llamar a su padre y, además, sabía que él tampoco tendría el dinero. No había nadie más en su vida, salvo Pendergast, y aunque hubiera podido localizarlo, habría preferido morir a aceptar más dinero de él, sobre todo para una fianza.

Pese a todo, había tenido que escribirle una carta. No tenía ni idea de dónde estaba ni de qué estaba haciendo. Hacía casi un año que no sabía de él. Pero él, o alguien en su nombre, seguía pagándole los estudios. Así que el día después del arresto, al ver la crónica de lo sucedido en primera plana del *Roaring Fork Times*, supo que debía escribirle. Porque si no lo hacía y él se enteraba por otra persona de que la habían detenido y veía aquellos titulares... Tenía que contárselo ella misma, se lo debía.

De modo que le había escrito a su dirección en Dakota, a la atención de Proctor. En la carta se lo contaba todo, sin adornos. Lo único que omitió fue el asunto de la fianza. Al verlo todo por escrito, había caído en la cuenta de lo insensata, arrogante y temeraria que había sido. Había concluido añadiendo que su obligación para con ella había terminado y que no esperaba ni deseaba respuesta. Él ya no tenía por qué preocuparse por ella. A partir de ahora, se cuidaría sola. Eso sí, algún día, en cuanto le fuera posible, le devolvería todo el dinero que había malgastado pagándole sus estudios en el John Jay.

Escribir aquella carta había sido lo más duro que había hecho jamás. Pendergast le había salvado la vida, la había sacado de Medicine Creek, en Kansas; la había librado de una madre alcohólica y maltratadora, le había pagado un internado y después le había financiado su formación en el John Jay. ¿Y para qué?

Pero todo eso había terminado ya.

El hecho de que la prisión fuera relativamente pija solo le hacía sentirse peor. Las celdas tenían ventanales soleados con vistas a las montañas, suelos enmoquetados y muebles bonitos. La dejaban salir de la celda desde las ocho de la mañana hasta la hora del cierre, a las diez y media de la noche. Durante su tiempo libre, a los presos se les permitía estar en el salón y leer, ver la televisión o charlar con otros presos. Había incluso una sala de entrenamiento con una bicicleta elíptica, pesas y cintas de correr.

En aquel momento, Corrie estaba sentada en el salón, mirando fijamente la moqueta a cuadros blancos y negros. Sin hacer nada. Durante los últimos días, había estado tan deprimida que no le había apetecido hacer nada, ni leer, ni comer, ni siquiera dormir. Se quedaba allí sentada, todo el día, todos los días, mirando al infinito, y luego pasaba las noches en su celda, tumbada boca arriba en la cama, contemplando la oscuridad.

—¿Corrie Swanson?

Despertó y alzó la mirada. Había un celador en la puerta de la sala, con un portapapeles de pinza en la mano.

—Aquí —dijo ella.

—Su abogado ha venido a verla.

Lo había olvidado. Se levantó sin ganas y siguió al celador a otra estancia. El aire que la rodeaba le parecía denso, granuloso. Los ojos no paraban de lagrimearle, pero no lloraba exactamente; era una especie de reacción fisiológica.

Entró en una pequeña sala de conferencias donde la esperaba el abogado de oficio, sentado a la mesa, con el maletín abierto y una serie de subcarpetas de color vainilla extendidas en un perfecto abanico. Se llamaba George Smith y ya se había reunido con él unas cuantas veces. Era un hombre de mediana edad, rubio, algo calvo y con una expresión de perpetua disculpa en el rostro. Era bastante agradable y tenía buena intención, pero no era precisamente Perry Mason.

—Hola, Corrie —dijo.

Ella se dejó caer en una silla, sin decir nada.

—Me he reunido varias veces con el fiscal del distrito —empezó diciendo Smith— y, bueno, he conseguido que acepte un acuerdo.

Corrie asintió con indiferencia.

—La situación es la siguiente: usted se declara culpable de allanamiento de morada, violación de la propiedad privada y profanación de un cadáver, y ellos retiran el cargo menor de robo. Se enfrenta a diez años, máximo.

—¿Diez años?

—Lo sé. No es lo que yo esperaba. Se está ejerciendo mucha presión para que se la condene a la pena máxima. No acabo de entenderlo, pero quizá tenga algo que ver con toda la publicidad que está generando este caso y la actual controversia sobre el cementerio. Estoy convencido de que quieren aplicarle un castigo ejemplar.

—¿Diez años? —repitió Corrie.

—Con buena conducta, podría salir en ocho.

—¿Y si vamos a juicio?

El rostro del abogado se ensombreció.

—Descartado. Las pruebas que hay contra usted son irrefutables. Nos encontramos ante una concatenación de delitos que van desde el allanamiento hasta la profanación de tumbas. Solo este último delito ya conlleva una pena de hasta treinta años de prisión.

—¿En serio? ¿Treinta años?

—En el estado de Colorado, la legislación es particularmente taxativa en esa materia por su largo historial de saqueo de tumbas. —Hizo una pausa—. Mire, si no se declara culpable, el fiscal se cabreará y podría pedir la máxima condena. A mí ya me ha amenazado con ello.

Corrie contempló la maltrecha mesa.

—Tiene que declararse culpable, Corrie. Es su única opción.

—Pero... es que no me lo puedo creer. ¿Diez años por lo que he hecho? Eso es bastante más de lo que les cae a muchos asesinos.

Se hizo un largo silencio.

—Siempre puedo volver a hablar con el fiscal. El problema es que la pillaron con las manos en la masa, y usted no tiene nada con qué negociar.

—Pero ¡yo no he profanado ningún cadáver!

—Bueno, según la legislación de Colorado, sí. Abrió el ataúd, manipuló los huesos, los fotografió y se llevó dos de ellos. Eso argüirán, y me costará rebatirlo. No merece la pena arriesgarse. Aquí se elige a los miembros del jurado entre los habitantes de todo el condado, no solo de Roaring Fork, y hay muchos rancheros y granjeros conservadores por ahí, gente religiosa a la que no le agradará lo que hizo.

—Yo solo intentaba demostrar que las marcas de los huesos... —No pudo acabar la frase.

El abogado extendió sus manos finas y una expresión apenada contrajo su rostro afilado.

—Es lo mejor que puedo ofrecerle.

—¿Cuánto tiempo tengo para pensármelo?

—No mucho. Podrían retirar la oferta en cualquier momento. Sería preferible que lo decidiera ahora mismo.

—Tengo que meditarlo.

—Ya tiene mi número.

Corrie se levantó, le estrechó la mano lacia y sudorosa y salió. El celador, que había estado esperando en la puerta, volvió a llevarla al salón. Ella se sentó y, mirando fijamente la moqueta a cuadros blancos y negros, pensó en cómo sería su vida dentro de diez años, cuando saliera de la cárcel. Los ojos empezaron a llorarle otra vez, y se los secó furiosa, en vano.

10

Jenny Baker llegó al ayuntamiento de Roaring Fork abrazada al segundo maletín del jefe de policía Stanley Morris. Él llevaba dos maletines a reventar a todas las reuniones a las que asistía, al parecer, para poder responder a cualquier pregunta que pudiera surgir. Jenny había intentado persuadirlo de que se comprara una tablet, pero Morris era un ludita redomado y se negaba incluso a utilizar el ordenador de sobremesa que tenía en el despacho.

A Jenny no le disgustaba, pese a lo incómodo de tener que ir cargando con dos maletines a todas partes. De momento, le había resultado agradable trabajar para el jefe Morris, que rara vez le exigía nada y era siempre simpático. En las dos semanas que llevaba de becaria en la comisaría, lo había visto nervioso y preocupado, pero nunca enfadado. En ese momento estaba caminando a su lado, charlando de los asuntos de la ciudad, mientras entraban en la sala de sesiones. Las grandes reuniones del ayuntamiento se celebraban en el Teatro de la Ópera, pero aquella, la del 13 de diciembre, a menos de dos semanas de Navidad, no se esperaba que estuviera muy concurrida.

Jenny tomó asiento justo detrás del jefe, en la zona de funcionarios del ayuntamiento. Llegaban temprano —Morris siempre llegaba temprano— y pudo ver entrar al alcalde, a la Junta de Planificación, al fiscal del condado y a otros funcionarios cuyos nombres desconocía. Pegado a sus talones llegó un contingente de The

Heights, encabezado por la señora Kermode, con su melena gris a capas perfectamente peinada. La seguían su cuñado, Henry Montebello, y otros hombres trajeados de aspecto anónimo.

El tema principal de la reunión, cuyo orden del día se publicaba regularmente en el periódico, era una propuesta de The Heights sobre la nueva ubicación de los restos mortales desenterrados de Boot Hill. En cuanto dio comienzo la sesión con el habitual juramento de fidelidad y la lectura de las actas, los pensamientos de Jenny derivaron hacia la mujer que había conocido, Corrie, y lo que le había sucedido. Le ponía los pelos de punta. Le había parecido tan agradable, tan profesional, y que la hubieran pillado entrando por la fuerza en un almacén, profanando un ataúd y robando huesos... No había forma de saber de lo que eran capaces algunas personas. Y encima era alumna del John Jay. Nada por el estilo había sucedido jamás en The Heights, y el vecindario aún estaba indignado por ello. Sus padres no hablaban de otra cosa a la hora del desayuno todos los días, incluso ahora, diez días después del suceso.

Durante los preliminares, a Jenny le sorprendió la cantidad de gente que iba ocupando los asientos destinados al público. La zona estaba ya a rebosar. Quizá volviera a estallar la controversia con el asunto del cementerio. Confiaba en que la sesión no se alargara, porque había quedado esa noche para cenar.

Se pasó al primer punto del orden del día. El abogado de The Heights se puso en pie e hizo su presentación con un dejo nasal. The Heights, dijo, proponía que los restos desenterrados se sepultaran ahora en un campo comprado a tal efecto en una loma a unos ocho kilómetros por la carretera 82. A Jenny le sorprendió; había dado por supuesto que los restos volverían a enterrarse dentro de los límites de la ciudad. Ahora entendía por qué había tanta gente allí.

En su jerigonza jurídica, el abogado explicó que aquello era perfectamente legal, razonable, idóneo, preferible y, sin duda, inevitable por diversas razones que Jenny no comprendía. Mientras el abogado proseguía, ella percibió el lento incremento de un murmullo de protesta, hasta algunos silbidos de desaprobación, procedentes de los asientos públicos. Miró en la dirección del ruido. La propuesta, por lo visto, no estaba teniendo muy buena acogida.

Justo cuando estaba a punto de devolver su atención al estrado, vio aparecer al fondo de la zona pública una figura llamativa vestida con un traje de chaqueta negro. Había algo cautivador en aquel hombre. ¿Sería su rostro perfecto de alabastro? ¿O su pelo, rubio casi blanco? ¿O sus ojos, de un azul grisáceo tan claro que, incluso desde el otro extremo de la sala, parecía un extraterrestre? ¿Sería una celebridad? Si no lo era, debía serlo, decidió Jenny.

Ahora se había puesto en pie un paisajista, que soltaba su perorata acompañada de una presentación con imágenes en la pantalla portátil que mostraban una parcela de la zona propuesta para el enterramiento, seguidas de unas vistas en tres dimensiones del futuro cementerio, con sus muros de piedra, una singular arcada de hierro forjado que conducía al interior y los pasillos adoquinados entre las tumbas. Luego vinieron unas fotografías del solar en cuestión: un hermoso prado verde a medio camino de la montaña. Era precioso, pero no estaba en Roaring Fork.

Mientras hablaba, el murmullo de desaprobación y la inquietud de la gente allí congregada aumentaron de intensidad. Jenny reconoció a un reportero del *Roaring Fork Times*, sentado en la primera fila de la zona pública y, a juzgar por la expresión de deleite anticipatorio de su rostro, esperaba fuegos artificiales.

Por fin, Betty Brown Kermode se levantó para hablar. Entonces se hizo el silencio. Era una presencia imponente en la ciudad —hasta al padre de Jenny parecía intimidarlo— y los que se habían reunido allí para expresar su opinión enmudecieron temporalmente.

Comenzó mencionando el extremadamente desafortunado robo de hacía diez días, la espantosa profanación de un cadáver y la necesidad que eso demostraba de volver a enterrar aquellos restos humanos cuanto antes. Comentó de pasada la gravedad del delito, tal que su autora había accedido a pactar con el fiscal su encarcelación durante diez años.

The Heights, prosiguió, había estado cuidando esos restos con esmero, perfectamente consciente de su sagrado deber: asegurarse de que a aquellos rudos mineros, a aquellos primeros habitantes de Roaring Fork, se les proporcionaba un enterramiento acorde con su sacrificio, su arrojo y su contribución a la apertura del oeste americano. Habían encontrado, dijo, el lugar perfecto donde descansar: en las lomas de Catamount, con unas vistas arrebatadoras a la divisoria continental. Alrededor del cementerio, habían adquirido cuarenta hectáreas de terreno abierto, que sería siempre agreste. Eso era lo que aquellos pioneros de Colorado merecían, no que los apretujaran en una parcela de la ciudad, rodeados del bullicio y el alboroto del comercio, el tráfico, las compras y el deporte.

Fue una presentación muy eficaz. Hasta Jenny se sorprendió coincidiendo con la señora Kermode. Cuando esta volvió a su sitio, ya no se oían las protestas.

El siguiente en ponerse de pie fue Henry Montebello, que había entrado a formar parte de la familia Kermode por vía matrimonial y, en consecuencia, había obtenido un poder y una respetabilidad instantáneas en la ciudad. Era un hombre mayor, flaco, reservado y de aspecto avejentado. A Jenny no le gustaba y, de hecho, le tenía miedo. Hablaba con un acento lacónico del Medio Oeste que, de algún modo, hacía que todos sus comentarios sonaran cínicos. Aunque había sido el arquitecto jefe de The Heights, a diferencia de Kermode no vivía en el complejo, sino que tenía su domicilio personal y su despacho en una gran mansión al otro lado de la ciudad.

Se aclaró la garganta. No se había reparado en gastos, dijo a los presentes, en la construcción de The Heights, y no solo en eso, sino también en garantizar que se ajustaba tanto al espíritu y la estética de Roaring Fork como a la ecología y el medio ambiente locales. Podía afirmar eso, prosiguió Montebello, porque él mismo había supervisado personalmente la preparación de la obra, el diseño de las mansiones y el club, así como la construcción del complejo. Supervisaría también, señaló, la creación del nuevo cementerio con la misma devoción y dedicación que había otorgado a The Heights. De todo aquello se deducía que los ocupantes de Boot Hill, muertos hacía años, habrían de estar agradecidos a Montebello por su entrega personal en su nombre. Montebello hablaba con una dignidad pausada y con gravedad aristocrática, y aun así subyacía a sus palabras cierta frialdad, sutil pero inconfundible, que parecía desafiar a todo aquel que pretendiera contradecir una sola sílaba pronunciada por él. Nadie lo hizo, así que tomó asiento de nuevo.

Entonces se levantó el alcalde, agradeció su intervención a la señora Kermode y al señor Montebello, y abrió el turno de ruegos y preguntas. Se alzaron unas cuantas manos y el alcalde señaló a alguien. Pero, cuando esa persona se levantó para hablar, el hombre del traje negro —que, de algún modo, se había situado en primera fila— alzó la mano para silenciarlo.

—No es su turno, señor —lo reprendió el alcalde, con un golpe de mazo.

—Eso está por ver —respondió.

Su voz era dulce como la miel y tenía un acento inusual del sur profundo que Jenny no fue capaz de ubicar, pero que hizo recapacitar al alcalde lo suficiente como para permitirle continuar.

—Señora Kermode —dijo el hombre volviéndose hacia ella—, como bien sabe, para exhumar restos humanos, se precisa autorización de un descendiente legítimo. Cuando se trata de cementerios históricos, tanto la legislación de Colorado como la legislación federal estipulan que debe realizarse un «esfuerzo verdadero» por localizar a dichos descendientes para poder exhumar los restos. Doy por supuesto que The Heights hizo ese esfuerzo, ¿no es cierto?

El alcalde volvió a hacer sonar el mazo.

—¡Le repito que no es su turno, señor!

—Responderé encantada a la pregunta —intervino la señora

Kermode con serenidad—. Ciertamente efectuamos una búsqueda diligente de descendientes. No se encontró ninguno. Esos mineros eran, en su mayoría, nómadas sin familia que murieron hace siglo y medio sin dejar descendencia. Está todo en los documentos públicos.

—Muy bien —dijo el alcalde—. Gracias, señor, por su opinión. Hay muchas otras personas que desean hablar. ¿Señor Jackson?

Pero el hombre prosiguió.

—Qué raro —repuso—, porque, en solo quince minutos de búsqueda aleatoria en internet, he localizado a un descendiente directo de uno de los mineros.

Se hizo el silencio. Luego el alcalde volvió a intervenir:

—¿Quién es usted, señor?

—Hablaré de eso en un momento. —El hombre levantó un papel—. Tengo aquí una carta de la capitana Stacy Bowdree, de las Fuerzas Aéreas de Estados Unidos, recién llegada de un viaje a Afganistán. Cuando la capitana Bowdree se ha enterado de que ustedes, señores, habían desenterrado a su tatarabuelo, Emmett Bowdree, habían depositado sus restos en una caja y los habían almacenado en un asqueroso almacén de materiales en una pista de esquí, se ha disgustado muchísimo. De hecho, piensa presentar cargos.

Se hizo de nuevo el silencio.

El hombre sostuvo en alto otro documento.

—La legislación de Colorado es muy estricta en lo que respecta a la profanación de cementerios y de restos humanos. Permítanme que les lea el apartado noventa y siete del Código Penal de Colorado: «Profanación de un cementerio»:

(2) (a) Toda persona que desenterrara, a sabiendas y por voluntad propia, salvo como estipula la ley con la autorización de un descendiente legítimo, el cadáver o los restos de cualquier ser humano, o con sus palabras, hechos o actos, favoreciera la exhumación, será acusado de un delito en primer grado y será encar-

celado por un período mínimo de treinta (30) años o deberá pagar una multa de no más de cincuenta mil (50.000) dólares, o ambos, según decida el tribunal.

El alcalde se levantó furibundo, aporreando la mesa con el mazo.

—¡Esto no es un tribunal! —¡Zas!—. No toleraré que se mencionen aquí esos procedimientos. Si tiene usted cuestiones legales, lléveselas al fiscal del condado, en vez de hacernos perder el tiempo en una sesión del consistorio.

Pero no logró silenciar al hombre del traje negro.

—Alcalde, permítame que le cite textualmente: «... o con sus palabras, hechos o actos, favoreciera la exhumación». Parece que eso se aplica muy concretamente a usted, así como a la señora Kermode y al jefe de policía. Los tres han sido responsables «con sus palabras, hechos o actos» de la exhumación ilegal de Emmett Bowdree, ¿no es así?

—¡Basta! ¡Seguridad, saquen a este hombre del edificio!

Aun cuando dos policías se esforzaban por llegar hasta el hombre, este volvió a hablar, cortando el aire con su voz como con un cuchillo.

—¿No están ustedes a punto de condenar a alguien a diez años de prisión por violar precisamente esa ley que ustedes mismos han violado flagrantemente?

Esto despertó al público, tanto a favor como en contra. Hubo algunos murmullos y gritos dispersos: «¿Es eso cierto?» y «¡Le ha salido el tiro por la culata!», al lado de «¡Deshágánse de él!» y «¿Quién demonios es este tipo?».

Los dos policías llegaron hasta el hombre abriéndose camino entre la multitud de espectadores, ahora de pie. Uno lo agarró del brazo.

—No nos cause problemas, señor.

El hombre se zafó del policía.

—Le aconsejo que no me toque.

—¡Arréstenlo por escándalo público! —gritó el alcalde.

—¡Que le dejen hablar! —chilló alguien.

—Señor, si no colabora, nos veremos obligados a detenerlo —le oyó decir Jenny a uno de los policías.

El alboroto ahogó la respuesta del hombre. El alcalde aporreó la mesa con el mazo repetidas veces, instando al orden.

—Está usted detenido —dijo el policía—. Las manos a la espalda.

En lugar de obedecer la orden, Jenny vio al hombre sacarse la cartera con un solo movimiento suave y abrirla de golpe. Brilló algo dorado y los dos policías se quedaron atónitos.

El alboroto empezó a extinguirse.

—En respuesta a su pregunta anterior —le dijo el hombre al alcalde con su meloso timbre sureño—, soy el agente especial Pendergast del FBI.

Se hizo el silencio absoluto en toda la sala. Jenny jamás había visto la expresión que veía ahora en el rostro de la señora Kermode: de sorpresa y de rabia. La cara de Henry Montebello no revelaba nada. El jefe Morris, por su parte, parecía paralizado. No, paralizado no era la palabra; descorazonado, hundido. Como si quisiera derretirse en la silla y desaparecer. Al alcalde se le veía sencillamente destrozado.

—Emmett Bowdree —prosiguió aquel hombre llamado Pendergast— no es más que uno de los ciento treinta cadáveres que ustedes cuatro, la señora Kermode, el alcalde, el señor Montebello y el jefe de policía, que firmaron la orden de exhumación, han profanado, según las leyes de Colorado. La responsabilidad penal y civil es pasmosa.

La señora Kermode se recuperó primero.

—¿Así es como opera el FBI? ¿Viene aquí e interrumpe la sesión consistorial para proferir amenazas? ¿De verdad es usted agente? ¡Acérquese y preséntele sus credenciales al alcalde como es debido!

—Gustosamente.

El hombre pálido pasó la puertecilla que separaba la zona pública de la de los funcionarios y avanzó por el pasillo con una suerte de insolente desenfado. Se plantó delante del alcalde y dejó su placa sobre el estrado. El hombre la examinó, y su rostro reveló una consternación creciente.

Con un movimiento ágil y repentino, Pendergast desmontó el micrófono del alcalde. Solo entonces comprendió Jenny que invitar a un extraño a que se aproximara al estrado probablemente no había sido la mejor de las ideas. Vio al reportero del *Roaring Fork Times* garabatear como un poseso, con una expresión de puro gozo en su rostro.

Entonces habló el alcalde, alzando la voz, dado que ya no disponía de amplificación.

—Agente Pendergast, ¿se encuentra usted aquí de servicio?

—Aún no —respondió.

—Siendo así, propongo que aplacemos esta sesión para que nuestros abogados, los abogados de The Heights y usted puedan tratar este asunto en privado. —Selló su propuesta con un golpe de mazo.

El agente Pendergast alargó su brazo vestido de negro, cogió el mazo y lo apartó del alcance del alcalde.

—Ya basta de aporrear la mesa como un energúmeno.

Eso provocó las carcajadas de los espectadores allí presentes.

—Aún no he terminado. —La voz de Pendergast, ahora amplificada por el sistema de sonido, llenó la sala—. La capitana Bowdree me ha escrito que, dado que los restos de su tatarabuelo ya han sido tan desconsideradamente desenterrados, y nada puede reparar la ofensa a su memoria, cree que deberían al menos examinarse para averiguar la causa de su muerte, con fines históricos, por supuesto. Por consiguiente, ha concedido permiso a una tal Corrine Swanson para que examine esos restos antes de que vuelvan a ser enterrados. En su lugar de descanso original, por cierto.

—¿Qué? —Kermode se levantó furibunda—. ¿Lo ha enviado esa chica? ¿Está ella detrás de todo esto?

—Ella no tiene ni idea de que estoy aquí —dijo el hombre con serenidad—. No obstante, parece que el cargo más grave que hay ahora contra ella es debatible, puesto que ha redundado en ustedes cuatro. Son ustedes los que se enfrentan ahora a treinta años de prisión no solo por delinquir una vez, sino por ciento treinta. —Hizo una pausa—. Imaginen si tuvieran que cumplir esas condenas una detrás de otra.

—¡Esas acusaciones son indignantes! —exclamó el alcalde—. La sesión queda aplazada. ¡Que seguridad despeje inmediatamente la sala!

Se produjo el caos, pero Pendergast no hizo nada por evitarlo. Finalmente se despejó la sala de sesiones y él se quedó a solas con los concejales, los abogados de The Heights, Kermode, Montebello, el jefe Morris y algunos otros funcionarios. Jenny esperó en su sitio, junto al jefe, sin aliento. ¿Qué ocurriría ahora? Por primera vez, Kermode parecía derrotada, demacrada, con su pelo grisáceo despeinado. El jefe estaba empapado en sudor; el alcalde, pálido.

—Por lo que se ve, el *Roaring Fork Times* tendrá un notición que publicar mañana —señaló Pendergast.

La idea pareció dejarlos pasmados a todos. El alcalde se enjugó la frente.

—Además de esa noticia —añadió Pendergast—, me gustaría ver otra publicada.

Se hizo un largo silencio. Montebello fue el primero en hablar:

—¿Y cuál sería?

—La de que usted —dijo Pendergast volviéndose hacia el jefe Morris— ha retirado todos los cargos contra Corrine Swanson y la ha dejado en libertad.

Les cedió unos minutos para digerirlo.

—Como he dicho antes, el cargo más grave es ahora discutible. La señorita Swanson cuenta con permiso para examinar los restos de Emmett Bowdree. Los otros cargos, el de invasión de la propiedad privada y el de allanamiento de morada, son menos graves y pueden desestimarse fácilmente. Todo puede, de hecho, atribuirse a un desafortunado malentendido entre el jefe Morris, aquí presente, y la señorita Swanson.

—Eso es chantaje —dijo Kermode.

Pendergast se volvió hacia ella.

—Podría señalar que no fue en realidad un malentendido. Por lo que sé, el jefe Morris le indicó que tendría acceso a los restos. Luego se desdijo, como consecuencia de su evidente intervención, señora. Fue injusto. Yo no hago más que reparar el error.

Hubo otro silencio mientras los demás digerían aquello.

—¿Y qué hará usted por nosotros a cambio? —preguntó Kermode—. Me refiero a si el jefe Morris suelta a esa señorita amiga suya.

—Persuadiré a la capitana Bowdree para que no presente su demanda oficialmente al FBI —señaló Pendergast sereno.

—Ya entiendo —repuso Kermode—. Todo depende de esa tal capitana Bowdree. Siempre, claro está, que esa persona exista siquiera.

—Ha tenido usted la mala suerte de que Bowdree no sea un apellido corriente. Me ha facilitado mucho la búsqueda. Una llamada telefónica me bastó para saber que conocía bien sus raíces en Colorado y que, de hecho, se sentía muy orgullosa de ellas. Usted asegura, señora Kermode, que The Heights hizo un esfuerzo verdadero por localizar a los descendientes. Evidentemente eso es una falsedad. Como es lógico, es algo que el FBI tendrá que investigar.

Jenny observó que el rostro de la señora Kermode palidecía bajo el maquillaje.

—Aclaremos una cosa. Esa joven, Swanson... ¿qué es, su novia? ¿Algún familiar?

—No tiene ninguna relación conmigo —dijo Pendergast entrecerrando sus ojos plateados y mirando a Kermode de una forma desconcertante—. Aun así, pasaré las Navidades en Roaring Fork para asegurarme de que no vuelve usted a interferir en su trabajo.

Mientras Jenny lo observaba, Pendergast se volvió hacia el jefe Morris.

—Le sugiero que llame al periódico inmediatamente; imagino que estarán a punto de cerrar la edición. Ya he reservado una habitación para la señorita Swanson en el hotel Sebastian y, por su bien, confío en que no pase una sola noche más en prisión.

11

Unos minutos después de la medianoche, un Porsche 911 Turbo S Cabriolet plateado se dirigió a la elegante puerta principal del número 3 de Quaking Aspen Drive. Sin embargo, no se detuvo allí, sino que continuó hasta acercarse a la entrada del garaje de cuatro plazas que había un poco más adelante.

El joven que iba al volante aparcó el vehículo.

—Por fin en casa —dijo—. Como querías.

Se inclinó por encima del cambio de marchas para besuquear a la chica que ocupaba el asiento del copiloto.

—Para ya —le pidió ella apartándolo.

Él se fingió dolido.

—Soy tu amigo, ¿no?

—Sí.

—Pues déjame que lo disfrute —añadió intentándola besar de nuevo.

—Qué idiota. —La chica bajó del coche riendo—. Gracias por la cena.

—Y por la película.

—Y por la película.

Jenny Baker cerró la puerta de golpe, luego vio el coche alejarse por el largo y curvilíneo camino de entrada hasta llegar a la carretera que conducía a la garita de The Heights, en el valle, a poco menos de un kilómetro de distancia. Para muchas de sus amigas de Hollywood High, perder la virginidad era una especie de honor; cuanto antes, mejor. Pero Jenny no lo veía así. No en la primera cita. Y menos aún con un memo como Kevin Traherne. Como muchos de los chicos de Roaring Fork, pensaba que el dinero de su padre era lo único que le hacía falta para camelarse a una chica.

Jenny se acercó a la puerta del garaje, tecleó un código en el panel y esperó a que la puerta se levantara. Luego pasó por delante de la fila de resplandecientes coches caros, pulsó el botón para cerrar y entró en la casa. La alarma estaba, como siempre, desconectada; había pocos robos en Roaring Fork, y ni uno solo en The Heights, salvo que se contase cuando Corrie Swanson se había colado en el almacén, claro. Le vino a la mente de nuevo la sesión del consistorio de esa tarde, y el intimidatorio agente del FBI vestido de negro que había llegado como un ángel vengador. Le daba pena el jefe Morris; era un tipo decente, pero tenía un verdadero problema: se dejaba avasallar por los demás, como por esa bruja de Kermode. En cualquier caso, se alegraba de que el agente Pendergast, recordó que así se llamaba, hubiera sacado a Corrie de la cárcel. Esperaba volver a toparse con ella, preguntarle por el John Jay, quizá, siempre que el jefe no anduviera cerca.

Jenny pasó por el cuarto de aseo, cruzó la despensa y entró en la espaciosa cocina de la típica vivienda de vacaciones. A través de las puertas de cristal, pudo ver el árbol de Navidad, cubierto y adornado de lucecitas. Sus padres y su hermana pequeña estarían arriba, durmiendo.

Encendió de golpe todas las luces. Se iluminaron la larga encimera de granito, el horno Wolf, el frigorífico combo Sub-Zero con sus unidades de congelación, las tres puertas que conducían respectivamente al lavadero, la segunda cocina y el comedor.

De pronto se dio cuenta de que no había oído el golpeteo de unas uñas en el suelo, que ningún perro greñudo y cariñoso había salido a saludarla meneando su cola deforme.

—¿Rex? —lo llamó.

Nada.

Se encogió de hombros, cogió un vaso de uno de los armarios, se acercó al frigorífico, decorado, como siempre, con las estúpidas fotos de Nicki Minaj que colgaba Sarah, se sirvió un vaso de leche y se sentó a la mesa en el rincón del desayuno. Había una pila de libros y revistas en el asiento de la ventana; apartó algunos y, al hacerlo, observó que por fin Sarah había seguido su consejo y había empezado a leer *La colina de Watership*, y aprovechó para coger su ejemplar de *La justicia penal en nuestros días*, de Schmalleger. Entonces reparó en que una de las sillas de la cocina estaba tirada en el suelo.

Qué desastre.

Encontró la página hasta donde había leído y continuó la lectura, bebiendo sorbitos de leche al mismo tiempo. A su padre, un importante abogado de Hollywood, le enfurecía que Jenny quisiera estudiar criminalística. Para él los policías y los fiscales eran formas de vida inferiores, pero, en realidad, él era en parte responsable de su interés. Todas las películas de acción policial a cuyo estreno había asistido —producidas o dirigidas por clientes de su padre— habían logrado que le fascinara aquel trabajo desde una edad muy temprana. Y, a partir del otoño siguiente, estudiaría la materia a jornada completa, como alumna de primero de la Universidad Northeastern.

Cuando se terminó la leche, volvió a cerrar el libro, llevó el vaso al fregadero, salió de la cocina y enfiló las escaleras rumbo a su habitación. Su padre tenía contactos suficientes para impedir que le dieran trabajos de verano en la policía de California, pero no para evitar que trabajara como becaria durante las vacaciones de Navidad allí, en Roaring Fork. La sola idea lo volvía loco.

Y eso, claro, lo hacía más divertido.

La enorme y laberíntica casa permanecía en calma. Ascendió la escalera de caracol hasta la segunda planta; el rellano estaba oscuro y silencioso. Mientras subía, pensó de nuevo en el misterioso agente del FBI. «El FBI —se dijo—. Quizá el próximo verano debería solicitar una beca en Quantico...»

Al final de las escaleras, se detuvo. Pasaba algo. Por un instante, no supo bien de qué se trataba. Entonces cayó en la cuenta: la puerta de Sarah estaba abierta de par en par y una tenue luz se proyectaba en la penumbra del pasillo.

Sarah, que tenía dieciséis años, estaba en esa etapa adolescente en que la intimidad era primordial. Últimamente su puerta estaba cerrada a todas horas. Jenny olisqueó el aire, pero no olía a hierba. Sonrió: su hermana debía de haberse quedado dormida leyendo una revista o algo. Así podría colarse en su cuarto y reorganizarle las cosas. Seguro que eso la molestaría.

Con sigilo, enfiló el pasillo y se acercó de puntillas al cuarto de su hermana. Llegó hasta el marco de la puerta, puso una mano en él y asomó la cabeza muy despacio.

Al principio, le costó procesar lo que estaba viendo. Sarah estaba tumbada en la cama, amarrada con alambre, con un trapo sucio en la boca y una bola de billar —con un número, el siete, grabado en su superficie amarilla y blanca— apoyada en el trapo y sujeta a la nuca con una cuerda elástica. Bajo la tenue luz azul, Jenny vio que las rodillas de su hermana sangraban profusamente y manchaban de un rojo negruzco las sábanas. Boquiabierta de espanto y horror, descubrió que Sarah la miraba fijamente, con los ojos como platos, aterrada, suplicante.

Entonces vio algo con el rabillo del ojo. Al volverse, descubrió espantada una temible aparición en el pasillo, a su lado; vestía vaqueros negros y una chaqueta de cuero negro muy ajustada. La figura guardaba silencio y estaba completamente inmóvil. Llevaba guantes y sostenía un bate de béisbol. Lo peor de todo era la máscara de payaso: blanca, con enormes labios rojos que sonreían diabólicos, e intensos coloretes en ambas mejillas. Jenny retrocedió tambaleándose, las piernas le flojeaban. Por los orificios, a ambos lados de la larga y puntiaguda nariz, pudo ver unos ojos oscuros que la miraban, aterradoramente inexpresivos, en terrible contrapunto con la máscara de lasciva sonrisa.

Jenny abrió la boca para gritar, pero la figura, que saltó de pronto con violencia, se abalanzó sobre ella y le tapó la nariz y la boca con un paño de espantoso olor. Mientras perdía el conocimiento y se desplomaba en el suelo, oyó un lamento débil y agudo proveniente de la mordaza de Sarah...

Despacio, muy despacio, recobró el sentido. Todo era borroso e indefinido. Por un instante, no supo dónde estaba. Se hallaba tumbada en algo duro y liso que la envolvía. Luego, al mirar alrededor en la oscuridad, lo comprendió: se encontraba en la bañera de su aseo privado. ¿Qué hacía allí? Le parecía que había estado dormida durante horas, pero no: el reloj colgado encima del lavabo marcaba las 12.50. Solo había estado inconsciente un par de minutos. Intentó moverse y descubrió que estaba atada de pies y manos.

Fue entonces cuando el recuerdo de lo sucedido le vino a la cabeza y cayó sobre ella como un peso muerto.

El corazón se le aceleró de inmediato, golpeándole el pecho con fuerza. Aún llevaba el trapo en la boca. Trató de escupirlo y vio que no podía. La fuerte ligadura de la cuerda le raspaba las muñecas y los tobillos. Las fotografías de escenas de crímenes que había visto, terribles, desfilaron rápidamente por su cabeza.

«Me van a violar», pensó estremeciéndose al recordar aquella máscara de payaso de mirada lasciva. Pero no. Si lo que pretendía era violarla, no la habría atado de aquel modo. Aquello era una invasión de la propiedad privada, y ella lo había pillado *in fraganti.*

Una invasión de la propiedad privada.

«A lo mejor, lo único que quiere es dinero —se dijo—. Igual solo quiere las joyas. Cogerá lo que sea y se irá, y luego...»

Pero era tan espantosamente sigiloso, tan diabólicamente calculador. Primero Sarah, después ella...

«¿Y papá y mamá?»

Al pensarlo, sintió un pánico absoluto.

Se revolvió con violencia, moviendo la mandíbula, empujando con la lengua el paño que tenía metido a presión en la boca. Quiso levantarse, pero le recorrió las piernas un dolor insoportable que casi la hizo desmayarse. Vio que le había golpeado las rótulas como a su hermana, porque los bordes blancos de hueso roto sobresalían por la carne abierta y ensangrentada. Recordó el bate de béisbol que aquel tipo sostenía en la mano enguantada de negro, y una nueva punzada de pánico la hizo gemir y revolcarse en el fondo de la bañera pese al horrible dolor en las rodillas.

De pronto, oyó sonidos de lucha procedentes del pasillo: su padre gritando, su madre chillando de miedo. Jenny escuchó con indecible horror. Oyó que se volcaban muebles, que se rompían cristales. Los gritos de su madre aumentaron de volumen. Un fuerte estrépito. De pronto, los alaridos de rabia y de sobresalto de su padre se convirtieron en aullidos de dolor. Se oyó un terrible chasquido como de madera sobre hueso y la voz de su padre se extinguió bruscamente.

Jenny aguzó el oído en el tremendo silencio, gimoteando bajo la mordaza, con el corazón cada vez más alborotado. Un instante después, captó otro sonido: sollozos, unos pies que corrían. Era su madre enfilando el pasillo, tratando de escapar. La oyó entrar en el cuarto de Sarah, oyó su grito. Entonces se escucharon pasos más fuertes en el pasillo. No eran los de su padre.

Otro grito de miedo de su madre, el sonido de unos pies bajando las escaleras. «Conseguirá escapar —se dijo Jenny, y la esperanza creció de pronto en su interior como una luz blanca—. Activará la alarma, saldrá corriendo, avisará a los vecinos, llamará a la policía...»

Los pasos del desconocido, más rápidos ahora, bajaron estrepitosamente las escaleras.

Con el corazón en la boca, Jenny percibió los sonidos que iban debilitándose. Oyó a su madre correr hacia la cocina, al panel principal de la alarma. Escuchó un grito cuando él, al parecer, la interceptó. El ruido de una silla volcada, el de vasos y platos haciéndose añicos en el suelo. Jenny, revolviéndose para zafarse de las ataduras, lo oyó todo, siguió aterrada la persecución. Oyó a su madre cruzar corriendo el cuarto de estar, el salón, la biblioteca. Un instante de silencio. Y luego el sonido de algo que se deslizaba con sigilo: era su madre abriendo con cuidado la puerta que llevaba a la piscina cubierta. «Va a salir por la puerta de atrás —se dijo—. Por detrás, para poder llegar a la casa de los MacArthur...»

De pronto, se produjo una ráfaga de golpes brutales, su madre profirió un solo grito agudo, y después se hizo el silencio.

No, no del todo. Mientras escuchaba, con los ojos como platos, gimoteando, la sangre zumbándole en los oídos, distinguió de nuevo los pasos del desconocido. Ahora se movía despacio, deliberadamente. Y se acercaba. Estaba cruzando el vestíbulo principal. Volvía a subir las escaleras: oyó chirriar el peldaño que su padre no paraba de decir que iba a arreglar.

Más cerca. Más cerca. Los pasos se aproximaban al pasillo. Estaban en su dormitorio. Y, de pronto, una figura oscura apareció en el umbral de la puerta de su baño. Muda, salvo por la agitada respiración. La máscara de payaso la miró lasciva. Ya no llevaba el bate de béisbol en una mano, sino una botella de plástico arrugada, que irradiaba un dorado pálido bajo la tenue luz.

La figura entró en el baño.

Al verlo aproximarse, Jenny se revolvió en la bañera, ignorando el dolor en las rodillas. El intruso estaba ya encima de ella. Apuntó hacia ella la botella de plástico y, mientras la apretaba y el líquido salía a chorros, Jenny percibió un fuerte olor: gasolina.

Se revolvió histérica.

El de la máscara de payaso la roció con esmero, sin dejarse nada, empapándole la ropa, el pelo, impregnando la bañera de porcelana. Luego, al tiempo que la lucha de Jenny se hacía aún más violenta, el intruso soltó la botella y retrocedió un paso. Se llevó una mano a uno de los bolsillos de la chaqueta de cuero y sacó una cerilla. Agarrándola con cuidado por el extremo, la frotó contra la superficie rugosa de la pared del baño. La cabeza de la cerilla se convirtió en una llama amarilla. Se meció sobre ella un segundo agónico e interminable.

Y después, cuando el pulgar y el índice se separaron, cayó.

Y el mundo de Jenny se disolvió en un fragor de llamas.

12

Corrie Swanson entró en el comedor del hotel Sebastian y la deslumbró su elegancia. Estaba decorado al estilo decimonónico de los llamados «alegres noventa», con papel pintado de terciopelo rojo, adornos de bronce bruñido y vidrio tallado, techo de estaño prensado y mesas y sillas de caoba de la época victoriana rematadas de seda y oro. Desde los ventanales, se veían las resplandecientes luces de Navidad de Main Street y las laderas impolutas, las pistas de esquí y los picos de las montañas al fondo.

Aunque era casi medianoche, el comedor estaba atestado, y el agradable murmullo de voces se mezclaba con el tintineo de la cristalería y el ajetreo de los camareros. La luz era tenue y le llevó un momento divisar la figura solitaria de Pendergast, sentado a una mesa discreta, junto a una de las ventanas.

Ignoró las incisivas preguntas del maître sobre si podía ayudarla —aún iba vestida con la ropa de la cárcel— y se fue derecha a la mesa de Pendergast. Él se levantó y le tendió la mano. La sobresaltó su aspecto: lo vio más pálido, más delgado y más ascético de lo habitual; casi «purificado», habría dicho.

—Corrie, me alegro de verla.

Le envolvió la mano con la suya, fría como el mármol, y luego le apartó la silla para que se sentara. Ella tomó asiento.

Había estado ensayando lo que iba a decirle, pero todo le salió en un precipitado barullo.

—No puedo creer que esté libre, ¿cómo voy a agradecérselo? Estaba desesperada, de mierda hasta arriba porque, como ya sabe, me habían obligado a aceptar diez años. Gracias, gracias por todo, por salvarme el culo, por rescatarme de mi asombrosa e imperdonable estupidez. Lo siento mucho, ¡muchísimo!

Pendergast alzó la mano para detener aquella avalancha de palabras.

—¿Le apetece beber algo? ¿Vino, quizá?

—Mmm, solo tengo veinte años.

—Ah, naturalmente. Pediré una botella para mí, entonces.

Cogió la carta de vinos, encuadernada en piel, tan inmensa que podría haber sido un arma arrojadiza.

—Esto, desde luego, es preferible a la cárcel —dijo Corrie mirando alrededor, inhalando el ambiente, el aroma a comida.

Le costaba creer que hacía solo unas horas estuviera entre rejas, convencida de que había arruinado por completo su vida. Pero, una vez más, había aparecido el agente Pendergast, como un ángel de la guarda, y todo había cambiado.

—Han tardado más de lo que yo esperaba en hacer todo el papeleo —dijo Pendergast examinando la carta de vinos—. Por suerte, el comedor del Sebastian está abierto hasta tarde. Creo que el Château Pichon-Longueville del 2000 estará bien, ¿no le parece?

—No sé nada de vinos, lo siento.

—Debería aprender. Es uno de esos placeres auténticos y ancestrales que hacen la existencia humana tolerable.

—Eh... sé que no es el momento, pero tengo que preguntárselo... —Notó que se ponía colorada—. ¿Por qué me ha rescatado así? ¿Y por qué se toma tantas molestias conmigo? Me sacó de Medicine Creek, me pagó el internado, me está ayudando a costear los estudios en el John Jay. ¿Por qué? Yo no paro de meter la pata.

Pendergast le dedicó una mirada inescrutable.

—El costillar de cordero de Colorado para dos iría bien con el vino. Tengo entendido que es excelente.

Corrie contempló la carta. La verdad es que estaba muerta de hambre.

—Por mí está bien.

Pendergast le hizo una seña al camarero y pidió.

—Bueno, volviendo a lo que decía... Me gustaría mucho saber, de una vez por todas, por qué me ha estado ayudando todos estos años. Sobre todo cuando no paro de pifiarla.

Le dedicó de nuevo aquella mirada impenetrable.

—¿«Pifiarla»? Veo que su afición por los eufemismos con encanto no ha remitido.

—Ya sabe a qué me refiero.

Aquella mirada parecía no tener fin. Entonces Pendergast dijo:

—Algún día quizá se convierta en una buena policía o criminóloga. Por eso. No hay otra razón.

Corrie notó que volvía a ruborizarse. No estaba segura de que le gustase la respuesta. Deseó no haber formulado la pregunta.

Pendergast volvió a coger la carta de vinos.

—Es asombrosa la cantidad de botellas de excelente vino francés de cosechas exquisitas que han llegado hasta esta pequeña población en medio de las montañas. Confío en que se beban pronto; la altitud de esta ciudad es de lo más inadecuada para el burdeos. —Dejó la carta—. Y ahora, Corrie, por favor, cuénteme con detalle lo que observó en los huesos de Emmett Bowdree.

Ella tragó saliva. Pendergast era tan condenadamente... hermético.

—Solo tuve unos minutos para examinarlos, pero estoy segura de que a ese tipo no lo mató un oso grizzly.

—¿Tiene pruebas?

—Hice algunas fotografías, pero me confiscaron la tarjeta de memoria. Le puedo contar lo que vi o, por lo menos, lo que me pareció ver.

—Excelente.

—Para empezar, el cráneo presentaba indicios de haber sido aplastado con una piedra. Y el fémur derecho tenía arañazos realizados con un utensilio romo, sin muestras, que yo pudiera ver, de reacción ósea o infecciosa.

Pendergast asintió despacio con la cabeza.

Ella prosiguió, cada vez más segura de sí misma.

—Me pareció ver leves marcas de dientes humanos en parte del hueso esponjoso. Eran levísimas y romas, no afiladas como las de un oso. Creo que el individuo fue víctima de canibalismo.

Llevada por el entusiasmo, había alzado la voz más de lo que pretendía, por lo visto. Los comensales que estaban más cerca de ella la miraban fijamente.

—Ups —dijo bajando la mirada a su trozo de mesa.

—¿Le ha hablado de esto a alguien?

—Aún no.

—Muy bien. Guárdelo en secreto. Solo causaría problemas.

—Pero necesito acceso a más restos.

—Estoy en ello. De los otros mineros, confío en que podríamos encontrar descendientes en al menos unos cuantos casos. Luego, como es lógico, tendríamos que solicitar permiso.

—Ah. Gracias, pero, ¿sabe?, eso ya lo puedo hacer yo. —Hizo una pausa—. ¿Cuánto tiempo piensa quedarse? ¿Unos días?

—Esta es una localidad tan rica, incontinente, hermosa. Creo que aún no había conocido nada así. Y resulta encantadora en Navidades.

—Entonces se va a quedar... ¿mucho tiempo?

—Aquí llega el vino.

Llegó junto con dos copas grandes. Corrie observó a Pendergast proceder con la rutina de agitar el caldo en la copa, olfatearlo, catarlo, volver a catarlo.

—Acorchado, me temo —le dijo al camarero—. Traiga otra botella, por favor. Que sea del 2001, para curarnos en salud.

Disculpándose profusamente, el camarero salió disparado con la botella y la copa.

—¿Acorchado? —preguntó Corrie—. ¿Qué es eso?

—El corcho es un contaminante del vino, que, según dicen, le da cierto regusto a perro mojado.

Llegó la nueva botella y Pendergast procedió con la rutina de nuevo, esta vez asintiendo con la cabeza a modo de aprobación. El camarero llenó la copa y volvió la botella hacia Corrie. Ella se encogió de hombros y él se la llenó también.

Corrie dio un sorbo. Le sabía a vino, ni más, ni menos.

—Este es casi tan bueno como el Mateus que solíamos beber en Medicine Creek.

—Veo que aún disfruta provocándome.

Ella dio otro sorbo. Era asombroso lo rápido que se estaba esfumando el recuerdo de la cárcel.

—Volviendo al asunto de mi liberación, ¿cómo lo ha hecho?

—Casualmente yo ya volvía a Nueva York cuando recibí su segunda carta.

—¿Se hartó de viajar por el mundo?

—Fue su primera carta, en parte, la que me instó a volver.

—¿Ah, sí? ¿Y eso por qué?

En lugar de contestar, Pendergast se asomó al rubí oscuro de su copa.

—Tuve suerte de localizar a la capitana Bowdree tan rápidamente. Se lo conté todo con franqueza: que a su antepasado lo habían exhumado sin miramientos de su histórico camposanto para hacerle sitio a un balneario. Le expliqué quién era usted, qué formación tenía, que el jefe de policía le había prometido acceso a los restos y luego se lo había negado. Le conté su temeraria entrada por la fuerza en el almacén y que la habían pillado con las manos en la masa. Y luego le dije que se enfrentaba a una condena de diez años de cárcel.

Pendergast dio un sorbo a su vino.

—La capitana comprendió inmediatamente la situación. No estaba dispuesta a que, en palabras suyas, «la jodieran así». Repitió esa frase varias veces con notable énfasis, lo que me condujo a creer que quizá había tenido alguna experiencia personal de ese tipo, tal vez en el ejército. En cualquier caso, juntos redactamos una carta bastante eficaz en la que, por un lado, se amenazaba con poner el caso en manos del FBI y, por otro, le concedía a usted permiso para estudiar los restos de su antepasado.

—Ah —dijo Corrie—. ¿Y así es como logró sacarme?

—Esta tarde ha habido una sesión del consistorio bastante tumultuosa en la que he comentado la carta de la capitana. —Pendergast se permitió una levísima sonrisa—. Mi presentación ha sido de lo más efectiva. Mañana lo leerá todo en el periódico.

—Bueno, me ha salvado el trasero. No sé cómo agradecérselo. Y, por favor, dele las gracias a la capitana en mi nombre.

—Lo haré.

Empezó a oírse un fuerte murmullo en el comedor, un revuelo. Varios clientes habían comenzado a mirar hacia los ventanales y algunos se habían levantado de sus mesas y señalaban hacia fuera. Corrie siguió sus miradas y vio una pequeña luz amarilla parpadeante cerca de uno de los montes próximos. Mientras miraba, el tamaño y la intensidad de la luz crecieron rápidamente. Cada vez eran más los clientes que se levantaban y algunos se acercaban a las ventanas. Aumentó el alboroto.

—¡Cielo santo, es una casa en llamas! —exclamó Corrie levantándose también para ver mejor.

—Eso parece.

El fuego se expandía con asombrosa rapidez. Parecía una casa enorme y las llamas la engullían con creciente violencia, saltando al aire de la noche, lanzando columnas de chispas y de humo. Se oyó un camión de bomberos en alguna parte de la ciudad, seguido de otro. El comedor entero estaba en pie, con los ojos clavados en la montaña. El horror se había apoderado de los comensales, luego el silencio, en el que resonó una voz.

—¡Esa es la casa de los Baker, en The Heights!

13

Larry Chivers había visto muchas escenas de destrucción en su trayectoria profesional como investigador de incendios, pero jamás había presenciado nada como aquello. La casa era gigantesca, cerca de mil quinientos metros cuadrados, y se había construido con inmensos maderos, vigas, paredes de tronco y tejados altísimos de madera de cedro. Había ardido con tal violencia que habían quedado charcos de cristales donde estaban las ventanas y hasta se habían combado los perfiles doble T de acero usados como vigas de flexión. La nieve se había desvanecido por completo en un radio de quinientos metros alrededor de la casa y los restos carbonizados aún irradiaban calor y despedían columnas de pestilente vapor.

A Chivers, que dirigía una consultoría de investigación de incendios a las afueras de Grand Junction, lo habían llamado a las siete de la mañana. Casi siempre trabajaba para compañías de seguros que pretendían demostrar que el incendio era premeditado para no tener que pagar las indemnizaciones, pero a veces lo llamaba la policía para que determinara si el fuego había sido accidental o un delito. Esta era una de esas veces.

Había un trayecto de dos horas desde Grand Junction, pero lo había hecho en noventa minutos, conduciendo como un loco su camioneta Dodge. A Chivers le gustaba viajar con la barra estroboscópica encendida y la sirena a tope, sobrepasando a todos los pobres imbéciles que tenían que respetar los límites de velocidad en la interestatal. Para añadirle atractivo al caso, la Policía de Roaring Fork pagaba bien y no andaban escatimando como otras comisarías para las que trabajaba.

Sin embargo, el horror de aquel escenario había enfriado su entusiasmo. Hasta Morris, el jefe de policía, parecía deshecho: tartamudeaba, balbucía, no era capaz de hacerse cargo. Chivers hizo todo lo posible por librarse de esa mala sensación. A fin de cuentas, se trataba de ricachones de Hollywood que usaban aquellas mansiones colosales como segunda vivienda —¡segunda vivienda!— solo unas cuantas semanas al año. Costaba sentir compasión por gente así. Seguramente el propietario se podía hacer otras cinco más como aquella sin que apenas lo notara su bolsillo. Del dueño de aquella casa, un tipo llamado Jordan Baker, no se sabía nada y nadie había podido dar con él aún para informarle del incendio. Su familia y él probablemente estarían fuera, en algún lugar de vacaciones muy pijo. O igual tenían una tercera vivienda; a Chivers no le sorprendería.

Empezó a prepararse para la inspección, comprobando y organizando el equipo, probando la grabadora digital, poniéndose los guantes de látex. Lo bueno de la aparente parálisis del jefe de policía era que los de criminalística, que aún andaban reuniéndose y esperando para intervenir, no habían toqueteado ni desordenado todavía el escenario del incendio. Morris los había mantenido a todos al margen, esperando a que Chivers llegara, y este se lo agradecía. Aunque, como de costumbre, los bomberos, que destrozaban los suelos y las paredes a hachazos, removían los escombros con palas y lo empapaban todo de agua, ya le suponían un trastorno considerable. El cuerpo de bomberos ya había analizado someramente la integridad del edificio, había identificado las zonas inestables y las había acordonado.

Chivers se colgó la bolsa del hombro y le hizo un gesto al jefe Morris.

—Listo.

—Bien —contestó Morris, ausente—. Estupendo. Rudy le guiará.

El bombero llamado Rudy le levantó la cinta que acordonaba la vivienda para que pasara y él lo siguió por el pasillo de ladrillo y cruzó el umbral de lo que había sido la puerta principal. El escenario del incendio apestaba a plástico, madera y poliuretano quemados y empapados. Aún quedaba algo de calor residual; pese a la gélida temperatura, la casa todavía lanzaba columnas de vapor al frío cielo azul. Aunque lo obligaban a llevar casco, no se había puesto la careta antigás. Chivers se veía a sí mismo como un investigador de incendios a la antigua usanza, duro, sensato, que se fiaba más de la intuición y dejaba la ciencia a las ratas de laboratorio. Estaba acostumbrado al hedor y necesitaba que su nariz olfateara cualquier residuo de acelerante.

Al pasar la puerta, se detuvo en lo que había sido la entrada. La segunda planta se había derrumbado sobre la primera y causado un tremendo caos. La escalera conducía al cielo. En las partes bajas, había charcos de cristales y metales, junto con montones de porcelana destrozada por el fuego.

Pasó de la entrada a lo que obviamente había sido la cocina, observando el patrón de la abrasión. Su prioridad era determinar si el incendio había sido provocado, si se había cometido un delito, y Chivers ya tenía claro que sí. Solo un acelerante podría haber hecho que un fuego ardiera tan rápido y tan intensamente. Se lo confirmó un vistazo a la cocina, donde pudo ver sutiles patrones de vertido en los restos del suelo de pizarra. Se arrodilló, sacó de la bolsa un detector portátil de hidrocarburo y tomó algunas muestras desplazando el aparato en el aire. Con tranquilidad.

Aún arrodillado, clavó un cuchillo en el suelo quemado y descascarillado, arrancó un par de pedacitos y los metió en bolsas de nailon para pruebas.

La cocina era un desastre, todo fundido, carbonizado, derretido. En el centro había caído uno de los baños de la segunda planta, y los restos de una bañera con patas, de hierro revestido de porcelana; además, había trozos del lavabo, del váter y del suelo de baldosas amontonados y esparcidos por todas partes.

Con el detector, obtuvo una señal claramente positiva de los restos del baño de la segunda planta. Avanzando a cuatro patas, con el detector casi pegado al suelo, Chivers hizo una pasada por la zona. Los niveles de hidrocarburo parecían aumentar a medida que se aproximaba a la bañera. Se levantó y se asomó dentro. Había mucho material en su interior y, al fondo y una capa gruesa de mugre negra en la que estaban incrustados los escombros.

Examinó la mugre agitándola un poco con el dedo enguantado. El detector se volvió loco. Y entonces Chivers paró en seco. Entre la mugre y los escombros, vio asomar unos fragmentos de huesos y, en la zona que había agitado, unos dientes. Dientes humanos. Tanteó despacio con el dedo enguantado y dejó al descubierto un pedazo pequeño de cráneo, un trozo de mandíbula y el borde de una cavidad orbitaria.

Buscó un punto de apoyo y bajó el detector. La aguja se disparó de nuevo.

Sacó la grabadora digital y empezó a murmurarle algo. La casa no estaba vacía, después de todo. Era evidente que alguien había colocado un cuerpo en la bañera y lo había quemado con un acelerante. Dejando a un lado la grabadora, sacó otra bolsa de pruebas y tomó muestras de los escombros y de la mugre, incluidos algunos fragmentos pequeños de huesos. Mientras hurgaba en la pasta negra, vio brillar algo: un trozo de oro, sin duda en su día alguna joya. Eso lo dejó pero cogió muestras del polvillo y la mugre que lo rodeaban, incluida una falange carbonizada.

Se puso de pie, con la respiración acelerada y un poco de náuseas. Aquello era algo más de lo que solía encontrarse. Claro que, evidentemente, ese iba a ser un caso gordo. Muy gordo. «Céntrate en eso», se dijo inspirando hondo una vez más.

Chivers le hizo una seña a Rudy y siguió al bombero por el resto de la casa, usando el detector, tomando muestras y registrando sus observaciones con la grabadora digital de bolsillo. El cuerpo carbonizado de lo que en su día fuera un perro se hallaba fundido al suelo de piedra en la salida posterior de la casa. A su lado había dos montones largos y desordenados de cenizas granulosas, que Chivers identificó como los restos achicharrados de dos víctimas más, tendidas una junto a la otra, ambos adultos a juzgar por la longitud de los restos. Más fragmentos de oro y plata.

¡Cielo santo! Hizo una lectura con el detector, pero no registró nada significativo. Por el amor de Dios, nadie le había dicho (y entonces cayó en la cuenta de que probablemente no lo supieran) que el incendio se había cobrado vidas humanas.

Respiró hondo un par de veces más y siguió adelante. Entonces, en lo que había sido el salón, dio con algo más. En montones encharcados yacían los escombros del piso de arriba que se había desplomado y, en el centro, parte de los muelles medio derretidos de un somier. Al acercarse, detectó unos aros de alambre de embalar enganchados a los muelles, como si hubieran amarrado algo a la cama. Cuatro aros, aproximadamente a la altura de los tobillos y de las manos. En uno de ellos, divisó un fragmento de una pequeña tibia adolescente.

¡Madre mía! Chivers pasó el detector por allí y, una vez más, la aguja se disparó. Era más que evidente lo que había ocurrido: habían atado a alguien joven a la cama, lo habían rociado de acelerante y le habían prendido fuego.

—Necesito que me dé un poco el aire —espetó de pronto, y se levantó, tambaleándose—. Aire.

El bombero lo agarró del brazo.

—Déjeme que le ayude a salir, señor.

Mientras abandonaba el escenario del incendio y recorría bamboleándose el pasillo de la entrada de la casa, Chivers vio con el rabillo del ojo a un hombre pálido vestido de negro, sin duda el juez de instrucción, que lo miraba fijamente. Hizo un esfuerzo inmenso por recobrar la compostura.

—Estoy bien, gracias —le soltó al bombero, zafándose de la embarazosa mano que lo sujetaba. Miró alrededor, localizó al jefe Morris en el improvisado centro de mando, rodeado por los equipos de criminalística allí congregados: fotógrafos, técnicos de pelo y fibra, huellas, balística, ADN... cambiándose de ropa y preparándose para entrar.

«Tranquilízate», se dijo. Pero no podía tranquilizarse. Le temblaban las piernas y le costaba caminar derecho.

Se acercó al jefe Morris, que sudaba, a pesar del frío.

—¿Qué ha encontrado? —le preguntó angustiado.

—Es el escenario de un crimen —dijo Chivers procurando que no le temblara la voz. Le bailaban lucecitas delante de los ojos—. Cuatro víctimas. De momento, por lo menos cuatro.

—¿Cuatro? Ay, Dios mío, entonces estaban dentro. La familia entera. —El jefe se enjugó la frente con una mano temblorosa.

Chivers tragó saliva.

—Uno de los restos es de... de un adolescente a quien... ataron a la cama, rociaron de acelerante... y prendieron fuego. A otro lo quemaron en... en...

Mientras Chivers intentaba pronunciar las palabras, el jefe Morris se puso blanco como el papel. Pero el investigador apenas se dio cuenta, porque su propio mundo fue oscureciéndose poco a poco.

Aún no había logrado terminar la frase cuando sufrió un desmayo y se desplomó en el suelo.

14

Corrie se había levantado antes del amanecer, había reunido su equipo y se había dirigido a Roaring Fork. Ahora, cerca ya del mediodía, estaba cómodamente instalada en el almacén de The Heights y concentrada en su trabajo. Los restos de Emmett Bowdree estaban cuidadosamente dispuestos en una mesa plegable de plástico que había comprado en Walmart, bajo un juego de potentes luces de estudio. Le había puesto el zoom al estereoscopio, conectado a su portátil, y en la pantalla se veía la imagen. Su Canon estaba montada en el trípode. El poder estar allí, trabajando exhaustiva y rigurosamente sin tener que morirse de miedo ni preocuparse por que la detuvieran era para ella como hallarse en una especie de pequeño paraíso.

El único problema era que se estaba congelando de frío. Ya estaban bajo cero cuando había iniciado el largo trayecto desde Basalt, después de rechazar la habitación gratuita en el hotel Sebastian, cortesía de Pendergast. Se había saltado el desayuno para ahorrar dinero y ahora estaba muerta de hambre además de helada. Se había puesto un calefactor barato a los pies, pero era de lo más ruidoso y la corriente de aire caliente parecía disiparse a centímetros del aparato. Le venía bien para calentarse las espinillas, pero nada más.

Aun así, ni el frío ni el hambre podían apagar su creciente entusiasmo por lo que estaba descubriendo. Casi todos los huesos revelaban traumatismos en forma de arañazos, cortes romos y hendiduras. Ninguna de las marcas mostraba indicios de reacción ósea, inflamación o granulación, lo que significaba que la lesión se había producido en el momento mismo de la muerte. El tejido suave, esponjoso o poroso del hueso mostraba marcas inconfundibles de dientes, pero no de oso, sino humanos, a juzgar por el radio de la mordedura y el perfil del diente. De hecho, no había ni una sola marca de dientes o garras de oso.

En el interior del fémur y del cráneo rotos, había descubierto más arañazos y hendiduras, lo que indicaba que se había utilizado una herramienta metálica para extraer la médula y los sesos. Bajo el zoom del estereoscopio, esas marcas de vaciado revelaban unas líneas paralelas muy finas, juntas, y algo que parecían depósitos de óxido de hierro, lo que indicaba que la herramienta era de hierro y, muy posiblemente, una lima desgastada.

El primer golpe en el cráneo se había infligido con toda seguridad con una piedra. Al microscopio, había podido extraer unos cuantos fragmentos diminutos de ella, y un examen más detenido había revelado que se trataba de cuarzo.

La caja torácica también se había partido con una piedra y se había abierto después como para llegar al corazón. Los huesos revelaban escasos indicios de traumatismos infligidos por un borde afilado, como un hacha o un cuchillo, ni había lesiones coincidentes con la herida de un disparo. Esto la desconcertaba, porque casi todos los mineros de la época debían de ir sin duda armados con un cuchillo o una pistola.

La crónica periodística del momento en el que fue hallado el cadáver de Emmett Bowdree indicaba que sus huesos se habían encontrado esparcidos por el suelo a cien metros de la puerta de una cabaña; había sido «devorado casi por completo» por el supuesto oso. El artículo del periódico, por cuestión de tacto, no entraba en mucho detalle sobre lo que se había comido el oso o cómo se habían desarticulado los huesos, salvo cuando señalaba que «se habían hallado fragmentos del corazón y otras vísceras a cierta distancia del cadáver, parcialmente devoradas». No hablaba de fuego ni de cocción, y en su examen de los restos Corrie tampoco había encontrado indicios de calor.

A Emmett Bowdree se lo habían comido crudo.

Mientras trabajaba, empezó a visualizar, mentalmente, la secuencia de lesiones infligidas al cuerpo de Bowdree. Lo había atacado un grupo: ninguna persona habría podido despedazar por sí sola un cuerpo humano con tan extremada violencia. Le golpearon en la nuca con una piedra, provocándole una fractura craneal desplazada severa. Aunque puede que no lo matara al instante, casi con absoluta certeza lo dejó inconsciente. Le dieron al cuerpo una paliza brutal con la que le rompieron casi todos los huesos y luego procedieron a cortar y golpear las principales articulaciones: había pruebas de cortes aleatorios y desorganizados hechos con piedras rotas seguidos de una separación de los puntos de unión por medio de una gran fuerza lateral. Tras romperle las articulaciones, le arrancaron los brazos y las piernas del torso, le cortaron las piernas a la altura de las rodillas, le abrieron el cráneo y le extrajeron los sesos, le descarnaron los huesos, rompieron los más grandes y le extrajeron la médula, y le sacaron casi todos los órganos. Al parecer, los asesinos solo tenían una herramienta, una lima desgastada, que complementaron con trozos afilados de cuarzo, con sus manos y con sus dientes.

Corrie suponía que la matanza había comenzado como consecuencia de un ataque de furia y de rabia, y luego se había convertido, más que nada, en un banquete de caníbales. Se apartó de los restos un momento, pensativa. ¿Qué banda podía haber hecho eso? ¿Por qué? Seguía pareciéndole tremendamente extraño que una banda de asesinos rondara las montañas en la década de 1870 sin armas ni cuchillos. ¿Y por qué no habían cocinado la carne? Era casi como si se tratara de una tribu de asesinos prehistóricos, despiadados y salvajes.

«Despiadados y salvajes.» Mientras se calentaba delante del calefactor, frotándose las manos, su pensamiento se retrotrajo una vez más al terrible incendio que había tenido lugar la noche anterior, y a la muerte de aquella chica, Jenny Baker. Era espantoso que la familia entera hubiera perecido en el incendio de ese modo. Un empleado de mantenimiento había pasado por el almacén hacía una hora y le había dado la noticia. No le extrañaba que los guardias de seguridad de The Heights le hubieran permitido pasar esa mañana a las diez con un simple movimiento de cabeza y la hubieran dejado a su aire sin advertencia de ningún tipo.

El horror de todo aquello y el rostro de Jenny Baker, tan entusiasta y tan guapa, la atormentaban. «Céntrate en tu trabajo», se dijo irguiéndose y preparándose para poner otro hueso en la platina y examinarlo.

Lo que de verdad necesitaba era hacerse con otros restos para compararlos. Pendergast le había dicho que iba a ayudarla a localizar a más descendientes. Hizo una breve pausa en su trabajo y trató de averiguar qué era lo que le molestaba tanto de aquello. Su personalidad era tan fuerte que dominaba cualquier situación en la que se viera involucrado. Pero ese era un proyecto que le pertenecía a ella, y quería hacerlo sola. No quería que la gente del John Jay, particularmente su director de tesis, desestimara su trabajo por haber recibido la ayuda de un superagente del FBI. La más mínima intervención de Pendergast podría contaminar su logro y darles pie a que lo rechazaran por completo.

Corrie se deshizo de aquellos pensamientos de inmediato. El hombre acababa de salvarle la carrera y posiblemente hasta la vida. Mostrarse tan posesiva, tan dominante, era una grosería. Además, Pendergast siempre rehuía el reconocimiento y la publicidad.

Se quitó los guantes para poner una tibia en la platina del microscopio y la fue moviendo hasta que la luz la iluminó desde el ángulo perfecto. Mostraba los mismos indicios que los otros huesos: fracturas con respuesta plástica, sin rastro de curación, arañazos y el juego de dientes más claro de todos hasta el momento. Los que habían hecho aquello eran unos monstruos. ¿O estaban verdaderamente furiosos?

Tenía las manos casi heladas, pero consiguió hacer una serie de fotografías antes de parar para volver a calentarse con el calefactor.

Claro que podía ser que aquel fuera un caso aislado. Quizá a las otras víctimas sí las había devorado un oso grizzly solitario. La prensa citaba textualmente a testigos que habían visto al animal y, en un caso, habían hallado a un minero a medio devorar, o por lo menos con los huesos mordisqueados. Se vio seriamente tentada de echar un vistazo a otro de los ataúdes, pero resistió la tentación. A partir de ahora, lo iba a hacer todo de forma total y absolutamente legal.

Tras recuperar la sensibilidad en las manos, se irguió. Si los otros restos demostraban que aquello era obra de una banda de asesinos, tendría que modificar su tesis. Tendría entre manos un caso de asesinos en serie con ciento cincuenta años de antigüedad y por documentar. Y eso estaría fenomenal, y le daría un buen empujón a su incipiente trayectoria profesional, si conseguía resolverlo, claro.

15

Larry Chivers estaba de pie junto a su camioneta, cerrando las bolsas de pruebas de nailon con un sellador térmico y rematando sus notas y observaciones. Se había recuperado del desmayo, pero no de la tremenda vergüenza que le daba. Nunca le había pasado algo semejante. Jamás. Imaginaba que todos lo miraban y cuchicheaban sobre él.

Con una mueca de disgusto, terminó de cerrar la última bolsa de pruebas, procurando que quedara perfectamente sellada. Ya había registrado el resto de sus observaciones con la grabadora digital, mientras aún las tenía frescas. Debía asegurarse de que lo hacía todo de la forma correcta. Aquel iba a ser un caso tremendo, probablemente incluso de repercusión nacional.

Oyó ruido a su espalda y, al volverse, vio que se acercaba el jefe Morris. Parecía completamente destrozado.

—Lamento mi reacción de antes —masculló Chivers.

—Yo conocía a la familia —le explicó el jefe Morris—. Una de las chicas trabajaba de becaria en mi despacho.

Chivers movió la cabeza.

—Lo siento.

—Me gustaría oír su reconstrucción del incendio.

—Puedo darle mis primeras impresiones. Los resultados del laboratorio tardarán unos días.

—Adelante.

Chivers inspiró hondo.

—A mi juicio, el fuego se originó en el baño de la segunda planta o en el dormitorio que había sobre el salón. Ambas zonas se regaron generosamente de acelerante, tanto que el autor de los hechos debió de tener que salir muy rápido de la casa. Las dos zonas contenían restos humanos.

—¿Insinúa que a los Baker... a las víctimas... las quemaron con un acelerante?

—A dos de ellas, sí.

—¿Vivas?

«Menuda pregunta.»

—Habrá que esperar al informe del forense. Pero lo dudo.

—Gracias a Dios.

—Se han encontrado dos víctimas más junto a la entrada trasera, probablemente por donde salió el autor de los hechos. Allí estaba también el cadáver de un perro.

—Rex —dijo el jefe en voz baja enjugándose la frente con una mano temblorosa.

Chivers divisó a lo lejos al mismo hombre del traje negro que había visto antes, con los ojos clavados en ellos. Frunció el ceño. ¿Por qué dejaban al empleado de la funeraria pasar el cordón policial?

—¿Móvil? —preguntó Morris.

—Aún no lo tengo claro —prosiguió Chivers—, pero mis treinta años de experiencia me dicen que sin duda estamos ante un asalto domiciliario con robo y posiblemente algún delito sexual. El hecho de que se sometiera y controlara a la familia, a mi parecer, indica que casi con toda seguridad hubo más de un responsable.

—No ha sido un robo —dijo una voz suave y en un tono lento.

Chivers volvió de golpe la cabeza y descubrió que el hombre del traje negro había conseguido de algún modo acercarse sin ser advertido y se encontraba en ese momento detrás de ellos.

El investigador frunció aún más el ceño.

—Estoy hablando con el jefe Morris, si no le importa.

—En absoluto. Pero, si me lo permite, quisiera ofrecer algunas observaciones en beneficio de la investigación. Un simple ladrón no se habría tomado la molestia de atar a sus víctimas y luego quemarlas vivas.

—¿Vivas? —exclamó el jefe—. ¿Cómo lo sabe?

—El sadismo y la rabia con que se ha procedido en este crimen son evidentes. Un sádico desea ver sufrir a sus víctimas. De ello deriva su satisfacción. Alguien que ata a una persona a una cama, la rocía de gasolina y le prende fuego, ¿qué satisfacción puede obtener si esa persona está ya muerta?

Morris se puso blanco como el papel.

—Bobadas —señaló Chivers furioso—. Esto ha sido un asalto domiciliario con robo. No es la primera vez que me encuentro con este tipo de casos. Los ladrones se cuelan en la casa, se topan con un par de chicas guapas, se divierten un poco con ellas, cogen todas las joyas y queman la vivienda creyendo que así destruirán todas las pruebas, sobre todo el ADN dejado en el interior de las niñas.

—Sin embargo, no se han llevado las joyas, como usted mismo ha registrado hace un momento en sus anotaciones grabadas al mencionar unos nódulos de oro que ha descubierto.

—Oiga, ¿acaso me estaba espiando? ¿Quién demonios es usted? —Chivers se volvió hacia el jefe Morris—. ¿Este tipo forma parte de la investigación?

Morris se pasó un pañuelo empapado por la frente. Parecía indeciso y aterrado.

—Ya basta, por favor.

El hombre de negro lo miró un instante con sus ojos grises y luego se encogió de hombros con indiferencia.

—No tengo un papel oficial en esta investigación. No soy más que un simple espectador que ofrece sus impresiones. Los dejo, caballeros, para que puedan trabajar.

Dicho esto, dio media vuelta y se dispuso a marcharse. Luego añadió por encima del hombro:

—No obstante, debo mencionar que muy probablemente haya más.

Y entonces se alejó, pasó por debajo del cordón policial y desapareció entre la multitud de curiosos.

16

Horace P. Fine III se detuvo, giró sobre sí mismo y miró a Corrie de arriba abajo, como si acabara de ocurrírsele algo.

—¿Tiene experiencia vigilando casas? —le preguntó.

—Sí, por supuesto —respondió Corrie inmediatamente.

En cierto modo, era verdad: había vigilado la caravana donde vivía con su madre cuando esta pasaba toda la noche de juerga. Y también se había quedado en el apartamento de su padre hacía seis meses cuando él había tenido que ir a aquella feria de trabajo en Pittsburgh.

—Aunque nunca una casa tan grande —añadió mirando alrededor.

Fine la escudriñó con recelo. Quizá su cara fuera así, pero había recibido con desconfianza cada sílaba que ella había pronunciado.

—Bueno, no tengo tiempo para comprobar sus referencias —repuso él—. La persona que iba a ocupar el puesto se ha echado atrás en el último momento, y yo ya debería estar en Nueva York. —Entrecerró un poco los ojos—. Pero la tendré controlada. Vamos, le enseñaré las habitaciones.

Corrie siguió al hombre por el largo y resonante pasillo de la primera planta, preguntándose cómo pensaba Horace P. Fine tenerla vigilada estando a más de tres mil kilómetros de distancia.

Al principio le había parecido casi un milagro. Se había enterado de la vacante de casualidad, por una conversación que había oído en una cafetería sobre una casa que había que cuidar. Tras un par de llamadas, había dado con el propietario de la mansión. Era perfecta, en Roaring Fork, nada menos. Ya no tendría que conducir treinta kilómetros de ida y otros treinta de vuelta hasta el motel de mala muerte donde se alojaba. Incluso podía trasladarse ese mismo día. Ahora ganaría dinero en vez de gastarlo, y lo haría con estilo.

Sin embargo, al pasarse por la mansión para conocer al dueño, su entusiasmo había menguado. Aunque la casa, en teoría, estaba en Roaring Fork, se hallaba en la parte alta de la ladera, completamente aislada, al final de una carretera privada de kilómetro y medio, estrecha y tortuosa. Era enorme, desde luego, pero con un sombrío diseño posmoderno de cristal, acero y pizarra que le daba un aire más de consulta odontológica que de vivienda. A diferencia de la mayoría de las casas grandes que había visto, encaramadas en las montañas y con unas vistas fantásticas, aquella se había construido en un declive, casi en una cuenca, rodeada por tres lados de altísimos abetos que parecían mantener el edificio en una penumbra perpetua. En el cuarto lado, había un profundo barranco que terminaba en un manto de rocas desprendidas cubiertas de nieve. Lo más paradójico era que la mayoría de las inmensas ventanas de cristal laminado de la casa daban a ese «paisaje». La decoración era tan fuertemente contemporánea que, de pura austeridad, casi resultaba carcelaria; todo cromo, cristal, mármol, sin un solo borde recto salvo en los umbrales de las puertas, y las paredes estaban cubiertas de máscaras sonrientes, tejidos peludos y otros objetos de arte africano y aspecto espeluznante. Y también allí hacía frío, casi tanto frío como en el almacén de la pista de esquí donde hacía su trabajo. Corrie no se había quitado el abrigo durante toda la visita.

—Por aquí se baja al segundo sótano —dijo Fine deteniéndose para señalar una puerta cerrada—. Ahí está la vieja caldera. Calienta el cuarto oriental de la casa.

«Calienta. Sí, claro.»

—¿El segundo sótano? —repitió Corrie en voz alta.

—Es lo único que queda de la casa original. Cuando demolieron el refugio, el promotor inmobiliario quiso conservar el sótano para incorporarlo a la nueva casa.

—¿Había un refugio aquí?

Fine rió.

—Se llamaba Ravens Ravine Lodge, pero no era más que una vieja leñera. Un fotógrafo la usó de base de operaciones cuando vino a las montañas a hacer fotos. Se llamaba Adams. Dicen que era famoso.

«Adams. ¿Ansel Adams?»

Se lo podía imaginar. Probablemente hubo allí en su día una cabañita acogedora, oculta entre los pinos, hasta que la reemplazaron por aquella monstruosidad. No le extrañaba que Fine no conociera a Adams: solo un inculto o la que pronto sería su ex mujer habrían comprado el estrambótico arte que decoraba la casa.

El propio Horace Fine era casi tan frío como la casa. Dirigía un fondo de cobertura en Manhattan. O quizá fuera la sucursal en Estados Unidos de algún banco de inversiones extranjero. No le había prestado mucha atención cuando se lo había dicho. Fondos de cobertura, bancos de inversión... Para ella todo era lo mismo. Por suerte, Fine no había oído hablar de ella ni sabía de su reciente estancia en la cárcel del condado. Él le había dejado muy claro que detestaba Roaring Fork; odiaba la casa y despreciaba a la mujer que le había obligado a comprarla y que ahora le estaba complicando su venta todo lo que podía. «La arpía», la había estado llamando durante los últimos veinte minutos. Lo único que quería era que alguien se ocupara de la casa y volver a Nueva York cuanto antes.

La guió por el pasillo. La casa era tan fea como terrible su distribución. Parecía estar hecha de un solo pasillo interminable, que iba virando de cuando en cuando para ajustarse a la topografía. Todas las estancias importantes estaban a la izquierda y miraban al barranco. El resto, los baños, los armarios, el lavadero y similares, estaban a la derecha, como si fueran forúnculos de una extremidad. Por lo que podía deducir, la segunda planta tenía una distribución similar.

—¿Qué hay aquí? —preguntó deteniéndose delante de una puerta entornada a la derecha.

Dentro no había luces en el techo, pero iluminaba la estancia el brillo espectral de una docena de puntos verdes, rojos y ámbar.

Fine se detuvo de nuevo.

—Esa es la sala de tecnología. Usted misma puede verlo.

Él abrió la puerta y encendió la luz. Corrie contempló el deslumbrante despliegue de paneles, pantallas e instrumentos.

—Esta es una casa «inteligente», por supuesto —explicó Fine—. Todo está automatizado y se puede controlar desde este lugar: el estado del generador, la red eléctrica, los dispositivos de seguridad, el sistema de vigilancia. Me costó una fortuna, pero, a la larga, me ha ahorrado un montón de dinero en seguros. Además, está todo conectado en red y es accesible desde internet. Puedo controlar el sistema entero desde mis ordenadores en Nueva York.

«Así que a eso se refería con lo de tenerme vigilada», pensó Corrie.

—¿Cómo funciona el sistema de vigilancia?

Fine señaló una gran pantalla plana con un pequeño ordenador compacto a un lado y un dispositivo debajo que parecía un DVD atiborrado de esteroides.

—Hay un total de veinticuatro cámaras.

Pulsó un botón y la pantalla cobró vida, mostrando una imagen del salón. En la esquina superior izquierda había un número, y abajo se veía un indicador de la fecha y la hora.

—Cada uno de estos veinticuatro botones controla una de las cámaras.

Pulsó el botón etiquetado como ENTRADA y el contenido de la pantalla cambió para mostrar el acceso principal de la casa, claro, con el coche de alquiler de Corrie en primerísimo plano.

—¿Se pueden manipular las cámaras? —quiso saber Corrie.

—No. Pero cualquier movimiento registrado por los sensores activa la cámara y se graba en un disco duro. Mire, eche un vistazo.

Fine señaló la pantalla en la que un ciervo cruzaba ahora la entrada. Mientras se movía, lo rodeaba una pequeña retícula de cuadrados negros, casi como las ventanas de encuadre de una cámara digital, que lo seguían. Al mismo tiempo, aparecía en la pantalla una gran M roja dentro de un círculo.

—M de «movimiento» —explicó Fine.

El ciervo había salido de la pantalla, pero la letra roja seguía allí.

—¿Por qué permanece la M? —preguntó Corrie.

—Porque, cuando una de las cámaras detecta movimiento, se guarda en el disco duro una grabación de esas imágenes que comienza un minuto antes de que se inicie la actividad y sigue hasta un minuto después de que cese. Entonces, si ya no hay más movimiento, la M desaparece.

«Movimiento.»

—¿Y todo esto se puede controlar por internet? —inquirió Corrie.

No le gustaba la idea de ser el blanco de un mirón de larga distancia.

—No. Esa parte de la domótica nunca se conectó a internet. Dejamos de trabajar en el sistema de seguridad cuando decidimos vender la casa. Preferimos que el nuevo propietario asumiera el gasto. Pero funciona perfectamente desde aquí. —Fine señaló otro botón—. También se puede dividir la pantalla pulsando repetidamente este botón.

Por primera vez, Fine le pareció involucrado en lo que hacía. Le hizo una demostración y la imagen se dividió en dos: en la mitad izquierda aparecía la entrada de la casa y en la derecha, el barranco. Con varias pulsaciones más, la pantalla se dividió en cuatro, luego en nueve, después en dieciséis imágenes cada vez más pequeñas, cada una de una cámara diferente.

La curiosidad de Corrie menguaba rápidamente.

—¿Y cómo funciona la alarma? —preguntó.

—Tampoco se llegó a instalar. Por eso necesito tener la casa vigilada.

Apagó la luz, salió, enfiló el pasillo y cruzó la puerta que había al fondo. De pronto, la casa se transformó. Adiós al arte caro, los muebles ultramodernos, los llamativos electrodomésticos de gama profesional. Delante tenía un vestíbulo pequeño y estrecho con dos puertas a cada lado y rematado por otra que conducía a un pequeño baño con accesorios baratos. El suelo era de linóleo y en las paredes de pladur no había cuadros. Todas las superficies estaban pintadas de blanco roto.

—La zona de servicio —dijo Fine con orgullo—. Donde se alojará usted.

Corrie se adelantó y se asomó a las puertas abiertas. Las dos de la izquierda daban a dormitorios de tamaño casi monástico y aspecto ascético. Una de las puertas de la derecha conducía a una cocina con un frigorífico de cuarto de estudiante y una cocina barata; la otra estancia parecía una despensa pequeña. Era apenas un poco más grande que su habitación del motel en Basalt.

—Como ya le he dicho, me marcho inmediatamente —señaló Fine—. Venga a la despensa y le daré la llave. ¿Alguna pregunta?

—¿Dónde está el termostato? —inquirió Corrie abrazándose para no temblar.

—En la sala.

Fine salió de la zona de servicio, volvió a enfilar el pasillo y giró en dirección al salón. Había un termostato en la pared, sí, tapado por una cubierta de plástico transparente y con cerradura.

—Diez grados —sentenció Fine.

Corrie se lo quedó mirando.

—¿Cómo dice?

—Diez grados. A esa temperatura tengo la casa y así quiero

que siga. No voy a gastar un centavo más de lo que ya he gastado en esta condenada vivienda. Que cubra los gastos la arpía si quiere. Ah, y otra cosa: haga el mínimo uso posible de la electricidad. Con un par de luces, basta. Por cierto —dijo como si le acabara de venir a la memoria—, los ajustes del termostato y el gasto de electricidad sí que se controlan por internet. Los supervisaré desde mi iPhone.

Corrie miró descorazonada el termostato encerrado bajo llave. «Genial. Vamos, que me voy a pelar de frío de noche y de día.» Empezaba a entender por qué el candidato anterior al puesto se había echado atrás.

Fine la miraba con una cara que indicaba que la entrevista había terminado. Solo quedaba una pregunta.

—¿Cuánto paga para que le cuiden la casa? —dijo.

—¿Pagar? Se va a alojar gratis en una casa enorme y preciosa, aquí mismo, en Roaring Fork, ¿y espera un sueldo? Tiene suerte de que no le cobre el alquiler.

Y volvió a llevarla hasta el estudio.

17

Arnaz Johnson, peluquero de las estrellas, había visto a muchas personas peculiares en el famoso Big Pine Lodge situado en la cima del monte Roaring Fork: estrellas de cine vestidas como si fueran a los Oscar, multimillonarios luciendo a sus monísimas novias enfundadas en abrigos de pieles, indios pretenciosos con trajes de ante de diez mil dólares, falsos vaqueros con sombreros Stetson, botas y espuelas. Arnaz lo llamaba «el desfile de los narcisistas». En realidad, muy pocos sabían esquiar. El desfile era la razón por la que Arnaz se compraba un pase de temporada y cogía la telecabina una o dos veces por semana; eso y el ambiente del refugio de esquí más famoso del oeste, con sus paredes de madera, cubiertas de antiguos tapices navajo, las inmensas lámparas de araña de hierro forjado, la chimenea siempre encendida y tan grande que podría asarse un toro en ella. Por no hablar de los ventanales con vistas de trescientos sesenta grados a un océano de montañas, ahora gris y amenazador bajo un cielo cada vez más oscuro.

Pero Arnaz nunca había visto a nadie como el caballero que estaba sentado en una mesita a su lado, de frente al ventanal, con un termo plateado de bebida desconocida delante, contemplando el paisaje en dirección al nevado Smuggler's Cirque y su complejo de antiguos edificios mineros abandonados tiempo atrás, apiñados como acólitos alrededor de la enorme y desvencijada edificación de madera que alojaba la célebre Ireland, magnífico ejemplo de ingeniería decimonónica, en su día la bomba de achique más grande del mundo, ahora solo un armatoste oxidado.

Arnaz, fascinado, observó a aquel espectral individuo durante más de media hora, tiempo durante el cual el hombre no se movió un ápice. Arnaz era un amante de la moda, y no se le escapaba nada. El hombre vestía un abrigo de vicuña de calidad, de corte y estilo exquisitos, pero de una marca que no conocía. Lo llevaba desabotonado y dejaba entrever un traje negro hecho a medida de corte inglés, una corbata Zegna y una preciosa bufanda de seda de color crema muy suelta. Como guinda, literalmente, del conjunto, el hombre llevaba un incongruente sombrero de fieltro marrón oscuro, retro, estilo años sesenta, sobre su cabeza pálida y cadavérica. Aunque la temperatura era agradable en el salón principal del refugio, aquel individuo parecía frío como el hielo.

No era actor; Arnaz, que era un cinéfilo, no lo había visto nunca en la gran pantalla, ni siquiera en un papel secundario. Desde luego no era banquero, ni inversor, ni directivo, ni abogado, ni ningún genio de los negocios o las finanzas. Semejante atuendo sería completamente inaceptable entre los de ese gremio. Tampoco era una persona afectada; llevaba la ropa con desenfado, con naturalidad, como si hubiera nacido con ella puesta. Y era demasiado elegante para estar metido en el negocio de internet. Así que ¿qué demonios era?

Un gángster.

Eso sí tenía sentido. Era un delincuente. Uno de muchísimo éxito. Ruso, quizá; tenía cierto aire de extranjero, con esos ojos claros y esos pómulos prominentes. Un oligarca ruso. Pero no..., ¿dónde estaban las mujeres? Los multimillonarios rusos que venían a Roaring Fork, y eran unos cuantos, siempre iban acompañados de un aluvión de fulanas pechugonas vestidas de lentejuelas.

Arnaz no tenía respuesta.

Pendergast oyó que lo llamaban y, al volverse despacio, vio que el jefe Morris se acercaba a él desde el otro lado de la amplia estancia.

—¿Me permite?

Pendergast abrió la mano lentamente, como invitándolo a sentarse.

—Gracias. Me he enterado de que estaba usted aquí.

—¿Y cómo se ha enterado de eso?

—Bueno, no pasa usted precisamente desapercibido, agente Pendergast.

Se hizo el silencio. Luego Pendergast se sacó una tacita plateada del abrigo y la puso en la mesa.

—¿Jerez? Es un amontillado más bien mediocre, pero aun así aceptable.

—Ah, no, gracias. —El jefe parecía inquieto. Revolvió su cuerpo blando en el asiento, una, dos veces—. Mire, sé que me equivoqué con su... su protegida, la señorita Swanson, y lo siento. Yo diría que ya recibí mi merecido en la sesión del consistorio. Usted no sabe lo que es ser jefe de policía en una ciudad como esta, donde siempre tiran de uno en cinco direcciones distintas al mismo tiempo.

—Lamento mucho tener que decirle esto, pero me temo que sus microscópicos problemas no me interesan.

Pendergast se sirvió un traguito de jerez y se lo bebió de golpe con un movimiento feroz.

—Escuche —intervino de nuevo el jefe, volviendo a revolverse en el asiento—, he venido a pedirle ayuda. Tenemos entre manos un horroroso homicidio cuádruple y un escenario del crimen de media hectárea de extensión e increíble complejidad. Los miembros de mi equipo de criminalística no paran de discutir entre ellos y con ese experto en incendios; están paralizados, en su vida habían visto nada así... —Se le quebró la voz, luego se interrumpió—. Verá, la chica, Jenny, la hija mayor, era mi becaria. Una buena niña... —Logró recobrar la compostura—. Necesito ayuda. De forma oficiosa. Consejo, eso es lo único que le pido. Nada oficial. He consultado su historial... impresionante.

La mano pálida y serpentina apareció de nuevo, se sirvió otro traguito y seguidamente lo apuró. Se hizo el silencio. Por fin Pendergast habló:

—He venido aquí a rescatar a mi protegida, usted lo ha dicho, no yo, de su incompetencia. Mi objetivo, mi único objetivo, es asegurarme de que la señorita Swanson termine su trabajo sin nuevas interferencias de la señora Kermode ni de nadie más. Después, saldré de esta perversa ciudad y volaré a mi casa en Nueva York a la mayor brevedad posible.

—Sin embargo, ha estado en el escenario del incendio esta mañana. Ha enseñado la placa para poder pasar el cordón policial.

Pendergast rechazó aquellas palabras con un manotazo, igual que si espantara una mosca.

—Ha estado allí. ¿Por qué?

—Vi el incendio. Estaba ligeramente intrigado.

—Ha dicho que habría más. ¿Por qué?

Otro manotazo desenfadado al aire.

—¡Maldita sea! ¿Qué le ha empujado a decirlo?

No hubo respuesta.

El jefe Morris se levantó.

—Ha mencionado que habría más asesinatos. He estado curioseando en su historial y he pensado que usted, precisamente usted, tendría que saberlo. Se lo advierto: si hay más y usted se niega a ayudar, esos homicidios pesarán sobre usted. Se lo juro por Dios.

A esto Pendergast respondió encogiéndose de hombros.

—¡No se encoja de hombros, hijo de perra! —le gritó Morris perdiendo los nervios al fin—. Ha visto lo que le han hecho a esa familia. ¿Cómo puede quedarse ahí sentado bebiendo jerez? —Apoyándose en el borde de la mesa, se inclinó hacia delante—. Solo le voy a decir una cosa, Pendergast: ¡que le jodan, y gracias por nada!

Al oír esto, asomó a los labios del agente un levísimo atisbo de sonrisa.

—Bueno, eso está mucho mejor.

—¿El qué está mucho mejor? —bramó Morris.

—Un viejo amigo de la Policía de Nueva York tiene una expresión muy pintoresca que es ideal para esta situación. A ver si recuerdo cómo era. Ah, sí. —Pendergast miró al jefe—. Le ayudaré, pero solo a condición de que usted «le eche un par», como creo que decía mi amigo.

18

El jefe Stanley Morris contempló la casa en ruinas. El calor residual del incendio del día anterior había desaparecido ya y por la noche había caído una leve nevada que había cubierto de un suave manto blanco el escenario de horror. Las principales zonas de donde extraerían las pruebas se habían tapado con lonas de plástico que ahora sus hombres retiraban cuidadosamente, sacudiendo la nieve, para poder iniciar la inspección. Eran las ocho en punto de una mañana soleada, a nueve grados bajo cero. Al menos no soplaba el viento.

Nada semejante le había ocurrido jamás a Morris, ni en el plano personal ni en el profesional, así que se mentalizó para pasar el mal trago que le esperaba. Le había costado conciliar el sueño esa noche y, cuando por fin había conseguido dormirse, una horrible pesadilla lo despertó poco después. Se encontraba fatal y aún no había logrado digerir del todo la depravación y el horror de aquel crimen.

Inspiró hondo y miró alrededor. A su izquierda estaba Chivers, el especialista en incendios; a su derecha, Pendergast, con su abrigo de vicuña por encima de un anorak azul eléctrico, lo que le daba un aspecto extraño. Completaban el cuadro unos guantes acolchados y un espantoso gorro de lana. El hombre estaba tan pálido que parecía que ya sufriera hipotermia. Sus ojos, en cambio, estaban muy vivos y recorrían inquietos el escenario.

Morris se aclaró la garganta e hizo un esfuerzo por proyectar la imagen de un jefe de policía firmemente al mando.

—¿Listos, caballeros?

—Por supuesto —dijo Chivers con una visible falta de entusiasmo.

Era evidente que le desagradaba la presencia del agente del FBI. «Hay que joderse», se dijo Morris. Estaba harto de las disensiones, las disputas territoriales y los enfrentamientos entre departamentos que el caso estaba generando.

Pendergast asintió con la cabeza.

El jefe pasó por debajo del cordón policial; los demás lo siguieron.

La nieve reciente lo cubría todo salvo las zonas que habían estado protegidas por la lona, y esas zonas eran ahora grandes cuadrados oscuros en medio de un paisaje blanco. El forense aún no había retirado los restos humanos. Las ruinas estaban salpicadas de banderitas de diversos colores con las que el equipo de criminalística había etiquetado las pruebas, lo que le daba al escenario un aire festivo de lo más inoportuno. El hedor a humo, cable, goma y plástico quemados aún era fuerte y desagradable.

Pendergast se situó a la cabeza, ligero pese a su abultada vestimenta. Avanzó aprisa, se arrodilló y, con una pequeña brocha, apartó la nieve para examinar el suelo de pizarra carbonizado. Hizo lo mismo en varios puntos elegidos aparentemente al azar mientras recorrían la zona. Una de las veces, se sacó de pronto de debajo del abrigo un pequeño tubo de ensayo en el que metió con las pinzas una muestra microscópica.

Chivers, rezagado, no decía nada, pero en su cara rellena iba forjándose una expresión de contrariedad.

Por fin llegaron a la horrible bañera. Morris apenas pudo mirarla, pero Pendergast se acercó enseguida. Se arrodilló al lado y se inclinó sobre ella casi como si estuviera rezando. Se quitó uno de los guantes y, con sus dedos blancos y un par de pinzas largas, fue hurgando por la zona y guardando más muestras en los tubos de ensayo. Al fin se levantó y siguieron avanzando por la casa en ruinas.

Llegaron al somier calcinado con sus aros de alambre y los fragmentos de huesos. Aquí Pendergast también se detuvo y estuvo examinándolo muchísimo tiempo. Morris, presa de la inactividad, el frío y unas fuertes náuseas, empezó a temblar. El agente sacó un documento del bolsillo y lo desplegó, dejando al descubierto un plano detallado de la casa (¿dónde lo había conseguido?), que consultó con detenimiento antes de plegarlo de nuevo y volver a guardárselo. Luego se arrodilló y examinó con una lupa los restos carbonizados del esqueleto atado al somier, en realidad solo unos fragmentos de huesos, y otras partículas entre los escombros. Morris notó que el frío le atravesaba cada vez más la ropa. Chivers se estaba poniendo nervioso, se balanceaba hacia delante y hacia atrás y, de vez en cuando, daba palmadas con las manos enguantadas para mantenerse caliente, transmitiendo con su lenguaje corporal que aquello le parecía una pérdida de tiempo.

Pendergast por fin se puso de pie.

—¿Seguimos?

—Buena idea —dijo Chivers.

Continuaron recorriendo aquel paisaje abrasado: los espectrales pilares cubiertos de escarcha, las paredes carbonizadas, los montones de cenizas congeladas, los brillantes charcos de cristales y metales. Vieron entonces el cadáver del perro a un lado, junto con los dos montones paralelos de cenizas y huesos desmoronados que correspondían a los padres de Jenny Baker.

Morris tuvo que apartar la mirada. Era demasiado.

Pendergast se arrodilló y lo examinó todo con extremo cuidado, tomando más muestras y sin decir nada. Se reveló particularmente interesado en los fragmentos carbonizados del perro, que examinó con atención con la ayuda de sus pinzas de tallo largo y una herramienta que parecía un palillo dental. Se dirigieron hacia las ruinas del garaje, donde se hallaban las carcasas quemadas y fundidas de tres coches. El agente del FBI las miró por encima.

Dieron por terminada la inspección. Al cruzar el perímetro de seguridad, Pendergast se volvió. Sus ojos asustaron a Morris por como brillaban a la luz intensa del sol invernal.

—Es lo que me temía —dijo Pendergast.

Morris esperó a que se explicara, pero solo encontró silencio.

—Bueno —replicó Chivers en alto—, esto corrobora lo que yo le había dicho antes, Stanley. Todas las pruebas apuntan a un robo frustrado perpetrado por al menos dos individuos, quizá más. Con un posible componente de delito sexual.

—¿Agente Pendergast? —intervino Morris al fin.

—Lamento decir que podría resultar imposible reconstruir con exactitud la secuencia del crimen. El fuego se ha llevado mucha información. Pero he podido rescatar unos cuantos datos destacados, si desean oírlos.

—Yo sí. Por favor.

—El crimen lo perpetró una sola persona. Entró por la puerta de atrás, que no estaba cerrada con llave. Tres miembros de la familia estaban en casa, todos en la planta de arriba y probablemente durmiendo. El asesino mató al perro en cuanto este apareció. Luego subió por la escalera principal a la segunda planta, sorprendió a una adolescente en su dormitorio, la inmovilizó y la amordazó para que no hiciera mucho ruido, y la ató a la cama con alambre, aún viva. Puede que fuera camino del dormitorio de los padres cuando la segunda joven llegó a casa.

Se volvió hacia Morris.

—Esta sería su becaria, Jenny. Entró por el garaje y se dirigió al piso de arriba. Allí la asaltó el autor de los hechos, la inmovilizó, la amordazó y la metió en la bañera. Esto lo hizo con absoluta eficiencia, pero, aun así, el segundo asalto despertó a los padres. Hubo una breve lucha, que comenzó arriba y terminó abajo. Sospecho que a uno de los dos lo mató allí mismo, *in situ*, mientras que al otro lo bajó a rastras después. Puede que les diera una paliza.

—¿Cómo puede saber todo eso? —dijo Chivers—. ¡No es más que mera especulación!

Pendergast prosiguió, ignorando aquel arrebato.

—El asesino volvió arriba, roció a las dos jóvenes de gasolina y les prendió fuego. Luego, por necesidad, tuvo que salir aprisa del edificio, arrastrando al otro progenitor escaleras abajo y regando de acelerante el camino hasta el exterior. Se fue a pie, no en coche. Lástima que los vecinos y los bomberos pisotearan los bosques nevados de alrededor.

—Ni hablar —dijo Chivers negando con la cabeza—. No hay forma de que pueda sacar esas conclusiones con la información de que disponemos. Además, sus deducciones, con el debido respeto, son casi todas erróneas.

—Debo decir que comparto el escepticismo del señor Chivers respecto a cómo ha podido suponer todo eso con una simple inspección —intervino Morris.

Pendergast respondió en el mismo tono que si estuviera explicándoselo a un niño.

—Es la única secuencia lógica que encaja con los hechos. Y los hechos son los siguientes: cuando Jenny Baker volvió a casa, el intruso ya estaba dentro. Ella entró por el garaje, su novio lo ha confirmado, y si el asesino ya hubiera matado a los padres, ella habría visto los cadáveres junto a la puerta trasera. No vio el del perro porque estaba detrás de una encimera que había a escasos metros.

Sacó el plano.

—Pero ¿cómo sabe que ya estaba arriba cuando Jenny llegó a casa?

—Porque a Jenny la atacó por sorpresa arriba.

—Podría haberla asaltado en el garaje y obligarla a subir.

—Si ella hubiera sido la primera víctima y la hubiera asaltado en el garaje, el perro habría estado vivo y habría ladrado, y despertado así a los padres. No, la primera víctima fue el perro, al que mató en la parte de atrás de la casa, probablemente de un golpe en la cabeza con algo como un bate de béisbol.

—¿Un bate? —espetó Chivers incrédulo—. ¿Cómo sabe que no usó un cuchillo? ¿O una pistola?

—Los vecinos no oyeron disparos. ¿Ha intentado usted alguna vez matar a un pastor alemán con un cuchillo? Además, el cráneo calcinado del perro revela patrones de fractura en tallo verde. —Hizo una pausa—. No hace falta ser Sherlock Holmes para analizar unos simples detalles como estos, señor Chivers.

Chivers enmudeció.

—Por lo tanto, cuando llegó Jenny, el autor de los hechos ya estaba arriba y había inmovilizado a su hermana, porque no habría podido someter a las dos a la vez.

—Salvo que los autores fueran dos —observó Chivers.

—Continúe —le dijo Morris a Pendergast.

—Con el bate, o por medio de cualquier otro método, sometió de inmediato a Jenny.

—¡Precisamente la razón por la que debieron de ser dos! —lo interrumpió Chivers—. Fue un robo frustrado. Se colaron en la casa, pero la cosa se les fue de las manos antes de que pudieran llevarse nada. Sucede constantemente.

—No. La secuencia estaba perfectamente planificada y el autor de los hechos lo tuvo todo bajo control en todo momento. La huella psicológica del crimen, la saña con que se cometió, sugiere un solo autor de los hechos con un móvil distinto del robo.

Chivers miró a Morris y puso los ojos en blanco.

—En cuanto a su teoría del robo frustrado, el asesino era perfectamente consciente de que había al menos tres personas en la casa. Un ladrón organizado no entra en una casa ocupada.

—Salvo que haya en ella un par de chicas a las que quiera... —Chivers tragó saliva y miró al jefe.

—No abusó sexualmente de las chicas. Si hubiera querido violarlas, se habría quitado de en medio la amenaza de los padres matándolos primero. Además, la violación no encaja ni en la cronología ni en la secuencia de los hechos. Me atrevería incluso a decir que el tiempo transcurrido desde que a Jenny la dejara en casa su novio y el momento en que empezó a verse fuego en la montaña fue de diez minutos o menos.

—¿Y cómo sabe que a uno de los progenitores lo mató abajo y al otro lo arrastró después?

—Eso es, lo reconozco, una suposición. Pero es la única que encaja con las pruebas. Se trata de un asesino que trabaja solo, y parece improbable que se enfrentara a dos adultos en la parte de abajo de la casa simultáneamente. La disposición de los cadáveres es otro elemento intencionado del ataque, un detalle horripilante destinado a generar mayor miedo e inquietud.

Chivers negó con la cabeza asqueado e incrédulo.

—Entonces... —El jefe apenas podía formular la pregunta que sabía que debía hacer—. ¿Qué le hace pensar que habrá más asesinatos como este?

—Se trata de un crimen de odio, sadismo y brutalidad, cometido por una persona que, aunque probablemente esté loca, se encontraba en plena posesión de sus facultades. El fuego suele ser la opción preferida de los locos.

—¿Una venganza?

—Lo dudo. La familia Baker no era muy conocida en Roaring Fork. Usted mismo me dijo que no parecían tener enemigos en la ciudad y que solo pasaban un par de semanas al año aquí. De modo que, si el móvil no es la venganza, ¿cuál es? Resulta difícil decirlo con certeza, pero podría no ser uno dirigido a esta familia en concreto, sino más bien a lo que esta familia representa.

Un breve silencio.

—¿Y qué representa esta familia? —quiso saber Morris.

—Quizá lo que representa toda esta ciudad.

—¿Y eso es...?

Pendergast hizo una pausa y luego dijo:

—El dinero.

19

Corrie entró en la sección de historia de la biblioteca de Roaring Fork. La hermosa sala revestida de paneles de madera estaba una vez más vacía, salvo por Ted Roman, que leía un libro sentado a su escritorio. Alzó la mirada cuando ella entró, y su rostro enjuto se iluminó.

—¡Vaya, vaya! —dijo levantándose—. ¡La chica más infame de Roaring Fork regresa triunfante!

—Por Dios, ¿qué clase de bienvenida es esa?

—Una sincera. Lo digo en serio. Entre ese agente del FBI y tú habéis conseguido desenmascarar a Kermode. Dios, ha sido una de las mejores cosas que he visto en esta ciudad.

—¿Estuviste en la sesión del consistorio?

—Por supuesto. Ya era hora de que alguien tumbara a esa... Espero que esta palabra no te parezca ofensiva... Bueno, ahí va: esa zorra.

—A mí no me ofende.

—Además, el hombre de negro no solo le paró los pies a Kermode, sino que también se enfrentó a ese pequeño triunvirato tan bien avenido que forman ella, el jefe de policía y el alcalde. Con la intervención de tu amigo, casi se lo hacen los tres encima, ¡y Montebello!

Se partía de risa, y sus carcajadas eran tan contagiosas que Corrie terminó riéndose también.

—Tengo que reconocer que me complació oír la historia

—dijo Corrie—. Sobre todo después de pasar diez días en la cárcel por su culpa.

—En cuanto leí que te habían arrestado supe que era un montaje. —Ted trató de alisarse el tupé que le sobresalía de la frente—. Bueno, ¿qué buscas hoy?

—Me gustaría averiguar todo lo que pueda sobre la vida de Emmett Bowdree, y sobre su muerte.

—¿El minero al que has estado analizando? A ver qué podemos encontrar.

—¿Siempre está así de vacía la biblioteca? —preguntó ella mientras se acercaban a la zona de ordenadores.

—Sí. Alucinante, ¿verdad? La biblioteca más bonita del oeste y no viene nadie. Es que la gente de esta ciudad está demasiado ocupada luciendo pieles y diamantes por Main Street.

Imitó a una estrella de cine desfilando por una pasarela mientras ponía caras.

Corrie rió. Ted era un tipo divertido.

Se sentó a un ordenador e introdujo la clave de acceso. Inició varias búsquedas y le fue explicando lo que hacía mientras ella se asomaba por encima de su hombro.

—Vale, he encontrado algunas cosas interesantes sobre el señor Bowdree. —Corrie oyó que se activaba una impresora a su espalda—. Mira la lista y dime qué te interesa.

Ted fue a por las hojas impresas, y ella les echó un vistazo rápido, complacida —de hecho, casi abrumada— por la cantidad de información encontrada. Al parecer, había bastantes cosas sobre Emmett Bowdree: menciones en periódicos, registros de empleo y compra de oro, documentos de minas y concesiones, y otras referencias.

—Oye... —empezó Ted, pero luego se detuvo.

—Dime.

—Eh, como me dejaste plantado la otra vez que quedamos para tomar una cerveza...

—Lo siento. Estaba ocupada dejándome arrestar.

Ted rió.

—Bueno, aún me debes una. ¿Esta noche?

Corrie lo miró, de pronto ruborizada, incómoda, esperanzada.

—Me encantaría —se oyó decir.

20

El jefe de policía ya había celebrado ruedas de prensa antes, normalmente cuando alguna celebridad traviesa se metía en un lío. Pero esto era distinto, y peor. Observando al público entre bastidores, sintió una aprensión creciente. Aquella gente estaba furiosa, exigía respuestas. Como el viejo edificio de la comisaría solo tenía una pequeña sala de conferencias, habían convocado a la prensa en la sala de sesiones del consistorio, sede de su reciente humillación, que no le traía buenos recuerdos.

Sin embargo, esta vez tenía a Pendergast de su lado. El hombre que había empezado siendo su archienemigo era ahora, bien podía reconocerlo, su apoyo. Chivers estaba furibundo, y la mitad de su departamento se había sublevado, pero a Morris le daba igual. Aquel tipo era brillante, aunque fuera un poco raro, y estaba más que agradecido de tenerlo de su parte. Pero Pendergast no iba a poder ayudarle con aquella multitud. Eso era algo que tenía que hacer solo. Tenía que entrar ahí y demostrar que estaba al mando.

Miró el reloj. Faltaban cinco minutos; el barullo de voces era como un rugido amenazador. «Échele un par.» Muy bien. Haría todo lo posible.

Repasó sus notas por última vez, salió a escena y se dirigió, enérgico, al estrado. Cuando cesó el barullo, observó a los asistentes un instante. La sala estaba atestada de personas, todas de pie, y parecía que había más fuera. También la tribuna de prensa estaba abarrotada. Sus ojos detectaron enseguida la mancha negra de Pendergast, sentado anónimamente en la zona del público, en las primeras filas. Y en la zona reservada pudo ver a todos los altos cargos: al alcalde, al jefe de bomberos, a los jefazos de su departamento, al forense, a Chivers y al fiscal del condado. La señora Kermode brillaba por su ausencia. Gracias a Dios.

Se inclinó hacia delante y dio unos golpecitos al micrófono.

—Damas y caballeros.

Se hizo el silencio en la sala.

—Para los que no me conozcan —dijo—, soy el jefe Stanley Morris de la Policía de Roaring Fork. Voy a leer una declaración y después habrá una ronda de preguntas para la prensa y para el público.

Acomodó los papeles y empezó a leer, manteniendo un tono firme y neutral. Era una declaración corta que se atenía a los hechos irrefutables: la hora del incendio, el número de víctimas y su identidad, la certeza de que había sido un homicidio, el estado de la investigación. Sin especulaciones. Concluyó rogando que todo el mundo que dispusiera de alguna información, por insignificante que fuera, se la comunicara a la policía. Como es lógico, no mencionó la insinuación de Pendergast de que habría más sucesos del mismo tipo; eso habría sido demasiado alarmante. Además, no había pruebas; como había dicho Chivers, era mera especulación.

Alzó la mirada.

—¿Preguntas?

Se produjo un tumulto instantáneo en la tribuna de prensa. Morris ya había decidido a quién iba a atender y en qué orden, así que señaló a su periodista número uno, un viejo amigo del *Roaring Fork Times*.

—Gracias por su declaración, jefe Morris. ¿Hay algún sospechoso?

—Tenemos algunas pistas importantes que estamos siguiendo —contestó Morris—. No puedo decir más.

«Porque no tenemos una mierda», pensó con tristeza.

—¿Tiene idea de si el sospechoso es de la zona?

—No lo sabemos —dijo Morris—. Tenemos las listas de huéspedes de todos los hoteles y las casas de alquiler, registros de todos los pases de esquí vendidos, y hemos solicitado ayuda al Centro Nacional de Análisis de Delitos Violentos, que ahora mismo está buscando en sus bases de datos personas que hayan cumplido condena anteriormente por incendios provocados.

—¿Algún posible móvil?

—Nada concreto. Estamos barajando varias posibilidades.

—¿Como por ejemplo?

—Robo, venganza, alguna mente retorcida.

—¿No es cierto que una de las víctimas trabajaba en su despacho?

Dios, había confiado en poder evitar ese tipo de preguntas.

—Jenny Baker trabajaba como becaria en la comisaría, durante sus vacaciones de Navidad. —Tragó saliva e intentó seguir adelante aun con la voz de pronto quebrada—. Era una chica maravillosa que aspiraba a hacer carrera en los cuerpos de seguridad. Ha sido una pérdida... devastadora.

—Se rumorea que a una de las víctimas la ataron al somier y la rociaron con gasolina —intervino otro reportero.

«Hijo de perra. ¿Ha filtrado eso Chivers?»

—Sí, es cierto —contestó el jefe Morris después de titubear un poco.

Aquella respuesta causó cierto revuelo.

—¿Y a otra de las víctimas la quemaron en una bañera?

—Sí —dijo el jefe sin más explicaciones.

Más revuelo. Aquello se estaba poniendo feo.

—¿Se abusó sexualmente de las chicas?

Los periodistas preguntaban lo que fuera; no tenían vergüenza.

—El forense aún no ha concluido su examen, pero puede que nunca se sepa, dado el estado en que se encuentran los restos.

—¿Se llevaron algo?

—No lo sabemos.

—¿Los quemaron vivos?

Furor creciente.

—Pasará al menos una semana hasta que se hayan analizado todas las pruebas. Muy bien, se acabaron las preguntas de la prensa. Por favor, pasamos al público.

Confió en que estas fueran más fáciles.

En esa zona de la sala, todos estaban en pie, agitando la mano. Mal asunto. Señaló a alguien que no conocía, una anciana de aspecto dócil, pero una mujer que estaba delante se dio por aludida, por error o intencionadamente, y respondió enseguida con voz resonante. Cielos, era Sonja Marie Dutoit, la actriz semiretirada, tristemente conocida en Roaring Fork por su aborrecible conducta en tiendas y restaurantes, y por su cara, que se había estirado y tratado con Botox tantas veces que lucía una sonrisa perpetua.

—Gracias por elegirme —dijo con voz de fumadora—. Creo que hablo por todos al expresar lo conmocionada y horrorizada que estoy con este crimen.

—Sin duda —opinó Morris—. ¿Su pregunta, por favor?

—Han pasado treinta y seis horas desde que se produjo ese incendio terrible, horroroso, aterrador. Todos lo vimos. Y, a juzgar por lo que acaba de decir, no han hecho muchos progresos, si es que han hecho alguno.

—¿Tiene usted algo que preguntar, señorita Dutoit? —intervino el jefe Morris con calma.

—Desde luego. ¿Por qué no han capturado al asesino aún? Esto no es Nueva York; solo viven dos mil personas en esta ciudad. No hay más que una carretera de entrada y de salida. ¿Qué problema hay?

—Como ya he dicho, disponemos de gran cantidad de recursos, hemos traído especialistas incluso de Grand Junction, además de contar con la implicación del Centro Nacional de Análisis de Delitos Violentos. Bueno, seguro que hay otras personas que quieren preguntar...

—Aún no he terminado —prosiguió Dutoit—. ¿Cuándo arderá la siguiente casa?

Esta pregunta produjo un murmullo general. Algunas personas estaban espantadas por los comentarios de Dutoit, otras parecía que empezaban a ponerse algo nerviosas.

—No hay ni una sola prueba de que se trate de un pirómano —dijo el jefe, ansioso por poner fin a aquella serie de especulaciones.

Pero Dutoit, por lo visto, aún no estaba satisfecha.

—¿Cuál de nosotros va a despertar ardiendo en su propia cama esta noche? ¿Y qué demonios van a hacer ustedes al respecto?

21

Costaba creer que la taberna Mineshaft formara parte de Roaring Fork, con el serrín en el suelo, las paredes de roca del sótano adornadas con viejas herramientas mineras oxidadas, el olor a cerveza y a barbacoa texana, la clientela desaliñada de clase obrera y, sobre todo, el porrero y cantautor sin talento que estaba al micrófono rasgando una melodía propia con el rostro contraído en un exceso de patetismo.

Al entrar, Corrie se sintió gratamente sorprendida. Aquel sitio era más de su estilo que el restaurante del hotel Sebastian.

Encontró a Ted en «su mesa» del fondo, justo donde le había dicho que estaría, con una pinta imperial delante. El joven se levantó, eso le gustó, y le acercó la silla a ella antes de volver a su sitio.

—¿Qué quieres tomar?

—¿Qué estás tomando tú?

—Maroon Bells Stout, la hacen a un paso de aquí. Fantástica.

Se acercó el camarero y ella pidió una pinta de la misma cerveza confiando en que no le exigieran el carnet. Sería muy embarazoso. Pero no tuvo problemas.

—No sabía que pudiera haber un sitio así en Roaring Fork —dijo Corrie.

—Aún hay mucha gente de verdad en esta ciudad: los encargados del telesilla, los camareros, los friegaplatos, los manitas...

los bibliotecarios. —Le guiñó un ojo—. Necesitamos nuestros locales de esparcimiento baratos y cutres.

Llegó su cerveza y brindaron. Corrie dio un sorbo.

—Uau. Qué rica.

—Mejor que la Guinness. Y más barata.

—¿Quién es el tío del escenario? —preguntó Corrie en tono neutro por si era amigo de Ted.

Ted soltó una risita tonta.

—Hoy es noche de micro abierto. No conozco a ese pobre. Esperemos que no haya dejado su trabajo de día por esto. —Cogió la carta—. ¿Tienes hambre?

Lo meditó un instante: ¿podía permitirse ese gasto? La carta no parecía demasiado cara. Si no comía, igual se emborrachaba y hacía alguna tontería. Sonrió y asintió con la cabeza.

—Bueno —dijo Ted—, ¿cómo van las cosas en el osario de la montaña?

—Bien. —Corrie contempló la posibilidad de contarle lo que había descubierto, pero decidió que no. No lo conocía lo suficiente—. Los restos de Emmett Bowdree tienen mucho que decir. Confío en conseguir permiso pronto para trabajar con unos cuantos esqueletos más.

—Me alegro de que se te esté dando bien. Me encanta pensar que Kermode está tirándose de los pelos mientras tú estás ahí arriba saliéndote con la tuya.

—No sé —señaló Corrie—. Ahora tiene cosas peores de qué preocuparse. Ya sabes, el incendio.

—Ya te digo. Por Dios, qué cosa más horrible. —Hizo una pausa—. ¿Sabes?, yo crecí ahí arriba, en The Heights.

—¿En serio? —Corrie no pudo ocultar su asombro—. Jamás me lo habría imaginado.

—Gracias, lo tomaré como un cumplido. Mi padre era productor de televisión, de series, comedias de situación y eso. Se relacionaba con mucha gente de Hollywood. Mi madre se acostó con casi todos ellos. —Movió la cabeza y le dio un sorbo a la cerveza—. Tuve una infancia algo desastrosa.

—Lamento oír eso.

Por nada del mundo iba a hablarle a Ted de su propia infancia.

—No pasa nada. Se divorciaron y me crió mi padre. Con las rentas de las series, no tuvo que volver a trabajar. Cuando regresé de la universidad, salí escopeteado de The Heights y encontré piso en la ciudad, en East Cowper. Es diminuto, pero me siento mejor respirando ese aire.

—¿Él aún vive en The Heights?

—Qué va, vendió la casa hace tiempo. Murió de cáncer el año pasado; solo tenía sesenta años.

—Lo siento mucho.

Ted hizo un gesto con la mano, como quitándole importancia.

—Fue duro, pero me alegré de librarme por fin de mi conexión con The Heights. Me espeluzna el modo en que han llevado el asunto de Boot Hill; desenterrar uno de los cementerios con más historia de Colorado para construir un balneario para capullos ricos.

—Sí. Es horrible.

Entonces Ted se encogió de hombros y rió apenas.

—Bueno, cosas que pasan. ¿Qué se le va a hacer? Si lo odiara tanto, no estaría aún aquí, ¿no?

Corrie asintió con la cabeza.

—¿Y en qué te especializaste en la Universidad de Utah?

—En sostenibilidad. No era buen estudiante, perdía demasiado tiempo esquiando y montando en motonieve. Me gusta casi tanto como esquiar. Ah, y también hacer escalada.

—¿Escalada?

—Sí. Ya he subido a cuarenta y una montañas de más de cuatro mil metros.

—¿Por qué tantas?

Ted rió.

—Vaya, se nota que eres una chica del este. En Colorado hay cincuenta y cinco montañas de más de cuatro mil metros de altitud. Subir a todas es el santo grial de la escalada en Estados Unidos, al menos en los cuarenta y ocho estados continentales.

—Impresionante.

Llegó la comida: pastel de carne para Corrie, una hamburguesa para Ted y otra pinta para él. Ella no quiso beber más, pensando en la temible carretera de subida a su «consulta odontológica» en la montaña.

—¿Y tú, qué? —preguntó Ted—. Me intriga cómo conociste al hombre de negro.

—¿Pendergast? Es mi... —Dios, ¿cómo podía llamarlo?—. Es como mi guardián.

—¿Sí? ¿Una especie de padrino o algo así?

—Algo así. Le ayudé con un caso hace años y, desde entonces, ha tomado cierto interés por mí.

—Es un tío guay, desde luego. ¿De verdad es agente del FBI?

—Uno de los mejores.

Otro cantante se hizo con el micrófono, uno mucho mejor que el anterior, y lo escucharon un rato, mientras hablaban y terminaban de cenar. Ted quiso pagar, pero Corrie, que ya estaba preparada, insistió en que pagaran a medias.

Cuando se levantaban para irse, Ted le dijo, bajando la voz:

—¿Quieres ver mi piso diminuto?

Corrie titubeó. Se vio tentada de aceptar, mucho. Ted parecía todo fibra y músculo, esbelto y atlético, pero a la vez agradable y tontorrón, y tenía unos preciosos ojos pardos. Pero nunca había sabido llevar bien una relación si se acostaba con el tío en la primera cita.

—Esta noche no, gracias. Tengo que irme a casa a descansar —dijo, pero añadió una sonrisa como dándole a entender que no era una negativa absoluta.

—Sin problema. Tenemos que repetir esto... pronto.

—Me encantaría.

Mientras se alejaba del restaurante en el coche, en dirección al bosque oscuro y pensando en meterse en una cama gélida, Corrie empezó a lamentar su decisión de no «ver» el diminuto piso de Ted.

22

En su suite del ático del hotel Sebastian, el agente Pendergast dejó a un lado el libro que estaba leyendo, apuró la tacita de expreso que tenía en la mesa auxiliar y, poniéndose de pie, se acercó al ventanal del fondo del salón. La suite estaba en absoluto silencio: a Pendergast le desagradaba el bullicio de vecinos anónimos y había reservado las habitaciones a ambos lados de la suya para asegurarse de que nada lo perturbaría. Permaneció de pie delante del ventanal, completamente inmóvil, observando East Main Street y la leve nieve que caía sobre las aceras, los edificios y los transeúntes, suavizando la escena nocturna y confiriendo un silencioso aire de ensueño a los millones de luces de Navidad que se extendían a lo largo de varias manzanas. Estuvo allí quizá diez minutos, contemplando la noche. Luego dio media vuelta y se dirigió al escritorio, donde había un sobre de FedEx, sin abrir. Se lo había enviado al hotel su factótum en Nueva York, Proctor.

Pendergast cogió el sobre, lo abrió con un movimiento suave y dejó que el contenido cayera sobre el escritorio. Eran varios sobres sellados de diversos tamaños junto con una tarjeta enorme, repujada y grabada, y una breve nota con la letra de Proctor. La nota decía simplemente que la pupila de Pendergast, Constance Greene, se había ido a Dharamsala, India, donde tenía pensado pasar dos semanas visitando a su enésimo *rinpoche*. La elegante tarjeta era una invitación a la boda del teniente

Vincent D'Agosta y la capitana Laura Hayward, prevista para el 29 de mayo de la primavera siguiente.

La mirada de Pendergast se desplazó a los sobres sellados. Los miró por encima un instante, sin tocar ninguno; luego cogió uno de correo aéreo y le dio la vuelta en las manos, pensativo. Dejó los otros y volvió a la silla del salón, se sentó y abrió el sobre. En el interior, había una sola hoja de papel fino. Era una carta escrita con letra infantil. Empezó a leer.

6 de diciembre
École Mère-Église
St. Moritz, Suiza

Querido padre:
Parece que hace mucho que viniste a verme por última vez. He estado contando los días. Ya suman ciento doce. Espero que vuelvas pronto.

Aquí me tratan bien. La comida es muy buena. Los sábados por la noche nos dan tarta Linzer de postre. ¿Has comido alguna vez tarta Linzer? Está rica.

Muchos de los profesores de aquí hablan alemán, pero yo siempre procuro utilizar el inglés. Dicen que mi inglés está mejorando. Los profesores son muy simpáticos, salvo madame Montaine, que siempre huele a agua de rosas. Me gustan la historia y las ciencias, pero no las matemáticas. No se me dan bien las matemáticas.

Durante el otoño, he disfrutado paseando por las laderas después de clase, pero ahora hay demasiada nieve. Me han dicho que, en vacaciones de Navidad, me enseñarán a esquiar. Creo que me va a gustar.

Gracias por tu carta.

Por favor, mándame otra. Espero que volvamos a vernos pronto.

Con cariño, de tu hijo,

TRISTAM

Pendergast leyó la carta una segunda vez. Luego, muy despacio, volvió a plegarla y la metió en el sobre. Apagó la luz de lectura y se quedó sentado en la oscuridad, sumido en sus pensamientos, el libro olvidado, mientras pasaban los minutos. Se movió al fin, sacó el móvil del bolsillo y marcó un número con el prefijo del norte de Virginia.

—Central de Vigilancia —dijo la voz nítida y sin acento.

—Soy el agente especial Pendergast. Póngame con Operaciones Sudamericanas, por favor, oficina 14-C.

—Muy bien.

Hubo un breve silencio, un clic y luego se oyó otra voz.

—Agente Wilkins.

—Habla Pendergast.

La voz se tensó un poco.

—Sí, señor.

—¿En qué estado se encuentra Wildfire?

—Estable pero negativo. No hay resultados.

—¿La vigilancia?

—Todos los puestos de escucha están activos. Estamos monitorizando los informes de la policía nacional y local y a los medios de comunicación veinticuatro horas al día y siete días a la semana y, además, estamos peinando electrónicamente los registros diarios de la Agencia de Seguridad Nacional. Por otra parte, seguimos interactuando con los agentes de campo de la CIA en Brasil y los países limítrofes en busca de cualquier... actividad anómala.

—¿Tiene mi ubicación actual?

—¿En Colorado? Sí.

—Muy bien, agente Wilkins. Como siempre, por favor, infórmeme inmediatamente si el estado de Wildfire cambia.

—Eso haremos, señor.

Pendergast puso fin a la llamada. Cogió el teléfono de la habitación y pidió otro expreso al servicio de habitaciones. Luego hizo otra llamada con su móvil, esta vez a un barrio residencial de Cleveland llamado River Pointe.

Atendieron la llamada al segundo tono. No se oyó ninguna voz, solo el sonido que indicaba que se había hecho una conexión.

—¿Mime? —dijo Pendergast al silencio.

Por un instante, nada. Luego sonó una voz fina y aguda.

—¿Es mi hombre de confianza? ¿Mi principal agente secreto especial?

—¿Alguna novedad, Mime, por favor?

—Todo está tranquilo por el Frente Occidental.

—¿Nada?

—Ni pío.

—Un momento. —Pendergast hizo una pausa mientras un empleado del servicio de habitaciones le entraba el expreso. Le dio una propina y esperó a que se marchara—. ¿Está seguro de haber lanzado la red con precisión y amplitud suficientes para detectar al... objetivo si aparece?

—Agente secreto, dispongo de una serie de algoritmos de IA y patrones de búsqueda heurística online con los que se sorprendería. Estoy monitorizando todo el tráfico web oficial, y una buena cantidad de tráfico no oficial, de entrada y salida de la zona objetivo. Ni se imagina el ancho de banda que estoy quemando. He tenido que engancharme a los servidores de al menos media docena de...

—Ni me lo imagino, ni me lo quiero imaginar.

—En cualquier caso, el objetivo está completamente desconectado, ni actualizaciones de Facebook tiene ese tipo. Pero si está tan enfermo como dice, en cuanto aparezca... ¡zas! —Se hizo un silencio repentino—. Huy, perdón. Siempre se me olvida que Alban es su hijo.

—Siga monitorizando las operaciones, por favor, Mime. Y manténgame informado en cuanto observe cualquier cambio.

—Hecho. —Y colgó.

Pendergast se quedó sentado en la habitación en penumbra, inmóvil, mucho rato.

23

Corrie aparcó su Ford Focus de alquiler en la extensa entrada del 1 de Ravens Ravine Road (es decir, la mansión de los Fine) y se quedó pensativa. Era casi medianoche, y la enorme luna pálida, baja en el cielo, volvía los pinos azules y los hacía contrastar con el lecho cremoso de nieve blanca, rayada por las sombras. Nevaba levemente y, en aquel valle en forma de cuenca al borde de un barranco, la sensación era como estar dentro de una esfera de nieve vuelta boca abajo. En la parte delantera de la casa, las seis puertas del garaje se clavaban en el suelo de cemento como enormes dientes grises. Apagó el motor (por alguna extraña razón, Fine no le dejaba usar el garaje) y salió del coche. Se acercó a la puerta más próxima, se quitó el guante e introdujo el código. Entonces, mientras el portón se levantaba sobre sus guías metálicas, Corrie se volvió de pronto e hizo un aspaviento.

Allí, en la sombra a un lado del garaje, había una figura. Al principio no lograba distinguir lo que era, pero, a la escasa luz del piloto del motor del portón, logró discernir el cuerpo de un perrito temblando en la oscuridad.

—¡Anda! —exclamó arrodillándose a su lado—. ¿Qué haces tú aquí?

El perro se acercó gimoteando y le lamió la mano. Era un chucho, mezcla de perro de caza y spaniel, con las orejas caídas, enormes y tristes ojos pardos y manchas blancas en la piel. No llevaba collar.

—No te puedes quedar ahí fuera —le dijo—. Ven dentro.

El perro la siguió entusiasmado al garaje. Corrie se acercó a un panel de botones y pulsó el que correspondía a la puerta por la que había entrado. El garaje estaba vacío, una absurda extensión de hormigón. Fuera, oyó el silbido del viento que azotaba los árboles. ¿Por qué demonios no podía aparcar allí?

Miró al perro, que la observaba desde abajo, meneando la cola con una expresión de desmedida esperanza en los ojos. Que le dieran al señor Fine; el perro se quedaba.

Esperó a que el portón del garaje se cerrara del todo, abrió la puerta de la casa y entró. Dentro hacía casi tanto frío como fuera. Pasó por un lavadero con máquinas lo bastante grandes como para lavar la ropa de un regimiento y por una despensa mayor que todo el piso de su padre, y llegó al pasillo que recorría la mansión entera. Continuó, con el perro detrás, por el corredor, que doblaba una, dos veces, siguiendo los contornos del barranco, dejando atrás habitaciones inmensas repletas de muebles vanguardistas de aspecto incómodo. El propio pasillo estaba lleno de estatuas africanas, todas con la tripa enorme, el rostro alargado y furioso y unos ojos tallados que parecían seguirla al pasar. Los altos ventanales de las diversas estancias a su izquierda no tenían cortinas, y la luz intensa de la luna producía sombras esqueléticas en las pálidas paredes.

La noche anterior, la primera que había pasado en la casa, Corrie había echado un vistazo tanto a la segunda planta como al primer sótano para familiarizarse con la distribución del resto de la vivienda. La planta superior estaba compuesta por un enorme dormitorio de matrimonio con baño doble y armarios con vestidor, otros seis cuartos sin amueblar y numerosos baños para invitados. En el sótano principal, había un gimnasio, una bolera de dos pistas, una sala de máquinas, una piscina con tobogán —vacía— y varias zonas de almacenamiento. Resultaba inmoral que pudiera haber una casa tan grande, o tan vacía.

Por fin llegó al final del pasillo y a la puerta que conducía a sus modestos aposentos. Entró, cerró la puerta y encendió el calefactor de la habitación que había elegido como propia. Sacó un par de cuencos del armario e improvisó para el perro una cena de agua y galletitas saladas con cereales; al día siguiente, si no daba con el dueño, le compraría pienso para mascotas.

Observó al pequeño animal marrón y blanco comer vorazmente. El pobre estaba muerto de hambre. Aunque fuera un chucho, era adorable, con aquella mata de pelo rebelde que le caía por los ojos. Le recordaba a Jack Corbett, un niño al que había conocido en los últimos años de colegio, cuando vivía en Medicine Creek. El pelo le caía por la cara del mismo modo.

—Te vas a llamar Jack —le dijo mientras este la miraba meneando la cola.

Pensó por un instante en prepararse una infusión, pero estaba demasiado cansada, así que fregó los platos, se puso rápidamente el pijama y se metió entre las sábanas gélidas. Oyó el golpeteo de las uñas del perro, que entró en el dormitorio y se instaló en el suelo a los pies de la cama.

Poco a poco, gracias al calor corporal y al pequeño calefactor con la temperatura al máximo, dejó de estar helada. Decidió no leer; prefería gastar electricidad en calefacción que en luz. Había ido aumentando gradualmente el gasto de energía, a ver si Fine se quejaba.

Le vino a la mente su cita con Ted. Era serio, y divertido, y simpático, aunque un poco bobo; claro que se suponía que los obsesos del esquí lo eran. Guapo, bobo y despreocupado. Pero no era un vivalavirgen, tenía principios. También era idealista. Admiraba su independencia, el que hubiera sido capaz de dejar la magnífica casa de sus padres por un piso pequeño en el centro.

Se puso de lado y poco a poco empezó a tener sueño. Ted estaba bueno, y encima era un tío simpático, pero ella quería conocerlo un poco mejor antes de...

En alguna parte, en algún rincón lejano de la casa, se produjo un estruendo.

Se incorporó en la cama, completamente despierta al instante. ¿Qué demonios había sido eso?

Permaneció inmóvil. La única luz de la habitación venía de las bobinas incandescentes del calefactor. Sentada, escuchando con atención, pudo oír, levemente, el aullido lastimero del viento que soplaba en el valle angosto.

No había nada más. Debía de haber sido una rama muerta que la ventisca había arrancado y estampado contra el tejado.

Despacio, volvió a meterse en la cama. Ya consciente del viento, escuchó su leve murmullo y rugido mientras ella yacía en la oscuridad. Pasados unos minutos, volvió a sentir que se quedaba dormida. Repasó sus planes para el día siguiente. Su análisis del esqueleto de Bowdree ya casi estaba terminado y, si quería que su teoría progresara, tendría que lograr el permiso para examinar algunos restos más. Pendergast, claro, se había ofrecido a hacerlo y, con lo metomentodo que era, seguro que...

«Metomentodo.» ¿Por qué había usado esa palabra?

Y, ahora que reflexionaba, ¿por qué solo pensar en Pendergast, de pronto, por primera vez desde que lo conoció, le fastidiaba tanto? Después de todo, la había librado de una condena de diez años de cárcel. Había salvado su carrera. Había pagado sus estudios, básicamente la había puesto en el buen camino.

Si era sincera consigo misma, debía reconocer que no tenía nada que ver con Pendergast, sino con ella. Aquel montón de esqueletos era un gran proyecto, y una increíble oportunidad. Le producía cierto recelo la idea de que otra persona entrara en él y le robara parte del protagonismo. Y Pendergast, sin querer, era muy capaz de hacer eso precisamente. Si se llegaba a sospechar siquiera que él la había ayudado, todos supondrían que, en realidad, lo había hecho él y desestimarían la contribución de ella.

Su madre había disfrutado remarcándole, una y otra vez, que era una perdedora. Sus compañeros de clase en Medicine Creek la tildaban de monstruo, de cero a la izquierda. Hasta ahora, jamás se había dado cuenta de lo mucho que significaba para ella lograr algo importante...

Otra vez el ruido. Pero aquel no era el estruendo de una rama de árbol golpeando el tejado. Era una especie de leve chirrido procedente de algún lugar no muy lejos de su cuarto, suave, casi sigiloso.

Corrie escuchó. Quizá fuera el viento, que hacía que alguna rama de pino rozara la fachada. Pero, si era el viento, el sonido era terriblemente regular.

Apartó la ropa de la cama, se levantó e, ignorando el frío, se quedó de pie en el dormitorio a oscuras, escuchando.

Ras. Ras. Ras. Ras. Ras.

A sus pies, Jack gimoteó.

Salió al pequeño vestíbulo, encendió la luz, abrió la puerta que llevaba a la mansión propiamente dicha y se paró de nuevo a escuchar. El ruido parecía haber cesado. No, ahí estaba otra vez. Daba la impresión de que venía del lado del barranco, quizá del salón.

Recorrió aprisa el pasillo, sembrado de sombras y resonancias, y se metió en el cuarto de seguridad. Los distintos dispositivos estaban encendidos, con sus clics y sus zumbidos, pero la pantalla plana estaba apagada. La encendió. Apareció enseguida una imagen, la cámara uno, la que aparecía por defecto y mostraba la entrada al edificio, en ese momento vacía.

Pulsó el botón que dividía la pantalla en varias más pequeñas y estudió las imágenes de las diversas cámaras. Dos, cuatro, nueve, dieciséis..., y allí, en la ventana de la cámara nueve, la vio: una M roja con un círculo alrededor.

«M de movimiento.»

Rápidamente pulsó el botón correspondiente a la cámara nueve. La imagen llenó la pantalla; se veía la puerta trasera, que iba de la cocina a la inmensa terraza de madera con vistas al barranco. La M era más grande ahí, pero ya no había movimiento, nada que ella pudiera distinguir. Escudriñó la imagen pixelada. Nada.

¿Cómo demonios era lo que le había explicado Fine? Cuando una cámara registraba movimiento, grababa la escena en un disco duro a partir del minuto antes de que se detectara el movimiento hasta un minuto después de que cesara.

Pero ¿qué movimiento habría activado la cámara nueve?

No podía ser el viento sacudiendo las ramas de los árboles, porque no había árboles cerca de la puerta trasera. Mientras miraba, la M desapareció de la pantalla. Entonces vio solo la parte posterior de la casa, con la fecha y la hora sobreimpresas en la parte inferior de la imagen.

Volvió a visualizar las múltiples cámaras y recurrió al ordenador con la idea de poder ver una grabación de la cámara nueve. El aparato estaba encendido, pero, al mover el ratón, apareció una ventanita emergente en la que le pedían una contraseña.

«Mierda.»

Se maldijo por no haber hecho más preguntas.

Con el rabillo del ojo, vio parpadear algo rojo. Se volvió hacia la pantalla plana. Allí estaba, en la cámara ocho, algo grande y oscuro, deslizándose lentamente por el lateral de la casa. Lo rodeaban unos rectángulos negros que seguían su progreso. La M parpadeaba de nuevo en la pantalla.

Quizá debería llamar a emergencias. Pero se había dejado el móvil en el coche y el rácano de Fine, por supuesto, había desconectado todos los teléfonos de la casa.

Corrie observó la imagen más de cerca y el corazón se le aceleró. Aquella zona de la terraza trasera estaba en sombra, la propia casa impedía el paso de la luz de la luna; ella no conseguía distinguir bien lo que veía. ¿Sería un animal? ¿Un coyote, quizá? El sigilo deliberado con que se movía le produjo un escalofrío.

Desapareció de la imagen. No había alertas en otras pantallas. Pero no estaba tranquila. Lo que fuera que había visto rodeaba la casa, su lado de la casa.

Se volvió de pronto. ¿Qué era ese ruido? ¿El chillido de un ratón? ¿O quizá, solo quizá, el suave chasquido de protesta de una ventana que alguien intentaba abrir con sumo cuidado?

Con el corazón en la boca, salió corriendo del cuarto de seguridad y cruzó el pasillo hasta el estudio. El ventanal se alzaba oscuro ante ella.

—¡Lárgate de una puñetera vez! —le gritó al ventanal—. Tengo un arma, ¡y no me da miedo usarla! ¡Como te acerques más, llamo a la policía!

Nada. Silencio absoluto.

Permaneció inmóvil en la oscuridad, con la respiración agitada. Nada.

Tras meditarlo, volvió al cuarto de seguridad. Las imágenes mostraban todo tranquilo, ninguna de ellas registraba movimiento.

Se quedó delante de la pantalla, con los ojos pegados a las distintas ventanas, durante quince minutos. Luego recorrió la casa entera, con el perro pegado a los talones, comprobando todas las puertas y ventanas para asegurarse de que estaban cerradas. Finalmente volvió a su dormitorio, se acostó en la oscuridad y se tapó bien. Pero no se durmió.

24

A la mañana siguiente hacía aún más frío, si era posible, que el día anterior, pero, como Corrie andaba de un lado a otro del almacén, apenas lo notó. Tras desayunar tratando de convencerse a sí misma de que lo de la noche anterior habían sido imaginaciones suyas, se abrigó bien y, al salir, vio que había huellas muy humanas y muy reales en la nieve que rodeaba la casa. Por lo visto, alguien había estado merodeando por allí mucho tiempo, quizá horas.

Le dio un miedo atroz, pero no pudo seguir la compleja maraña de huellas ni deducir de dónde venían.

Entró en el coche, echó un vistazo al móvil y reprodujo un mensaje de Pendergast en el que le comunicaba que había dispuesto los permisos necesarios para que pudiera examinar tres esqueletos más de los ataúdes del almacén. Bajó al hotel Sebastian para recoger la documentación necesaria y darle las gracias a Pendergast, pero, al llegar allí, se enteró de que había salido, aunque le había dejado todos los documentos en recepción.

Casi se olvidó del frío mientras buscaba al primero de los tres esqueletos, Asa Cobb; retiró con sumo cuidado los restos del tosco ataúd y los trasladó a la mesa de análisis. Una vez dispuestas sus herramientas, inspiró hondo e inició un estudio metódico de los huesos.

Era como sospechaba. Muchos de los huesos revelaban lesiones infligidas con alguna herramienta: arañazos, orificios, cortes. También en estos había marcas de dientes, indudablemente humanos, no de oso. Y tampoco en este caso había indicios de que la carne hubiese sido hervida, asada o cocinada; a aquel también se lo habían comido crudo. Tampoco había indicios de heridas de bala o de cuchillo; la muerte se había producido por un golpe fuerte en la cabeza con una piedra, seguido de la misma paliza y desmembramiento brutales que revelaban los huesos de Bowdree. Aquellos viejos huesos marrones contaban la historia gráfica y violenta de un hombre al que habían asaltado, despedazado y devorado vivo.

Se irguió. Ya no cabía duda: los pobres mineros habían sido víctimas de una banda de asesinos en serie.

—¿Es como esperaba? —preguntó una voz dulce y de pronunciación lenta a su espalda.

Corrie se volvió de inmediato, con el corazón batiéndole fuerte el pecho. Allí estaba Pendergast, vestido con un abrigo negro y una bufanda de seda alrededor del cuello. Su rostro y su pelo eran casi tan blancos como la nieve que llevaba adherida a los zapatos. El hombre tenía la condenada habilidad de acercarse a las personas sin ser advertido.

—Veo que ha recibido mi mensaje —dijo Pendergast—. Intenté llamarla anoche también, pero no cogía el teléfono.

—Lo siento. —Mientras el corazón volvía a latirle a un ritmo normal, notó que se ruborizaba—. Tenía una cita.

Pendergast enarcó una ceja.

—¿En serio? ¿Puedo preguntar con quién?

—Ted Roman. Un bibliotecario de aquí, de Roaring Fork. Se crió en la ciudad. Un tipo agradable, ex aficionado al esquí, adicto a las motonieves. Buen investigador, también. Me ha ayudado un poco.

El agente asintió con la cabeza, luego se volvió con interés hacia la mesa de análisis.

—Solo he tenido ocasión de examinar uno de los esqueletos —dijo—, pero parece presentar los mismos indicios del homicidio de Bowdree.

—Así que, a su juicio, nos enfrentamos a, ¿cómo llamarlo?, un «grupo» dedicado al asesinato en serie.

—Exacto. Yo diría que de tres o cuatro por lo menos, posiblemente más.

—Interesante. —Pendergast cogió uno de los huesos y lo miró por encima, dándole vueltas entre las manos—. Es inusual que dos asesinos trabajen juntos, aunque no inaudito. En cambio, que dos o tres actuaran en concierto ciertamente es *rara avis*. —Volvió a dejar el hueso en la mesa—. En teoría, se precisan tres homicidios independientes para poder catalogarlo como asesinato en serie.

—Murieron once mineros. ¿No basta con eso?

—Casi con toda seguridad. Espero impaciente los informes detallados de los otros dos mineros también.

Corrie asintió con la cabeza.

Con las manos en los bolsillos, Pendergast echó una ojeada al material del almacén, luego sus ojos claros volvieron a posarse en ella.

—¿Recuerda cuándo leyó por última vez *El perro de los Baskerville*?

La pregunta la pilló tan de sorpresa que Corrie estaba convencida de que lo había oído mal.

—¿Cómo?

—Ya sabe, *El perro de los Baskerville*. ¿Cuándo lo leyó por última vez?

—¿El relato de Sherlock Holmes? En uno de los últimos años del instituto. ¿Por qué?

—¿Se acuerda de la primera carta que me mandó en relación con su tesis? En la posdata, hacía referencia a un encuentro entre Conan Doyle y Oscar Wilde. Durante ese encuentro, Wilde le contó a Conan Doyle una historia terrible que había oído en su gira de conferencias por América.

—Cierto. —Miró de reojo la mesa, impaciente por volver a su trabajo.

—Quizá le interese saber que uno de los lugares donde paró

Oscar Wilde durante esa gira de conferencias fue esta localidad, Roaring Fork.

—Todo eso ya lo sé. Estaba en el diario de Doyle. Uno de los mineros de Roaring Fork le contó a Wilde la historia del grizzly devorador de hombres y él se la contó a Doyle. Eso fue precisamente lo que me dio la idea para mi tesis.

—Excelente. Lo que le pregunto es: ¿cree que la historia de Wilde pudo haber inspirado a Doyle para escribir *El perro de los Baskerville*?

Corrie desplazó el peso de su cuerpo de un pie helado al otro.

—Es posible. Probable, incluso. Pero no sé si entiendo su relevancia.

—Es solo lo siguiente: si tiene ocasión de echar un vistazo al libro, puede que encuentre algunas pistas de lo que sucedió realmente.

—¿Lo que sucedió realmente? Pero... estoy segura de que a Wilde le contaron la historia falsa y él se la relató a Doyle. Ninguno de los dos pudo haber sabido la verdad, que a los mineros no los mató un oso.

—¿Está segura?

—Doyle habla del grizzly en su diario. No de una banda de caníbales.

—Medite esto un instante: ¿y si a Wilde le explicaron la verdadera historia y él se la contó a Doyle, pero a este le pareció demasiado alarmante para anotarla en su diario y decidió ocultar parte de esa información en *El perro de los Baskerville*?

Corrie tuvo que hacer un esfuerzo para no reírse. ¿Hablaba en serio?

—Lo siento, pero lo veo descabellado. ¿Me está insinuando que un relato de Sherlock Holmes podría arrojar algo de luz sobre mi proyecto?

Pendergast no respondió. Se quedó allí de pie, enfundado en su abrigo negro, mirándola fijamente.

Ella se estremeció.

—Mire, espero que no le importe, pero me gustaría retomar mi análisis, si no tiene inconveniente.

Pendergast siguió sin decir nada, se limitó a mirarla con esos ojos claros. Por alguna razón, Corrie tuvo la clara sensación de que acababa de suspender algún tipo de prueba. Pero no podía evitarlo; la respuesta no estaba en un relato de ficción, sino ahí mismo, en los propios huesos.

Al cabo de un buen rato, Pendergast hizo una levísima reverencia.

—Por supuesto, señorita Swanson —dijo con frialdad. Dio media vuelta y salió de la nave con el mismo sigilo con que había entrado.

Corrie lo observó hasta que oyó el suave chasquido de la puerta al cerrarse. Luego, con una mezcla de entusiasmo y alivio, retomó el examen de los restos mortales de Asa Cobb.

25

El jefe Stanley Morris había cerrado la puerta de su despacho y había dado orden a su secretaria de que nadie lo molestara bajo ningún concepto mientras actualizaba el esquema del caso en su tablón de corcho. Así era como manejaba los casos complejos, reduciéndolo todo a tarjetas de colores de ocho por trece centímetros, cada una con un solo dato, una prueba, una fotografía o un testigo. Las ordenaba cronológicamente, las pinchaba en el corcho y, después, con hilo, las conectaba en busca de un patrón, una pista o alguna relación.

Era un procedimiento estándar y le había dado buenos resultados antes. Sin embargo, viendo el caos de su escritorio, el corcho rebosante de tarjetas de colores y los hilos que iban en todas las direcciones, empezó a preguntarse si no necesitaría un sistema diferente. Notaba que estaba cada vez más frustrado.

Sonó el teléfono y lo cogió.

—Por el amor de Dios, Shirley, ¡te he pedido que no me molestaran!

—Lo siento, jefe —dijo la voz—, pero hay alguien aquí a quien debe ver...

—Como si es el Papa. ¡Estoy ocupado!

—Es la capitana Stacy Bowdree.

Tardó un minuto en digerir las implicaciones de aquello, luego sintió que se quedaba frío.

«Lo que me faltaba.»

—Ay, Señor... Muy bien, que pase.

Antes de que pudiera siquiera prepararse, se abrió la puerta y una mujer imponente entró con decisión. La capitana Bowdree tenía el pelo corto, castaño rojizo, una cara bonita y un par de intensos ojos de color marrón oscuro. Medía por lo menos metro ochenta y tendría treinta y tantos años.

Morris se levantó y le tendió la mano.

—Jefe Stanley Morris. Qué sorpresa.

—Stacy Bowdree —se presentó estrechándole la mano con firmeza.

Aunque iba vestida con ropa informal —vaqueros, camisa blanca y chaleco de cuero—, su porte era indiscutiblemente militar. Morris le ofreció asiento, y la capitana se sentó.

—En primer lugar —dijo el jefe—, quisiera disculparme por el asunto de la exhumación de su, eh, antepasado. Comprendo lo desagradable que ha debido de ser. Los miembros de la Policía de Roaring Fork creíamos que la promotora había hecho una búsqueda exhaustiva y, personalmente, me sentí consternado, profundamente consternado, cuando me hicieron llegar su carta...

Bowdree le dedicó al jefe una cálida sonrisa e hizo un gesto con la mano, como quitándole importancia.

—No se preocupe por eso. No estoy disgustada. De verdad.

—Pues le agradezco su comprensión. Yo... Lo arreglaremos. Se lo prometo.

El jefe se dio cuenta de que estaba casi balbuciendo.

—No hay problema —lo tranquilizó ella—. El caso es que he decidido llevarme los restos para poder enterrarlos en la vieja finca familiar de Kentucky una vez haya concluido la investigación. Así que, como ve, dadas las circunstancias, ya no hay razón para volver a enterrar a Emmett en su tumba original, como yo había solicitado en un principio.

—Mentiría si dijera que no me siento aliviado. Eso simplifica las cosas.

—Oiga... ¿Es café eso que huelo?

—¿Le apetece una taza?

—Gracias. Solo, sin azúcar.

Morris llamó a Shirley por el interfono y se lo pidió, junto con otro para él. Se produjo un breve e incómodo silencio.

—¿Cuánto tiempo lleva en la ciudad?

—No mucho, unos días. Quería familiarizarme con la zona, por así decirlo, antes de dejarme ver. Soy consciente de que mi carta causó mucho revuelo y no quería poner nervioso a todo el mundo entrando en la ciudad como el Llanero Solitario. De hecho, usted es la primera persona a la que me he presentado.

—Siendo así, permítame que le dé la bienvenida a Roaring Fork. —El jefe se sentía inmensamente aliviado con todo lo que Bowdree le estaba diciendo, y por su carácter afable y campechano—. Nos alegra tenerla aquí. ¿Dónde se aloja?

—Estaba en Woody Creek, pero busco sitio en la ciudad. Me está costando encontrar algo que me pueda permitir.

—Me temo que estamos en temporada alta. Ojalá pudiera aconsejarle algo, pero creo que la ciudad está al completo.

Recordó la tumultuosa y angustiosa rueda de prensa y se preguntó si las cosas seguirían igual.

Llegó el café y Bowdree lo aceptó entusiasmada y le dio un sorbo.

—No es el típico café de comisaría, debo decir.

—Soy un entusiasta del café. Tenemos una tostadora de café en la ciudad que consigue un tueste francés de primera.

La capitana bebió otro sorbo grande, luego uno más.

—No quiero entretenerlo, veo que está ocupado. Solo quería presentarme y comunicarle mis planes respecto a los restos de mi tatarabuelo. —Dejó la taza—. Además, me preguntaba si podría ayudarme: ¿dónde están ahora los restos y cómo podría llegar hasta allí? Quisiera verlos y conocer a la mujer que está haciendo la investigación.

El jefe se lo explicó con un pequeño croquis de The Heights.

—Llamaré a los guardias de seguridad del complejo —dijo—. Les diré que va para allá.

—Gracias. —La capitana Bowdree se puso en pie y de nuevo impresionó al jefe con su estatura. Era una mujer condenadamente atractiva, fuerte y flexible—. Me ha sido usted de gran ayuda.

Morris volvió a levantarse precipitadamente y le estrechó la mano.

—Si hay algo más que pueda hacer, lo que sea, hágamelo saber.

La vio marcharse y sintió que aquella semana infernal por fin podría terminar con una nota positiva, pero entonces desvió la mirada hacia el corcho, y al caos de tarjetas e hilos en su escritorio, y aquella vieja sensación de miedo volvió a apoderarse de él. La semana infernal no había terminado, en absoluto.

26

Corrie oyó el fuerte estrépito metálico de la puerta del almacén de esquí e interrumpió su trabajo, preguntándose si Pendergast habría vuelto. Sin embargo, en lugar de una figura vestida de negro, entró decidida una mujer alta que llevaba guantes y bufanda polares y un enorme gorro de lana con pompones.

—¿Corrie Swanson? —preguntó mientras se acercaba.

—Esa soy yo.

—Capitana Stacy Bowdree. Te estrecharía la mano, pero he traído un par de cafés. —Le entregó a Corrie un vaso enorme de Starbucks—. Venti con leche desnatada y cuatro cargas de café y doble de azúcar. Lo he tenido que adivinar.

—Uau. Lo ha acertado todo. —Corrie aceptó el café agradecida—. No tenía ni idea de que fuera a venir a Roaring Fork. Qué gran sorpresa.

—Pues aquí estoy.

—Cielos, Stacy... ¿Puedo tutearte? No sabes cuánto te debo. Me salvaste el trasero con esa carta. Me enfrentaba a diez años de prisión, no sé cómo darte las gracias...

—¡Vas a hacer que me ruborice! —Bowdree rió, destapó su café y bebió un buen sorbo—. Si quieres darle las gracias a alguien, dáselas a tu amigo Pendergast. Fue él quien me explicó la situación y me contó lo que te habían hecho. Yo ayudé encantada como pude. —Miró alrededor—. Madre mía, cuántos ataúdes. ¿Cuál es mi tatarabuelo Emmett?

—Este de aquí.

La condujo hasta los restos del minero, extendidos en una mesa contigua. De haber sabido que la capitana iba a venir, habría intentado ponerlos en orden. Confiaba en que la descendiente de Emmett lo entendiera.

Sorbió su café algo nerviosa mientras Bowdree se acercaba, alargaba la mano y, con sumo cuidado, cogía un trozo de cráneo.

—Cielos, sí que lo destrozó ese oso.

Estuvo a punto de decir algo, pero se calló a tiempo. Pendergast, con toda razón, le había aconsejado que no le hablara a nadie, nadie, de la verdadera causa de la muerte hasta que hubiera terminado su trabajo.

—Este trabajo me parece fascinante —dijo Bowdree dejando con cuidado el trozo de cráneo en la mesa—. Entonces ¿de verdad quieres ser policía?

Corrie rió. Bowdree le había caído bien enseguida.

—Bueno, creo que, en realidad, me gustaría ser agente del FBI, especializada en antropología forense. No una rata de laboratorio, sino un agente de campo con aptitudes especiales.

—Eso es estupendo. Yo también he estado planteándome la posibilidad de entrar en los cuerpos de seguridad... Bueno, es el paso lógico habiendo hecho una carrera militar.

—¿Ya no estás en el ejército, entonces? ¿Ya no eres capitana?

Bowdree sonrió.

—Siempre seré capitana, pero, sí, me han licenciado. —Hizo una pausa—. Bueno, creo que debería irme. Si quiero quedarme por aquí más tiempo, más vale que encuentre un sitio barato donde alojarme; el hotel en el que estoy me está arruinando.

Corrie sonrió.

—Conozco la sensación.

—Solo quería presentarme y decirte que creo que lo que estás haciendo aquí es magnífico.

Bowdree dio media vuelta.

—Un momento.

La capitana se volvió.

—¿Te apetece tomar un café en Starbucks luego? —Señaló su vaso—. Quisiera devolverte el favor, si no te importa que sea tarde. Quiero aprovechar bien el día, siempre y cuando no me congele antes.

El rostro de Bowdree se iluminó.

—Sería estupendo. ¿Qué tal a las nueve?

—Te veo luego.

27

Betty B. Kermode dio un sorbo a su taza de té Earl Grey y contempló Silver Queen Valley desde el ventanal de su salón. Su casa, situada en la cima de la montaña, la mejor parcela de todo el complejo de The Heights, contaba con unas vistas espectaculares, con las montañas contiguas, que se alzaban imponentes hacia la divisoria continental, y los altísimos picos del monte Elbert y el monte Massive, el más alto y el segundo más alto, respectivamente, de Colorado, meras sombras a esa hora de la noche. La casa en sí era bastante modesta (pese a lo que se daba por supuesto, no era una mujer ostentosa), una de las más pequeñas de toda la urbanización, de hecho. Además, era más tradicional que las otras, hecha de piedra y cedro a una escala relativamente íntima; a ella no le iba ese estilo ultracontemporáneo posmoderno.

El ventanal le proporcionaba también una vista excelente del almacén de materiales. Había sido desde ese mismo ventanal desde el que, no hacía siquiera dos semanas, había visto encenderse una luz sospechosa en aquel almacén a altas horas de la noche. Supo de inmediato quién estaba allí y tomó medidas.

La taza tintineó en el plato cuando la dejó en la mesa para servirse otra. Resultaba difícil beberse una taza de té decente a dos mil quinientos metros de altitud, donde el agua hervía a noventa grados, y jamás conseguía acostumbrarse al insípido sabor, independientemente de la clase de agua mineral que usara, el rato que dejara remojar el té o la cantidad de bolsitas que pusiera. Frunció con fuerza los labios mientras le echaba leche y un toque de miel, lo removía y se lo bebía a sorbitos. La señora Kermode era abstemia desde siempre no por razones religiosas, sino porque su padre había sido un alcohólico maltratador y ella asociaba la bebida a la fealdad e, incluso peor, a la pérdida de control. Kermode había hecho del control el centro de su vida.

Y ahora estaba furiosa, secreta pero rabiosamente furiosa, por la humillante interferencia en su control absoluto de aquella chica y de su amigo del FBI. En la vida le había pasado nada semejante y jamás lo olvidaría, menos aún lo perdonaría.

Le dio otro trago al té. The Heights era el enclave más cotizado de Roaring Fork. En una ciudad atestada de vulgares nuevos ricos, era una de las urbanizaciones con más solera. Representaba el buen gusto, la estabilidad de un brahmán y cierto tufillo a superioridad aristocrática. Sus socios y ella no habían permitido que perdiera su lustre, como solía ocurrirles a otras urbanizaciones de los años setenta asentadas en estaciones de esquí. El nuevo club balneario constituiría una parte esencial de su esfuerzo por mantener joven el complejo, y la apertura de la Fase III, con parcelas de catorce hectáreas a un precio mínimo de 7,3 millones de dólares, prometía ser una fabulosa inyección de capital para los primeros inversores. Ojalá todo aquel asunto del cementerio se resolviera. El artículo de *The New York Times* había sido un fastidio, pero no era nada comparado con las indiscretas travesuras de Corrie Swanson.

La muy zorra. Era culpa suya. Y lo pagaría caro.

Kermode se acabó el té, dejó la taza en la mesa, inspiró hondo y luego cogió el teléfono. Era tarde en Nueva York, pero Daniel Stafford era un trasnochador y aquella era, por lo general, la mejor hora para localizarlo.

Contestó al segundo tono; por la línea le llegó su suave voz aristocrática.

—Hola, Betty. ¿Qué tal va el esquí?

Sintió una punzada de indignación. Sabía perfectamente que no esquiaba.

—Me han dicho que va fenomenal, Daniel. Pero no te he llamado para intercambiar cumplidos.

—Lástima.

—Tenemos un problema.

—¿El incendio? Solo es un problema si no atrapan a ese tipo, pero lo harán. Confía en mí. Para cuando la Fase III se haga pública en internet, ya irá camino de la silla eléctrica.

—No te llamo por lo del incendio, sino por esa chica. Y por el metomentodo del agente del FBI. He oído decir que ha conseguido que tres descendientes más le den permiso para analizar los huesos de sus antepasados.

—¿Y cuál es el problema?

—¿Cómo que cuál es el problema? Ya es bastante fastidio que esa capitana Bowdree se haya presentado aquí en persona, aunque ha llegado a mis oídos que al menos ella quiere enterrar los restos de su antepasado en otro sitio. Daniel, ¿y si esos descendientes exigen que se vuelva a enterrar a sus antepasados en el cementerio original? ¡Hemos invertido cinco millones de dólares en esa obra!

—Vamos, vamos, Betty, cálmate. Por favor. Eso no va a pasar. Si alguno de los supuestos descendientes toma medidas legales, cosa que no han hecho aún, nuestros abogados los tendrán años enredados. Tenemos el dinero y la influencia necesarios para que este caso no termine de resolverse jamás.

—No es solo eso. Me preocupa adónde les pueda llevar todo esto, tú ya me entiendes.

—Esa chica no hace más que examinar los huesos y, cuando haya terminado, se acabó. Su trabajo no le va a conducir a donde temes que le conduzca. ¿Cómo podría? Además, si descubriera algo, créeme, ya nos encargaríamos de ello. Tu problema, Betty, es que eres como tu madre: te preocupas demasiado y alimentas la rabia. Prepárate un martini y déjalo estar.

—Eres repulsivo.

—Gracias. —Rió—. ¿Sabes qué voy a hacer? Para que te tranquilices, voy a pedirle a mi gente que indague en su pasado a ver si encuentra algo turbio. De la chica, del agente del FBI... ¿De alguien más?

—De la capitana Bowdree. Por si acaso.

—Estupendo. Recuerda que solo lo hago para cubrirnos las espaldas. Probablemente no tengamos que utilizarlo.

—Gracias, Daniel.

—Por ti lo que sea, mi querida prima Betty.

28

Estaban sentadas en cómodos sillones en el Starbucks casi vacío. Corrie sostenía la taza con ambas manos, agradecida por el calor. Al otro lado de la mesa, Stacy Bowdree miraba fijamente su café. Estaba más callada, menos efusiva que esa mañana.

—¿Por qué dejaste las Fuerzas Aéreas? —quiso saber Corrie.

—Al principio, quería hacer carrera allí. Después del 11S, estaba en la universidad, mis padres habían muerto y no sabía muy bien hacia dónde ir, así que me pasé a la academia. En plan muy patriótico, totalmente idealista. Pero dos servicios en Irak y luego dos más en Afganistán me curaron de eso. Me di cuenta de que no estaba hecha para ser militar de carrera. Sigue siendo un juego de hombres, diga lo que diga la gente, sobre todo en las Fuerzas Aéreas.

—¿Cuatro misiones? Uau.

Bowdree se encogió de hombros.

—No es inusual. Necesitan mucha gente en tierra por allí.

—¿Y qué hacías?

—En el último servicio, era el oficial al mando del 382º Búnker Expedicionario del EOD, el cuerpo de artificieros. Estábamos emplazados en la base de Gardez, capital de la provincia de Paktiya.

—¿Desactivabas bombas?

—A veces. La mayor parte del tiempo limpiábamos el área

de la base o llevábamos municiones al campo de tiro y nos deshacíamos de ellas. En realidad, cada vez que querían hincar una pala en la tierra, teníamos que limpiar la zona primero. De vez en cuando, teníamos que ir más allá de la alambrada a desactivar los IED, artefactos explosivos improvisados.

—¿Con esos trajes enormes para desactivar bombas?

—Sí, como en la película *En tierra hostil*. Aunque, sobre todo, usábamos robots. En cualquier caso, todo eso ya es pasado. Me licenciaron hace unos meses. He estado dando tumbos, sin saber qué hacer con mi vida, hasta que llegó la noticia de Pendergast.

—Y ahora estás en Roaring Fork.

—Sí, y probablemente te preguntes por qué.

—Bueno, un poco, sí.

Corrie rió nerviosa. No se había atrevido a preguntárselo.

—Cuando termines con mi tatarabuelo, me lo llevaré a Kentucky para enterrarlo en la finca familiar.

Corrie asintió.

—Genial.

—Mis padres ya no viven, no tengo hermanos. Me he estado interesando por el pasado de mi familia. Los Bowdree se remontan a muchísimos años atrás. Tenemos a los pioneros de Colorado, como Emmett; tenemos oficiales del ejército de la época de la Revolución; y luego está mi favorito, el capitán Thomas Bowdree Hicks, que luchó por el sur en el Ejército del Norte de Virginia, un auténtico héroe de guerra, y capitán, como yo.

Se le iluminó el rostro de orgullo.

—Me parece fenomenal.

—Me alegro. Porque no he venido aquí a meterte prisa con tu trabajo. No tengo una agenda apretada que cumplir. Solo quiero volver a conectar con mi pasado, con mis raíces, hacer una especie de viaje personal y, al final, llevarme a mi ancestro a Kentucky. Igual para entonces tengo más claro lo que quiero hacer.

Corrie se limitó a asentir con la cabeza.

Bowdree se terminó el café.

—Qué cosa tan rara que te devore un oso.

Corrie titubeó. Llevaba toda la tarde dándole vueltas y había decidido que, en conciencia, no podía ocultarle la verdad.

—Eh... creo que hay algo que deberías saber sobre tu antepasado.

Bowdree alzó la mirada.

—Esto es confidencial, por lo menos hasta que haya terminado mi trabajo.

—De acuerdo.

—A Emmett Bowdree no lo mató ni devoró un oso grizzly.

—¿No?

—Ni a los otros, al menos los que yo he examinado. —Inspiró hondo—. Fueron asesinados. Por una banda de asesinos en serie, parece. Los mataron y...

No pudo terminar la frase.

—¿Los mataron y...?

—Se los comieron.

—Me estás tomando el pelo.

Corrie negó con la cabeza.

—¿Y esto no lo sabe nadie?

—Solo Pendergast.

—¿Y qué vas a hacer al respecto?

Corrie hizo una pausa.

—Bueno, me gustaría quedarme aquí y resolver el caso.

Bowdree silbó.

—Cielo santo. ¿Tienes idea de quién pudo hacer algo semejante? ¿Y por qué?

—Aún no.

Se hizo un largo silencio.

—¿Necesitas ayuda?

—No. Bueno, puede. Tengo un montón de periódicos viejos que revisar; supongo que no me vendría mal una ayuda con eso. Pero el trabajo forense tengo que hacerlo yo sola. Es mi primera tesis de verdad y... bueno, quiero que sea mi trabajo. Pendergast cree que estoy loca y quiere que termine y me vuelva a Nueva

York con lo que tenga, pero no estoy preparada para eso todavía.

Bowdree sonrió de oreja a oreja.

—Te entiendo perfectamente. Te pasa como a mí. Me gusta hacer mis cosas yo solita.

Corrie dio un sorbo a su bebida.

—¿Ha habido suerte con el alojamiento?

—Nada. En mi vida he visto una ciudad más cara que esta.

—¿Por qué no te vienes conmigo? Estoy cuidando una mansión vacía en Ravens Ravine Road, sola, con un perro abandonado. Y lo cierto es que la casa empieza a producirme escalofríos. Me encantaría tener compañía. —«Sobre todo si se trata de una ex militar.» Había estado toda la tarde pensando en esas huellas, en que estaría mucho más tranquila si compartiera la habitación con alguien—. Lo único que tienes que hacer es evitar unas cuantas cámaras de seguridad; el propietario, que no vive allí, es un entrometido. Pero me encantaría que vinieras.

—¿Lo dices en serio? ¿De verdad? —Bowdree sonrió feliz—. ¡Sería genial! Muchas gracias.

Corrie apuró su bebida y se levantó.

—Si estás lista, sígueme hasta allí arriba.

—Yo siempre estoy lista.

Y, dicho esto, cogió sus cosas y salió detrás de Corrie a la gélida noche.

29

A las 3.55 de la madrugada, hora de Londres, Roger Kleefisch entró en el gran salón de su casa en Marylebone High Street e inspeccionó con satisfacción el entorno en penumbra. Todo estaba exactamente en su sitio: las butacas tapizadas de terciopelo una a cada lado de la chimenea, la alfombrilla de piel de oso en el suelo, la larga fila de libros de consulta sobre la repisa pulida de la chimenea, una letra grabada a navaja en la madera de justo debajo, las gráficas científicas en la pared, la mesa con productos químicos llena de marcas de ácido, las iniciales V. R., *Victoria Regina*, tatuadas a balazos en la pared del fondo (balazos simulados, claro). Había hasta un violín maltrecho en un rincón; Kleefisch había intentado aprender a tocar, aunque, naturalmente, le habría bastado con poder rasgar unas cuantas notas disonantes. Mientras miraba alrededor, se dibujó una sonrisa en su rostro. Perfecto, lo más próximo posible a las descripciones que hacía sobre su vida. Lo único que había omitido había sido la solución de clorhidrato de cocaína y el agua hipodérmica.

Pulsó un botón junto a la puerta y se encendieron las luces, de gas, por supuesto, instaladas expresamente, con el consiguiente gasto. Se acercó pensativo a una enorme librería de caoba y estudió lo que había al otro lado de las puertas de cristal. Dentro todo estaba dedicado a un solo sujeto: el sujeto. Las tres baldas superiores estaban ocupadas por diversos ejemplares del canon sherlockiano; no había podido adquirir primeras ediciones, claro, pese a su sueldo de abogado, pero tenía ejemplares valiosísimos sobre todo de la edición de 1917 de George Bell de *Su última reverencia en el escenario: casos de Sherlock Holmes*, con la sobrecubierta intacta, y la edición de 1894 de George Newnes de *Las memorias de Sherlock Holmes*, con el lomo aún en muy buen estado, apenas deteriorado o enmohecido. En las baldas inferiores, había diversos volúmenes de erudición y números atrasados del *Baker Street Journal*. Este último era un periódico publicado por los Irregulares de Baker Street, el grupo de devotos del estudio y de la perpetuación de la sherlockiana. El propio Kleefisch había publicado varios artículos en el diario, uno de los cuales, un trabajo extraordinariamente detallado centrado en el estudio de los venenos de Holmes, había instado a los Irregulares a ofrecerle formar parte de la organización y obsequiarle con un «chelín de los Irregulares». A este grupo no se accedía solicitando la afiliación, sino por invitación. Y disponer de esta «investidura» había sido, sin duda, el logro que más había enorgullecido a Kleefisch en toda su vida.

Abrió las puertas de la librería y buscó entre las baldas inferiores una publicación que quería releer; la localizó, volvió a cerrar las puertas, se acercó al sillón más próximo y se sentó, suspirando de satisfacción. Las lámparas de gas lo cubrían todo de una luz suave y cálida. Incluso aquella casa del distrito de Lisson Grove la había elegido por su proximidad a Baker Street. De no haber sido por el sonido infrecuente del tráfico procedente del otro lado de la ventana salediza, Kleefisch casi podría haberse imaginado en el Londres de la década de 1880.

Sonó el teléfono, un antiquísimo Coffin de 1879, de madera y caucho vulcanizado con un auricular en forma de enorme tirador de cajón. La sonrisa se desvaneció de su rostro, consultó el reloj y levantó el auricular.

—¿Diga?

—¿Roger Kleefisch? —La voz era americana, del sur de Estados Unidos, observó, y sonaba muy lejos, o eso parecía. Le resultó vagamente familiar.

—Al aparato.

—Soy Pendergast. Aloysius Pendergast.

—Pendergast. —Kleefisch repitió el nombre, como si lo paladeara.

—¿Me recuerda?

—Sí. Sí, naturalmente.

Había conocido a Pendergast en Oxford, cuando él estudiaba Derecho y Pendergast cursaba Filosofía en el Centro de Estudios de Posgrado del Balliol College. Pendergast era un tipo bastante raro, pero, aun así, se había formado entre ellos un vínculo intelectual que Kleefisch todavía evocaba con cariño. Pendergast, rememoró, albergaba alguna pena íntima, pero los discretos intentos de Kleefisch por sonsacársela habían resultado infructuosos.

—Lamento lo intempestivo de la llamada, pero creí recordar que tenía, por así decirlo, horarios inusuales y confiaba en que mantuviera ese hábito.

Kleefisch rió.

—Cierto, rara vez me acuesto antes de las cinco de la mañana. Cuando no estoy en el tribunal, prefiero dormir mientras la gente anda de aquí para allá. ¿A qué debo esta llamada?

—Tengo entendido que es miembro de los Irregulares de Baker Street.

—Disfruto de ese honor, sí.

—En ese caso, quizá podría ayudarme.

Kleefisch se recostó en el asiento.

—¿En qué exactamente? ¿Está trabajando en algún proyecto académico relacionado con Sherlock Holmes?

—No. Soy agente especial del FBI y estoy investigando una serie de homicidios.

Se hizo un breve silencio mientras Kleefisch digería aquello.

—En ese caso, no se me ocurre cómo podría yo serle de utilidad.

—Permítame que le ponga al tanto del asunto lo más brevemente posible. Un pirómano ha quemado una casa entera junto con sus ocupantes en la estación de esquí de Roaring Fork, en Colorado. ¿Ha oído hablar de Roaring Fork?

Desde luego que había oído hablar de Roaring Fork.

—A finales del siglo XIX, Roaring Fork era una comunidad minera. Curiosamente, fue uno de los lugares que Oscar Wilde visitó durante su gira de conferencias por América. Estando allí, uno de los mineros le contó una historia de lo más pintoresca. La historia sobre un oso devorador de hombres.

—Continúe, por favor —le dijo Kleefisch preguntándose adónde iría a parar aquel extraño asunto.

—Wilde, a su vez, le contó la historia a Conan Doyle durante su cena en el hotel Langham en 1889. Al parecer, el relato tuvo un efecto poderoso en Conan Doyle; poderoso, desagradable y duradero.

Kleefisch no dijo nada. Había oído hablar, por supuesto, de la legendaria cena. Tendría que volver a echar un vistazo a la parte del diario de Conan Doyle en la que se hablaba de ella.

—Creo que lo que Conan Doyle oyó le afectó tanto que lo incorporó, convenientemente disfrazado de ficción, claro, a su obra, a modo de catarsis. Hablo concretamente de *El perro de los Baskerville*.

—Interesante —opinó Kleefisch.

Que él supiera, aquella era una nueva línea de pensamiento crítico. Si resultaba prometedora, podría incluso dar lugar a un erudito monográfico para los Irregulares. Escribiría el artículo él mismo, desde luego; llevaba un tiempo buscando un tema en el que centrarse.

—Pero confieso que aún no sé cómo podría yo serle de ayuda. Y ciertamente no comprendo qué tiene que ver todo esto con el caso del pirómano que está investigando.

—Respecto al último punto, preferiría reservarme mi valoración. En cuanto al primero, cada vez estoy más convencido de que Conan Doyle sabía más de lo que dejaba entrever.

—¿Se refiere a más de lo que alude en *El perro de los Baskerville*?

—Exactamente.

Kleefisch se incorporó. Aquello era más que interesante, era del todo apasionante. Se le aceleró el pensamiento.

—¿En qué sentido?

—Sospecho que Conan Doyle pudo escribir algo más sobre aquel oso devorador de hombres en alguna otra parte, quizá en sus cartas u obras inéditas. Por eso le consulto a usted.

—¿Sabe qué, Pendergast? Es posible que haya algo de cierto en sus especulaciones.

—Explíquese, se lo ruego.

—En sus últimos años de vida, Conan Doyle escribió supuestamente un último relato de Holmes. No se sabe nada de él, ni de su temática ni su título. Se dice que Conan Doyle lo presentó para su publicación, pero rechazaron el manuscrito porque su contenido era demasiado fuerte para todos los públicos. Lo que sucedió después con ese texto se desconoce. La mayoría sospecha que se destruyó. Desde entonces, ese relato perdido de Holmes ha sido objeto de leyendas, y los miembros de los Irregulares han especulado interminablemente sobre él.

Se hizo el silencio al otro lado de la línea.

—Si le digo la verdad, Pendergast, yo más bien creía que se trataba de otro cuento chino holmesiano. Son legión, ya sabe. O, quizá, una broma pesada perpetuada por Ellery Queen. Pero, teniendo en cuenta lo que ha dicho, empiezo a preguntarme si el relato existirá realmente, después de todo. Y, si es así, quizá... —Se interrumpió.

—Quizá cuente el resto de la historia que siempre atormentó a Conan Doyle —terminó Pendergast por él.

—Exacto.

—¿Tiene idea de cómo podría emprenderse la búsqueda de ese manuscrito?

—A bote pronto, no. Pero, como Irregular y erudito holmesiano, tengo a mi disposición diversos recursos. Esta podría ser una nueva vía de investigación extraordinaria.

El cerebro de Kleefisch iba aún más rápido ahora. Descubrir

un nuevo relato de Sherlock Holmes después de tantos años...

—¿Cuál es su dirección en Londres? —preguntó Pendergast.

—El 572 de Marylebone High Street.

—Confío en que no le importe que vaya a visitarlo en un futuro próximo.

—¿Cómo de próximo?

—Dos días, quizá. En cuanto pueda escapar de esta investigación del pirómano. Me alojaré en el hotel Connaught.

—Excelente. Será un placer volver a verlo. Entretanto, haré algunas pesquisas iniciales y así podremos...

—Sí —lo interrumpió Pendergast. Su voz había cambiado bruscamente, hablaba ahora con una súbita premura—. Sí, gracias, haré todo lo posible por visitarlo. Pero ahora, si me disculpa, Kleefisch, tengo que colgar.

—¿Ocurre algo?

—Al parecer, está ardiendo otra casa.

Dicho esto, Pendergast colgó de pronto y se cortó la comunicación.

30

Pese al sonido insistente de la sirena y los gritos constantes por el megáfono del coche patrulla, con la ingente cantidad de coches, medios y personas que ocupaban la calle, el jefe Morris no lograba acercarse a la comisaría más de una manzana. Y no eran ni las ocho de la mañana. Con aquel segundo incendio provocado, la historia había adquirido proyección nacional —no era de extrañar, dada la identidad de las víctimas— y todos los carroñeros en busca de carnaza estaban allí, junto con los reporteros de noticias, la CNN y Dios sabe quién más.

Lamentó haber cogido el coche patrulla solo; no tenía a nadie que le fuera librando de los obstáculos, y su única opción era bajarse y abrirse paso él mismo entre aquellos payasos. Le habían rodeado el vehículo, las cámaras grababan, le agitaban micrófonos delante de la cara como si fueran porras. Había pasado toda la noche en el escenario del incendio, que había empezado a las ocho de la noche, y ahora estaba sucio y agotado, apestaba a humo y no paraba de toser. Apenas era capaz de pensar. Menuda pinta para encarar las cámaras.

La multitud de reporteros alterados empujaba y balanceaba el coche de Morris. Le lanzaban preguntas a gritos, se peleaban entre ellos por ocupar el mejor sitio. Se dio cuenta de que más le valía pensar en algo que decir.

Inspiró hondo, se armó de valor y abrió con esfuerzo la puerta del coche. La reacción fue instantánea: la turba se abalanzó sobre él, las cámaras y los micros se mecían peligrosamente, y uno estuvo a punto de arrancarle el sombrero de la cabeza. Se puso en pie, se sacudió el sombrero, volvió a ponérselo y levantó las manos.

—¡Vale, vale! Por favor. Si siguen así, no podré hacer una declaración. ¡Ábranme paso, por favor!

La muchedumbre se apartó un poco. El jefe miró alrededor, perfectamente consciente de que su imagen se iba a emitir en todos los telediarios de la noche en todo el país.

—Haré una breve declaración. Luego no habrá preguntas. —Tomó aliento—. Vengo del escenario del crimen. Les aseguro que estamos haciendo todo lo humanamente posible por resolver estos crímenes atroces y presentar a sus autores ante la justicia. Tenemos a los mejores profesionales de criminalística del estado trabajando en el caso. Estamos haciendo uso de todos nuestros recursos y de los de las comunidades aledañas. Además de eso, contamos con la colaboración de uno de los más destacados agentes del FBI especializados en asesinatos en serie y trastornos de la conducta, puesto que parece que nos enfrentamos a un pirómano.

Se aclaró la garganta.

—En cuanto al incendio propiamente dicho, el escenario, como es lógico, se está analizando. Se han recuperado dos cuerpos, que se han identificado provisionalmente como el de Sonja Dutoit y su hija. Nuestro pensamiento y nuestras oraciones están con las víctimas, sus familias y todos aquellos de ustedes a los que haya afectado este horrible suceso. Esta es una inmensa tragedia para nuestra ciudad y, sinceramente, no encuentro palabras para expresar lo conmocionado y apenado que estoy...

Por un instante se vio incapaz de continuar, pero enseguida logró deshacer el nudo que tenía en la garganta, y prosiguió.

—Les ofreceremos más información en una rueda de prensa más tarde, hoy mismo. Eso es todo lo que tengo que decir por el momento. Gracias.

Avanzó con decisión, ignorando las preguntas que le gritaban y el bosque de micrófonos y, en cinco minutos, logró entrar tambaleándose en su despacho. Allí estaba Pendergast, sentado en la antesala, vestido con su impecable estilo habitual, bebiendo té. La televisión estaba puesta.

Pendergast se levantó.

—Permítame que lo felicite por su eficaz intervención.

—¿Qué? —Morris se volvió hacia Shirley—. ¿Ya estaba en antena?

—Era en directo, jefe —dijo ella—. Y lo ha hecho muy bien. Parecía un héroe, con esa voz resuelta... y esas manchas de hollín en la cara.

—¿Hollín? ¿En la cara?

Maldita sea, tendría que haberse lavado.

—Un maquillador de Hollywood no lo habría hecho mejor —señaló Pendergast—. Con eso, el uniforme desaliñado, el pelo alborotado y la evidente congoja, ha logrado causar una singular impresión.

Morris se dejó caer en una silla.

—No podría importarme menos lo que piensen. Dios mío, en mi vida había visto nada igual. Agente Pendergast, si ha oído lo que he dicho en televisión, sabrá que acabo de elevarlo al estatus de asesor oficial.

Pendergast inclinó la cabeza.

—Así que confío, por todos los santos, en que acepte. Necesito su ayuda más que nunca. ¿Qué le parece?

El hombre sacó un sobre fino del bolsillo del traje y lo agitó delante de Morris, sujetándolo apenas con las yemas de los dedos.

—Me temo que me he adelantado. Ya no soy solo asesor, ahora soy oficial.

31

Al entrar en la biblioteca vacía, a Corrie le pareció menos alegre que antes, más funesta. Quizá fuese porque una atmósfera de aciago destino parecía haber caído sobre la ciudad, o tal vez fuera solo por las negras nubes de tormenta que se amontonaban encima de las montañas, amenazando nieve.

Stacy Bowdree, que la seguía a la sección de historia, silbó en voz baja.

—Madre mía, sí que hay dinero en esta ciudad.

—Sí, pero aquí no viene nunca nadie.

—Están demasiado ocupados comprando.

Comprobó que Ted, sentado a su escritorio al otro lado de la sala, abandonaba su lectura y se levantaba a saludarlas. Llevaba una camiseta ajustada y tenía un aspecto estupendo, y Corrie notó que el corazón se le alborotaba inesperadamente. Tomó aliento y le presentó a Stacy.

—¿Qué toca hoy, señoritas? —preguntó Ted lanzándole una mirada apreciativa de arriba abajo a Stacy.

Corrie debía admitir que la capitana era una mujer imponente que a cualquier hombre le gustaría mirar, pero, aun con todo, tanta atención la inquietó.

—Asesinato y mutilación —dijo Corrie—. Queremos todos los artículos sobre asesinatos, ahorcamientos, robos, vigilancia vecinal, tiroteos, disputas familiares... En resumen, todo lo malo sucedido durante el período de las matanzas del oso grizzly.

Al oír esto, Ted rió.

—Prácticamente cualquier número del viejo *Roaring Fork Courier* tendrá artículos sobre algún tipo de delito. Era una ciudad popular por entonces, un sitio auténtico, no como ahora. ¿Por qué números queréis empezar?

—El primer asesinato del grizzly fue en mayo de 1876, así que deberíamos empezar por el 1 de abril de 1876 y seis meses más a partir de ahí.

—Muy bien —respondió Ted.

Corrie observó que a Ted los ojos se le iban periódicamente hacia Stacy, y no solo a la cara. Sin embargo, la capitana parecía ajena a sus miradas, o quizá ya estuviera acostumbrada debido a sus años en el ejército.

—Los periódicos antiguos están todos digitalizados. Os pondré en un par de terminales y os explicaré lo que hay que hacer. —Hizo una pausa—. Menudo lío hay hoy en la ciudad.

—Sí —contestó Corrie.

Lo cierto era que, salvo por el tráfico, no se había fijado mucho.

—Es como en *Tiburón*.

—¿A qué te refieres?

—¿Cómo se llamaba la ciudad aquella... Amity? Pues eso, que los turistas se marchaban en tropel. Eso es lo que está ocurriendo aquí. ¿No os habéis fijado? De repente, las pistas de esquí están desiertas, los hoteles se están vaciando. Hasta los que tienen aquí su segunda vivienda se están preparando para irse. Dentro de uno o dos días, solo quedará la prensa. Es de locos.

Tecleó en dos terminales contiguos y luego se irguió.

—Vale, ya los tenéis listos. —Les enseñó a manejar el equipo. Hizo una pausa—. Entonces, Stacy, ¿cuándo has llegado?

—Hace cuatro días. Pero he procurado pasar desapercibida, no quería causar mucho alboroto.

—Cuatro días. ¿Un día antes del primer incendio?

—Supongo que sí. Me enteré a la mañana siguiente.

—Espero que disfrutes de nuestra pequeña ciudad. Es un sitio divertido, cuando se es rico.

Rió, le guiñó un ojo y, para alivio de Corrie, volvió a su escritorio. ¿Estaba celosa? No era de su propiedad, hasta había declinado su invitación a ver su piso.

Se dividieron la búsqueda por fechas: Corrie se quedó con los tres primeros meses y Stacy con los tres últimos. Se hizo el silencio, solamente roto por el suave golpeteo de los dedos en los teclados.

Entonces Stacy silbó con suavidad.

—Escucha esto:

QUERÍAN A LA MISMA CHICA

Y se batieron en duelo por ella a la luz de una antorcha

AMBOS HOMBRES LITERALMENTE HECHOS JIRONES

Los dos pretendientes de Ohio se citan a medianoche y, a la luz de una antorcha, proceden a atacarse el uno al otro con espadas y cuchillos hasta que ambos quedan inconscientes. Uno de los rivales se pone en pie, atraviesa a su adversario con la espada y le causa una herida mortal. La dama, la señorita Williams, se encuentra postrada de dolor por la terrible reyerta.

—Qué cosa más rara —dijo Corrie confiando en que Stacy no fuera a leer en voz alta todas las historias estúpidas que se fuera encontrando. Le había costado mucho aceptar la oferta de Stacy de echarle una mano.

—Me encanta eso: «postrada de dolor». Seguro que se empapó los pololos con la «reyerta».

La crudeza del comentario asombró a Corrie, aunque quizá así fuera como hablaban en el ejército.

Mientras ojeaba los titulares, se dio cuenta de que Ted tenía razón: Roaring Fork, al menos en el verano de 1876, era una ciudad sangrienta. Había prácticamente un asesinato a la semana, y apuñalamientos y tiroteos a diario. Había asaltos a diligencias en el paso de Independence, disputas por las concesiones mineras, frecuentes asesinatos de prostitutas, robos de caballos y ahorcamientos de justicieros. La ciudad estaba infestada de tahúres, estafadores, ladrones y asesinos. Además, había una brecha económica inmensa: unos pocos se hacían ricos y se construían mansiones palaciegas en Main Street mientras la mayoría vivía en pensiones atestadas, cuatro o cinco personas hacinadas en un cuarto, y en campamentos atiborrados de porquería, ratas y mosquitos. Un racismo despreocupado y generalizado lo infectaba todo. Un extremo de la ciudad, conocido como «campamento chino», estaba poblado por los llamados «culis», a los que se discriminaba de forma horrible. También había una «ciudad negra». Además, el periódico registraba un sórdido campamento en un cañón próximo ocupado por «un grupo de borrachos y desgraciados pieles rojas, tristes restos de los yutas de antaño».

En 1876, la ley apenas había llegado a Roaring Fork. Casi toda la «justicia» la impartían misteriosos justicieros. Si un borracho provocaba un tiroteo o una pelea a cuchillo en una cantina una noche, al autor de los hechos se lo encontraban a la mañana siguiente ahorcado en un álamo a la salida de la ciudad. Los cadáveres se dejaban colgados durante días para que los vieran los recién llegados. En una semana de mucho jaleo, podía haber dos, tres y hasta cuatro cuerpos colgados del árbol y «los gusanos iban cayendo de ellos», como escribía un reportero con deleite. Los periódicos estaban repletos de crónicas pintorescas y monstruosas: una disputa entre dos familias que había terminado con la exterminación completa de todos sus miembros salvo un hombre; un ladrón de caballos tan obeso que la horca lo decapitó; un hombre que se volvió loco tras sufrir, como decía uno de los diarios, «una tormenta cerebral» y, creyéndose Dios, se parapetó en un prostíbulo y procedió a matar a la mayoría de las chicas para librar a la ciudad del pecado.

El trabajo en las minas era horrible; los mineros descendían antes del amanecer y subían después de que se pusiera el sol, seis días a la semana, de modo que solo veían la luz solar los domingos. Los accidentes, los derrumbes y las explosiones eran corrientes. Pero era aún peor en los molinos de extracción del mineral y en los hornos de fundición. Allí, en una gran operación industrial, unos «cuños» metálicos gigantes que pesaban muchas toneladas pulverizaban el mineral de plata. Trituraban literalmente el mineral, golpeando día y noche, y produciendo un incesante estruendo que sacudía a la ciudad entera. El polvillo resultante se vertía en unos enormes depósitos metálicos con agitadores mecánicos y planchas moledoras que lo reducían a una pasta fina; después, se añadía mercurio, sal y sulfato de cobre. El caldo resultante se cocinaba y removía durante días, al calor de unos enormes hervidores de carbón que escupían humo. Como la ciudad estaba en un valle rodeado de montañas, el humo del carbón generaba una especie de niebla londinense que impedía que se viera el sol durante días. Los que trabajaban en el molino y en la fundición lo tenían peor que los mineros, pues a menudo morían escaldados por las ráfagas de vapor de las tuberías y las calderas, asfixiados por vapores nocivos o terriblemente lisiados por la pesada maquinaria. No había leyes de seguridad, ni normativas sobre horarios o pagas, ni sindicatos. Si a un hombre lo mutilaba una máquina, lo despachaban de inmediato sin siquiera un día extra de sueldo, lo abandonaban a su propia suerte. Los trabajos peores y más peligrosos se los daban a los culis chinos, de cuyas muertes frecuentes se informaba en la contraportada de los periódicos en el mismo tono displicente con que se podía informar de la muerte de un perro.

Corrie notó que se indignaba cada vez más según iba leyendo sobre la injusticia, la explotación y la crueldad sin reparos perpetrada por las compañías mineras en la búsqueda de su propio beneficio. Lo que más le sorprendió, sin embargo, fue enterarse de que habían sido los Stafford, una de las familias de filántropos más respetadas de Nueva York, célebre por el Stafford Museum of Art y el poderoso Stafford Fund, quienes habían hecho fortuna originalmente durante el boom de la plata de Colorado como promotores financieros del molino y la fundición en Roaring Fork. Sabía que la familia Stafford había hecho mucho bien con su dinero a lo largo de los años, por lo que el despreciable origen de su fortuna resultaba todavía más asombroso.

—Qué sitio este —comentó Stacy interrumpiendo el hilo de pensamiento de Corrie—. No tenía ni idea de que Roaring Fork fuera semejante infierno. Y ahora mira, ¡la ciudad más rica del país!

Corrie negó con la cabeza.

—Paradójico, ¿verdad?

—Cuánta violencia y cuánta miseria.

—Cierto —convino Corrie, y añadió en voz baja—, aunque no encuentro nada que pudiera apuntar a una banda de caníbales asesinos en serie.

—Yo tampoco.

—Pero las pistas deben de andar por ahí en algún sitio. Tiene que haberlas. Hay que encontrarlas.

Stacy se encogió de hombros.

—¿Crees que podrían haber sido esos indios yuta asentados en el cañón? Tenían un buen motivo: los mineros les habían robado sus tierras.

Lo meditó. Según había leído, por esa época, los yutas White River y Uncompahgre se habían estado enfrentando a los blancos que iban empujándolos hacia el oeste por las Montañas Rocosas. El conflicto culminó en la guerra de los White River en 1879, con la que se expulsó definitivamente a los yutas de Colorado. Podría ser que algunos de los indios implicados en el conflicto se hubieran abierto paso hacia el sur y se hubieran vengado de los mineros de Roaring Fork.

—Ya lo había pensado —dijo Corrie al rato—. Pero a los mineros no les arrancaron la cabellera, como era costumbre entre los indios. Cuando se arranca el cuero cabelludo, queda una marca muy característica. Además, tengo entendido que los yutas sentían verdadera aversión por el canibalismo.

—También los blancos. Igual no les arrancaron la cabellera para ocultar su identidad.

—Puede. Pero los asesinatos fueron cometidos con gran habilidad. Lo que quiero decir —añadió Corrie precipitadamente— es que no fueron criminales descuidados ni desorganizados. No debía de ser fácil atacar por sorpresa a un astuto y curtido minero al cuidado de su concesión. No creo que un triste campamento de yutas pudiera haber perpetrado esos asesinatos.

—¿Y los chinos? Me asombra lo espantosamente mal que los trataban. Era como si los consideraran infrahumanos.

—También había pensado en eso, pero, si el motivo era la venganza, ¿por qué iban a comérselos?

—Quizá fingieron que se los comían para que pareciera que había sido cosa de un oso.

Corrie negó con la cabeza.

—Mi análisis revela que de verdad consumieron la carne, cruda. Y otra pregunta: ¿por qué pararon de repente? ¿Qué objetivo habían cumplido, si es que tenían alguno?

—Muy buena pregunta, pero es la una de la tarde y, no sé tú, pero yo tengo tanta hambre que podría comerme un par de mineros yo también.

—Vamos a comer.

Cuando se levantaban para irse, Ted se acercó.

—Oye, Corrie —empezó—, quería preguntarte ¿qué te parece si cenamos juntos esta noche? No habrá problema para conseguir una reserva —dijo pasándose los dedos por su alborotado pelo castaño y mirándola sonriente.

—Me encantaría —contestó, agradecida de que Ted, pese a la atención que le había dedicado a Stacy, siguiera interesado en ella—, pero, en principio, voy a cenar con Pendergast.

—Ah, bueno. En otra ocasión, entonces. —Sonrió, pero Corrie observó que no era del todo capaz de ocultar que se sentía dolido. Le recordó a un cachorrillo y sintió una punzada de culpa. Aun así, Ted se volvió resuelto a Stacy y, con un guiño, le dijo—: Encantado de conocerte.

Mientras se enfundaban los abrigos y salían al frío aire invernal, Corrie se preguntó adónde podría conducirla otra cita con Ted. Lo cierto era que hacía mucho tiempo que no tenía novio, y en su cama de la mansión de Ravens Ravine hacía muchísimo frío.

32

Era como una pesadilla incansable que te aterra una noche y vuelve a la siguiente con mayor malevolencia. Al menos eso le parecía al jefe Morris mientras recorría lo que quedaba de la casa de los Dutoit. Las ruinas candentes se hallaban en lo alto de la montaña, desde donde había unas magníficas vistas de la ciudad y del anillo circundante de picos nevados. Casi no podía soportarlo, volver a caminar por los mismos pasillos acordonados, percibir el mismo hedor a madera, plástico y goma quemados, ver las paredes carbonizadas y los charcos de cristales derretidos, las camas calcinadas y los sanitarios hechos pedazos por el calor. Y luego estaban las cosas pequeñas que habían sobrevivido por alguna extraña razón: un vaso, un frasco de perfume, un osito de peluche empapado y un póster de la película *Banda de marcha*, la más famosa de Dutoit, aún sujeto con chinchetas a una pared destrozada.

Los bomberos necesitaron casi toda la noche para extinguir el fuego y reducirlo a aquella pila de restos encharcados y humeantes. Los especialistas de criminalística y el forense habían entrado al amanecer y habían identificado a las víctimas lo mejor que habían podido. No se habían quemado tanto como los Baker, lo que resultaba aún más horroroso. Al menos, pensó el jefe Morris, esta vez no tenía que lidiar con Chivers, que ya había recorrido el escenario del crimen y se había ido a preparar su informe, un informe en el que Morris confiaba muy poco. A su juicio, a Chivers aquello le quedaba muy grande.

Sin embargo, agradecía la presencia de Pendergast. Aquel hombre le producía una extraña tranquilidad, pese a sus excentricidades, y aunque a todos los demás les desconcertara su presencia. Pendergast iba por delante de Morris, con su inapropiado traje negro, su bufanda blanca de seda y el mismo sombrero raro en la cabeza, silencioso como una tumba. Densas nubes de invierno ocultaban el sol, y la temperatura en el exterior de la casa en ruinas rondaba los diez grados bajo cero. Dentro, en cambio, el calor residual y las columnas de vapor generaban un microclima húmedo y pestilente.

Por fin llegaron a la primera víctima, que el forense había identificado provisionalmente como la propia señora Dutoit. Los restos parecían una especie de feto gigante ennegrecido y alojado entre un montón de muelles, planchas metálicas, tornillos, clavos de moqueta y capas de guata quemada, con trozos de plástico y alambre derretido por todas partes. El cráneo estaba entero, la mandíbula, abierta en un grito congelado, los brazos, carbonizados hasta el hueso, los huesos de los dedos, apretados, y el cuerpo, replegado sobre sí mismo por el calor.

Pendergast se detuvo y pasó un buen rato mirando a la víctima sin más. No sacó pequeños tubos de ensayo, ni pinzas, ni tomó muestras. Se limitó a mirar. Luego, despacio, rodeó aquella cosa horrenda. Sacó una lupa de bolsillo y la usó para mirar con detenimiento trazas de plástico y otros materiales carbonizados, oscuros puntos de interés. Mientras hacía esto, cambió la dirección del viento y al jefe Morris le llegó de pronto un fuerte hedor a carne asada, que le produjo una arcada instantánea. Por Dios, que se diera prisa Pendergast.

Al fin, el agente del FBI se levantó y prosiguió la inspección de la gigantesca ruina, lo que les condujo inexorablemente a la segunda víctima, la niña. Aquello fue aún peor. El jefe se había saltado deliberadamente el desayuno por si acaso y tenía el estómago vacío, pero, aun con todo, notaba que las tripas se le volvían del revés.

La víctima, la hija de Dutoit, Sallie, tenía diez años. Iba al colegio con la hija de Morris. Las dos niñas no eran amigas; Sallie era bastante retraída, y no era de extrañar, con la madre que tenía. Cerca ya del cadáver, el jefe se atrevió a echar un vistazo. El cuerpo de la niña estaba sentado, quemado solo por un lado. La habían esposado a las tuberías de debajo de un lavabo.

Sintió la primera arcada, que fue como un golpe de hipo, luego otra, y apartó la mirada enseguida.

Una vez más, Pendergast se dedicó a examinar los restos un tiempo que a Morris se le hizo eterno. El jefe no alcanzaba a comprender cómo podía hacerlo. Sintió otra arcada y trató de pensar en algo distinto, lo que fuera, para poder controlarse.

—Es tan desconcertante —dijo Morris, más para distraerse que por cualquier otra razón—. No lo entiendo.

—¿En qué sentido?

—Cómo... bueno, cómo elige el asesino a sus víctimas. Es decir, ¿qué tienen en común las víctimas? Parece todo tan aleatorio.

Pendergast se incorporó.

—El escenario del crimen es desde luego un desafío. Tiene razón en que las víctimas son aleatorias. Sin embargo, los ataques no lo son.

—¿Cómo es eso?

—El asesino, o asesina, porque la etiología de los ataques todavía no ha determinado el sexo, no ha elegido a sus víctimas, sino las casas.

El jefe frunció el ceño.

—¿Las casas?

—Sí. Ambas casas tienen algo en común: son espectacularmente visibles desde la ciudad. La próxima casa será, sin duda, igual de conspicua.

—¿Insinúa que las ha elegido para llamar la atención? Por el amor de Dios, ¿por qué?

—Para mandar un mensaje, quizá. —Pendergast se apartó—. Volviendo al asunto que nos ocupa, el escenario del crimen es ante todo interesante por lo que revela de la forma de pensar del asesino. —Pendergast hablaba despacio mientras miraba alrededor—. El autor de los hechos parece encajar en la definición de Millon de la personalidad sádica del subtipo «explosivo». Busca medidas de control extremas; obtiene placer, quizá incluso placer sexual, del intenso sufrimiento de otros. Este desorden se presenta de forma violenta en un individuo que, por lo demás, parece normal. En otras palabras, la persona que buscamos podría ser un miembro corriente y productivo de la comunidad.

—¿Cómo puede saber eso?

—Por mi reconstrucción del crimen.

—¿Y cuál es?

Pendergast volvió a echar un vistazo a las ruinas antes de posar sus ojos en el jefe Morris.

—Para empezar, el autor de los hechos entró por una ventana de la planta de arriba.

El jefe se contuvo de preguntarle a Pendergast cómo había deducido eso, sobre todo teniendo en cuenta que no quedaba nada de la segunda planta.

—Eso lo sabemos porque las puertas de la casa eran inmensas y la llave estaba echada en todas, algo que era de esperar, dado el miedo generado recientemente por el primer incendio y, quizá, por el relativo aislamiento de la vivienda. Además, los ventanales de la primera planta son de encapsulado múltiple con vidrio carísimo de acristalamiento triple y revestimiento de aluminio anodizado, con acabados en roble. Los ventanales correderos que he examinado tenían todos el seguro puesto, y es de suponer que las demás ventanas también estaban cerradas y aseguradas, dadas las bajas temperaturas y, como he dicho, el miedo generado por el primer ataque. Un ventanal de esas características es extremadamente difícil de romper y cualquier intento de hacerlo produciría mucho ruido y llevaría mucho tiempo. Habría alertado a las ocupantes de la casa. Alguien habría llamado a la policía o pulsado el botón de emergencias del sistema de alarma con que estaba equipada la casa. Pero a las dos víctimas las pillaron desprevenidas, arriba, probablemente dormidas. Las ventanas de la planta de arriba eran menos robustas, con doble acristalamiento y, además, no todas tenían el seguro puesto, como demuestra esta de aquí. —Pendergast señaló un rastro de ceniza y metal a sus pies—. Por lo que concluyo que el asesino entró y salió por las ventanas de arriba. Sometió a las dos víctimas y luego las llevó abajo para el... desenlace.

Al jefe Morris le costaba concentrarse en lo que Pendergast estaba diciendo. El viento había vuelto a cambiar, y Morris respiraba diligentemente por la boca.

—Esto nos indica no solo el estado de ánimo del asesino, sino también algunas de sus características físicas. Se trata sin duda de una persona atlética, quizá con cierta experiencia en escalada o algún otro entrenamiento intenso.

—¿Experiencia en escalada?

—Mi querido jefe, se deduce directamente del hecho de que no hay indicios de que se usara una escalera o una cuerda.

Morris tragó saliva.

—¿Y del... sadismo «explosivo»?

—A la mujer, Dutoit, la ató con cinta americana al sofá de la planta baja. La cinta envolvió del todo el sofá, algo trabajoso, e inmovilizó a la víctima por completo. Parece ser que la roció de gasolina y la quemó viva. Lo más significativo es que esto lo hizo sin amordazar a la víctima.

—¿Y eso qué significa?

—Que el autor de los hechos quería hablar con ella, oírla suplicar que le perdonara la vida y, después de iniciado el fuego, oírla gritar.

—Dios bendito.

Morris recordó la voz estridente de Dutoit en la rueda de prensa. Sintió otra arcada.

—Pero el sadismo patente aquí —prosiguió Pendergast señalando con delicadeza los restos de la niña muerta— es todavía más extremo.

El jefe no quería saber más, pero Pendergast continuó.

—A esta niña no la rociaron de gasolina. Eso habría sido demasiado rápido para nuestro asesino. En su lugar, inició un fuego a la derecha de donde ella estaba y dejó que la fuera acorralando. Si observa las tuberías a las que esposó a la víctima, verá que están dobladas. La niña tiró de ellas con todas sus fuerzas en un intento de escapar.

—Ya veo.

Morris ni siquiera hizo el conato de mirar.

—Pero observe en qué dirección están dobladas.

—Dígamelo usted —le pidió Morris tapándose la cara, incapaz de soportarlo más.

—Están dobladas en la dirección del fuego.

Se hizo el silencio.

—Perdone —se excusó el jefe—, no lo entiendo.

—De lo que fuese que intentaba huir la niña era aún peor que el fuego.

33

La última vez que Corrie había estado en la vieja comisaría victoriana, la habían tenido esposada. Aún tenía el recuerdo tan fresco que sintió una punzada al entrar, pero Iris, la recepcionista, fue amabilísima y le indicó encantada cómo llegar al despacho provisional de Pendergast en el sótano.

Descendió la sofocante escalera, pasó por delante de una ruidosa y sombría caldera y llegó a un pasillo estrecho. El despacho del fondo no tenía nombre en la puerta; llamó, y la voz de Pendergast la invitó a entrar.

El agente especial se encontraba de pie detrás de un antiquísimo escritorio metálico repleto de portaprobetas con tubos de ensayo y un preparado químico de utilidad desconocida que no paraba de bullir. El despacho no tenía ventanas, y el aire resultaba irrespirable.

—¿Esto es lo que le han dado? —preguntó Corrie—. ¡Es una mazmorra!

—Es lo que he pedido. No deseaba que me molestaran y la ubicación de este despacho es una garantía de eso. Aquí no viene nadie a importunarme, nadie.

—Aquí hace más calor que en los avernos.

—No es peor que Nueva Orleans en primavera. Como bien sabe, soy contrario al frío.

—¿Vamos a cenar?

—Para que no arruinemos la comida hablando de cadáveres

y canibalismo, quizá sería preferible que primero dedicáramos unos minutos a que me ponga al día de su investigación. Siéntese, por favor.

—Desde luego, pero ¿podríamos abreviar? Yo soy contraria a los golpes de calor. —Se sentó y Pendergast hizo lo mismo.

—¿Cómo se le está dando?

—Estupendamente. Ya he terminado de examinar los restos mortales de cuatro personas, y todos revelan lo mismo: todos fueron víctimas de una banda de asesinos en serie caníbales.

Pendergast asintió con la cabeza.

—Es increíble, de verdad. Pero no cabe duda. En el último esqueleto que analicé, el de Isham Tyng, encontré algo interesante. Fue uno de los primeros en morir, y sus huesos sí revelan numerosos indicios de lesiones perimortem provocadas por un animal grande y fuerte, sin duda un oso grizzly, junto con las marcas habituales de golpes, desmembramiento y canibalismo obra de seres humanos. He consultado en el periódico las crónicas de la matanza y, en este caso, la llegada de los compañeros de Tyng espantó a un oso que rondaba el cadáver. Parece evidente que el oso andaba buscando comida entre los restos de la víctima después de que lo hubiera matado la banda de caníbales. Sin embargo, este avistamiento fue lo que consolidó la idea a ojos de todos de que el asesino había sido un oso grizzly. Una suposición razonable, pero mera coincidencia.

—Excelente. La historia ya está completa. Entiendo que ya no precisa examinar ningún resto más, ¿no es así?

—No, con cuatro es suficiente. Tengo todos los datos que necesito.

—Muy bien —masculló Pendergast—. ¿Y cuándo regresa a Nueva York?

Corrie inspiró hondo.

—No voy a volver aún.

—¿Y eso por qué?

—He... decidido ampliar el alcance de mi tesis.

Esperó, pero Pendergast no reaccionó.

—En realidad la historia no está completa. Ahora que sabemos que a esos mineros los asesinaron... —Titubeó—. Bueno, voy a hacer todo lo posible por resolver los asesinatos.

Silencio absoluto de nuevo. Los ojos plateados de Pendergast se entrecerraron muy levemente.

—Mire, es un caso fascinante. ¿Por qué no seguirlo hasta el final? ¿Por qué mataron a esos mineros? ¿Quién lo hizo? ¿Y por qué cesaron los asesinatos de manera tan repentina? Hay montones de preguntas, y yo quiero encontrar las respuestas. Esta es mi oportunidad de convertir una buena tesis en una investigación extraordinaria.

—Si sobrevive —dijo Pendergast.

—Yo no creo que esté en peligro. De hecho, desde que empezaron los incendios, a mí me han ignorado. Además, nadie sabe nada de mi descubrimiento más importante, todo el mundo sigue creyendo que lo hizo el oso grizzly.

—En cualquier caso, me inquieta.

—¿Por qué? Si lo que le preocupa es la casa que estoy cuidando, está a kilómetros de distancia de las que se han quemado. Y tengo nueva compañera de cuarto, la capitana Bowdree, casualmente. No se podría pedir mejor protección que esa. Déjeme que le cuente algo: tiene una pistola calibre 45 y, créame, sabe usarla.

No mencionó las pisadas que encontró rodeando la mansión.

—No me cabe duda, pero el caso es que yo me voy a ausentar de Roaring Fork varios días, quizá más, y no podré ofrecerle mi protección. Temo que, si hurga en este caso, se meta en la boca del lobo, como se suele decir. Y, en esta pequeña y opulenta ciudad, el lobo es muy feo, de eso estoy seguro.

—¿No pensará que los ataques del pirómano están relacionados con los asesinatos de los mineros? Eso pasó hace ciento cincuenta años.

—Yo no creo nada... todavía. Pero me huelo algo muy turbio. No me agrada la idea de que se quede en Roaring Fork más tiempo del necesario. Le aconsejo que se marche en el primer avión que salga.

Corrie se lo quedó mirando.

—Tengo veinte años, y esta es mi vida. No la suya. Le agradezco mucho toda su ayuda, pero... usted no es mi padre. Me quedo.

—Me veré obligado a retirarle mi apoyo económico.

—¡Genial! —La rabia contenida de Corrie estalló de pronto—. Ha estado entrometiéndose en mi tesis desde el principio. No puede evitarlo, usted es así, pero no me gusta. ¿Es que no ve lo importante que esto es para mí? Empiezo a estar harta de que me diga lo que tengo que hacer.

Hubo un destello de algo en el rostro de Pendergast, de algo que, de no haber estado tan enfadada, Corrie habría identificado como peligroso.

—Mi única preocupación en este asunto es su seguridad. Y debo añadir que los riesgos a los que se enfrenta se ven considerablemente incrementados por su desafortunada tendencia a la impulsividad y la imprudencia.

—Si usted lo dice. Yo no pienso decir más. Y me quedo en Roaring Fork, le guste o no.

Cuando Pendergast se disponía a hablar de nuevo, ella se levantó tan bruscamente que tiró la silla y salió sin esperar a oírlo.

34

Era una de las mansiones victorianas más prominentes de la avenida principal. Ted, que era una fuente constante de información sobre Roaring Fork, le había contado a Corrie su historia. La había construido Harold Griswell, conocido como «el rey de la plata» de Roaring Fork, que hizo fortuna y después se arruinó con el Pánico en 1893. Se suicidó saltando al pozo principal de la mina Matchless, y dejó viuda a su joven esposa, Rosie Ann, antigua bailarina de taberna. Rosie Ann pasó los siguientes treinta años contratando y despidiendo abogados, presentando innumerables demandas e intentando incansablemente recuperar las minas y propiedades que le habían sido expropiadas; finalmente, cuando se agotaron todas sus opciones legales, selló con tablones de madera las ventanas de la mansión Griswell y se recluyó en ella, negándose incluso a comprar provisiones básicas y subsistiendo gracias a la caridad de los vecinos, que se preocupaban de dejarle comida en la puerta. En 1955, los vecinos se quejaron de un hedor proveniente de la casa. Cuando entró la policía, se encontró una escena increíble: la casa entera estaba abarrotada de pilas tambaleantes de documentos y otras curiosidades, la mayoría de ellas reunidas en la época en la que se llevaron a cabo las interminables demandas de la mujer. Había fardos de periódicos, bolsas de lona repletas de muestras de mineral, entradas de cine, periódicos de gran formato, libros de contabilidad, certificados de minas, declaraciones, transcripciones de los juicios, registros de nóminas, extractos bancarios, mapas, sondeos de minas y cosas similares. Se encontró el cuerpo marchito de Rosie Ann bajo una tonelada de papel; una pared entera de documentos, minada por el mordisqueo de los ratones, se había derrumbado y la había atrapado. Rosie Ann Griswell se había muerto de hambre.

Murió sin dejar testamento ni herederos, y la ciudad adquirió la mansión. Los documentos acumulados resultaron ser un tesoro histórico de incalculables dimensiones. Más de medio siglo después, aún seguía el proceso de clasificación y catalogación, de forma irregular, cuando la impecune Sociedad Histórica de Roaring Fork lograba hacerse con alguna subvención.

Ted había advertido a Corrie del estado de la colección, que nada tenía que ver con el cuidado archivo de prensa digitalizado que él llevaba. Sin embargo, después de haber terminado en vano con los periódicos antiguos que Ted le facilitó, Corrie decidió consultar el archivo Griswell.

Al parecer, el archivero solo iba por allí dos veces por semana. Ted ya le había dicho que era un imbécil sin preparación. Cuando Corrie llegó esa mañana gris de diciembre en que caían algunos copos de un cielo encapotado, encontró al archivero en la salita de la mansión, sentado detrás de un escritorio, tonteando con un iPad. Aunque en la salita no había documentos, a través de las puertas abiertas que conducían a otras estancias pudo ver estanterías metálicas del suelo al techo y archivos repletos de material.

El archivero se levantó y le tendió la mano.

—Wynn Marple —dijo.

Era un hombre de treinta y muchos años, prematuramente calvo, con coleta y barriga incipiente, pero que aún conservaba el aire seductor y decidido de un donjuán maduro.

Corrie se presentó y le explicó su misión: buscaba información de 1876 sobre las matanzas del oso grizzly y también sobre crímenes y posibles bandas en Roaring Fork.

Marple le respondió con todo lujo de detalles, pasando enseguida a lo que evidentemente era su tema de conversación favorito: él mismo. Corrie se enteró de que había formado parte del equipo olímpico de esquí que entrenaba en Roaring Fork y que por eso se había enamorado de la ciudad; de que aún era un esquiador estupendo y también un tío muy interesante fuera de la pista también; y de que bajo ningún concepto iba a dejarla entrar en los archivos sin el papeleo y las autorizaciones pertinentes, por no hablar de un campo de trabajo mucho más específico y reducido que solo él controlaba.

—Verá —le dijo—, aquí no se puede venir de pesca. Muchos de estos documentos son privados y de naturaleza confidencial, controvertida o —explicó guiñando un ojo— escandalosa.

Durante su discurso, se humedeció los labios en diversas ocasiones y paseó la mirada por el cuerpo entero de Corrie.

Ella inspiró hondo y procuró, por una vez, no convertirse en su peor enemigo. Muchos tíos no podían evitar ser unos imbéciles, y ella necesitaba aquellos archivos. Si la explicación de los asesinatos no estaba allí, probablemente se habría perdido para siempre.

—¿Estuvo en el equipo olímpico? —inquirió ella salpicando su voz de fingida admiración.

Aquello generó otra oleada de fanfarronería, que incluyó el dato de que habría ganado una medalla de bronce, pero el estado de la pista, la temperatura, los jueces... Corrie dejó de escuchar, pero siguió asintiendo con la cabeza y sonriendo.

—Qué guay —dijo ella cuando se dio cuenta de que había terminado—. Nunca había conocido a un atleta olímpico.

Wynn Marple tenía mucho más que decir sobre ese particular. A los cinco o diez minutos, ya se estaban tuteando; desesperada, Corrie había accedido a salir con él el sábado por la noche y, a cambio, había conseguido acceso completo e ilimitado al archivo.

Wynn se pegó a ella como una lapa mientras Corrie entraba en las salas elegantes aunque muy deterioradas, repletas de papeles. Para mayor desgracia, los documentos apenas se habían ordenado cronológicamente, y nadie se había molestado en clasificarlos por temas.

Mientras el de pronto entusiasta Wynn iba a por los archivos, Corrie se sentó a una mesa larga cubierta por un tapete. Finalmente empezó a clasificar los documentos. Estaban todos revueltos y mezclados; había material irrelevante y mal catalogado, y resultaba evidente que quienquiera que se hubiese encargado de archivarlos o era negligente o idiota. Al tiempo que iba clasificando un montón detrás de otro, el olor a papel en estado de descomposición y a cera vieja llenaron la sala.

Los minutos se volvieron horas. Hacía demasiado calor en aquella sala, la luz era mortecina, y empezaron a picarle los ojos. Hasta Wynn terminó hartándose de hablar de sí mismo. Los documentos estaban resecos, y el polvo parecía salir flotando de las páginas con cada movimiento. Había toneladas de escritos legales insondables, denuncias, declaraciones, notificaciones e interrogatorios; transcripciones de juicios, vistas, autos del gran jurado, mezclados con mapas, encuestas, resultados de aquilatamientos, contratos de asociaciones mineras, nóminas, inventarios, órdenes de trabajo, inútiles certificados de valores, facturas, carteles y octavillas del todo irrelevantes. De vez en cuando, la marea de documentos traía un colorido anuncio publicitario que informaba sobre la llegada de una reina del cabaré de pechos grandes o una compañía de payasos.

Muy de vez en cuando, se topaba con algún documento de leve interés: una querella criminal, la transcripción de un juicio por homicidio, carteles de SE BUSCA, registros policiales de indeseables y vagabundos sospechosos o acusados de delitos. Pero nada destacable, ninguna banda de dementes, nadie con motivo para asesinar y devorar a once mineros.

El nombre de Stafford aparecía habitualmente, sobre todo en relación con los registros de personal de la fundición y la refinería. Estos archivos eran particularmente odiosos, incluían páginas de los libros de contabilidad en las que se listaban los trabajadores muertos como si fueran maquinaria estropeada, junto a las sumas que se abonaban a las viudas y los huérfanos, y que nunca ascendían a más de cinco dólares, si bien la mayoría de las sumas se registraban como 0,00 dólares acompañadas de la anotación «No hay pago/error del trabajador». Había registros de obreros mutilados, intoxicados o heridos en el trabajo a los que se despedía sumariamente sin compensación ni recurso alguno.

—Menuda panda de desgraciados —masculló Corrie pasándole a Wynn otro lote de documentos.

En cierto momento, apareció un folleto que detuvo a Corrie.

LA TEORÍA ESTÉTICA
Conferencia a cargo de
OSCAR WILDE DE LONDRES, INGLATERRA

*Aplicación práctica de los principios de la teoría estética
con observaciones sobre las bellas artes, el embellecimiento
y la decoración del hogar*

TENDRÁ LUGAR EN LA GALERÍA PRINCIPAL
DE LA MINA SALLY GOODIN
EL DOMINGO 2 DE JUNIO A LAS DOS Y MEDIA DE LA TARDE
ENTRADAS A SETENTA Y CINCO CENTAVOS

Le resultó tan curioso que no pudo evitar reírse. Aquella debía de ser la conferencia en la que a Wilde le habían contado la historia de las matanzas del oso grizzly. Sujeto con un clip al folleto había un fajo de recortes de periódico, cartas y notas sobre la conferencia. Parecía absurdo que los toscos mineros de Roaring Fork pudieran haber tenido interés alguno en la teoría estética, menos aún en el acicalamiento personal o la decoración del hogar, pero, por lo visto, la conferencia había sido todo un éxito y había recibido una gran ovación. Quizá se debiera a la imagen que Wilde daba, con su extravagante vestimenta y sus afectados modales, o a su insólito talento. Los pobres mineros de Roaring Fork tenían muy pocos entretenimientos, aparte de las prostitutas y la bebida.

Hojeó rápidamente los documentos adjuntos y se topó con

una divertida nota manuscrita, al parecer una carta de un minero a su esposa en el este. Carecía de puntos, comas y acentos.

> Mi quirida esposa el domingo huvo una cunfirensia de Oscor Wild de Londres luego de la cunfirensia que tuvo mu buena cogida el senor Wild estubo hablando con los mineros y los obreros fue mu amable mientras esperaba pablar con el ese viejo borracho de Swinton lo agarro y se lo llevo a una parte y le contuna istoria que lo dejo palido como un fantasma prove ombre crei que siba des...

Wynn, que leía por encima del hombro de Corrie, soltó una carcajada.

—Menudo analfabeto. —Le dio un golpecito al folleto—. ¿Sabes qué? Apuesto a que esto vale dinero.

—Seguro que sí —replicó ella titubeando, y luego volvió a cogerlo todo con el clip. Por muy reveladora que fuera la carta del minero, era demasiado accesoria para merecer la inclusión en su tesis.

Dejó los documentos a un lado y pasó al siguiente archivo. Observó que, al llevarse el fajo de papeles al estante, Wynn sacaba con disimulo el folleto y lo guardaba en otro sitio. Probablemente fuera a venderlo en eBay o algo por el estilo.

Corrie se dijo que lo que hiciera no era asunto suyo. Llegó el siguiente fajo enorme, y luego el siguiente. Casi todos los documentos estaban relacionados con la extracción y el refinado de la plata, y en esta ocasión casi todo vinculado a la familia Stafford, que, a tenor de todas las pruebas, se volvía más opresiva según iban aumentando su riqueza y su poder. Al parecer, había sobrevivido bien a la crisis de 1893 e incluso había aprovechado la ocasión para hacerse con minas y concesiones a muy bajo precio. También había muchos mapas descoloridos de los distritos mineros, en los que se hallaban cuidadosamente marcadas e identificadas todas y cada una de las minas, así como los pozos y túneles. Curiosamente, en cambio, apenas había registros de las fundiciones.

Entonces un documento la detuvo en seco. Era una postal fechada en 1933 de un miembro de la familia llamado Howland Stafford a una mujer llamada Dora Tiffany Kermode. Empezaba con «Querida prima».

Kermode. Prima.

—¡Cielos! —espetó Corrie—. Esa zorra de Kermode está emparentada con la familia que explotó esta ciudad hasta dejarla seca.

—¿De quién hablas? —quiso saber Wynn.

—De Betty Kermode —dijo dándole un golpe a la postal con el dorso de la mano—, esa mujer horrible que dirige The Heights. Está emparentada con los Stafford, ya sabes, los propietarios de la fundición en los tiempos de la minería en Roaring Fork. Increíble.

Fue entonces cuando Corrie reparó en su error. Wynn Marple se incorporó. Habló en tono reprobatorio, casi de institutriz:

—La señora Kermode es una de las personas más exquisitas y elegantes de toda esta ciudad.

Corrie se apresuró a retractarse.

—Perdona. Es que... Bueno, fue ella la responsable de que me metieran en la cárcel... No sabía que fuera amiga tuya.

Aquella disculpa entrecortada pareció funcionar.

—Bueno, entiendo que puedas estar disgustada por eso, pero yo pondría la mano en el fuego por ella, de verdad que sí. Es buena gente. —Otro guiño.

Genial. En cinco horas no había encontrado nada, y ahora tenía que salir con aquel bufón. Confiaba en que fuera breve y en un sitio donde Ted no pudiera verlos. O igual podía fingirse enferma en el último momento y pedirle que la disculpara. Eso es lo que haría.

Miró el reloj. Ni loca iba a encontrar lo que buscaba en aquel infierno de papel. Por primera vez, empezó a tener la impresión de que estaba yendo más allá de sus posibilidades. Quizá Pendergast tuviera razón. Ya tenía suficiente para hacer una tesis excelente.

Se levantó.

—Mira, esto no se me está dando nada bien. Más vale que me vaya.

Wynn la siguió a la sala principal.

—Siento que no hayas tenido más éxito. Pero al menos —dijo volviendo a guiñarle el ojo— ha valido para que nos conozcamos.

Definitivamente tendría que hacerse la enferma.

Tragó saliva.

—Gracias por tu ayuda, Wynn.

Él se inclinó hacia ella, demasiado.

—Un placer.

Corrie enmudeció de repente. ¿Qué era lo que se notaba en el trasero? La mano de él. Retrocedió un paso y dio media vuelta, pero la mano siguió pegada a su trasero como una lapa, esta vez dándole un pellizquito en la nalga.

—Si no te importa —le dijo con acritud, apartándole la mano.

—Bueno... vamos a salir dentro de poco.

—¿Y eso justifica que me toquetees el culo?

Wynn parecía confundido.

—Si yo solo quería ser amable. He pensado que te gustaría. A ver, no todos los días tienes ocasión de salir con un esquiador olímpico y he supuesto...

Aquel último guiño lascivo fue la gota que colmó el vaso. Corrie lo rodeó.

—¿Esquiador olímpico? ¿Cuándo te miraste al espejo por última vez? Te diré lo que verías: a un desgraciado calvo y barrigón al que le apesta el aliento. No saldría contigo aunque fueras el último hombre sobre la tierra.

Dicho esto, dio media vuelta, cogió el abrigo y se fue. Al salir, recibió una bofetada de aire frío.

Wynn Marple se sentó a su escritorio. Le temblaban las manos y tenía la respiración agitada, entrecortada. Le costaba creer cómo lo había tratado aquella zorra, después de toda la ayuda que le había ofrecido. Era una de esas feministas que se oponían a una simple caricia cariñosa e inocente.

Estaba tan furioso, tan indignado, que notaba cómo la sangre le aporreaba la cabeza como un tamtán. Le llevó unos minutos, pero al fin fue capaz de coger el teléfono y marcar.

35

Betty Brown Stafford Kermode, sentada en el salón de su casa en la cima de The Heights, con un fuego de pino ardiendo en la chimenea, colgó el antiguo teléfono modelo Princess. Estuvo muy quieta unos minutos, contemplando las montañas por el ventanal, meditando el problema. Al otro lado del fuego, en un sillón orejero, estaba sentado su cuñado, Henry Montebello. Vestía traje de tres piezas, pajarita de estampado oscuro con la lazada hecha a mano y camisa blanquísima. Se examinaba las uñas con aire de aristocrático hastío. Un débil sol invernal se colaba por las ventanas.

Kermode meditó el problema un instante más. Luego volvió a coger el teléfono y llamó a Daniel Stafford.

—Hola otra vez, querida —dijo una voz seca y sardónica.

Kermode no disfrutaba especialmente hablando con su primo Daniel, pero el «agrado» y el «cariño» no formaban parte de los vínculos que mantenían unida a la familia Stafford. Esos vínculos estaban hechos de dinero, y eso era lo que definía todas las relaciones familiares. Como Daniel no solo era presidente de los fondos de inversiones de los Stafford, con activos de dos mil millones de dólares, sino que además era uno de los gestores de la sociedad de inversiones de la familia, que movía activos de unos dieciséis mil millones de dólares, Kermode se consideraba próxima a él. Muy próxima. Nunca se le había pasado por la cabeza preguntarse si el hombre le caía bien o no.

—¿Me tienes en manos libres? —preguntó Stafford.

—Henry está aquí conmigo —respondió Kermode. Hizo una pausa—. Tenemos un problema.

—Si te refieres al segundo incendio, gracias a Dios no ha ocurrido en The Heights. Eso es estupendo; de hecho, la repercusión que pudiera tener en The Heights se ha diluido mucho. Lo que necesitamos ahora es que haya un tercer incendio aún más lejos —añadió con una risa seca.

—No le veo la gracia. En cualquier caso, no te llamo por eso. Te llamo porque esa chica, Corrie Swanson, ha descubierto que los Kermode y los Stafford estamos emparentados.

—Eso no es precisamente un secreto de Estado.

—Daniel, ha estado en el archivo Griswell y ha examinado una tonelada de documentos relativos a las minas, los molinos y la fundición, de hace mucho. De los comienzos.

Hubo un silencio. Luego oyó a su primo maldecir con elegancia al otro lado de la línea telefónica.

—¿Algo más, aparte de eso? —inquirió en tono de pronto menos frívolo.

—No. Por lo menos de momento.

Otro silencio.

—¿Es buena investigadora?

—Es como un condenado terrier: cuando hinca sus afilados dientecillos en algo, ya no lo suelta. No parece que haya atado cabos aún, pero, si sigue indagando, lo hará.

Otro largo silencio.

—Tenía la idea de que la documentación relevante se había retirado.

—Se hizo todo lo posible, pero los archivos son un auténtico desastre. Puede haberse escapado cualquier cosa.

—Entiendo. Pues eso sí que es un problema.

—¿Has encontrado algún asunto turbio sobre ella o cualquiera de ellos, como prometiste?

—Ese tal Pendergast tiene un historial accidentado, pero es intocable. Bowdree es una especie de heroína de guerra, con una colección de menciones de honor y medallas que la convierte en un objetivo complicado, salvo porque la licenciaron de las Fuerzas Aéreas por razones médicas.

—¿La hirieron? —preguntó Kermode—. Quienes la han visto aseguran que es una mujer muy sana.

—Pasó un par de meses en el hospital que tiene nuestro ejército en Landstuhl, Alemania. Su historial médico real está sellado, y en las Fuerzas Aéreas protegen esos archivos como posesos.

—¿Y esa chica, Swanson?

—Es un angelito caído. Se crió en un parque de caravanas en un pueblo espantoso de Kansas. Sus padres eran de clase obrera baja, muy baja, y se separaron cuando ella nació. La madre era una alcohólica empedernida; el padre, un inútil; una vez fue acusado de haber robado un banco. Ella misma tiene un historial juvenil tan largo como tu brazo. La única razón por la que ha llegado hasta donde lo ha hecho es que ese tal Pendergast se hizo cargo de ella y le financió los estudios. Sin duda hay un *quid pro quo* ahí. El problema es que, mientras Pendergast ande por aquí, será difícil llegar a ella.

—El jefe de policía me ha dicho que se fue a Londres ayer por la noche.

—Esa es una buena noticia. Más vale que actúes rápido.

—¿Y qué quieres que haga en concreto?

—Tú eres perfectamente capaz, querido mío, de ocuparte de este problema antes de que vuelva ese agente del FBI. No hace falta que te recuerde lo que está en juego. Así que no te andes con chiquitas. Dale fuerte. Y, si decides encargárselo a otro, busca al mejor. Hagas lo que hagas, no quiero enterarme.

—Qué cobarde eres.

—Gracias. No voy a negarte que tú eres el que rebosa testosterona en esta familia, querido primo.

Kermode pulsó con furia el botón de manos libres y puso fin a la llamada.

Montebello había permanecido en silencio durante toda la

conversación, aparentemente concentrado en sus uñas de perfecta manicura. Ahora, sin embargo, alzó la mirada.

—Déjamelo a mí —dijo—. Conozco a la persona perfecta para ese trabajo.

36

Espelette, el exclusivo café-restaurante emplazado en la entrada del hotel Connaught, era un local de color crema y blanco con enormes ventanales y manteles de lino almidonados. La variación climática con respecto a Roaring Fork se agradecía. Por fortuna, Londres estaba disfrutando, de momento, de un invierno moderado, y la suave luz vespertina del sol inundaba la estancia sutilmente curvada. El agente especial Pendergast, sentado a una mesa grande con vistas a Mount Street, se alzó al ver a Roger Kleefisch entrar en el restaurante. Encontró su figura un poco más robusta y su rostro arrugado y curtido. Ya en Oxford, cuando era solo un estudiante, Kleefisch era prácticamente calvo, así que su resplandeciente coronilla no le sorprendió. El hombre aún caminaba con brío, con el cuerpo inclinado hacia delante, cortando el aire con la nariz, con la impaciente curiosidad de un sabueso detrás de un rastro. Eran esas cualidades, así como las credenciales de su pertenencia al grupo de los Irregulares de Baker Street, lo que había inspirado a Pendergast la confianza necesaria para asociarse con él en aquella aventura en particular.

—¡Pendergast! —exclamó Kleefisch tendiéndole la mano con una amplia sonrisa—. Está usted igual. Bueno, casi igual.

—Mi querido Kleefisch —respondió Pendergast estrechándole la mano.

Ambos habían adquirido fácilmente la costumbre de Oxford y Cambridge de dirigirse el uno al otro por el apellido.

—Mírese: en Oxford siempre di por supuesto que estaba de luto, pero veo que fue un malentendido. El negro le sienta bien. —Kleefisch se sentó—. ¿Ha visto qué tiempo tan increíble? Creo que Mayfair nunca ha estado tan hermoso.

—Ciertamente —opinó Pendergast—. En cambio, he visto esta mañana, con cierto regocijo, que en Roaring Fork la temperatura estaba bajo cero.

—Qué espanto —comentó Kleefisch estremecido.

Un camarero se acercó a la mesa, desplegó la carta delante de cada uno y se retiró.

—Me alegra que haya podido coger el vuelo de la mañana —señaló Kleefisch frotándose las manos mientras echaba un vistazo a los platos—. El moderno y elegante té vespertino de aquí es especialmente delicioso. Y sirven el mejor Kir Royale de todo Londres.

—Resulta agradable volver a la civilización. Roaring Fork, pese a todo su dinero, o quizá por eso, es una ciudad tosca y burda.

—Me comentó algo de un incendio. —La sonrisa se esfumó del rostro de Kleefisch—. ¿Ha vuelto a atacar el pirómano del que me habló?

Pendergast asintió con la cabeza.

—Cielo santo... Hablando de algo más agradable, creo que le complacerá el descubrimiento que he hecho. Confío en que no haya cruzado el charco completamente en vano.

Volvió el camarero. Pendergast pidió una botella de champán Laurent-Perrier y un panecillo de jengibre con nata cuajada, y Kleefisch, un surtido de canapés. El integrante de los Irregulares esperó a que el camarero se alejara, hurgó en su grueso maletín de abogado, sacó un libro fino y lo deslizó hasta el otro lado de la mesa.

Pendergast lo cogió. Era de Ellery Queen y se titulaba *Antología de Queen. Historia del relato policíaco a través de las ciento seis obras más representativas del género publicadas desde 1845.*

—La *Antología de Queen* —masculló Pendergast contemplando la cubierta—. Recuerdo que mencionó a Ellery Queen en nuestra conversación telefónica.

—Ha oído hablar de él, naturalmente.

—Sí. De ellos, para ser más exactos.

—Eso es. Dos primos que trabajaban bajo seudónimo. Quizá los más eminentes antólogos de historias de detectives. Además de autores de propio derecho. Y este libro —añadió Kleefisch dando unos golpecitos al volumen que Pendergast tenía entre las manos— es probablemente su obra crítica más famosa sobre ficción policíaca, una colección comentada de las principales piezas del género. Este ejemplar es de la primera edición, por cierto. Lo curioso es lo siguiente: pese al título, *Antología de Queen* contiene ciento siete obras, no ciento seis. Eche un vistazo a esto —dijo y, recuperando el libro, lo abrió, buscó el índice y le señaló una línea con el dedo.

74. Anthony Wynne, *Los pecadores guardan secretos*, 1927
75. Susan Glaspell, *Un jurado de iguales*, 1927
76. Dorothy L. Sayers, *Lord Peter descubre el delito*, 1928
77. G. D. H. & M. Cole, *Las vacaciones del superintendente Wilson*, 1928
78. W. Somerset Maugham, *Ashenden o el agente secreto*, 1928
78a. Arthur Conan Doyle, *La aventura de* (?), 1928 (?)
79. Percival Wilde, *Granujas a cuerpo de rey*, 1929

—¿Lo ve? —dijo Kleefisch con cierto dejo triunfante en la voz—. El número 78a de la *Antología de Queen*. Título dudoso. Fecha de creación dudosa. Hasta su existencia es dudosa, de ahí la «a». Además, el relato no se encuentra en el libro, solo aparece mencionado en el índice. No obstante, es evidente que Queen, probablemente debido a su preeminencia en la materia, había oído hablar lo suficiente de esta rareza, indirectamente, como para considerar meritoria su inclusión en esta antología. O quizá no. Porque cuando se revisó el libro en 1967 y se actualizó la lista hasta ciento veinticinco libros, el 78a se quedó fuera.

—Y cree que ese es el relato de Holmes que nos falta.

Kleefisch asintió con la cabeza.

Llegó el té.

—Curiosamente, Doyle tiene una entrada anterior en ese libro —dijo Kleefisch dándole un bocado a un canapé de salmón y crema de wasabi—: *Las aventuras de Sherlock Holmes*, número 16 de la *Antología de Queen*.

—Parece que el siguiente paso lógico sería, por tanto, determinar qué sabía exactamente Ellery Queen de ese relato de Holmes y cómo supo, supieron, de él.

—Lamentablemente, no. Créame, los Irregulares ya hemos recorrido ese camino innumerables veces. Como podrá imaginar, el 78a de la *Antología de Queen* es una de las pesadillas constantes de nuestra organización. Se ha creado un título especial, que está pendiente de concesión, para el miembro que logre localizar el relato. Los primos que se hacían llamar Ellery Queen murieron hace decenios y no dejaron ni una sola prueba respecto a por qué el 78a figuraba en la primera edición de su antología o por qué se retiró después.

Pendergast bebió un sorbo de champán.

—Resulta alentador.

—Ciertamente. —Kleefisch dejó a un lado el libro—. Hace tiempo, los Irregulares reunieron una gran cantidad de cartas de los últimos años de vida de Conan Doyle. Hasta la fecha, no se ha permitido que ninguna persona ajena a la organización examinara las cartas; queremos explotarlas para nuestras propias publicaciones especializadas, en el *Baker Street Journal* y similares. Sin embargo, las cartas de esos últimos años se han ignorado en su mayoría, puesto que versan sobre esa época de la vida de Conan Doyle en la que estaba profundamente comprometido con el espiritualismo y escribió ensayos como *El misterio de las hadas* y *Al borde de lo desconocido*, dejando a un lado las aventuras de Holmes.

Kleefisch cogió otro canapé, esta vez de pollo teriyaki con berenjena a la brasa. Le dio un bocado, luego otro, cerrando los ojos mientras masticaba. Se limpió los dedos delicadamente con la servilleta de lino y después, con un destello de picardía en los ojos, se llevó la mano al bolsillo de la chaqueta y sacó dos cartas estropeadas y descoloridas.

—Lo insto aquí mismo a que guarde el secreto —le dijo a Pendergast—. He... tomado prestadas estas cartas temporalmente. No querrá que me expulsen.

—Cuente con mi garantía de silencio.

—Muy bien. En ese caso, no me importa decirle que estas dos cartas las escribió Conan Doyle en 1929, el año anterior a su muerte. Las dos van dirigidas a un tal Robert Creighton, novelista y también espiritualista, con el que Conan Doyle entabló amistad en sus últimos años. —Kleefisch desdobló una de ellas—. Esta primera carta menciona, de pasada: «Espero recibir cualquier día de estos noticias del asunto de Aspern Hall, que últimamente me tiene completamente nublado el pensamiento». —Volvió a doblar la carta, se la guardó en el bolsillo y cogió la otra—. La segunda menciona, también de pasada: «He recibido malas noticias de Aspern Hall. Me hallo ahora en el dilema de cómo proceder, o de si proceder en absoluto. Y aun así, no descansaré tranquilo hasta que vea resuelto el asunto».

Kleefisch guardó la misiva.

—Todos los Irregulares que han leído estas cartas, y no han sido muchos los que lo han hecho, dan por supuesto que Conan Doyle estaba involucrado en algún tipo de especulación inmobiliaria, pero yo pasé toda la mañana de ayer revisando los legajos de Inglaterra y Escocia... y no hay rastro alguno de ningún Aspern Hall en el registro. ¡No existe!

—¿Insinúa que Aspern Hall no es un lugar, sino el título de un relato?

Kleefisch sonrió.

—Quizá, solo quizá, sea el título del texto rechazado de Conan Doyle: «La aventura de Aspern Hall».

—¿Dónde podría estar ese manuscrito?

—Sabemos dónde no está. No está en su casa. Después de pasar meses postrado en cama con angina de pecho, Conan Doyle murió en julio de 1930 en Windlesham, su casa en Crowborough. Desde entonces, innumerables Irregulares y otros especialistas en Holmes han viajado a East Sussex y han explorado hasta el último centímetro de esa casa. Se han encontrado manuscritos parciales, cartas y otros documentos, pero ningún relato perdido de Holmes. Por eso, muy a mi pesar, me temo que... —concluyó Kleefisch titubeando— que el relato se destruyó.

Pendergast negó con la cabeza.

—Recuerde lo que Conan Doyle decía en esa segunda carta: que se hallaba en un dilema sobre cómo proceder, que no descansaría hasta que viera resuelto el asunto. Esas no son las palabras de un hombre que pensara destruir el manuscrito.

Kleefisch escuchó, asintiendo despacio con la cabeza.

—La misma necesidad catártica que impulsó a Conan Doyle a escribir el relato debió de impulsarlo a preservarlo. Si anteriormente tenía alguna duda, esa entrada de la *Antología de Queen* la ha despejado. Ese relato está por ahí, en alguna parte. Y puede que contenga la información que busco.

—¿Y qué información es esa? —inquirió Kleefisch con entusiasmo.

—Aún no puedo hablar de ello. Pero le prometo que, si encontramos el texto, será el primero en hacerlo público.

—¡Excelente! —exclamó juntando las manos.

—De modo que el juego, si me permite la frase, está en marcha.

Dicho esto, Pendergast apuró su copa de champán y le hizo una seña al camarero para que le sirviera otra.

37

Stacy estaba resultando ser una dormilona y no solía levantarse antes de las diez o las once, pensó Corrie mientras salía sin ganas de la cama a oscuras y contemplaba con envidia, a través de la puerta abierta, la figura de la capitana, dormida en la otra habitación. Recordaba que también ella se había sentido así antes de decidir lo que quería hacer con su vida.

En lugar de prepararse café en su diminuta cocina, decidió bajar en coche a la ciudad y gastarse el dinero en un Starbucks. Odiaba aquella casa gélida y, aun ahora que Stacy Bowdree vivía con ella, pasaba allí el menor tiempo posible.

Miró el termómetro exterior: dieciocho grados bajo cero. La temperatura no dejaba de bajar. Se enfundó en un sombrero, guantes y un anorak y se dirigió a la entrada, donde estaba aparcado su coche. Mientras retiraba la nieve con la mano, pues había nevado poco esa noche, volvió a lamentar su arrebato con Wynn Marple. Había sido una estupidez quemar esa nave, pero había salido la auténtica Corrie, con su mal carácter y su incapacidad habitual para aguantar a los imbéciles. Aquella conducta quizá le hubiera funcionado en Medicine Creek, cuando aún era una estudiante rebelde, pero ya no tenía justificación, no allí, no en ese momento. Debía dejar de maltratar así a la gente, sobre todo cuando sabía bien que era contraproducente, que minaba sus propios intereses.

Arrancó el coche y avanzó despacio por el empinado camino

de salida a Ravens Ravine Road. El cielo estaba gris y empezaba a nevar otra vez. Según el parte meteorológico, aún iba a nevar más, lo que en una estación de esquí como Roaring Fork se recibía como un granjero recibe la lluvia, con alegría y jolgorio. Corrie, en cambio, estaba harta. Quizá fuera hora de que recogiera sus cosas y se largara de la ciudad.

Condujo despacio, pues a menudo había placas de hielo en la carretera de curvas cerradas que descendía por el cañón, y su coche de alquiler, con aquella porquería de neumáticos, tenía una tracción espantosa.

¿Y ahora qué? A lo sumo le quedaban uno o dos días de trabajo con los restos mortales, rematar la investigación forense, por así decirlo. Luego se acabaría. Aunque le parecía improbable, le preguntaría a Ted si se le ocurría algún otro sitio donde pudiera encontrar pistas de la identidad de los asesinos, con tacto, dado que él no sabía cómo habían muerto los mineros en realidad. Le había vuelto a pedir que salieran a cenar al día siguiente; ella anotó mentalmente que se lo preguntaría entonces.

Faltaban seis días para Navidad. Su padre le había estado rogando que fuera a Pennsylvania a pasarla con él. Incluso le mandaría el dinero para el billete de avión. Quizá fuera una señal.

Quizá...

Un fuerte estrépito, un estallido estremecedor le hizo pisar el freno y gritar involuntariamente. El coche chirrió y derrapó, pero no llegó a salirse de la carretera, solo se quedó a un lado.

—¿Qué demonios...? —Corrie agarró con fuerza el volante.

¿Qué había pasado? Algo le había destrozado el parabrisas, convirtiéndolo en una telaraña de grietas opaca.

Entonces vio el agujero, pequeño y perfecto, en el centro.

Gritó de nuevo y se hundió en el asiento, apretujándose por debajo del marco de la ventanilla. El silencio era absoluto, y la cabeza le iba a mil por hora. Aquello era un agujero de bala. Alguien había intentado dispararle. Matarla.

«Mierda, mierda, mierda...»

Tenía que salir de allí. Inspiró hondo y se tensó, se incorporó despacio y volvió a sentarse correctamente en el asiento. Con la mano enguantada, le dio un puñetazo al cristal destrozado e hizo un agujero lo bastante grande para ver a través de él, luego volvió a agarrar el volante y pisó el acelerador. El Focus derrapó y dio varias vueltas, pero logró enderezarlo, esperando más disparos en cualquier momento. Llevada por el pánico, aceleró demasiado, el coche topó con una placa de hielo, volvió a derrapar y fue de morros hacia el quitamiedos del barranco. El vehículo rebotó, se incorporó a la carretera con un chirrido de goma y giró otros ciento ochenta grados. Corrie estaba muy alterada, pero, tras un breve instante de pánico, se dio cuenta de que no estaba herida.

—¡Mierda! —gritó de nuevo.

Quien le hubiera disparado andaba aún por ahí fuera, hasta puede que bajara por la carretera detrás de ella. El coche se había calado y el asiento del copiloto había recibido un buen golpe, pero no parecía siniestro total; giró la llave y el motor se encendió. Enderezó el Focus con varias maniobras y enfiló la carretera. El coche aún funcionaba, pero hacía un ruido muy raro: uno de los guardabarros parecía rozar el neumático.

Despacio, con cuidado, las manos temblorosas al volante, dirigió el vehículo montaña abajo hasta la ciudad, y fue directa a la comisaría de policía.

En cuanto Corrie rellenó el informe, el sargento que se encontraba al otro lado del mostrador la hizo pasar enseguida al despacho del jefe de policía. Por lo visto, ahora era una persona importante. Encontró al jefe Morris sentado a su escritorio, abarrotado de tarjetas de ocho por trece centímetros, fotografías, hilo, chinchetas y pegamento. A su espalda había un tablón incomprensible, sin duda relacionado con los homicidios del pirómano.

Tenía un aspecto horrible: los párpados inferiores abultados como lonchas de sebo, el contorno de los ojos ennegrecido, el pelo alborotado. En cambio, había en su mirada una súbita severidad. Eso, al menos, era una mejora.

Cogió el informe y le indicó que se sentara. Tardó unos minutos en leerlo, y luego lo leyó de nuevo. Después lo dejó encima de la mesa.

—¿Se le ocurre alguien que pudiera estar descontento con usted por alguna razón? —le preguntó.

Al oír esto, pese a lo afectada que estaba, no pudo contener la risa.

—Sí. Más o menos todo el mundo en The Heights. El alcalde. Kermode. Montebello. Por no hablar de usted.

El jefe logró esbozar una lánguida sonrisa.

—Vamos a abrir una investigación, como es lógico. Pero, verá, confío en que no piense que quiero quitarme esto de en medio si le digo que llevamos ya varias semanas buscando a un cazador furtivo en esa zona. Ha estado matando y descuartizando ciervos, seguramente para vender la carne. Uno de esos disparos furtivos atravesó la ventana de una casa la semana pasada. Así que lo que le ha pasado a usted podría, y digo podría, haber sido una bala perdida de ese cazador. Esto ocurrió a primera hora de la mañana, que es cuando el ciervo, y nuestro cazador furtivo, están activos. Como digo, no insinúo que sea eso lo ocurrido. Solo lo menciono como posibilidad, para tranquilizarla más que nada.

—Gracias —dijo Corrie.

Se levantaron los dos, y el jefe le tendió la mano.

—Me temo que voy a tener que confiscarle el coche como prueba, para hacer un análisis balístico y ver si podemos recuperar el proyectil.

—Adelante, todo suyo.

—Le pediré a uno de mis oficiales que la lleve en coche a donde quiera.

—No, gracias, voy a la vuelta de la esquina, a un Starbucks.

Mientras sorbía sentada su café, Corrie se preguntó si de verdad habría sido un cazador furtivo. Era cierto que había enfadado a mucha gente al principio, pero aquello ya se había olvidado, sobre todo con el inicio de las muertes del pirómano. Dispararle al coche sería intento de homicidio. ¿Qué clase de amenaza suponía ella para merecer eso? El problema era que el jefe estaba tan desbordado, igual que el resto del departamento, que Corrie tenía poca fe en que pudiera llevar a cabo una investigación eficaz. Si con el disparo pretendían intimidarla, no iba a funcionar. Por aterrada que estuviera, no iba a salir espantada de la ciudad. En todo caso, conseguirían que quisiera quedarse más tiempo.

Claro que... podía haber sido el cazador furtivo. O podría ser cualquier otro trastornado. Podría incluso ser el pirómano, que hubiera cambiado de *modus operandi*. Se acordó de Stacy, allí arriba, en la casa del barranco, probablemente dormida. Al final, terminaría bajando a la ciudad y quizá también ella estuviera en peligro, quizá le dispararan a ella también.

Sacó el móvil y llamó a Stacy. Respondió una voz soñolienta. En cuanto Corrie empezó a contarle lo ocurrido, se despertó de inmediato.

—¿Te han disparado mientras conducías? Voy a ir a por ese cabrón.

—Espera. No hagas eso. Es una locura. Deja que se ocupe la policía.

—Habrá dejado huellas ahí fuera, en la nieve. Seguiré a ese indeseable hasta al agujero del que haya salido.

—No, por favor.

Le costó diez minutos persuadir a Stacy de que no lo hiciera. Cuando Corrie estaba a punto de colgar, Stacy dijo:

—Espero que le dispare a mi coche. Tengo un par de cartuchos Black Talon que ansían reventarle los sesos.

Después, Corrie telefoneó a la oficina del alquiler de coches. El agente se entusiasmó contándole que el jefe de policía acababa de llamarlo, que debía de ser horrible que te dispararan, y le preguntó si estaba bien, si necesitaba un médico... Y si le parecía aceptable que le dieran un Ford Explorer por el mismo precio, claro.

Corrie sonrió y colgó. Por lo visto, el jefe Morris, al fin, iba teniendo un poco de agallas.

38

Roger Kleefisch se desparramó en uno de los sillones tapizados de terciopelo del salón de su casa en Londres, con los pies en una alfombra de piel de oso, y su cuerpo entero se impregnó del agradable calor del fuego que chisporroteaba en la chimenea. Pendergast se sentó en el otro sillón, inmóvil, contemplando las llamas. Cuando Kleefisch le había hecho pasar, el agente había echado un vistazo a la sala, arqueando las cejas pero sin hacer comentarios. Aun así, de algún modo, Kleefisch presentía que le había gustado.

Rara vez dejaba que alguien entrara en su salón, y no pudo evitar sentirse un poco como el propio Sherlock Holmes, ahí en su casa, con su socio de investigación al lado. La idea le levantó un poco el ánimo. Aunque, si había de ser franco consigo mismo, probablemente a él le correspondería el papel de Watson. A fin de cuentas, en su caso, el detective profesional era Pendergast.

Por fin, Pendergast se movió y dejó el whisky con soda en la mesa auxiliar.

—Dígame, Kleefisch, ¿qué ha averiguado hasta la fecha?

Era la pregunta que había estado temiendo. Tragó saliva, inspiró hondo y habló:

—Nada, muy a mi pesar.

Aquellos ojos claros lo miraron fijamente.

—¿En serio?

—Lo he intentado todo en estas últimas veinticuatro horas —repuso—. He vuelto a revisar la antigua correspondencia, leído y releído el diario de Conan Doyle. He examinado todos los libros, todos los tratados que he podido encontrar sobre los últimos años de vida del autor. He intentado, con prudencia, sondear a varias de nuestras más brillantes investiduras. No he hallado nada, ni rastro de pruebas. Y debo decir que, pese a mi entusiasmo inicial, tampoco me sorprende. Todo este campo ya fue explorado a conciencia por otros Irregulares en su día. Fui un estúpido al pensar que podría encontrar algo nuevo.

Pendergast no dijo nada. Con la luz del hogar titilando en su rostro enjuto, la cabeza gacha, una expresión de intensa concentración en el semblante, rodeado de adornos victorianos, de repente se parecía tanto a Sherlock Holmes que Kleefisch se sintió desconcertado.

—Lo lamento de veras, Pendergast —le dijo Kleefisch desviando la mirada a la alfombra de piel de oso—. Albergaba tantas esperanzas. —Hizo una pausa—. Me temo que la suya es una misión imposible, que quizá yo mismo he alentado. Le ruego que me disculpe.

Al poco, Pendergast se movió.

—Al contrario. Ya ha hecho mucho. Ha confirmado mis sospechas sobre la existencia de un relato perdido de Holmes. Me ha mostrado la prueba en la *Antología de Queen*. Lo ha relacionado, en las cartas de Conan Doyle, con Aspern Hall. Casi a su pesar, me ha convencido no solo de que «La aventura de Aspern Hall» existió, sino de que aún existe. Debo localizarlo.

—Para un miembro de los Irregulares como yo, un estudioso de Holmes, eso sería el logro de toda una vida. Pero permítame que vuelva a preguntarle por qué es tan importante para usted.

Pendergast titubeó un instante.

—Tengo ciertas ideas, conjeturas, que este relato podría confirmar o no.

—¿Conjeturas sobre qué?

Una ligera sonrisa curvó los labios de Pendergast.

—¿Usted, estudioso de Holmes, instando a un investigador a permitirse una vulgar especulación? ¡Mi querido Kleefisch!

Al oír esto, Kleefisch se ruborizó.

—Aunque, por lo general, detesto a los que presumen de un sexto sentido —añadió Pendergast—, en este caso, tengo el presentimiento de que el relato perdido es el centro de todos los misterios, pasados y presentes.

—En ese caso —dijo al fin Kleefisch—, siento no haber encontrado nada.

—No tema —replicó Pendergast—. Yo sí.

Kleefisch enarcó las cejas.

Pendergast prosiguió.

—Me aferré a la teoría de que, cuanto más pudiera averiguar sobre los últimos años de vida de Conan Doyle, más cerca estaría de encontrar el relato perdido. Centré mis esfuerzos en el círculo de espiritualistas al que pertenecía en esos años inmediatamente anteriores a su muerte. Averigüé que ese grupo se reunía a menudo en una casita de campo llamada Covington Grange, en los límites de Hampstead Heath. La casa era propiedad de una espiritualista de nombre Mary Wilkes. Conan Doyle tenía allí un cuartito donde en ocasiones escribía ensayos sobre espiritualidad que luego leía al grupo durante sus encuentros.

—Fascinante —señaló Kleefisch.

—Permítame que le plantee la siguiente pregunta: ¿no es probable que, mientras escribía sus últimos textos sobre espiritualismo en Covington Grange, creara también el último relato de Sherlock Holmes, «La aventura de Aspern Hall»?

Kleefisch sintió que se incrementaba su entusiasmo. Tenía sentido. Además, aquel era un camino que, según tenía entendido, ninguno de los Irregulares de Baker Street había explorado nunca.

—Dada su naturaleza incendiaria, ¿no sería también posible que el autor lo escondiera en algún lugar de aquel cuartito donde solía escribir o en alguna otra parte de la casa?

—¡Ciertamente lo sería! —Kleefisch se levantó del sillón—. Cielo santo. ¡No me extraña que el manuscrito jamás se encontrara en Windlesham! Entonces ¿ahora qué?

—¿Ahora qué? Yo diría que es obvio. Ahora, Covington Grange.

39

Con la taza de té en la mano, Dorothea Pembroke regresó a su ordenado rincón de la oficina en Blackpool del National Trust, el fondo nacional para la protección del patrimonio histórico cultural. Eran las 10.45, y la señorita Pembroke se tomaba su tentempié de las once casi tan en serio como su trabajo, que ciertamente realizaba con mucha seriedad. Una servilleta de tela delicadamente colocada sobre el escritorio, una taza de té de jazmín Harrisons & Crosfield, con un azucarillo, y una galleta de harina de trigo integral mojada dos veces, ni una ni tres, en el té antes de mordisquearla.

En muchos aspectos, la señorita Pembroke se consideraba el National Trust. Había puestos más importantes que el suyo en aquella organización sin ánimo de lucro, desde luego, pero nadie podía presumir de un pedigrí más exquisito que el suyo. Su abuelo, sir Erskine Pembroke, había sido el señor de Chiddingham Place, una de las mansiones más impresionantes de Cornwall, pero su empresa había quebrado y, cuando la familia había caído en la cuenta de que no podía sostener ni el pago de los impuestos ni el coste del mantenimiento de la mansión, inició una negociación con el National Trust. Se restauraron los cimientos y la estructura de la casa, se ampliaron sus jardines y, por último, Chiddingham Place se abrió al público, mientras la familia seguía alojada en las modestas habitaciones de la planta superior. Unos años después, su padre ocupó un puesto dentro de la organización que tanto lo ayudó como director de desarrollo, y la propia señorita Pembroke entró a formar parte de la misma en cuanto acabó sus estudios elementales. Treinta y dos años después, había logrado ascender al cargo de administradora adjunta.

En términos generales, un ascenso de lo más satisfactorio.

Mientras recogía la taza de té y doblaba la servilleta, reparó en que había un hombre de pie en el umbral de la puerta. La señorita Pembroke era una mujer demasiado bien educada para mostrar sorpresa, pero se detuvo un instante antes de doblar el último pliegue de la servilleta y dejarla en su escritorio. Era un hombre de aspecto bastante llamativo: alto y pálido, de pelo rubio albino y ojos del color del hielo glaciar, vestido con un traje negro de buen corte, pero no lo reconocía, y las visitas solían anunciarse.

—Discúlpeme —dijo con acento americano, sureño, y una sonrisa encantadora—, no quisiera molestarla, señorita Pembroke, pero su secretaria no está en su puesto y, bueno, usted y yo teníamos una cita.

Dorothea Pembroke abrió su libro de citas y miró el día de hoy. Sí, ciertamente, tenía una cita a las once y cuarto con un tal señor Pendergast. Recordó que aquel hombre había pedido expresamente verla a ella, en lugar de a un administrador, algo de lo más inusual. Aun así, no le habían anunciado su llegada y no aprobaba semejante informalidad. Sin embargo, el hombre tenía cierto aire cautivador, y estaba dispuesta a pasar por alto aquella falta de decoro.

—¿Puedo sentarme? —preguntó él sonriendo de nuevo.

La señorita Pembroke le señaló con la cabeza una silla vacía que había delante de su escritorio.

—Si me permite la pregunta, ¿de qué quiere hablar conmigo?

—Deseo visitar una de sus propiedades.

—¿Visitar? —repitió ella dejando que un levísimo dejo de desaprobación tiñera su voz—. Tenemos voluntarios a la entrada que pueden ayudarle en eso.

Verdaderamente era el colmo que la molestara con semejante nimiedad.

—Le ruego que me disculpe —dijo el hombre—. No pretendo robarle su valioso tiempo. Hablé del asunto con el departamento de Visitas y me remitieron a usted.

—Entiendo. —Aquello le daba otro giro al asunto. Además, el hombre tenía unos modales exquisitos. Hasta su acento rezumaba educación, no era uno de esos dejes americanos arrastrados, bárbaros y desagradables—. Antes de empezar, aquí tenemos una pequeña norma: exigimos la identificación del visitante, si es tan amable.

El hombre volvió a sonreír. Tenía unos dientes blanquísimos. Se llevó la mano al interior del traje negro y sacó una cartera de piel, que dejó abierta encima del escritorio, poniendo al descubierto un fulgor dorado en la parte superior con un carnet debajo. La señorita Pembroke se sobresaltó.

—¡Oh! ¡Cielo santo! ¿El FBI? ¿Se... trata de un asunto criminal?

El agente le dedicó una sonrisa de lo más cautivadora.

—Ah, no, no se alarme en absoluto. Se trata de un asunto personal, nada oficial. Le habría enseñado el pasaporte, pero lo tengo en la caja fuerte del hotel.

La señorita Pembroke procuró sosegar su alborotado corazón. Jamás había estado implicada en un asunto criminal y contemplaba aquella posibilidad con abominación.

—En ese caso, señor Pendergast, me quedo más tranquila, y me pongo a su disposición. Por favor, indíqueme qué propiedad desearía visitar.

—Una casita de campo llamada Covington Grange.

—Covington Grange. Covington Grange.

El nombre no le resultaba familiar. En realidad, tenía cientos de propiedades a su cuidado, entre ellas muchas de las fincas más extraordinarias de Inglaterra, y no se podía esperar que las recordara todas.

—Un momento.

Se volvió hacia el ordenador, abrió varios menús e introdujo el nombre en el campo de búsqueda. Aparecieron en la pantalla unas fotos y una larga descripción. Al leer el texto, supo que recordaba vagamente el sitio. No era de extrañar que los del departamento de Visitas le hubieran recomendado que hablase con un administrador.

Se volvió de nuevo hacia él.

—Covington Grange —volvió a decir—. Antigua propiedad de Leticia Wilkes, que falleció en 1980 y legó la casa al gobierno.

El agente Pendergast asintió con la cabeza.

—Lamento comunicarle, señor Pendergast, que no es posible visitar Covington Grange.

Al oír esto, un gesto de desolación cruzó el semblante del hombre. Procuró recomponerse.

—La visita no tendría por qué ser larga, señorita Pembroke.

—Lo siento, pero es del todo imposible. Según el archivo, la casa lleva decenios clausurada, cerrada al público hasta que el fondo decida qué hacer con ella.

Pobre hombre. Se le veía tan desolado que hasta el corazón duro y siempre correctísimo de Dorothea Pembroke empezó a ablandarse.

—Ha sufrido serios daños por la acción de los elementos —dijo, a modo de explicación—. No es segura y precisa una restauración exhaustiva antes de que podamos permitir a nadie entrar en ella. Y, en la actualidad, nuestros fondos, como podrá imaginar, son limitados. Hay muchas otras propiedades, propiedades más importantes, que también precisan atención. Además, francamente, su interés histórico es mínimo.

El señor Pendergast miraba abajo y cruzaba y descruzaba las manos. Finalmente, habló:

—Le agradezco mucho que se haya tomado la molestia de explicarme la situación. Lo entiendo perfectamente. Solo que... —Y entonces el señor Pendergast levantó la cabeza, y sus ojos se encontraron con los de la señorita Pembroke—. Solo que yo soy el último descendiente vivo de Leticia Wilkes.

Ella lo miró asombrada.

—Era mi abuela. De esa rama de la familia, solo quedo yo. Mi madre murió de cáncer el año pasado, y mi padre había fallecido en un accidente de tren el año anterior. A mi hermana... la mataron hace tres semanas en un robo frustrado. Así que, como puede ver... —El señor Pendergast hizo una pausa para recomponerse—. Como puede ver, Covington Grange es todo lo que me queda. Es donde pasé mis veranos de niño, antes de que mi madre nos llevara a América. Contiene todos los recuerdos felices que tengo de la familia que he perdido.

—Ah, entiendo.

La historia era ciertamente desgarradora.

—Solo quería ver la casa por última vez, solo una vez, antes de que lo que hay en ella se eche a perder para siempre. Concretamente, guardado en un armario, hay un viejo álbum de fotos familiar que recuerdo que hojeaba de niño y que me gustaría llevarme, si usted no tiene inconveniente. No tengo nada, nada, de mi familia. Nos lo dejamos todo aquí cuando nos fuimos a América.

La señorita Pembroke escuchó aquella trágica historia con el corazón henchido de pena. Al poco, se aclaró la garganta. La pena era una cosa y el deber, otra bien distinta.

—Como le he dicho, lo siento mucho —sentenció—, pero por todas las razones que le he indicado es sencillamente imposible. Además, en todo caso, lo que pudiera haber en esa casa pertenece al fondo, incluso las fotografías, que podrían tener un interés histórico.

—Pero ¡se están pudriendo ahí dentro! ¡Han pasado más de treinta años y no se ha hecho nada! —Cambió de tono—. ¿Solo diez minutos? ¿Cinco? No tendría por qué saberlo nadie aparte de usted y yo —le propuso en tono mimoso.

La insinuación de que pudiera ser cómplice de un engaño a espaldas del National Trust rompió el hechizo.

—Es del todo imposible. Me sorprende que me haga una propuesta semejante.

—¿Esa es su última palabra?

La señorita Pembroke asintió rotundamente con la cabeza.

—Entiendo.

El aire del hombre cambió. Su semblante triste, el leve temblor de su voz se desvanecieron. Se recostó en la silla y la miró con una expresión muy distinta a la de antes. Había algo en su mirada, algo que la señorita Pembroke no acababa de desentrañar, que resultaba levemente alarmante.

—Esto es tan importante para mí —dijo el hombre— que llegaré hasta donde haga falta para conseguirlo.

—No sé bien a qué se refiere, pero yo ya he tomado mi decisión —espetó ella con absoluta firmeza.

—Mucho me temo que su terquedad no me deja elección.

Y, hurgándose en el bolsillo, el agente del FBI sacó una mano de papeles y los sostuvo en alto.

—¿Qué es eso? —quiso saber ella.

—Traigo información aquí que podría resultarle interesante. —También el tono de voz del hombre había cambiado—. Tengo entendido que su familia solía residir en Chiddingham Place, ¿no es así?

—No es de su incumbencia, pero aún viven allí.

—Sí, en la cuarta planta. El material, que encontrará particularmente interesante, se refiere a su abuelo. —Depositó los documentos en el escritorio con suma delicadeza—. Tengo aquí pruebas, pruebas irrefutables, de que su abuelo, durante los últimos meses de su negocio, justo antes de quebrar, pidió un préstamo tomando como aval las acciones de sus propios accionistas en un intento desesperado por mantener en pie la empresa. Para ello no solo cometió un grave fraude financiero, sino que, además, mintió al banco al asegurarle que los títulos eran suyos. —Hizo una pausa—. Su delito arruinó a muchos de sus accionistas, entre los que se encontraban una serie de viudas y pensionistas que después murieron en la penuria. Temo que la historia resulta muy desagradable de leer.

Hizo una pausa.

—Estoy convencido, señorita Pembroke, de que no querría que el buen nombre de su abuelo y, por ende, de la familia Pembroke se mancillara. —Hizo una pausa para enseñar sus blancos dientes—. Así que ¿no le convendría más darme acceso temporal a Covington Grange? No le pido mucho. Creo que sería lo mejor para todos, ¿no le parece?

Fue aquella última y fría sonrisa, aquellos dientes pequeños, igualados y perfectos, la gota que colmó el vaso. La señorita Dorothea Pembroke se puso rígida. Luego, despacio, se levantó de la silla. Igualmente despacio, cogió los documentos que el tal Pendergast había dejado en su escritorio y, con un gesto desdeñoso, se los arrojó a los pies.

—¿Cómo tiene el descaro de venir a mi despacho a intentar chantajearme? —le dijo con notable serenidad, sorprendiéndose a sí misma—. Jamás en mi vida me he dejado avasallar por tan despreciable conducta. Y usted, señor, no es más que un estafador. No me sorprendería que esa historia que me ha contado fuese tan falsa como sospecho que lo es su placa.

—Sea como fuere, la información que poseo de su abuelo es del todo veraz. Deme lo que quiero o se la entregaré a la policía. Piense en su familia.

—Me debo a esta oficina y a la verdad. Ni más, ni menos. Si lo que desea es mancillar el buen nombre de mi familia, arrastrarnos por el fango, arrebatarnos la poca estabilidad económica que nos queda, adelante. Viviré con eso. Con lo que no puedo vivir es con el incumplimiento de mis obligaciones. Por eso le pido, señor Pendergast —dijo extendiendo el brazo, señalando con dedo firme la salida y añadiendo con voz queda pero inflexible—, que salga de este edificio inmediatamente o haré que lo echen. Buenos días.

De pie en las escaleras de entrada del National Trust, el agente Pendergast miró alrededor un instante y su expresión de exasperación pronto dio paso a otra de admiración. El verdadero coraje a veces se manifestaba en los lugares más insólitos. Pocos habrían podido resistir un ataque tan duro; la señorita Pembroke, que, a fin de cuentas, solo hacía su trabajo, era una entre miles. Una sonrisa asomó a los labios finos de Pendergast. Luego tiró los documentos a una papelera cercana y, mientras descendía los escalones en dirección a la estación para coger el tren de vuelta a Londres, citó en voz baja: «Para Sherlock Holmes, ella siempre es la mujer. Rara vez lo he oído llamarla de otro modo. A sus ojos, ella eclipsa y domina a todo el género femenino...».

40

Mockey Jones estaba borracho otra vez y se alegraba de ello. A menudo pensaba en sí mismo en tercera persona, y una vocecilla interna le decía que era Mockey Jones, que bajaba tambaleándose por East Main Street, sin sentir dolor (ni frío), con cinco carísimos martinis y un bistec de ochenta dólares en el estómago, la entrepierna recién ejercitada, la cartera llena de efectivo y de tarjetas de crédito, sin empleo, sin quehaceres y sin preocupaciones.

Jones formaba parte del uno por ciento de las personas más ricas del país (en realidad, de la décima parte de la décima parte del uno por ciento) y, aunque él no había ganado ni un centavo de ese dinero, le daba lo mismo, porque el dinero era el dinero y era mejor tenerlo que no tenerlo, y mejor tener mucho que tener solo un poco.

Tenía cuarenta y nueve años y había dejado a tres esposas y otros tantos niños esparcidos por el camino —mientras avanzaba por la calle, hizo una pequeña reverencia en su honor—, pero ya no lo ataba nada, era completamente irresponsable y no tenía nada que hacer salvo esquiar, comer, beber, follar y gritarles a sus asesores bursátiles. Mockey Jones vivía muy feliz en Roaring Fork. Era la clase de ciudad que a él le gustaba. A la gente le daba igual quién fueras o lo que hicieras, siempre que fueses rico. Y no valía nada ser millonario. El país estaba repleto de falsos millonarios de clase media. En Roaring Fork detestaban a esa clase de gente. No, había que ser multimillonario para encajar en el círculo de personas idóneo. Jones se encontraba en la categoría de los centimillonarios y, aunque esa era una vergüenza a la que ya se había habituado, los doscientos millones heredados del indeseable de su padre —otra reverencia para él— se adecuaban a sus necesidades.

Se detuvo y miró alrededor. Dios, tendría que haber hecho pis en el restaurante. En aquella condenada ciudad no había baños públicos. ¿Y dónde demonios se había dejado el coche? Daba igual, no era tan estúpido como para ponerse al volante en ese estado. En el *Roaring Fork Times* jamás aparecería un titular que dijera: «Mockey Jones arrestado por conducir ebrio». Llamaría a uno de los servicios de limusinas —había varios— que recogían a los borrachos de madrugada y llevaban a casa a los tipos como Mockey que habían «cenado demasiado bien». Sacó el móvil, pero se le escurrió de las manos enguantadas y aterrizó en un banco de nieve; tras proferir una extravagante maldición, se agachó, lo recogió, lo limpió y pulsó la tecla correspondiente de marcación rápida. En un momento, ya había contratado el servicio. Los martinis que había tomado en Brierly's Steak House le habían sabido de maravilla, y estaba deseando llegar a casa para tomarse otro.

Mientras estaba de pie en la acera, balanceándose ligeramente, esperando la limusina, Jones reparó en algo que entró en su campo de visión por la derecha. Algo amarillento y con un fulgor sobrenatural. Se volvió y vio, en el barrio de Mountain Laurel, en la ladera este, al borde de la ciudad, a menos de quinientos metros de allí, una casa inmensa estallando literalmente en llamas. Al tiempo que la observaba, notó el calor en las mejillas, vio las llamas saltar aún más alto, las chispas elevarse como estrellas en el firmamento oscuro... Y, ay, Dios mío, ¿era una figura humana aquello que se veía en la ventana de la planta de arriba, recortada contra el fuego? Estaba mirando cuando la ventana reventó y la figura salió despedida al exterior como un cometa en llamas, retorciéndose, con un terrible alarido que cortó como un cuchillo el aire de medianoche, resonando y volviendo a resonar en las montañas, como si no fuera a extinguirse nunca, aun después de que la figura desapareciera entre los abetos. Casi inmediatamente, a los pocos segundos, se oyeron las sirenas; la calle se llenó de coches de policía, camiones de bomberos y transeúntes, y al rato llegaron las furgonetas de televisión con las parabólicas en el techo, virando bruscamente. En último lugar, aparecieron los helicópteros, con los logos de las emisoras de radio, volando raso sobre los árboles.

Con aquel terrible alarido resonando en su confuso y paralizado cerebro, Mockey Jones notó que algo primero caliente y luego frío le corría por las piernas. No tardó en darse cuenta de que se había orinado encima.

41

En el Ford Explorer de alquiler, Corrie Swanson recorrió despacio el camino de acceso y alzó la vista a la casa fría y oscura. No había ni una luz encendida, pese a que el coche de Stacy estaba en la entrada. ¿Dónde se habría metido? Por alguna razón, empezó a preocuparse; se sentía extrañamente protectora, cuando, en realidad, había esperado que sucediera lo contrario, que Stacy la hiciera sentirse a salvo.

Probablemente se habría acostado, aunque parecía una de esas personas que se acuestan tarde y se levantan tarde. O quizá hubiera salido con alguien que había pasado a recogerla en su propio coche y aún no había vuelto.

Se apeó del Explorer, lo cerró y entró en la casa. La luz de la cocina estaba apagada. Decidido: Stacy dormía.

Un helicóptero sobrevoló muy bajo la zona, luego otro. Mientras ascendía en coche el cañón, había observado mucha actividad de helicópteros, acompañada del lejano sonido de las sirenas procedente de la ciudad. Confiaba en que no hubiera ardido otra casa.

Su cita con Ted no había acabado como esperaba. No sabía bien por qué, pero, en el último minuto, ella había rechazado su oferta de acompañarla a casa y calentarle la fría cama. Había estado tentada de hacerlo, tremendamente tentada, y aún le hormigueaban los labios de sus largos besos. Dios, ¿por qué había dicho que no?

Había sido una velada maravillosa. Habían comido en un restaurante de lujo, en un viejo edificio de piedra hermosamente remodelado, acogedor y romántico, con velas e iluminación tenue. La comida había sido excelente. Corrie, que estaba muerta de hambre, había devorado un chuletón inmenso, poco hecho, acompañado de una pinta de cerveza, patatas gratinadas (sus favoritas), una ensalada de lechuga romana y, de remate, un brownie con helado que seguro que era pecado. Habían hablado sin parar, sobre todo de ese imbécil de Marple, y de Kermode. Ted se había quedado alucinado, y sorprendido, al enterarse de que Kermode estaba emparentada con la infame familia Stafford. Habiendo crecido en The Heights, hacía mucho que conocía a Kermode y había llegado a detestarla, pero saber que formaba parte de la despiadada familia que había explotado y exprimido a la ciudad durante la época de las minas lo indignó de verdad. A su vez, él le contó un dato interesante: la familia Stafford había sido la propietaria original de los terrenos en los que se había construido The Heights, y su grupo de empresas aún era titular de los derechos de explotación de la Fase III, cuyo lanzamiento estaba previsto para tan pronto como se inaugurara el nuevo club balneario.

Dejando de lado estos pensamientos, salió de la cocina de la casa al pasillo central. Algo la inquietó: una sensación extraña que no lograba precisar, un olor desconocido. Atravesó la casa y se dirigió a la habitación de Stacy.

Su cama estaba vacía.

—¿Stacy?

No hubo respuesta.

De pronto, se acordó del perro.

—¿Jack?

Aquel chucho alocado no había salido a recibirla ladrando y dando saltos. Empezó a asustarse. Recorrió el pequeño pasillo llamando al perro.

Nada.

Regresó a la zona principal de la casa. Quizá estuviera escondiéndose en algún sitio, o se hubiera perdido.

—¿Jack?

Se detuvo a escuchar y oyó un gemido apagado y unos arañazos. Procedía del salón, una estancia que siempre estaba cerrada y en la que le habían prohibido estrictamente entrar. Se acercó a la puerta corredera empotrada.

—¿Jack?

Otro gemido y un ladrido acompañados de más arañazos.

Notó que el corazón se le alborotaba. Algo muy raro estaba ocurriendo.

Apoyó la mano en la doble puerta, vio que la llave no estaba echada y la abrió. Jack salió disparado de la oscuridad, agazapándose, gimoteando y lamiéndola, con el rabo entre las patas.

—¿Quién te ha metido aquí, Jack?

Echó un vistazo a la habitación a oscuras. Parecía vacía y en silencio, pero entonces vio la silueta de una figura en el sofá.

—¡Eh! —gritó sorprendida.

Jack se refugió detrás de ella, encogido de miedo, gimoteando.

La figura se movió un poco, muy despacio.

—¿Quién es y qué hace aquí? —preguntó Corrie con firmeza.

Qué locura. Tendría que salir corriendo de allí.

—Ah —se oyó una voz espesa en la oscuridad—. Eres tú.

—¿Stacy?

No hubo respuesta.

—Madre mía, ¿estás bien?

—Estupendamente, no pasa nada —habló de nuevo la voz fatigosa.

Encendió las luces. Y allí estaba Stacy, tirada en el sofá, con una botella de Jim Beam medio vacía delante. Aún iba enfundada en su ropa de abrigo: bufanda, gorro y demás. A sus pies, había un pequeño charco de agua y huellas húmedas que conducían hasta el sofá.

—¡Ay, no, Stacy!

Stacy agitó el brazo y luego lo dejó caer de nuevo al sofá.

—Lo siento.

—¿Qué has estado haciendo? ¿Has salido?

—A dar una vuelta. He ido a buscar a ese cabrón que te disparó mientras conducías.

—Pero si te he dicho que no lo hicieras. ¡Podías haber muerto congelada ahí fuera!

Corrie observó que Stacy iba armada, llevaba su pistola calibre 45 en una cartuchera ceñida a la cadera. Dios, tendría que deshacerse de esa arma.

—No te preocupes por mí.

—Sí me preocupo por ti. ¡Me preocupo muchísimo!

—Ven, siéntate, tómate una copa —dijo arrastrando la voz—. Relájate.

Corrie se sentó, pero ignoró la oferta de la copa.

—Stacy, ¿qué ocurre?

Stacy agachó la cabeza.

—No sé. Nada. Mi vida es un asco.

La agarró de la mano. No le extrañaba que el perro se hubiera asustado.

—Lo siento. Yo también me encuentro así a veces. ¿Quieres hablar?

—Mi carrera militar fue un conato de carrera. No tengo familia. No tengo amigos. Nada. No tengo nada en la vida más que un cajón de huesos viejos que llevarme a Kentucky. ¿Y para qué? Menuda estupidez.

—Pero tu carrera militar... Eres capitana. Con todas esas medallas y menciones, puedes hacer lo que...

—Mi vida es un desastre. Me licenciaron.

—Quieres decir que... ¿no abandonaste tú?

Stacy negó con la cabeza.

—Me licenciaron por razones médicas.

—¿Te hirieron?

—TEPT.

Silencio.

—Ay, Dios mío, cuánto lo siento, de verdad.

Se hizo un silencio aún más largo. Luego Stacy volvió a hablar:

—Ni te lo imaginas. Tengo ataques, sin razón aparente. Grito como una posesa. O hiperventilo, ataque de pánico total. Dios, es horrible. Y sin previo aviso. A veces me deprimo tanto que no consigo salir de la cama, duermo catorce horas al día. Y luego empiezo con esta mierda, el alcohol. No encuentro trabajo. Cuando ven en las solicitudes de empleo que me licencié por razones médicas, enseguida piensan «Uf, no podemos contratarla, está mal de la cabeza». Todos llevan el lazo amarillo en el coche, pero, cuando se trata de contratar a una veterana con trastorno por estrés postraumático, te largan sin más.

Se dispuso a coger la botella. Corrie se le adelantó y la interceptó.

—¿No te parece que ya has bebido bastante?

Stacy le arrebató la botella de la mano e iba a darle un trago, pero, de pronto, la lanzó al otro lado de la habitación, estampándola en la pared del fondo.

—Sí, joder. Ya está bien.

—Deja que te ayude a meterte en la cama.

La cogió del brazo. Stacy se puso en pie con dificultad mientras Corrie la sostenía. Dios, apestaba a bourbon. Le dio muchísima pena. Se preguntó si podría quitarle el revólver de la pistolera sin que se diera cuenta, pero decidió que quizá no fuera buena idea, que tal vez le molestara. Primero la acostaría y luego se encargaría del arma.

—¿Han pillado al cabrón que te disparó? —preguntó arrastrando la voz.

—No. Creen que podría haber sido un cazador furtivo.

—Y una mierda va a ser un cazador furtivo. —Tropezó, y Corrie la ayudó a incorporarse—. No he podido encontrar huellas de ese desgraciado. Demasiada nieve fresca.

—No te preocupes por eso ahora.

—¡Claro que me preocupo! —Se llevó la mano a la pistolera, desenfundó el arma y la agitó—. ¡Voy a cazar a ese cabrón!

—Sabes que no deberías empuñar un arma cuando has estado bebiendo —le dijo Corrie, serena pero firme, controlando su nerviosismo.

—Sí. Cierto. Lo siento. —Stacy expulsó el cargador, que se le escapó de las manos y cayó al suelo, esparciendo los cartuchos—. Más vale que la cojas tú.

Se la entregó por la culata, y Corrie la cogió.

—Ten cuidado, que aún queda una en la recámara. Trae, que yo la saco.

—Ya lo hago yo.

Corrie sacó el cartucho y lo dejó caer al suelo.

—¡Eh, sabes lo que haces, niña!

—Más me vale, teniendo en cuenta que estudio criminalística.

—Sí, joder, algún día serás una buena poli. Lo serás. Me caes bien, Corrie.

—Gracias.

Acompañó a Stacy por el pasillo hacia su habitación. Corrie seguía oyendo los helicópteros sobrevolar la zona y, por la ventana, vio el foco de uno de ellos peinando el área, desplazándose de un lado a otro. Algo ocurría.

Por fin consiguió meter a Stacy en la cama y le puso una papelera cerca por si vomitaba. La capitana se quedó dormida al instante.

Corrie volvió al salón y empezó a limpiar, con Jack siguiéndola a todas partes. La borrachera de Stacy había asustado al pobre perro. La había asustado hasta a ella. Al erguirse, oyó otro helicóptero sobrevolando la casa. Se acercó a las ventanas de vidrio laminado y se asomó a la oscuridad. Por encima de las montañas, en dirección a la ciudad, pudo ver un intenso resplandor amarillo.

42

Justo cuando parecía que las cosas no podían empeorar más, habían empeorado, pensó el jefe Morris mientras contemplaba los dos vehículos accidentados que bloqueaban la carretera 82 y el tremendo y desesperado atasco que se estaba generando. El helicóptero de evacuación médica empezaba a elevarse, esparciendo nieve con la hélice por todas partes, como si no hubiera ya bastante en el aire, y se llevaba a dos víctimas a la unidad avanzada de traumatología en Grand Junction, donde al menos una de ellas, blanco de un disparo que le había atravesado la cabeza, probablemente moriría. Lo que de verdad enfurecía al jefe era que nadie había resultado herido como consecuencia de los coches accidentados, sino que durante el caos de tráfico que estos habían generado, el conductor de un BMW X5 había sacado un arma y había disparado a los dos ocupantes del Geländewagen que le había dado por detrás. Ahora Morris oía al autor de los hechos, esposado en la parte de atrás de su coche patrulla, mientras esperaba a que llegara la quitanieves; gritaba a pleno pulmón que había sido «en defensa propia» y que él iba a «mantenerse en sus trece». Así que, si la víctima moría, que era lo que solía ocurrir cuando a uno le atravesaban el cráneo con una bala del calibre 38, serían ya nueve homicidios en poco más de una semana. Todo eso en una ciudad donde no se había producido ninguno en años.

Menuda pesadilla, sin final a la vista.

Faltaban cuatro días para Navidad, y la nieve caía sin parar; estaba previsto que dejaría una capa de ochenta centímetros en veinticuatro horas durante los próximos tres días, acompañada de vientos fuertes hacia el final de la tormenta. La carretera 82, la única de salida de la ciudad, sufría embotellamiento debido al accidente; las quitanieves no podían operar, la ventisca les estaba sacando ventaja con rapidez y, en una hora o menos, tendría que cortarse la carretera y habría que rescatar a todas aquellas personas que ahora gritaban, chillaban y tocaban el claxon como posesas desde sus vehículos.

Como todos los Gulfstream y otros jets y aviones privados huían de la ciudad, del aeropuerto de McMaster Field no habían parado de salir vuelos, pero pronto lo cerrarían también y, cuando eso ocurriera, Roaring Fork quedaría completamente aislada, y no habría forma de salir o entrar salvo en una quitanieves.

Estudió la ciudad, a su espalda, por el espejo retrovisor. El tercer ataque del pirómano había sido el peor de todos, no por el número de fallecidos, sino por el efecto psicológico que había tenido en Roaring Fork. La casa carbonizada se hallaba justo al borde de la ciudad, en la primera elevación montañosa: una espléndida construcción victoriana propiedad de Maurice Girault, gestor de fondos de celebridades y famosillo neoyorquino, número cinco de la lista de Forbes, un hombre maduro y apuesto con un ego mayor que el Everest. Las víctimas habían sido él mismo y su joven y reciente esposa, que no parecía tener más de dieciocho años y que se había tirado, envuelta en llamas, por una de las ventanas de la planta superior.

La ciudad entera lo había visto, y eso los había traumatizado a todos. El resultado era ese atasco, ese tiroteo fruto de una conducta agresiva al volante, claro indicio de desastre absoluto.

Recordó, muy a su pesar, las ahora proféticas palabras de Pendergast: «La próxima casa será, sin duda, igual de conspicua», y su conclusión: «Para mandar un mensaje».

Pero ¿qué mensaje?

Devolvió la mirada al desastre. Su coche patrulla parado, con el agresor sentado en la parte de atrás, tenía las luces y las sirenas encendidas de adorno. Los imbéciles que huían de la ciudad habían obstruido ambos lados de la autovía, así como los arcenes, y los elevados bancos de nieve a ambos lados impedían que los coches dieran la vuelta, con lo que el embotellamiento era total. Hasta el jefe estaba atrapado; sus esfuerzos por impedir que le vinieran coches por detrás que le cerraran el paso habían sido en vano.

Al menos de ese modo habían logrado bloquear temporalmente la salida de vehículos de la ciudad, evitando así que otros se sumaran al desastre. Menos mal que la Policía de Roaring Fork contaba con tres quitanieves y las tres estaban en camino. Sentado en el coche, viendo cómo los limpiaparabrisas trataban en vano de retirar la nieve, oyó llegar al primero. Cogió enseguida la radio y dio instrucciones al oficial que llevaba la máquina para que sacara de allí inmediatamente al autor de los hechos. Una multitud enfurecida se había agolpado alrededor del coche patrulla, gritándole al agresor, insultándolo y amenazándolo, proponiendo que lo colgaran del árbol más próximo, mientras el tipo, a su vez, les devolvía los gritos y aumentaba la provocación. Era impresionante, como en los tiempos de los justicieros. El barniz de civilización, desde luego, era muy fino.

Y para colmo de males, Pendergast había desaparecido, se había esfumado, se había escapado a Londres en el peor momento posible. Chivers, el investigador de incendios, había iniciado una guerra abierta contra la policía, y sus propios investigadores estaban desmoralizados, furiosos y no se ponían de acuerdo.

Llegaba ya la segunda quitanieves, que traía un equipo de criminalística y un par de detectives para documentar el accidente y el escenario del crimen e interrogar a los testigos. La nieve empezaba a arreciar y caían deprisa copos gruesos. El jefe bajó de su coche patrulla, caminó hasta la quitanieves y subió a bordo, junto con algunos de sus hombres que necesitaban volver a la ciudad para trabajar en el nuevo ataque del pirómano. Unos cuantos motoristas desesperados querían que los llevaran también a la ciudad, y el jefe dejó subir a una pareja con un bebé, lo que provocó un alboroto entre los que se quedaban.

Mientras la quitanieves regresaba a la ciudad surcando la nieve acumulada en los laterales de la carretera, el jefe Morris volvió a pensar, por enésima vez, en el misterio central de los ataques del pirómano: ¿cuál era el mensaje? ¿Acaso estaba completamente loco? En ese caso, ¿cómo podía planear y ejecutar tan cuidadosamente sus crímenes?

Al entrar en la ciudad le impactó, después de ver el caos de la carretera, su aterradora desolación. Casi había vuelto a ser una ciudad fantasma, y la decoración navideña de las calles y los escaparates de las tiendas repletos de artículos carísimos le daban cierto aire de *En los límites de la realidad*. Parecía el día después del Armagedón.

Se preguntó si Roaring Fork volvería a ser algún día la misma.

43

Avanzada la tarde, al volver del almacén de esquí, Corrie decidió hacer una parada en la ciudad y entrar en calor con una taza
de chocolate caliente mientras leía el correo electrónico atrasado.
Era de noche, nevaba y sabía que debía volver a casa, pero no le
apetecía encerrarse en aquella horrible y gélida mansión después
de haber pasado casi todo el día congelándose en el almacén, al
que mentalmente había empezado a llamar «la cámara de tortu-
ra siberiana».

La nieve había aligerado un poco mientras aparcaba su nuevo Ford Explorer en la calle. Desde el ataque del pirómano la
noche anterior, había aparcamiento en todas partes, cuando antes costaba una barbaridad encontrar una plaza libre. Pese a que
habían cerrado el aeropuerto y la carretera hacía unas horas, muchísima gente había conseguido salir de Roaring Fork. Entró
muy despacio en Ozymandias, uno de los pocos cafés conven-
cionales y sin pretensiones de la ciudad, que tenía wifi gratis y
una plantilla de camareros amables que no la miraban por encima del hombro.

El sitio estaba casi vacío, pero una camarera muy agradable
se acercó y dio un poco de color al ánimo sombrío de Corrie.
Pidió un chocolate caliente y sacó el iPad. Tenía unos cuantos
correos, entre ellos uno de su director de tesis, que pedía que le
informara de nuevo de sus progresos; intentaba enterarse de
primera mano de lo que estaba sucediendo realmente en Roaring

Fork y se quejaba de que ella no lo mantenía informado. Era cierto que se había mostrado reservada; no quería que se entrometiera e intentara pararle los pies, y suponía que cuanta menos información tuviera, mejor. Cuando completara y presentara su tesis, el tribunal se quedaría pasmado; su director no tendría más remedio que sumarse al aplauso general y le darían el Premio Rosewell, o al menos así esperaba ella que sucediera. De modo que, para complacer a Carbone, le envió una respuesta vaga y ambigua disfrazada de informe que, en el fondo, no decía nada e insinuaba que su trabajo no había hecho más que empezar y que de momento tenía muy poca información real. Hizo clic en ENVIAR y confió en que aquello lo contuviera unos días más.

Llegó su chocolate caliente y lo fue bebiendo a sorbitos mientras echaba un vistazo a los últimos correos. Nada de Pendergast, aunque tampoco lo esperaba; al parecer, no era muy aficionado al correo electrónico. Cuando acabó, echó una ojeada al *The New York Times*, al *Huff Post* y visitó otras páginas. El *Times* llevaba en portada un artículo sobre los ataques del pirómano, que Corrie leyó con interés. Tras el segundo ataque, el caso había alcanzado difusión nacional, pero el tercero lo había convertido en una de esas horrorosas noticias sensacionalistas que captaban la atención del país entero. Resultaba paradójico que fuese una bomba justo ahora que se acercaba el temporal y ningún reportero iba a poder entrar en la ciudad para cubrir la noticia.

Terminado el chocolate, supuso que más le valía irse a casa. Ajustándose la bufanda, salió del café y le sorprendió ver en la acera de enfrente, pasando justo entonces debajo de una farola, a una pareja que le recordaron a Stacy y Ted. Se los quedó mirando. Aunque no iban cogidos de la mano, parecían muy amigos y charlaban animadamente. Mientras los observaba, entraron en un restaurante.

Corrie experimentó unas súbitas náuseas. Esa misma mañana, Stacy le había dicho que iba a pasar el día en casa del señor Fine por la resaca. Pero, por lo visto, no tenía tanta resaca como para no poder ir a cenar con Ted. ¿Estarían saliendo a sus espaldas? Parecía impensable y, en cambio, de pronto, lo vio completamente posible. Quizá Ted se estuviera vengando de ella por haberse negado a acostarse con él la noche anterior. ¿Iba a liarse con Stacy por despecho?

¿Y Stacy? Igual estaba lo bastante desquiciada como para hacer algo así. Después de todo, no había resultado ser la capitana de las Fuerzas Aéreas tremendamente segura de sí misma que Corrie había creído al principio, sino más bien una mujer confundida y solitaria. Odiaba pensar que lo que acababa de ver hubiera cambiado lo que sentía por Stacy, pero no podía evitar verla de un modo distinto ahora. Se preguntó qué suponía el TEPT y cómo se manifestaría. Y luego estaba el curioso hecho de que Stacy hubiera llegado a la ciudad varios días antes de presentarse a nadie. ¿Qué había estado haciendo durante todo ese tiempo? ¿De verdad había estado «familiarizándose» con la ciudad?

Corrie se metió en el coche y arrancó el motor. Aún le quedaba algo de calor residual, así que se encendió rápido, algo que agradeció. Salió de la ciudad y enfiló Ravens Ravine Road, tomando las cerradísimas curvas muy despacio mientras la nieve iba acumulándose en sus limpiaparabrisas. Nevaba tanto ahora que, si alguien la esperaba con un arma, no vería su coche en la carretera, ni la tendría a tiro. Mucho mejor. Pensó en lo que la esperaba: la porquería de comida de alubias con arroz, lo único que podía permitirse, y otra noche pelándose de frío en esa casa. Ni hablar, iba a saltar la cerradura del termostato, iba a subir la temperatura y que el dueño se pusiera como una furia. Era absurdo que a un multimillonario le preocuparan tanto unos dólares de más.

La mansión surgió de entre la nieve, oscura y siniestra. El coche de Stacy no estaba, como era de esperar. Confiaba en que no bebiera durante la cena y luego intentara volver a casa conduciendo con el tiempo que hacía.

Aparcó en la entrada. A la mañana siguiente, se encontraría el coche enterrado en la nieve, como se lo había encontrado ya varias veces, viéndose obligada a desenterrarlo con una pala. Y todo porque el dueño no le dejaba usar el garaje. No le extrañaba que estuviera atrapado en un horrible divorcio.

Mientras bajaba del coche, helada ya, se le ocurrió de pronto que Pendergast tenía razón. Era hora de marcharse de Roaring Fork. Su investigación básica estaba completa, y era evidente que no iba a resolver unos asesinatos en serie de hacía ciento cincuenta años. Había agotado todas las vías de análisis sin encontrar ni una pista. En cuanto abrieran la carretera, se iría.

Decidido.

Metió la llave en la cerradura y abrió la puerta de la casa, esperando oír el habitual frenesí de ladridos y ladriditos, pero solo encontró silencio.

Sintió una punzada de miedo. Era como la noche anterior otra vez.

—¡Jack! —gritó.

No hubo respuesta. ¿Se habría llevado Stacy al perro a la ciudad para no sentirse sola? No había mostrado mucho interés en Jack, y le había confesado que prefería a los gatos.

—¡Jack! ¡Ven, Jack!

Ni un gemido. Corrie intentó de nuevo controlar su corazón desbocado. Encendió todas las luces, que le dieran al gasto de electricidad, y lo llamó una y otra vez. Enfiló el pasillo hacia el ala de la casa donde estaba su habitación y encontró la puerta de su cuarto cerrada, pero no con llave. La abrió.

—¿Jack?

El cuarto estaba a oscuras. Había un bulto a los pies de la cama y una zona muy oscura alrededor. Encendió las luces y vio el cuerpo de Jack, sin cabeza, tendido en la alfombra, rodeado por una enorme mancha carmesí.

No gritó. No pudo. Se quedó pasmada mirándolo.

Entonces vio la cabeza, encima de la cómoda, con los ojos abiertos y fijos; una cascada de sangre medio coagulada chorreaba por el frontal del mueble. Entre los dientes había un papel. Casi como hechizada, desconectada, como si aquello le estuviera pasando a otro, consiguió coger un abrecartas, separarle las mandíbulas, sacar el papel y leer el mensaje.

Swanson, sal de la ciudad hoy mismo o estás muerta.
Una bala te va a atravesar esa cabecita.

Corrie miró fijamente. Parecía una escena nauseabunda de *El padrino*... Y lo más absurdo de todo era que, aunque quisiera salir de la ciudad, no podía.

La nota la sacó de su ensimismamiento. En medio de esa oleada de miedo y repugnancia, sintió también una rabia tan poderosa que la aterró, rabia por el crudo intento de intimidarla, por lo que le habían hecho al pobre e inocente Jack.

¿Marcharse? De eso nada. No iba a moverse de allí.

44

Hampstead Heath, se dijo Roger Kleefisch, había cambiado tristemente desde los días en que Keats solía atravesarlo cuando iba de Clerkenwell a la casa de campo en Cowden Clarke para leer su poesía allí y charlar sobre literatura, o desde que Walter Hartright, profesor de dibujo, lo cruzara a última hora de la noche, absorto en sus pensamientos, y tropezase con la fantasmal dama de blanco en un camino apartado. En la actualidad, este parque estaba arrinconado por todos lados por el Gran Londres, con paradas de autobús y estaciones de metro salpicadas a lo largo de sus fronteras, donde en su día solo había habido árboles.

Ahora, sin embargo, era ya casi medianoche, había empezado a hacer frío y el páramo estaba más o menos desierto. Ya habían dejado atrás Parliament Hill y su maravilloso panorama de la City y Canary Wharf y se dirigían al noroeste. Los montes, los lagos y los grupos de bosquecillos se veían como meras sombras bajo la pálida luz de la luna.

—He traído una linterna sorda —dijo Kleefisch, más para animarse que para informar. Sacó el artilugio, que había tenido oculto bajo su amplio y largo abrigo de lana—. No sé por qué me ha parecido adecuado para la ocasión.

Pendergast le echó un vistazo.

—Anacrónica, pero potencialmente útil.

Hacía unas horas, en la comodidad de su hogar, la preparación de aquella pequeña escapada había llenado a Kleefisch de emoción. No pudiendo obtener el permiso necesario para acceder a Covington Grange, Pendergast había declarado que entraría de todas formas, aunque no fuera por la vía legal. Entusiasmado, Kleefisch se había ofrecido voluntario para ayudar, pero ahora que estaban ejecutando realmente el plan, sentía más que un pequeño temor. Una cosa era escribir ensayos sobre el profesor Moriarty, el «Napoleón del crimen», o el coronel Sebastian Moran, «el segundo hombre más peligroso de Londres», y otra muy distinta, se daba cuenta, salir al páramo con la idea de asaltar una propiedad privada.

—Hay policía en Hampstead Heath, ¿sabe? —dijo.

—Ciertamente —respondió él—. ¿Qué dotación tiene?

—Una docena de hombres o así. Algunos con perros policía.

A eso no respondió.

Rodearon South Meadow y se adentraron en los frondosos bosques de Dueling Ground. Al norte, Kleefisch pudo distinguir las luces de Highgate.

—Luego están los encargados de mantenimiento del National Trust —añadió—. Siempre podría ocurrir que uno de ellos rondara por la zona.

—En ese caso, sugiero que tenga ese farol bien guardado.

Fueron aminorando la marcha a medida que empezaron a ver su objetivo por encima de una pequeña loma. Covington Grange se hallaba al final de Dueling Ground, y tres de sus cuatro lados se encontraban rodeados por bosques. Stone Bridge y Wood Pond, a la derecha; al norte, un campo verde se extendía en dirección a la extensa Kenwood House; más allá, el tráfico de última hora de la noche recorría silencioso Hampstead Lane.

Pendergast miró a su alrededor, luego le hizo una señal a Kleefisch y avanzó bordeando el bosque.

La granja era un enigma arqueológico en sí misma, como si su constructor no hubiera podido decidir a qué escuela, incluso época, deseaba que perteneciera. La baja fachada era de madera y estilo Tudor, pero un pequeño anexo lateral parecía de un neorrománico un tanto raro. El largo tejado de madera a dos aguas, cubierto de tejas de cerámica, presagiaba la era del bricolaje en más de medio siglo. A un lado, en una zona apartada, había un invernadero cuyos paneles de cristal estaban ya agrietados y cubiertos de enredaderas. Toda la finca estaba cercada por una valla metálica, caída y erosionada, que parecía haber sido levantada como medida de seguridad hacía decenios y olvidada desde entonces.

Siguiendo a Pendergast, Kleefisch se acercó a la fachada principal de la casa, precedida por una puerta estrecha en la valla, asegurada con un candado. A su lado, un cartel muy estropeado decía: PROPIEDAD DEL GOBIERNO DE SU MAJESTAD. NO PASAR.

—¿Vamos, Roger? —preguntó Pendergast, con la misma serenidad que si estuviera invitando a Kleefisch a tomar unos canapés de pepinillo en el Ritz.

Kleefisch miró nervioso alrededor, acercando la linterna sorda a su cuerpo.

—Pero el candado... —empezó a decir, aunque, antes de que terminara, se oyó un leve chasquido y el candado se abrió en la mano de Pendergast.

Pasaron rápidamente la puertecilla de la valla, y Pendergast la cerró. Las nubes habían tapado la luna y estaba muy oscuro. Kleefisch permaneció en el mismo lugar mientras Pendergast hacía un reconocimiento rápido. Reparó en una diversidad de sonidos: una risa lejana, un leve golpe de claxon en la carretera y —o lo imaginaba— el latido nervioso de su propio corazón.

Pendergast volvió, luego le señaló la puerta principal de la casa. También esta cedió casi de inmediato al toque del agente del FBI. Entraron los dos, Pendergast cerró, y Kleefisch se encontró en la más absoluta oscuridad. De pronto, percibió varias cosas más: el olor a moho y serrín, el golpeteo de unos pies pequeños y el chillido grave de los bichos cuya paz habían perturbado.

Se oyó una voz en la oscuridad.

—Para facilitarnos la búsqueda, repasemos de nuevo lo que ya sabemos. Durante más de un decenio, más o menos de 1917 a 1929, Conan Doyle vino aquí con frecuencia como invitado de

Mary Wilkes, para avanzar en su estudio del espiritualismo y leer sus escritos sobre la materia a otros que pensaban como él. Murió en 1930; inició, en sus propias palabras, «la mayor y más gloriosa aventura de todas». Mary Wilkes murió en 1934. Su hija, Leticia Wilkes, vivió aquí, acompañada de sus sobrinos durante los primeros años, hasta su propia muerte en 1980, momento en el que la finca quedó en manos del gobierno por decisión suya. Desde entonces, no la ha ocupado nadie; ciertamente parece que no se hubiera tocado nada.

Poco podía añadir Kleefisch, así que guardó silencio.

De pronto apareció un pequeño resplandor rojo. Pendergast sostenía en alto una linterna, con un filtro en el extremo. El suave haz de luz iluminó aquí y allí, revelando un pasillo que conducía al interior de lo que en su día, hacia 1980, obviamente había sido una casa amueblada y habitada. Había montones de libros dispuestos en filas desorganizadas en las estanterías y varios gnomos y figuritas de cristal diminutos en un par de mesitas auxiliares llenas de polvo. Al fondo del pasillo, había una cocina; a izquierda y derecha había accesos a una salita y un comedor, respectivamente. El suelo de la planta baja parecía cubierto por una moqueta afelpada de un detestable color naranja.

Pendergast olisqueó el aire.

—El hedor a madera podrida y descompuesta es intenso. Mi amiga del National Trust estaba en lo cierto: esta casa se encuentra en un estado de peligrosa decrepitud y podría resultar estructuralmente poco estable. Debemos proceder con cautela.

Pasaron a la salita y se detuvieron en el umbral de la puerta mientras Pendergast barría la estancia con la luz atenuada de su linterna. Era una escena de confusión. En un rincón, había un piano vertical, las partituras manando de su atril y un banco volcado en el suelo; varias mesas de juego, cubiertas de moho, albergaban puzles sin terminar y juegos de Monopoly y damas chinas a medias. Por las sillas y los sofás, había esparcidas revistas.

—Parece ser que Leticia Wilkes dejaba a sus pupilos campar a sus anchas —comentó Pendergast con un gesto de desaprobación.

El resto de la primera planta estaba igual. Juguetes, cachivaches, chaquetas, bañadores y zapatillas tirados por ahí, y por todas partes aquella odiosa moqueta naranja, teñida de un terrible carmesí por la luz atenuada de la linterna de Pendergast. No era de extrañar que el National Trust hubiera dejado que aquel lugar se echase a perder, se dijo Kleefisch. Se imaginaba a algún pobre funcionario asomando la cabeza por allí un minuto, echando un vistazo y volviendo a cerrar la puerta, descartando, desesperado, una posible remodelación. Examinó las paredes empapeladas de estampado de cachemira, los muebles gastados y manchados, en busca de algún indicio espectral de la casa hechizada en la que, en su día, Conan Doyle trabajara y se entretuviera. No fue capaz de hallar ninguno.

En el sótano, no encontraron nada más que trasteros vacíos, una caldera fría y escarabajos muertos. Pendergast inició el ascenso a la segunda planta por una escalera que crujía peligrosamente. Del pasillo central salían seis puertas. La primera era la de un armario de ropa blanca, cuyo contenido habían devastado el tiempo y las polillas. La segunda era la de un baño común. Las tres siguientes daban a los dormitorios. Uno de ellos, medianamente ordenado, debía de haber sido el de la propia Leticia. Los otros, evidentemente, habían sido los de sus sobrinos, a juzgar por los pósters de Dion y Frankie Valli en la primera estancia y los numerosos ejemplares del *Sun*, todos abiertos por la página tres, en la segunda.

Solo quedaba la puerta cerrada del fondo del pasillo. A Kleefisch se le cayó el alma al suelo. Solamente entonces se dio cuenta de lo mucho que había creído en que, por fin, el relato perdido de Holmes podía encontrarse de verdad. Pero había sido un incauto al pensar que triunfaría donde tantos colegas suyos habían fracasado antes. Sobre todo en aquel caos, que tardarían meses en registrar convenientemente.

Pendergast agarró el pomo, abrió la última puerta y el ánimo de Kleefisch se elevó de nuevo con la misma rapidez con que se había desplomado.

La estancia que había al otro lado de la puerta era tan distinta del resto de la casa como el día de la noche. Era como una cápsula del tiempo de un período extinto hacía más de cien años. La estancia era un estudio, amueblado apenas pero con un gusto exquisito. Después de ver el terrible desorden del resto de la vivienda, aquello fue para Kleefisch como un soplo de aire fresco. La estudió con detenimiento, dejando que la emoción eclipsara su temor, mientras Pendergast paseaba su linterna por todas partes. Había un escritorio y una cómoda silla. Colgaban de las paredes en sencillos marcos litografías y daguerrotipos; cerca había una librería, casi vacía. La estancia solo tenía una ventana a rombos, estilo Tudor, muy alta. En las paredes había también elementos decorativos, de diseño austero pero de muy buen gusto.

—Creo que podríamos arriesgarnos a usar un poco más de luz —masculló Pendergast—. Su farol, por favor.

Kleefisch sacó la linterna sorda y corrió un poco la pantalla opaca. La estancia empezó a verse con más nitidez. Reparó admirado en el hermoso suelo de madera, de tarima pulida, dispuesto de forma anticuada. Una pequeña alfombra cuadrada, de las antiguamente llamadas «tapetes», ocupaba el centro de la habitación. Apoyada en la pared del fondo, entre los adornos, había un diván que parecía haber servido también para dormir.

—¿Cree usted...? —inquirió Kleefisch volviéndose hacia Pendergast, casi temeroso de hacer la pregunta.

A modo de respuesta, Pendergast señaló uno de los daguerrotipos en la pared de al lado.

Kleefisch lo miró más de cerca. Sorprendido, descubrió que en realidad no era un daguerrotipo, sino una fotografía, al parecer de principios del siglo xx. Mostraba a una muchacha en medio de una escena silvestre y pastoral, con la barbilla apoyada en una mano, mirando a la cámara con cara de confusa seriedad. En primer plano, delante de ella, cuatro criaturitas de finas extremidades y grandes alas de mariposa bailaban, daban brincos o interpretaban tonadas con juncos de madera. No había prueba evidente de engaño o manipulación de la imagen: los duendes parecían parte integral de la fotografía.

—Las hadas de Cottingley —susurró Kleefisch.

—Por supuesto —replicó Pendergast—. Como bien sabe, Conan Doyle creía firmemente en la existencia de las hadas y en la veracidad de estas fotografías. Incluso dedicó un libro a ese tema: *El misterio de las hadas*. Dos chicas de Yorkshire, Elsie Wright y su prima Frances Griffiths, aseguraban haber visto hadas y haberlas fotografiado. Estas son algunas de sus fotografías.

Kleefisch retrocedió. Sintió que se le aceleraba el corazón. Ya no cabía ninguna duda: aquel había sido el estudio de Conan Doyle fuera de su casa. Y la familia Wilkes lo había preservado con sumo cariño, aun habiendo dejado que el resto de la casa se echara a perder completamente.

Si el relato perdido estaba en alguna parte, debía de ser en esa habitación.

Con súbita energía, Pendergast avanzó, ignorando el temible crujido de las tablillas de madera, lanzando haces de luz aquí y allá con su linterna. Abrió el escritorio e hizo una revisión exhaustiva de su contenido, sacando los cajones y golpeando suavemente los lados y las traseras. Luego pasó a la librería, retiró los pocos volúmenes empolvados y los estudió con detenimiento, hasta el punto de mirar incluso por el fuelle de cada lomo. Luego cogió las fotografías de la pared una a una, miró por detrás y palpó con delicadeza el refuerzo posterior de papel por si hubiera algo oculto tras las imágenes. Después se acercó a cada uno de los elementos decorativos colgados en la pared y los palpó con cuidado en toda su longitud.

Hizo una pausa, sus ojos plateados se pasearon por la estancia. Sacó una navaja automática de un bolsillo de su chaqueta, se aproximó al diván, hizo una pequeña incisión quirúrgica en el punto de confluencia del tejido y el bastidor de madera, insertó la linterna por allí y luego los dedos, e hizo un examen concienzudo del interior, obviamente en vano. A continuación, se aplicó con las paredes, pegando el oído al yeso mientras daba suaves golpecitos con los nudillos. De ese modo, rodeó la habitación entera con angustiosa meticulosidad, una vez, dos veces.

Mientras observaba este registro exhaustivo realizado por un experto, Kleefisch sintió que esa sensación de pesadumbre que tan bien conocía volvía a apoderarse de él una vez más.

Bajó la vista al suelo y al tapete que había en el centro. Algo de esa pieza le era familiar, muy familiar. Y entonces, súbitamente, cayó en la cuenta.

—Pendergast —dijo con un hilo de voz.

El agente del FBI se volvió a mirarlo.

Kleefisch señaló el tapete.

—«Era un tapete cuadrado y pequeño en el centro de la estancia —citó—. Rodeado por una amplia extensión de tablillas de madera dispuestas en bloques cuadrados, muy pulidas.»

—Me temo que mi conocimiento del canon sherlockiano no es tan hondo como el suyo. ¿De dónde es ese fragmento? ¿*El ritual de los Musgrave*? ¿*El paciente interno*?

Kleefisch negó con la cabeza.

—*La segunda mancha*.

Pendergast se volvió hacia él un instante. Entonces, de pronto, sus ojos destellaron al comprender.

—¿Podría ser tan sencillo?

—¿Por qué no reciclar algo bueno?

En un segundo, Pendergast estaba de rodillas en el suelo. Levantando el tapete, empezó a presionar las tablillas con los dedos, ayudado de la navaja, empujando aquí, tanteando suavemente allá. Al poco, se oyó el chirrido de una bisagra que llevaba mucho tiempo sin usarse y uno de los cuadrados de la tarima se levantó, dejando al descubierto una pequeña cavidad oscura.

Pendergast metió la mano con cuidado en el agujero. Kleefisch miró fijamente, sin apenas atreverse a respirar, mientras el agente sacaba la mano. Cuando lo hizo, sostenía un puñado de folios enrollados, quebradizos, polvorientos y amarilleados por el paso de los años, atados con una cinta. Poniéndose de pie, Pendergast deshizo el lazo, que se le descompuso en las manos, y desenrolló el legajo de papeles, limpiando con cuidado la primera hoja.

Los dos se arrimaron mientras Pendergast sostenía la linterna en alto iluminando las palabras manuscritas en la parte superior de la página:

La aventura de Aspern Hall

No hizo falta decir más. Aprisa y en silencio, Pendergast cerró la pequeña trampilla y volvió a poner el tapete en su sitio con el pie, luego salieron de la estancia y se dirigieron a las escaleras.

De pronto se oyó un terrible estrépito. Una colosal nube de polvo envolvió a Kleefisch, apagando su linterna sorda y dejando el pasillo a oscuras. Se sacudió el polvo, tosiendo y espurreando. Cuando consiguió ver con claridad, miró hacia abajo y descubrió a Pendergast, en realidad su cabeza, hombros y brazos extendidos, colgando. El suelo había cedido y el agente había logrado en el último momento no colarse del todo por el socavón.

—¡El manuscrito, hombre! —jadeó el agente haciendo un esfuerzo sobrehumano por mantenerse en aquella posición—. ¡Coja el manuscrito!

Kleefisch se arrodilló y sacó con sumo cuidado el manuscrito sujeto a la mano de Pendergast. Se lo guardó en un bolsillo del abrigo, agarró al agente por el cuello de la camisa y, con gran esfuerzo, logró arrastrarlo de nuevo al pasillo de la segunda planta. Pendergast recuperó el aliento, se irguió y, con una mueca de dolor, se sacudió el polvo. Rodearon con cuidado el socavón y, cuando empezaban a descender las escaleras, se oyó una voz procedente del exterior del edificio:

—¡Eh! ¿Quién anda ahí?

Se quedaron los dos petrificados.

—Es el encargado de mantenimiento —susurró Kleefisch.

Pendergast le hizo una seña a Kleefisch para que apagara el

farol. Luego iluminó su propio rostro con la luz atenuada de su linterna, se llevó un dedo a los labios y señaló la puerta principal.

Avanzaron a paso de tortuga.

—¿Quién anda ahí? —preguntó de nuevo la voz.

Con sigilo, Pendergast se sacó una pistola grande de la chaqueta, la volvió del revés, con la culata hacia fuera.

—¿Qué hace? —exclamó Kleefisch alarmado, agarrándole la mano.

—Ese tipo está ebrio —le respondió en un susurro—. No me costará mucho... inutilizarlo.

—¿Violencia? —inquirió Kleefisch—.¡Cielo santo, no con un funcionario de Su Majestad!

—¿Tiene una propuesta mejor?

—Salir pitando.

—¿Pitando?

—Usted mismo lo ha dicho, el tipo está borracho. Salimos disparados y corremos en dirección sur, hacia el bosque.

Aunque parecía tener sus reservas, Pendergast se guardó el arma. Cruzó la estancia enmoquetada hasta la puerta principal, abrió una rendija y se asomó. Como no oía nada, le hizo una seña a Kleefisch para que lo siguiera por el estrecho sendero hasta la valla metálica. Justo cuando abría la puerta, la luna salió de detrás de las nubes y se oyó un grito triunfante desde un pinar cercano.

—¡Alto ahí! ¡No se muevan!

Pendergast salió disparado por la puerta y echó a correr a toda velocidad; Kleefisch lo siguió. Resonó con estrépito un disparo, pero ninguno de los dos se detuvo en su precipitada carrera.

—¡Le ha dado! —jadeó Kleefisch intentando darle alcance. Veía las gotas de color rojo oscuro que brotaban del hombro de Pendergast con cada zancada que daba.

—Unos perdigonazos superficiales, sospecho, nada más. Me los quitaré con unas pinzas cuando esté de vuelta en Connaught. ¿Y el manuscrito? ¿Sigue intacto?

—Sí, sí. ¡Está perfecto!

Kleefisch no había corrido así desde sus días en Oxford, pero solo pensar en el encargado de mantenimiento borracho y armado devolvía el vigor a sus extremidades, y siguió a Pendergast por el bosque de Springett hasta el valle de Health, y de ahí —*Deo gratias!*— a East Heath Road, un taxi y la libertad.

45

Aún nevaba cuando Corrie despertó en su habitación del hotel Sebastian, tras una noche colmada de pesadillas inquietantes e incongruentes. Se levantó y miró por la ventana. Cubría la ciudad un manto blanco y las máquinas quitanieves trabajaban sin descanso, recorriendo y limpiando las calles del centro, acompañadas de palas cargadoras y autovolquetes que retiraban los montones de nieve y los sacaban de la ciudad.

Miró el reloj: las ocho en punto.

La noche anterior había sido horrible. La policía había subido enseguida, debía reconocerlo, con el jefe en persona a la cabeza. Se habían llevado el cadáver de Jack y la nota, habían interrogado a Corrie, recogido pruebas y prometido que investigarían los hechos. El problema era que, evidentemente, estaban sobrepasados por las agresiones del pirómano. El jefe parecía al borde de un ataque de nervios y sus hombres estaban tan faltos de sueño que podían haber sido extras de una película de zombis. No iban a poder realizar una investigación a fondo del caso, ni del tiroteo de que había sido víctima en el coche, del que ya no le cabía duda de que había sido el blanco.

Así que había vuelto a la ciudad y había reservado una habitación en el hotel Sebastian. Contando los días que había pasado en la cárcel, llevaba en Roaring Fork tres semanas ya, y sus cuatro mil dólares se habían ido esfumando a deprimente velocidad. Su alojamiento en el Sebastian se llevaría buena parte del dinero que le había quedado, pero el asesinato de su perro la aterraba de tal manera que no podía pasar esa noche en aquella mansión, ni esa ni ninguna otra, nunca más.

Había llamado a Stacy para contarle lo sucedido y advertirle de que era demasiado peligroso volver a la casa de Fine. Stacy le había contestado que buscaría un sitio en la ciudad donde pasar la noche (tenía la terrible sospecha de que sería en casa de Ted), y habían quedado en verse esa mañana a las nueve en el salón de desayunos del hotel. En una hora. La esperaba una conversación que no le apetecía nada.

Para más inri, la policía había contactado con el propietario de la mansión y este había llamado a Corrie al móvil a las seis de la mañana, furibundo, para decirle a gritos que todo aquello era culpa suya por haber quebrantado todas las normas de la casa, subiendo la calefacción y dejando entrar a ocupas. Fine, cada vez más alterado, había terminado tildándola de delincuente, insinuado que posiblemente fuera drogadicta y amenazado con demandarlas a ella y a su amiga lesbiana si volvían a entrar en la casa.

Corrie había dejado que se desahogara y luego le había dado al muy desgraciado un buen repaso: le había dicho que era un ser humano despreciable, que esperaba que su mujer lo dejara sin un centavo, y había concluido insinuando una posible relación entre el fracaso de su matrimonio y el inadecuado tamaño de su miembro. Fine había enmudecido de rabia, lo que había producido cierta satisfacción a Corrie, que le había colgado cuando empezaba de nuevo a despotricar. La satisfacción se había esfumado en cuanto había comenzado a pensar en dónde se alojaría. Ni siquiera podía volver a Basalt, porque la carretera estaba cortada, y si pasaba una sola noche más en el hotel Sebastian, o en cualquier otro hotel de la ciudad, la verdad, se arruinaría. ¿Qué iba a hacer?

Lo único que sabía con certeza era que no se iría de Roaring Fork. ¿Tenía miedo a los cabrones que le habían disparado y habían matado a su perro? Por supuesto que sí, pero nadie la iba a echar de la ciudad. ¿Cómo iba a vivir consigo misma si permitía que eso sucediera? ¿Y qué clase de oficial de las fuerzas del orden iba a ser si se acobardaba ante esas amenazas? No. Se iba a quedar allí y, de un modo u otro, iba a ayudar a atrapar a los responsables.

Stacy Bowdree ya estaba sentada con una taza de café delante cuando Corrie entró en el salón de desayunos. Tenía un aspecto horrible: estaba ojerosa y su pelo castaño rojizo era un revoltijo. Corrie tomó asiento y cogió la carta. Tres dólares por un zumo de naranja, diez por unos huevos con beicon, dieciocho por unos huevos benedictinos. Dejó la carta; no podía permitirse ni una taza de café. Cuando se acercó la camarera, pidió un vaso de agua del grifo. Stacy, por el contrario, pidió unos gofres belgas con doble guarnición de beicon y un huevo frito. Luego empujó hacia Corrie su taza de café.

—Adelante —le dijo.

Gruñendo un gracias, Corrie le dio un sorbo, después un buen trago. Dios, necesitaba cafeína. Apuró la taza y se la devolvió. No sabía por dónde comenzar.

Por suerte, Stacy lo hizo por ella.

—Tenemos que hablar, Corrie. De esa escoria que te amenaza de muerte.

«Vale. Si quieres empezar por ahí, estupendo.»

—Me enferma lo que le han hecho a Jack.

Stacy le puso una mano encima de las suyas.

—Por eso hay que tomárselo en serio. La gente que ha hecho esto es mala, muy mala, y no se andan con tonterías. Te ven como una gran amenaza. ¿Tienes idea de por qué?

—Solo se me ocurre que haya destapado algún asunto turbio con mi investigación, que me haya acercado demasiado a algo que alguien quiera mantener oculto. Ojalá supiera el qué.

—Quizá sea la Asociación de Vecinos de The Heights y esa zorra de Kermode —dijo Stacy—. Ella es capaz de cualquier cosa.

—No lo creo. Todo eso ya se ha resuelto, se ha aprobado la nueva ubicación del cementerio, están ocupados localizando a los diversos descendientes y consiguiendo los permisos, y lo más importante, tú ya no estás insistiendo en que a tu antepasado vuelvan a enterrarlo en el camposanto original de Boot Hill.

—Entonces ¿crees que podría ser el pirómano?

—No es el mismo *modus operandi* en absoluto. La clave está en que yo averigüe qué parte de la información que tengo, o casi tengo, les ha podido asustar tanto. Cuando sepa eso, quizá sea capaz de identificarlos. Pero no creo que quieran matarme, la verdad, porque, si no, ya lo habrían hecho.

—No seas ingenua, Corrie. Cualquiera que decapite a un perro es perfectamente capaz de matar a una persona. Razón por la que, a partir de ahora, no pienso dejarte sola. Ni yo ni mi... —Stacy se dio unas palmaditas donde llevaba su pistola.

Corrie apartó la vista.

—¿Qué pasa? —preguntó Stacy mirándola angustiada.

No encontró motivo para callarse más.

—Anoche te vi con Ted. Lo mínimo que podías haber hecho era decirme que ibas a salir con él. Las amigas no se hacen esas cosas.

Se recostó en el asiento.

Stacy hizo lo mismo. Una expresión indescifrable le ensombreció el rostro.

—¿Salir con él?

—Pues sí.

—¿Salir con él? Dios, ¿cómo se te ha podido ocurrir una cosa así? —Stacy elevó la voz.

—¿Qué querías que pensara si os vi entrar a los dos en ese restaurante...?

—¿Sabes por qué entré en ese restaurante? Porque Ted me pidió que cenara con él para hablar de ti.

Corrie la miró perpleja.

—¿De mí?

—¡Sí, de ti! Está coladísimo, dice que cree que está enamorado, y le preocupa estar haciéndolo mal, porque piensa que te entró de forma equivocada. Quería preguntarme. Se pasó la condenada noche hablando solo de ti. ¿Crees que me apetecía salir de la cama y bajar a la ciudad con un espantoso dolor de cabeza, para que un tío se pasara la noche hablándome de otra mujer?

—Lo siento, Stacy. Supongo que he sacado conclusiones precipitadas.

—¡Tienes toda la puñetera razón! —De pronto Stacy se puso de pie, con un gesto mezcla de reproche y traición en el rostro—. ¡Siempre la misma basura! Me hago amiga tuya, te protejo, defiendo tus intereses aun a costa de los míos y ¿cuál es mi recompensa? ¡Me acusas de jugártela con tu novio!

El súbito ataque de rabia de Stacy estaba asustando a Corrie. Los pocos comensales que había en el salón se volvían a mirar.

—Oye, Stacy —dijo Corrie con calma—, lo siento muchísimo. Supongo que soy muy insegura en mi relación con los tíos y, como eres tan atractiva y eso, pues...

Pero Stacy no la dejó acabar. Le lanzó una última mirada asesina, dio media vuelta y salió airada del local, dejándose el desayuno a medias y sin pagar.

46

Aquella voz sedosa y familiar la invitó a entrar. Corrie inspiró hondo. Había accedido a verla, un buen comienzo. Se había estado diciendo que él no había vuelto a contactar con ella desde que se había ido de Roaring Fork porque estaba muy ocupado, y confiaba en que ese fuera el caso. Lo último que quería era que su relación con Pendergast se fuera al traste por su impulsividad y su falta de perspicacia.

Y ahora había vuelto de pronto, tan súbitamente como se había ido.

Esa tarde hacía en el sótano un calor, si cabe, aún más asfixiante que la última vez que Corrie había visitado el despacho temporal de Pendergast. Él estaba sentado tras el viejo escritorio de metal, libre ahora de los artilugios químicos que lo abarrotaban la vez anterior. Una fina subcarpeta de color vainilla era lo único que ocupaba su deteriorada superficie. En aquel cuarto debía de haber unos treinta grados de temperatura, y aun así el agente llevaba puesta la chaqueta del traje.

—Corrie. Siéntese, por favor.

Obediente, ella se sentó.

—¿Cómo ha vuelto a entrar en la ciudad? Creía que la carretera estaba cortada.

—El jefe ha tenido la gentileza de enviarme a Basalt a uno de sus hombres en una quitanieves para que me recogiera. Por lo visto, estaba impaciente por tenerme de vuelta. En cualquier caso, he oído decir que iban a volver a abrir la carretera, temporalmente.

—¿Qué tal el viaje?

—Fructífero.

Corrie se revolvió en el asiento, incómoda por la charla intrascendente, y decidió ir al grano enseguida.

—Mire, quería disculparme por el modo en que actué el otro día. Fue inmaduro y me siento avergonzada. Lo cierto es que le agradezco inmensamente todo lo que ha hecho por mí. Lo que pasa es que... de algún modo eclipsa todo aquello en lo que se ve involucrado. No quiero que mis profesores del John Jay digan: «Ah, se lo ha hecho todo su amigo Pendergast». —Hizo una pausa—. Seguramente estoy exagerando, porque este es mi primer proyecto de investigación y eso.

Pendergast la miró un instante, luego se limitó a asentir con la cabeza, como indicando que lo entendía.

—¿Y cómo han ido las cosas mientras he estado fuera?

—Bastante bien —contestó Corrie esquivándole la mirada—. Estoy terminando la investigación.

—No ha sucedido ninguna desgracia, espero.

—Ha habido otro incendio horrible, en la loma más próxima a la ciudad, y un asesinato en la carretera 82 por parte de un conductor furioso, pero supongo que todo eso ya se lo habrá contado el jefe.

—Me refería a alguna desgracia respecto a usted.

—Ah, no —mintió Corrie—. No he logrado hacer ningún progreso en la resolución de los crímenes, así que he decidido dejarlo. Eso sí, me he topado con algunos datos interesantes en mi investigación, pero nada que haya arrojado ninguna luz sobre los asesinatos.

—¿Como por ejemplo?

—Me he enterado de que la señora Kermode está emparentada con la familia Stafford, propietaria de la antigua fundición durante la época del boom de la plata y todavía hoy en día promotora de The Heights.

Una breve pausa.

—¿Algo más?

—Ah, sí, algo que podría intrigarle, dado su interés en Doyle y Wilde.

Pendergast inclinó la cabeza, instándola a continuar.

—Mientras fisgoneaba unos documentos antiguos del archivo de Griswell, me topé con una carta muy curiosa sobre un vejete que abordó a Wilde después de su conferencia y que, al parecer, le contó una historia que casi le hizo desmayarse. Le apuesto lo que sea a que se trataba del cuento del oso grizzly devorador de hombres.

Pendergast se quedó muy quieto un instante. Luego preguntó:

—¿Mencionaba la carta el nombre del anciano?

Corrie trató de recordar.

—Solo un apellido: Swinton.

Hubo un silencio. Después Pendergast cambió de tema y dijo:

—Debe de andar mal de fondos.

—No, no, me las apaño bien —mintió otra vez.

Maldita sea, iba a tener que buscarse un trabajo temporal en algún sitio. Y encontrar otro sitio donde vivir. Pero de ningún modo iba a aceptar más dinero de Pendergast con todo lo que había hecho ya por ella.

—En serio, no hay motivo para que se preocupe por mí.

Pendergast no respondió, y Corrie no fue capaz de descifrar su expresión. ¿La creía? ¿Le habría contado el jefe Morris algo del disparo en el parabrisas o del perro muerto? Imposible saberlo. El periódico no había hablado de ninguno de los dos hechos, todo lo que publicaban era sobre el pirómano.

—No me ha contado nada de su viaje —intervino ella cambiando de tema.

—He cumplido la misión que me había impuesto —respondió él dando unos golpecitos con sus finos dedos en la subcarpeta—. He encontrado un relato perdido de Sherlock Holmes, el último escrito por Conan Doyle e inédito hasta la fecha. Es de lo más interesante. Se lo recomiendo.

—Cuando tenga tiempo —repuso ella—, me encantará leerlo.

Otro silencio. Los dedos largos de Pendergast le acercaron la carpeta.

—Yo en su lugar lo leería ya.

—Gracias, pero lo cierto es que aún tengo mucho lío, debo rematar la investigación y eso.

¿Por qué le insistía tanto Pendergast con ese asunto de Doyle? Primero con *El perro de los Baskerville* y ahora con aquello.

El agente alargó su pálida mano, cogió el borde de la carpeta y la abrió.

—Sin demora, Corrie.

Ella alzó la vista y le vio los ojos, que brillaban de esa forma tan peculiar que ella ya conocía. Titubeó. Entonces, con un suspiro de aceptación, extrajo los folios que había dentro y empezó a leer.

47

La aventura de Aspern Hall

De los muchos casos de Sherlock Holmes de los que he tenido el privilegio de ser portavoz, hay uno que siempre he dudado si debía llevar al papel. No es porque la aventura en sí presentara ningún elemento particularmente raro o sombrío, no más que otras investigaciones de Holmes. Más bien creo que se debe al aire ominoso, ciertamente nocivo, que envuelve todos los aspectos del caso, un aire que me heló y casi arruinó el alma, y que aún hoy puede perturbarme el sueño. Hay experiencias en la vida que uno desearía no haber tenido jamás; para mí, esta fue una. No obstante, dejaré constancia por escrito de esta historia y pondré en manos de los demás el juzgar si mi recelo es o no justificado.

Tuvo lugar en marzo de 1890, a principios de una primavera gris e impía, que siguió de cerca a uno de los inviernos más fríos que se recuerdan. Por aquel entonces, yo residía en la casa de Holmes en Baker Street. Era una noche oscura, más angustiosa aún por la niebla que caía sobre las calles estrechas y convertía las farolas de gas en meros puntos amarillos. Yo descansaba en un sillón delante del fuego y Holmes, que había estado paseándose inquieto por la habitación, se había situado ahora delante de la ventana salediza. Me estaba describiendo un experimento químico que había hecho esa tarde: cómo la aplicación de óxido de manganeso como catalizador aceleraba la descomposición del clorato de potasio en cloruro de potasio y, lo que es mucho más importante, en oxígeno.

Mientras hablaba, yo me regocijaba internamente de su entusiasmo. El mal tiempo nos había tenido prácticamente encerrados durante semanas. No habían surgido «pequeños problemas» que requirieran la atención de Holmes, y él había empezado a exhibir los signos de tedio que con mucha frecuencia lo llevaban a recaer en su hábito de administrarse clorhidrato de cocaína.

En ese mismo instante, oí que llamaban a la puerta principal.

—¿Espera compañía, Holmes? —le pregunté.

Como única respuesta, negó rotundamente con la cabeza. Acercándose primero al decantador del aparador y luego al sifón, que estaba al lado, se preparó un brandy con soda y después se desparramó en un sillón.

—Quizá la señora Hudson tenga invitados —dije alargando la mano para coger el soporte para pipas.

Pero los murmullos de las escaleras seguidos de pisadas en el pasillo desmintieron la suposición. Un instante después, sonó un golpecito en la puerta de la sala.

—Adelante —gritó Holmes.

Se abrió la puerta y entró la señora Hudson.

—Hay una joven que quiere verlo, señor —le informó—. Le he dicho que era tarde y que pidiera cita para mañana, pero ha contestado que es urgentísimo.

—Hazla pasar de inmediato —replicó Holmes volviendo a ponerse en pie.

Al poco, había una joven en nuestro salón. Llevaba una capa larga de viaje de corte actual y un sombrero con velo.

—Tome asiento, se lo ruego —dijo Holmes instándola a sentarse, con su habitual cortesía, en la silla más confortable.

La mujer le dio las gracias, se desabrochó la capa, se quitó el sombrero y se sentó. Estaba dotada de una figura agradable y un porte refinado, y revelaba un decidido aire de autodominio, cuya única mácula, a mi juicio, era que sus rasgos parecían un tanto severos, pero aquello podía responder a la angustia que reflejaba su semblante. Como de costumbre, traté de aplicar a aquella desconocida los métodos de observación de Holmes, pero fui incapaz de observar nada de particular valor, aparte de las botas katiuskas que llevaba.

Reparé en que Holmes me miraba algo divertido.

—Aparte de que nuestra invitada viene de Northumberland —me dijo—, que es una devota amazona, que ha llegado aquí en coche de alquiler y no en metro y que está comprometida para casarse, poco puedo deducir.

—He oído hablar de sus célebres métodos, señor Holmes —dijo la joven antes de que yo pudiera responder—. Y me esperaba algo así. Permítame, por favor, que argumente sus deducciones.

Holmes asintió apenas con la cabeza, y una expresión de sorpresa se registró en su rostro.

La mujer alzó la mano.

—En primer lugar, ha observado que llevo anillo de compromiso, pero no ha visto que lleve anillo de boda.

Holmes inclinó la cabeza afirmativamente.

Ella mantuvo la mano en alto.

—Y quizá haya reparado en la callosidad en forma de media luna a lo largo del borde exterior de mi muñeca derecha, precisamente por donde pasan las riendas cuando las sostiene alguien de buen asiento con una fusta en la mano.

—Una callosidad hermosísima —dijo Holmes.

—En cuanto al coche de alquiler, eso es bastante obvio. Lo ha visto parar junto a la acera. Yo también lo he visto a usted de pie junto a la ventana.

Al oír esto, no pude contener la risa.

—Parece que ha encontrado la horma de su zapato, Holmes.

—Respecto a Northumberland, supongo que ha detectado cierto acento en mi forma de hablar.

—Su acento no es precisamente de Northumberland —repuso Holmes—, sino que más bien parece de Tyne y Wear, tal vez de la zona de Sunderland, con matices de Staffordshire.

La dama se mostró sorprendida.

—La familia de mi madre era de Sunderland y la de mi padre, de Staffordshire. No era consciente de haber conservado ninguno de los dos acentos.

—La forma de hablar es algo profundamente arraigado en cada uno de nosotros, señora. No podemos librarnos de ella, como tampoco podemos librarnos del color de nuestros ojos.

—En ese caso, ¿cómo ha sabido que vengo de Northumberland?

Holmes señaló el calzado de la mujer.

—Por las botas. Me atrevería a decir que ha iniciado su viaje en la nieve. No ha llovido en los últimos cuatro días, pero Northumberland es el condado más frío de Inglaterra y el único en el que aún hay nieve sin derretir ahora mismo.

—¿Y cómo sabe que hay nieve en Northumberland? —le pregunté a Holmes.

Holmes señaló un ejemplar cercano del *Times*, con una expresión afligida en el rostro.

—Y ahora, señora, sea tan amable de indicarnos su nombre y en qué podemos asistirla.

—Me llamo Victoria Selkirk —dijo la mujer—, y mi inminente matrimonio es, en parte, la razón por la que he venido.

—Prosiga, por favor —le pidió Holmes instalándose de nuevo en su silla.

—Le ruego que me disculpe por haber venido sin previo aviso —dijo la señorita Selkirk—, pero lo cierto es que no sé a quién más acudir.

Holmes dio un sorbo a su brandy y esperó a que la joven continuara.

—La finca de mi prometido, Aspern Hall, se encuentra situada a unos kilómetros de Hexham. Mi madre y yo hemos ocupado una casita en los terrenos con vistas a la boda. En los últimos meses, la región ha sufrido el ataque de un lobo feroz.

—¿Un lobo? —observé sorprendido.

La señorita Selkirk asintió.

—Hasta la fecha, ha matado ya a dos hombres.

—Pero el lobo es una especie extinta en Gran Bretaña —señalé.

—No necesariamente, Watson —me dijo Holmes—. Hay quienes creen que aún existen en los lugares más remotos e inaccesibles. —Se volvió de nuevo hacia la señorita Selkirk—. Hábleme de esas muertes.

—Fueron salvajes, como cabría esperar de una fiera. —Titubeó—. Y parece que la criatura empieza a tomarle el gusto, poco a poco, a sus víctimas.

—¿Un lobo devorador de hombres? —inquirí—. Extraordinario.

—Quizá —repuso Holmes—. Aun así, no es del todo imposible. Recuerde el caso de los leones devoradores de hombres en Tsavo. Cuando escasean otras presas, y no hay que olvidar la crudeza de este último invierno, los carnívoros se adaptan para sobrevivir. —Miró a la señorita Selkirk—. ¿Ha habido testigos oculares?

—Sí. Dos.

—¿Y qué es lo que dicen haber visto?

—A un lobo enorme adentrándose en el bosque.

—¿A qué distancia se hicieron estos avistamientos?

—Los dos lo vieron desde el otro lado de un pantano... Yo diría que a varios cientos de metros.

Holmes inclinó la cabeza.

—¿De día o de noche?

—De noche. Con luna.

—¿Y ese lobo presentaba algún rasgo distintivo particular, aparte de su gran tamaño?

—Sí, tenía la cabeza cubierta de pelo blanco.

—Pelo blanco —repitió Holmes. Juntó las yemas de los dedos y guardó silencio un momento. Luego se puso en pie y se dirigió de nuevo a la joven—. Ahora bien, ¿en qué podemos ayudarla exactamente?

—Mi prometido, Edwin, es el heredero de la finca de Aspern. La familia Aspern es la más prominente de las inmediaciones. Dado el temor que se ha apoderado de los habitantes de la zona, considera necesario encargarse él mismo de destruir a esa bestia antes de que vuelva a matar. Ha estado saliendo al bosque por las noches, a menudo solo. Aunque va armado, me atormenta su seguridad y temo que pudiera ocurrirle alguna desgracia.

—Entiendo. Señorita Selkirk —añadió Holmes, algo más serio—, lamento comunicarle que no hay nada que yo pueda hacer por usted. Lo que precisa son los servicios de un cazador, no el asesoramiento de un detective.

Se acentuó la angustia en el semblante de la señorita Selkirk.

—Pero he oído hablar de su éxito en ese horrible caso de Baskerville Hall. Por eso he acudido a usted.

—Aquel asunto, mi querida señora, fue obra de un hombre, no de una bestia.

—Pero... —La joven Selkirk titubeó. Se atenuó su aire de autodominio—. Mi prometido está resuelto. Lo considera una obligación por su posición social. Además, su padre, sir Percival, no ha considerado oportuno impedírselo. Por favor, señor Holmes. Nadie más puede ayudarme.

Holmes dio un sorbo a su brandy, suspiró, se levantó, dio un paseo por la habitación y volvió a sentarse.

—Ha mencionado que vieron al lobo adentrarse en el bosque —dijo—. ¿Debo suponer que se trata del bosque de Kielder?

La señorita Selkirk asintió con la cabeza.

—Aspern Hall linda con esa arboleda.

—¿Sabía, Watson —dijo volviéndose hacia mí—, que el bosque de Kielder, en Northumberland, es la más extensa zona forestal de las que restan en Inglaterra?

—No lo sabía —respondí.

—¿Y que es célebre, en parte, por albergar la mayor reserva nacional de la ardilla roja?

Al observar a Holmes, vi que su mirada de frío desinterés había sido reemplazada por una a la vez viva y entusiasta. Yo, naturalmente, sabía de su interés por la *Sciurus vulgaris*. Era quizá el más destacado experto del mundo en la conducta y la taxonomía de esa criatura, y había publicado varias monografías sobre el tema. Además, percibía en él una inusual admiración por aquella mujer.

—En una reserva tan grande, bien podría haber oportunidad de observar especies hasta la fecha no descubiertas —señaló Holmes, más para sí que para nosotros. Luego miró a nuestra invitada—. ¿Dispone de alojamiento en la ciudad? —preguntó.

—He previsto mi estancia con unos parientes en Islington.

—Señorita Selkirk, me inclino a aceptar esta investigación, casi a pesar del caso más que por él.

Me miró y después, a modo de indirecta, observó el sombrerero, del que colgaban mi bombín y su gorra de lana con orejeras.

—Cuente conmigo —respondí al instante.

—En ese caso —le dijo Holmes a la joven—, la veremos mañana en la estación de Paddington, de donde, salvo que yo esté muy equivocado, sale un tren expreso para Northumberland a las 8.20.

A continuación, acompañó a la señorita Selkirk a la puerta.

A la mañana siguiente, como habíamos previsto, nos reunimos con Victoria Selkirk en la estación de Paddington y nos dispusimos a partir rumbo a Hexham. Holmes, que no acostumbraba a madrugar, parecía haber recobrado su recelo en relación con el caso. Estaba inquieto y poco comunicativo y, cuando el tren se puso en marcha, me correspondió a mí dar conversación a la joven señorita Selkirk. Para pasar el tiempo, le pregunté por Aspern Hall y sus inquilinos, tanto los mayores como los jóvenes.

La mansión, nos explicó, se había reconstruido a partir de los restos de un antiguo priorato, originalmente levantado hacia 1450 y parcialmente asolado durante la disolución de los monasterios ordenada por Enrique VIII. Su actual propietario, sir Percival Aspern, había sido sombrerero de profesión. En su juventud, había patentado un método revolucionario para fabricar fieltro verde.

Holmes interrumpió su inspección del paisaje que iban recorriendo.

—¿Fieltro verde, dice?

Ella asintió con la cabeza.

—Aparte de su uso en los tapetes de las mesas de juego, el color estuvo muy de moda en las sombrererías durante los años cincuenta. Sir Percival amasó su fortuna con él.

Holmes hizo un gesto despectivo con la mano, como si espantara un insecto, y volvió a mirar por la ventanilla del compartimento.

Los sombreros de sir Percival, me comentó la señorita Selkirk, gozaban ahora de la garantía real de la reina Victoria y eran la razón por la que le habían otorgado el título de sir a su futuro suegro. Edwin, su prometido, se había alistado en el ejército muy joven, al servicio del regimiento de caballería de los llamados Dragones Ligeros. En la actualidad, residía temporalmente en la mansión, considerando si debía o no hacer carrera en el ejército.

Aunque la señorita Selkirk era una dama extraordinariamente discreta, intuí que, si bien el padre de Edwin deseaba que su hijo formara una familia, el propio Edwin no acababa de decidirse.

A medida que progresaba nuestro viaje, los campos y setos frondosos de los Home Counties empezaban a dar paso a vistas más amplias: páramos, pantanos y árboles esqueléticos, parajes salpicados a intervalos de afloramientos y escarpaduras rocosas. Finalmente llegamos a Hexham, una atractiva localidad rural formada por un puñado de casitas hechas de paja y piedra, apiñadas a lo largo de una sola calle principal, High Street. Una calesa nos esperaba en la estación, con un sirviente de aspecto adusto a las riendas. Sin mediar palabra, cargó nuestras maletas y bolsas, luego regresó a su pescante y guió a los caballos para que salieran de la estación por un camino rural lleno de baches en dirección a Aspern Hall.

El camino descendía por un suave declive hacia un paisaje cada vez más húmedo y gris. Aún podían verse parcelas nevadas, como Holmes había mencionado el día anterior, aquí y allá. El sol, que por fin había hecho su aparición durante nuestro viaje en tren, volvió a ocultarse de nuevo tras las nubes, confiriendo a las vistas que nos rodeaban una sofocante atmósfera de melancolía.

Tras haber recorrido unos ocho kilómetros, Holmes, que no había hablado desde que nos apeáramos del tren, se animó.

—Dígame, ¿qué es eso? —inquirió señalando a lo lejos con su bastón.

Mirando en la dirección que indicaba, vi lo que parecía ser un pantano bajo, o una ciénaga, bordeado en su margen por unas matas. Más allá, en medio de la niebla de última hora de la tarde, pude vislumbrar una línea negra continua.

—El pantano del que les había hablado —contestó la señorita Selkirk.

—Y, al otro lado, se encuentran los límites del bosque de Kielder.

—Sí.

—¿Y debo inferir, de lo que nos contó, que los ataques del lobo se produjeron entre el uno y el otro?

—Sí, así es.

Holmes asintió con la cabeza, como si aquello lo satisficiera de algún modo, pero no dijo nada más.

El camino rural se fue abriendo despacio, trazando una curva larga y perezosa para evitar el pantano y, al final, pudimos divisar Aspern Hall a lo lejos. Era una mansión antigua de diseño totalmente inusual, con alas y dependencias asimétricas dispuestas, en apariencia, en ángulos verticalmente opuestos, y atribuí aquella excentricidad arquitectónica al hecho de que la casa se hubiera levantado a partir de las ruinas de una antigua abadía. A medida que nos aproximábamos, pude detectar otros detalles. La fachada tenía un acabado rústico y estaba salpicada de liquen, y de una profusión de chimeneas de ladrillo salían columnas de humo. Juncos y robles enanos rodeaban el edificio principal, así como las diversas casitas y edificaciones anexas. Quizá fuera el frío aire de primavera, o la proximidad del pantano y el oscuro bosque, pero no pude evitar la clara sensación de que la casa había absorbido lo sombrío y funesto del paisaje mismo en que estaba situada.

El cochero detuvo la calesa en el pórtico a la entrada de la mansión. Bajó la bolsa de viaje de la señorita Selkirk, luego se dispuso a descargar las nuestras, pero Holmes lo detuvo y le pidió que esperara. Siguiendo a la señorita Selkirk, entramos y nos encontramos de pronto en una larga galería, amueblada con un gusto más bien austero. Un hombre, sin duda el señor de Aspern Hall en persona, nos esperaba a la puerta de lo que parecía un salón. Era alto y delgado, de unos cincuenta y tantos años de edad, cabello ralo y rubio, y rostro muy arrugado. Vestía levita negra y sostenía un periódico en una mano y una fusta para perros en la otra. Obviamente había oído llegar la calesa. Dejó el periódico y la fusta y se acercó.

—Sir Percival Aspern, supongo —dijo Holmes.

—Así es, señor, pero me temo que juega usted con ventaja.

Holmes le hizo una pequeña reverencia.

—Soy Sherlock Holmes y este es mi amigo y socio, el doctor Watson.

—Ya veo. —Sir Percival se volvió hacia nuestra acompañante femenina—. ¿Así que esta es la razón por la que ha ido a la ciudad, señorita Selkirk?

La joven asintió con la cabeza.

—Ciertamente, así es, sir Percival. Si me disculpan, debo ver a mi madre.

Abandonó la galería con cierta brusquedad, y nos dejó con el señor.

—He oído hablar de usted, señor Holmes —dijo sir Percival—, pero me temo que ha hecho un largo viaje en vano. Sus métodos, pese a lo brillantes que tengo entendido que son, poca aplicación tendrán frente a una bestia como la que nos atemoriza.

—Eso aún está por ver —replicó Holmes con sequedad.

—Bueno, pasen y tómense un brandy, ¿les parece?

Y sir Percival nos condujo al interior del salón, donde un mayordomo nos sirvió el refrigerio.

—Parece ser —dijo Holmes una vez que nos hubimos sentado alrededor del hogar— que no comparte usted la preocupación de su futura nuera por la seguridad de su hijo.

—No, no la comparto —respondió sir Percival—. Mi hijo ha regresado hace poco de la India y sabe bien lo que hace.

—Sin embargo, según todos los informes, esa bestia ha matado ya a dos hombres —repuse.

—He cazado con mi hijo en muchas ocasiones y doy fe de sus aptitudes como rastreador y tirador. Lo cierto es, ¿señor Watson, era?, que Edwin se toma muy en serio sus responsabilidades como heredero de Aspern Hall. Y debo decir que su coraje y su iniciativa no han pasado inadvertidas en el distrito.

—¿Podríamos hablar con él? —preguntó Holmes.

—Desde luego. Cuando regrese. Ahora mismo está en el bosque, dando caza a la bestia. —Hizo una pausa—. Si yo fuera más joven, estaría a su lado.

Aquella excusa me pareció que revelaba una vena de cobardía, y le dirigí una mirada disimulada a Holmes, pero su atención seguía fija en sir Percival.

—No obstante, se trate de temores femeninos o no, hay que complacer al sexo débil —prosiguió el hombre—. Estoy del todo dispuesto a permitirle que campe a sus anchas por la finca, señor Holmes, y a ofrecerle toda la ayuda que pueda necesitar, incluido alojamiento, si así lo desea.

La invitación, aun siendo generosa, se hizo con poca elegancia.

—Eso no será necesario —dijo Holmes—. Hemos pasado por una fonda en Hexham, The Plough, creo que se llamaba, que convertiremos en nuestra base de operaciones.

Mientras Holmes hablaba, sir Percival se derramó brandy en la pechera. Dejó el vaso con una leve indignación.

—Tengo entendido, señor, que es usted parte del negocio de la sombrerería —intervino Holmes.

—Lo fui en el pasado, sí. Ahora otros se ocupan del negocio por mí.

—Siempre me ha fascinado el proceso de fabricación del fieltro. Pura curiosidad científica, ya sabe; la química es una de mis aficiones.

—Entiendo —dijo nuestro anfitrión limpiándose, distraído, la mancha en la pechera.

—El problema fundamental, a mi juicio, es suavizar los pelos tiesos de los animales de forma que resulten lo bastante flexibles para dar forma al fieltro.

Volví a mirar a Holmes, preguntándome adónde demonios podía conducir aquella estrategia en particular.

—Recuerdo haber leído —prosiguió Holmes— que, en la antigüedad, los turcos resolvían este problema aplicándole orina de camello.

—Hoy en día estamos muy lejos ya de esos métodos primitivos —replicó sir Percival.

La señorita Selkirk entró en el salón. Miró hacia nosotros, sonrió lánguidamente y tomó asiento. Era evidente que estaba preocupadísima por su prometido, y parecía costarle horrores mantener el dominio de sí misma.

—No me cabe duda de que su proceso será mucho más moderno —dijo Holmes—. Me encantaría saber cómo se aplica.

—Ojalá pudiera satisfacer su curiosidad, señor Holmes, pero se trata de un secreto comercial.

—Entiendo. —Holmes se encogió de hombros—. Bueno, no tiene importancia.

En aquel instante, se oyó un alboroto en el vestíbulo. Al poco, apareció en el umbral de la puerta un joven ataviado con el atuendo completo de cazador. Se trataba, evidentemente, del hijo de sir Percival y, con sus facciones resueltas, su porte militar y el pesado rifle colgado del hombro, presentaba una figura excelente, desde luego. La señorita Selkirk se levantó de inmediato y, con un grito de alivio, corrió hasta él.

—Ay, Edwin —dijo—. Edwin, te lo ruego, que esta vez sea la última.

—Vicky —contestó el joven, con suavidad pero con firmeza—, hay que encontrar y destruir a la bestia. No podemos permitir que suceda otra atrocidad.

Sir Percival se levantó también y nos presentó a Holmes y a mí. Mi amigo, sin embargo, interrumpió aquellas cortesías con cierta impaciencia para poder interrogar al recién llegado.

—Deduzco —dijo— que la incursión de esta tarde ha sido infructuosa.

—Lo ha sido —contestó Edwin Aspern con una triste sonrisa.

—¿Y dónde, si puede saberse, ha llevado a cabo la cacería?

—En el bosque occidental, al otro lado del pantano.

—Pero ¿no ha encontrado nada? ¿Huellas? ¿Excrementos? ¿Un refugio, quizá?

El joven Aspern negó con la cabeza.

—No he visto ningún indicio.

—Se trata de un lobo muy astuto y perverso —explicó sir Percival—. Ni siquiera los perros son capaces de rastrearlo.

—Un asunto serio. Un asunto verdaderamente serio.

Holmes rechazó una invitación para cenar y, tras una breve exploración de la finca, tomamos la calesa de vuelta a Hexham, donde buscamos alojamiento en The Plough. A la mañana siguiente, después del desayuno, nos dirigimos al cuerpo de policía local, que resultó formado por un solo individuo, un tal agente Frazier. Encontramos al agente sentado a su mesa, garabateando algo industriosamente en una pequeña libreta. De mis anteriores aventuras con Holmes, no me había formado una opinión particularmente elevada de la policía local y, a primera vista, el agente Frazier, con su guardapolvo verde oliva y sus pololos de piel, parecía confirmar mis sospechas. No obstante, había oído hablar de Holmes y, cuando empezó a responder a las preguntas de mi amigo, me di cuenta de que teníamos ante nosotros, si no necesariamente un personaje de inteligencia superior, sí al menos un oficial entregado y competente con, al parecer, una elogiable tenacidad de enfoque.

La primera víctima del lobo, nos explicó, había sido un individuo raro y vagamente siniestro, un hombre de avanzada edad vestido de harapos y con el pelo revuelto. Había aparecido de pronto en Hexham unas semanas antes de su muerte, escondiéndose y aterrorizando a las mujeres y a los niños con sus incomprensibles peroratas. No se había alojado en la fonda, pues al parecer no disponía de dinero y, al cabo de uno o dos días, los ciudadanos, preocupados, le habían pedido al agente que averiguara cuál era la ocupación del hombre sin nombre. Tras su búsqueda, el agente había descubierto que el hombre se alojaba en una cabaña de leñador abandonada dentro del perímetro del bosque de Kielder. El tipo se negó a responder a las preguntas del agente o explicarse en modo alguno.

—¿Peroratas incomprensibles? —repitió Holmes—. ¿Podría ser un poco más preciso?

—Hablaba mucho solo, gesticulando como un loco, decía muchas tonterías en realidad. Algo de todas las afrentas que se habían cometido contra él y otras bobadas.

—¿Bobadas, dice? ¿Como qué?

—Cosas sueltas. Que le habían traicionado. Perseguido. El frío que tenía. Que acudiría a la ley y conseguiría un juicio.

—¿Algo más? —insistió Holmes.

—No —respondió el agente—. Ah, sí, otra cosa muy rara. A menudo hablaba de zanahorias.

—¿Zanahorias?

El agente Frazier asintió con la cabeza.

—¿Pasaba hambre? ¿Hablaba de algún otro alimento?

—No. Solo de zanahorias.

—¿Y dice que mencionó las zanahorias no una vez, sino múltiples veces?

—La palabra no paraba de salirle de la boca. Pero, como digo, señor Holmes, era todo un galimatías. No tenía ningún sentido.

Aquella desviación de la línea del interrogatorio se me hizo inútil. Aferrarse a los desvaríos de un loco parecía una tontería y yo no veía la relación que podía tener con un trágico fin entre las fauces de un lobo. Noté que el agente Frazier pensaba igual que yo, porque empezó a mirar a Holmes con expresión de desconcierto.

—Hábleme más del aspecto de ese hombre —dijo Holmes—. Cuénteme todo lo que recuerde. No se deje ningún detalle, se lo ruego.

—Iba extremadamente desaseado, con las ropas hechas harapos y el pelo despeinado. Tenía los ojos inyectados en sangre y los dientes negros.

—¿Negros, dice? —lo interrumpió Holmes con súbito entusiasmo—. ¿Se refiere a poco sanos? ¿Podridos?

—No. Más bien de un gris oscuro uniforme que, en la penumbra, se veía casi negro. Además, parecía encontrarse en un estado de constante embriaguez, aunque no tengo la menor idea de dónde sacaba el dinero para el alcohol.

—¿Cómo sabe que estaba ebrio?

—Por los síntomas habituales de la embriaguez: habla arrastrada, temblor de manos, paso inestable.

—¿Encontró alguna botella de alcohol en la cabaña del leñador?

—No.

—Cuando habló con él, ¿notó que le oliera el aliento a alcohol?

—No, señor Holmes, pero he tenido que lidiar con muchos borrachos en mi vida y conozco los síntomas. No me cabe la menor duda.

—Muy bien. Continúe, por favor.

El agente retomó el hilo de su narración con evidente alivio.

—Todos los ciudadanos estaban en su contra, tanto es así que yo estaba a punto de echarlo del pueblo cuando ese lobo me evitó el mal trago. La mañana después de que yo lo interrogara, lo encontraron a la entrada del bosque, con el cuerpo terriblemente desmembrado y destrozado, y marcas de dientes en los brazos y las piernas.

—Entiendo —dijo Holmes—. ¿Y la segunda víctima?

En ese instante, confieso que estuve a punto de oponerme a aquella línea de investigación. Holmes había interrogado al agente sobre cuestiones triviales, pero estaba dejando sin abordar los temas principales. Por ejemplo, ¿quién había encontrado el cadáver? Sin embargo, me mordí la lengua, y el agente prosiguió.

—Ese ataque tuvo lugar hace dos semanas —dijo el agente—. La víctima era un naturalista de Oxford que había venido a estudiar al zorro rojo.

—¿Lo encontraron en el mismo sitio que al segundo?

—No muy lejos de allí. Algo más cerca del pantano.

—¿Y cómo sabe que fue el mismo animal el que mató a ambas personas?

—Por el aspecto de las heridas, señor. Si acaso, el segundo ataque fue todavía más violento. Esta vez, el hombre había sido... parcialmente devorado.

—¿Cómo reaccionó el pueblo ante esta segunda muerte?

—Se habló mucho de ella. Y cundió el pánico. Sir Percival se interesó por el caso. Y su hijo, que había regresado hacía poco de una campaña en la India, empezó a explorar el bosque por la noche, armado con un rifle, con la intención de disparar a la bestia. Yo abrí una investigación por mi cuenta.

—Después del segundo asesinato, quiere decir.

—Discúlpeme, señor Holmes, pero el segundo no parecía tener ningún propósito. Al viejo rufián le estaba bien empleado, ya me entiende; en cambio, la segunda víctima era un ciudadano respetable y resultaba evidente que teníamos a un devorador de hombres entre manos. Si el lobo había matado dos veces, volvería a matar... si podía.

—¿Interrogó a los testigos oculares?

—Sí.

—¿Y coincidían sus versiones de los hechos?

El agente asintió con la cabeza.

—Después de la segunda muerte, vieron a la bestia esconderse de nuevo en el bosque, una criatura espantosa.

—¿Vista desde qué distancia?

—De lejos, de noche, pero con luna. Lo bastante cerca para detectar que el pelo de la cabeza se le había vuelto blanco como la nieve.

Holmes pensó un instante.

—¿Qué dijo el doctor que presidió la investigación?

—Como ya he dicho, entre otras cosas, observó que, aunque las dos víctimas habían sido gravemente heridas, a la segunda la habían devorado parcialmente.

—La primera, sin embargo, apenas tenía unas tímidas marcas de dientes. —Holmes se volvió hacia mí—. ¿Sabe, Watson, que ese es el patrón habitual por el que una bestia se convierte en devoradora de hombres? Así sucedió con los leones en Tsavo, de los que hemos hablado antes.

Asentí con la cabeza.

—Quizá el perímetro de caza de ese lobo sea la espesura del bosque y se haya visto obligado a acercarse a la civilización como consecuencia del largo y frío invierno.

Holmes se volvió de nuevo hacia el agente.

—¿Ha observado usted alguna otra cosa?

—Me temo que más bien no he observado nada, señor Holmes.

—Explíquese, por favor.

—Bueno, es extraño —señaló el agente Frazier con cara de perplejidad—. La granja de mi familia se encuentra al borde del bosque y he tenido ocasión de salir a buscar rastros del animal media docena de veces por lo menos. Se diría que una bestia de esas dimensiones tendría que ser fácil de rastrear, pero solo encontré unas cuantas huellas justo después de la muerte de la segunda víctima. No soy rastreador, pero juraría que había algo inusual en los movimientos del animal.

—¿Inusual? —preguntó Holmes—. ¿En qué sentido?

—En la escasez de rastros. Es como si la bestia fuera un fantasma, que anduviera de aquí para allá de forma invisible. Por eso he salido alguna noche, en busca de algún rastro fresco.

Al oír esto, Holmes se inclinó hacia delante en el asiento.

—Permítame que le aconseje ahora mismo, agente, que deje de hacer eso inmediatamente. No debe haber más excursiones nocturnas por el bosque.

El agente frunció el ceño.

—Pero yo tengo ciertas obligaciones, señor Holmes. Además, quien está en verdadero peligro es el joven señor Aspern. Él se pasa fuera todas las noches en busca de la criatura.

—Escúcheme —dijo Holmes con seriedad—. Eso es una absoluta sandez. Aspern no está en peligro, pero usted, agente... Se lo advierto: ándese con cuidado.

Aquella repentina desestimación y la idea de que el temor de la señorita Selkirk por su prometido fuera infundado me sorprendieron. Pero Holmes no dijo nada más, ni hizo más preguntas, solo aconsejó de nuevo al agente que se mantuviera alejado del bosque, y de momento nuestro interrogatorio terminó.

Siendo domingo, nos vimos obligados a reducir nuestra investigación al interrogatorio de diversos habitantes de Hexham. Holmes localizó primero a los dos testigos oculares, pero tenían poco que añadir a lo que el señor Frazier ya nos había dicho: los dos habían visto correr a grandes zancadas en dirección al pantano a un lobo grande, considerablemente grande, de hecho, con el pelo del cogote de un blanco resplandeciente a la luz de la luna. Ninguno de los dos había indagado más, sino que habían tenido la sensatez de volver a casa a toda prisa.

Después, nos dirigimos a The Plough, donde Holmes se contentó preguntando a los clientes su opinión sobre el lobo y las muertes. Todas las personas con las que hablamos estaban enfurecidas por la situación. Algunos, mientras alzaban sus pintas, prometían iniciar la cacería ellos mismos un día u otro. La mayoría estaban satisfechos de que el joven señor Aspern rastreara a la bestia él solo y manifestaban la admiración que les merecía su coraje.

Solo dos disentían. Uno era un tendero de la zona que tenía la firme creencia de que las muertes eran obra de una jauría de perros salvajes que vivían en lo más frondoso del bosque de Kielder. El otro era el dueño de la fonda, que nos contó que la segunda víctima, el desafortunado naturalista de Oxford, había afirmado categóricamente que la bestia que había cometido aquella atrocidad no era ningún lobo.

—¿No era un lobo? —inquirió Holmes bruscamente—. ¿Y a qué erudición, dígame, por favor, debemos tan inequívoca sentencia?

—No podría decírselo con certeza, señor. El hombre solo dijo que, en su opinión, los lobos estaban extintos en Inglaterra.

—Eso no es precisamente lo que se dice un argumento empírico —opiné.

Holmes miró al posadero con gesto entusiasta.

—¿Y por qué bestia concreta sustituía entonces el bueno del naturalista al lobo del bosque de Kielder?

—No sabría decirle, señor. No me dio más detalles —añadió, y siguió sacando brillo a su cristalería.

Salvo por el interrogatorio al agente de policía, en general, había sido un día de pesquisas bastante infructuosas. Holmes no dijo ni una palabra durante la cena y se retiró temprano, con una expresión de desagrado en el rostro.

Sin embargo, a primera hora de la mañana siguiente, apenas amaneció, me despertó un barullo de voces debajo de mi ventana. Miré el reloj y vi que eran poco más de las seis. Me vestí rápidamente y bajé. Un grupo de gente se había agolpado en High Street, y hablaban y gesticulaban animadamente. Holmes ya estaba allí y, cuando me vio salir de la posada, se acercó enseguida.

—Debemos apresurarnos —dijo—. Ha habido otro avistamiento del lobo.

—¿Dónde?

—En el mismo sitio, entre el pantano y los límites del bosque. Vamos, Watson, es imperativo que seamos los primeros en llegar al escenario. ¿Lleva encima su Webley n.° 2?

Me di una palmadita en el bolsillo derecho del chaleco.

—Entonces salgamos a toda prisa. Quizá ese revólver no derribe a un lobo, pero al menos lo ahuyentará.

Con la misma calesa y el mismo cochero malhumorado que habíamos empleado anteriormente, abandonamos Hexham a medio galope, Holmes instando al hombre, en tono estridente, a que acelerase. Mientras salíamos a los páramos desolados, mi amigo me explicó que ya había hablado con la testigo ocular causante de aquel nuevo revuelo, una anciana, esposa del boticario, que andaba por el camino en busca de hierbas y flores medicinales. No había añadido nada sustancial a las declaraciones de los otros testigos oculares, tan solo había corroborado sus observaciones sobre el tamaño colosal de la bestia y el extraño pelo blanco de su cogote.

—¿Teme...? —empecé.

—Me temo lo peor.

Al llegar al lugar del avistamiento, Holmes ordenó al cochero que esperara y, sin perder un segundo, saltó de la calesa y emprendió el camino hacia el paisaje cubierto de juncos y zarzas. El pantano se hallaba a nuestra izquierda; la oscura línea del bosque de Kielder, a nuestra derecha. El frío rocío de la mañana humedecía la vegetación y aún había parcelas de suelo nevadas. No habíamos caminado ni cien metros cuando vi que ya tenía los zapatos y los pantalones empapados. Holmes iba muy por delante de mí, avanzando como un endemoniado. De pronto, se detuvo en lo alto de un montículo con un grito de consternación y se arrodilló. Aproximándome a él, revólver en ristre, pude discernir lo que había descubierto. Entre las matas húmedas, a menos de doscientos metros de la entrada del bosque, yacía un cuerpo. A su lado, un rifle militar, aparentemente un Martini-Henry Mk IV. Reconocí enseguida el guardapolvo y los pololos de piel, ahora desgarrados y hechos jirones con extraordinaria violencia. Era el agente Frazier, o, para ser precisos, lo que quedaba del pobre hombre.

—Watson —me dijo Holmes en tono imperioso—, no toque nada. No obstante, agradecería, por mera observación visual, su opinión médica sobre el estado de este hombre.

—Obviamente ha sido atacado —dije examinando el cuerpo sin vida— por una criatura grande y violenta.

—¿Un lobo?

—Parece sumamente probable.

Holmes me interrogó concienzudamente.

—¿Ve alguna marca específica o identificable, Watson? ¿De colmillos, quizá, o zarpas?

—Es difícil decirlo. La ferocidad del ataque, el estado lamentable del cuerpo complican la observación minuciosa.

—¿Falta alguna parte del cuerpo?

Eché otro vistazo. Pese a mi formación médica, encontraba aquella tarea de lo más desagradable. Había visto, en más de una ocasión, los cuerpos de nativos de las tribus de la India asaltados por tigres, pero nada que hubiera experimentado antes se asemejaba al salvajismo de que había sido víctima el agente Frazier.

—Sí —dije al fin—. Sí, creo que algunas.

—¿Coincidentes con la descripción de la segunda víctima, el naturalista?

—No. No, yo diría que este ataque ha sido de mayor envergadura en ese aspecto.

Holmes asintió despacio.

—¿Ve, Watson? Ha vuelto a suceder lo que ocurrió con los leones devoradores de hombres en Tsavo. Con cada víctima se vuelven más descarados y se aficionan más a su recién descubierta dieta.

Dicho esto, se sacó una lupa del bolsillo.

—El rifle no se ha disparado —anunció mientras examinaba el Martini-Henry—. Al parecer, la bestia se ocultó y atacó a nuestro hombre por la espalda.

Tras una breve inspección del cadáver, comenzó a moverse alrededor en un perímetro circular cada vez mayor, hasta que, con otro grito, se agachó y luego empezó a caminar más despacio, los ojos fijos en el suelo, en dirección a una granja lejana rodeada por dos campos cercados, residencia, supuse, del desafortunado agente de policía. De pronto, Holmes se detuvo, dio la vuelta y, ayudado aún de la lupa, regresó hasta el cuerpo y siguió caminando despacio más allá de este, hasta alcanzar el borde mismo del pantano.

—Huellas de lobo —dijo—. Sin la menor duda. Van del bosque a un punto cerca de esa granja, y de ahí al sitio donde tuvo lugar el ataque. Es evidente que el lobo salió del bosque, acechó a su víctima y la mató en campo abierto. —Acercó la lupa una vez más a la hierba húmeda del borde del marjal—. Las huellas se adentran directamente en el pantano.

A continuación, Holmes hizo un recorrido del terreno bajo y pantanoso, una actividad laboriosa que comprendió varias paradas, retrocesos y una inspección extremadamente detenida de diversos puntos de interés. Yo me quedé junto al cuerpo, sin tocar nada como Holmes me había indicado, observándolo de lejos. El proceso le llevó más de una hora y, para entonces, yo ya estaba calado hasta los huesos y temblando descontroladamente. Un pequeño grupo de curiosos se hallaba al borde del camino, y se habían acercado el médico del pueblo y el magistrado, la autoridad titular una vez fallecido el agente Frazier, justo cuando Holmes terminaba su investigación. No dijo una palabra de sus hallazgos, se limitó a quedarse allí de pie, en la hierba húmeda del marjal, pensativo, mientras el médico, el magistrado y yo mismo envolvíamos el cuerpo y lo llevábamos a la calesa. Cuando el vehículo salió en dirección al pueblo, volví a donde Holmes seguía de pie, completamente inmóvil, sin importarle, al parecer, que se le hubieran empapado los pantalones y encharcado las botas.

—¿Ha observado algo de mayor interés? —le pregunté.

Al cabo de un instante, me miró. En lugar de responder, se sacó una pipa de brezo del bolsillo, la encendió y me contestó con otra pregunta:

—¿No le parece curioso, Watson?

—Todo este asunto es misterioso —respondí—, al menos en lo que concierne al condenado y esquivo lobo.

—No me refiero al lobo, me refiero a la relación afectiva entre sir Percival y su hijo.

Aquel *non sequitur* me dejó pasmado.

—Me temo que no sé adónde quiere llegar, Holmes. Desde mi punto de vista, la relación parece cualquier cosa menos afectiva, al menos en lo que respecta a la insensible despreocupación del padre por la vida y la seguridad de su hijo.

Holmes le dio una chupada a su pipa.

—Sí —respondió enigmático—. Y precisamente ese es el misterio.

Como nos encontrábamos ya más cerca de Aspern Hall que de Hexham, y el magistrado nos había requisado el transporte, fuimos andando a la mansión y llegamos allí en poco menos de una hora. Nos recibieron sir Percival y su hijo, que acababan de desayunar. Aún no les había llegado aviso de la última muerte, y casi de inmediato se formó un gran alboroto en la finca. El joven Edwin manifestó su intención de salir enseguida en busca de la bestia, pero

Holmes le aconsejó que no lo hiciera: tras aquel último ataque, el animal, sin duda, se habría retirado a su guarida.

Luego, Holmes le preguntó a sir Percival si podía hacer uso de su berlina; se proponía dirigirse a Hexham sin demora para coger el primer tren a Londres.

Sir Percival se mostró asombrado, pero dio su consentimiento. Mientras preparaban el coche, Holmes me miró y me sugirió que diéramos un paseo por el jardín.

—Creo que debería venir a Hexham conmigo, Watson —dijo—. Recoja sus cosas en The Plough y vuelva a Aspern Hall para pasar aquí la noche.

—¿Para qué demonios...? —espeté.

—Si no me equivoco, estaré de vuelta de Londres posiblemente mañana a más tardar —añadió—. Y, cuando vuelva, traeré conmigo la confirmación que busco en cuanto al misterio de la bestia salvaje.

—¡Cielos, Holmes!

—Pero, hasta entonces, Watson, su vida aún corre grave peligro. Debe prometerme que no saldrá de la mansión hasta que yo regrese, ni siquiera para dar una vuelta por la finca.

—Pero, Holmes...

—Insisto. En este asunto, no voy a ceder. No salga de la casa, sobre todo después de anochecido.

Aunque aquella solicitud me pareció excéntrica en demasía, especialmente teniendo en cuenta que el mucho más impulsivo Edwin Aspern no corría peligro alguno, me ablandé.

—Debo confesar, viejo amigo, que no veo cómo puede estar tan seguro de que va a resolver el caso —dije—. El lobo está aquí, en Hexham, no en Londres. Salvo que tenga previsto volver con un par de rifles de gran calibre, admito que, en este asunto, no veo nada.

—Muy al contrario, lo ve todo —repuso Holmes—. Debe ser más atrevido a la hora de extraer sus conclusiones, Watson.

Pero justo en ese momento se oyó un repiqueteo de cascos en la gravilla de la entrada y se acercó la berlina.

Pasé aquel día gris en Aspern Hall. Azotó el viento y empezó a llover, poco al principio, luego arreció. Había poco que hacer, así que me entretuve leyendo el *Times* del día anterior, haciendo anotaciones en mi diario y curioseando entre los libros de la extensa biblioteca de sir Percival. No vi a nadie más que al servicio hasta la cena. Durante esta, Edwin declaró su intención de volver a salir esa misma noche en busca del lobo. La señorita Selkirk, que por entonces se encontraba, como es natural, aún más preocupada por el bienestar de su prometido, protestó enérgicamente. Hubo una escena desagradable. Edwin, aun conmovido por las objeciones de la señorita Selkirk, se mantuvo resuelto. Sir Percival, por su parte, se sentía visiblemente orgulloso del valor de su hijo y, cuando su futura nuera le hizo frente, se defendió arguyendo que lo hacía por el honor de la familia y la alta estima del pueblo. Cuando Edwin se hubo marchado, decidí quedarme con la señorita Selkirk e intentar darle conversación. Fue una tarea complicada, dado su estado de ánimo, y me alegré sobremanera cuando, hacia las once y media de la noche, oí los pasos de Edwin resonar en la mansión. De nuevo había fracasado en la cacería, pero al menos había vuelto sano y salvo.

Avanzada ya la tarde del día siguiente, reapareció Sherlock Holmes. Había enviado un cable con antelación para que la berlina de sir Percival lo recogiera en la estación de Hexham y llegó a la mansión de muy buen humor. Holmes había traído al magistrado y al médico del pueblo consigo, y no tardó en reunir a la familia y a los criados de la casa.

Cuando estuvieron todos acomodados, Holmes anunció que había resuelto el caso. Esto causó un gran revuelo y generó infinitas preguntas. Edwin exigió saber a qué se refería con que había resuelto el caso cuando todos sabían que el culpable era un lobo. Holmes se negó a que lo sondearan más sobre el asunto. Pese a lo intempestivo de la hora, explicó, regresaría a sus aposentos en The Plough, donde guardaba ciertas anotaciones críticas sobre el caso, para poder ordenar sus conclusiones. Se había servido del trayecto en coche para charlar con el magistrado y el médico, y solo había ido a la mansión para llevarme de nuevo al pueblo con él, de forma que pudiera asistirlo con los últimos detalles. Al día siguiente, declaró, haría públicas sus conclusiones.

Hacia el final de aquel pequeño discurso, entró un cochero para hacernos saber que el eje posterior del vehículo de sir Percival se había roto y que no podrían repararlo hasta la mañana siguiente. No había forma de que Holmes, ni el magistrado ni el médico pudieran regresar a Hexham esa misma tarde. No había más remedio, tendrían que pasar la noche en Aspern Hall.

A Holmes lo enojó muchísimo aquel cambio. Durante casi toda la cena no dijo ni una palabra y, malhumorado, jugueteó con la comida de su plato sin comer, con su fina barbilla enterrada en el codo apoyado en la servilleta adamascada. Cuando llegaba el postre, anunció su intención de volver a Hexham a pie.

—Pero eso es imposible —dijo sir Percival, perplejo—. Está a más de quince kilómetros.

—No iré por la comarcal —replicó Holmes—. Es demasiado indirecto. Iré de Aspern Hall a Hexham en línea recta, como vuela el cuervo.

—Pero, de ese modo, tendrá que pasar por el pantano —señaló la señorita Selkirk—, donde...

Guardó silencio.

—Siendo así, yo lo acompañaré —intervino Edwin Aspern.

—No hará nada semejante. El ataque más reciente del lobo tuvo lugar hace apenas un par de noches, y dudo que vuelva a tener hambre tan pronto. No. Haré este viaje yo solo. Watson, en cuanto llegue a Hexham, daré aviso para que el coche de alquiler venga a recogerlo a usted y a los otros por la mañana.

Y así se resolvió el asunto, o eso pensé yo. Sin embargo, poco después de que los hombres hubieran pasado a la biblioteca a tomarse un brandy y fumarse unos cigarros, Holmes me llevó a un aparte.

—Escúcheme atentamente —me dijo en voz baja—. En cuanto lo vea posible, procure salir de la casa a hurtadillas, asegurándose de que su salida pasa completamente inadvertida. Ese punto es esencial, Watson: debe salir sin que lo vea nadie. Recuerde que, de momento, aún corre grave peligro.

Pese a mi extrañeza, le garanticé a Holmes que haría lo que me pedía.

—Deberá llegar sin que lo detecten hasta las proximidades del montículo en el que encontramos al agente Frazier. Busque un buen escondite donde no se le vea desde ningún ángulo: ni en el pantano, ni en el bosque, ni en la carretera. Asegúrese de estar en su puesto antes de las diez. Allí esperará a que yo pase.

Asentí para indicar que comprendía sus instrucciones.

—No obstante, cuando yo aparezca, en ningún caso deberá llamarme, ni levantarse, ni revelar en modo alguno su presencia.

—Entonces ¿qué debo hacer, Holmes?

—Se lo aseguro, cuando llegue el momento de actuar, lo sabrá. ¿Aún lleva consigo el revólver?

Me di una palmadita en el bolsillo del chaleco, de donde no había salido mi Webley desde que llegáramos a la mansión el día anterior.

Mi amigo asintió satisfecho.

—Excelente. Téngalo siempre a mano.

—¿Y usted, Holmes?

—Yo pasaré un tiempo aquí antes de marcharme, conversando con el joven Aspern, jugando con él al billar o lo que sea preciso para distraerlo. Es primordial que esta noche, precisamente, no pueda satisfacer su afición a la caza del lobo.

Conforme a lo acordado, hice tiempo, a la espera de que los caballeros estuvieran absortos en una partida de whist. Luego me retiré a mi habitación, cogí mi gorra y mi abrigo de viaje y, asegurándome de que no me observaba nadie de la familia ni del servicio, salí de la casa por el balcón del salón principal, crucé con sigilo el jardín y desde allí llegué a la carretera de Hexham. La lluvia había cesado, pero las nubes eclipsaban parcialmente la luna. Densos rulos de niebla salpicaban el sombrío paisaje.

Seguí el embarrado camino, que iba curvándose lentamente hacia el noroeste, anticipando en su curso la amplia extensión de pantano que se avecinaba. Era una noche fría, y aquí y allá aún se veían zonas nevadas entre los matorrales de hierba pantanosa. Después de varios kilómetros, en el recodo donde la carretera alcanzaba su punto más septentrional y viraba al este en dirección al pueblo, me desvié hacia el sur a través de la maleza, rumbo al marjal. Para entonces, la luna había salido de detrás de las nubes y pude distinguir el pantano que tenía delante, que brillaba con una especie de funesto resplandor. Al otro lado, apenas discernible en la oscuridad, estaba el límite negro del bosque de Kielder.

Cuando al fin llegué al montículo, miré alrededor, luego me dispuse a seguir las instrucciones de Holmes: encontrar un punto ciego en el que nadie pudiera verme desde ningún ángulo. Me costó algún esfuerzo, pero finalmente hallé una depresión en el lado más oriental del montículo, parcialmente rodeada de arbustos espinosos, que proporcionaba un excelente escondite al tiempo que permitía buenas vistas en todas las direcciones. Y allí me instalé a esperar.

Durante la hora siguiente, sostuve una vigilia de lo más lúgubre. Las extremidades se me entumecieron por la inactividad, y mi abrigo de viaje apenas me protegía del frío y la humedad. De vez en cuando, exploraba los distintos ángulos de visión; en otras ocasiones, por puro nerviosismo, comprobaba el estado de mi arma.

Eran más de las once cuando por fin oí unos pasos que cruzaban los matorrales pantanosos procedentes de Aspern Hall. Con cuidado, me asomé desde mi escondite. Era Holmes, inconfundible, con su gorra de lana y su abrigo largo, su figura emergiendo de la niebla con su característica zancada. Caminaba por el borde mismo del pantano, hacia donde yo estaba. Me saqué la Webley del bolsillo del chaleco y me preparé para cualquier cosa que pudiera ocurrir.

Esperé, inmóvil, mientras Holmes seguía acercándose, con las manos en los bolsillos, rumbo a Hexham, con absoluta serenidad, como si no hubiera salido más que a dar un paseo nocturno. De pronto, vi aparecer otra figura, procedente del bosque. Era grande y oscura, casi negra, y la vi, horrorizado, encaminarse directamente hacia Holmes, a cuatro patas. Desde su posición en el lado opuesto del montículo, mi amigo no podía ver aún a la criatura. Agarré con fuerza la Webley; no cabía duda alguna de que aquel era el temible lobo y que se proponía abatir a una cuarta víctima.

Lo vi aproximarse, con el revólver preparado por si se acercaba demasiado a Holmes. Pero entonces, cuando el animal estaba a unos cien metros de mi amigo y en el preciso momento en que Holmes por fin lo vio, ocurrió algo de lo más peculiar. La bestia se detuvo en seco y avanzó despacio con actitud salvaje y amenazadora.

—Buenas noches, sir Percival —dijo Holmes como si nada.

La bestia recibió aquel saludo con un violento bramido. Para entonces, yo ya había salido de mi escondite y me acercaba al lobo por detrás. De repente, el lobo se irguió sobre sus patas traseras. Acercándome más, al tiempo que procuraba ocultar el sonido de mis pasos, vi, para asombro mío, que la criatura era, en efecto, humana: sir Percival vestido con lo que parecía un abrigo de gruesa piel de oso. Las suelas de sus botas iban provistas de unas zarpas improvisadas, y de sus guantes colgaban, sujetas con grandes botones, unas pezuñas de lobo. En una mano, parecía sostener una pistola; en la otra, un instrumento grande en forma de garra con un mango pesado y unos largos y perversos dientes. Su pelo, rubio y ralo, brillaba de un blanco poco natural a la luz de la luna creciente. Me descubrí de pronto estupefacto por aquel giro del todo inesperado de los acontecimientos.

Sir Percival rió de nuevo, con una risa histérica.

—Buenas noches, señor Holmes —dijo—. Será usted un excelente ágape.

Y, tras escupir un torrente de palabras que no logré seguir ni comprender, levantó el arma y apuntó a Holmes.

Aquella situación extrema deshizo mi estupefacción.

—Ríndase, sir Percival —le grité desde su flanco, apuntándole con mi revólver—. Lo tengo a tiro.

Al pillarlo desprevenido, sir Percival se volvió hacia mí, encañonándome. Cuando lo hizo, le disparé de inmediato y le acerté en el brazo. Con un grito de dolor, se agarró el hombro y cayó de rodillas. En un instante, Holmes estaba a su lado. Le arrebató a sir Percival el arma y el grotesco artilugio —sin duda, entonces lo entendí, utilizado para simular las laceraciones de las garras de un lobo— y luego se volvió hacia mí.

—Le agradecería, Watson, que fuera al pueblo lo más rápido posible —me pidió con calma— y volviera con un carruaje de caza y varios hombres fuertes. Yo me quedaré aquí con sir Percival.

El resto de los detalles pueden resumirse como sigue. Después de que las autoridades se llevaran a sir Percival detenido al juzgado de guardia, regresamos a Aspern Hall. Holmes habló breve y sucesivamente con el magistrado, el joven Edwin Aspern y la señorita Selkirk, y luego insistió en que volviéramos a Londres en el siguiente tren.

—Debo confesarle, Holmes —le dije mientras nuestro coche avanzaba por la carretera de vuelta a Hexham al amanecer—, que, si bien he estado a oscuras con casos anteriores, esta ha sido su sorpresa más particular hasta la fecha. Sin duda, será su golpe maestro. ¿Cómo demonios supo que esas atrocidades eran obra de un ser humano y no de un lobo, y cómo supo concretamente que se trataba de sir Percival, si es que en algún momento lo supo de verdad?

—Mi querido Watson, ¿en tan poca estima me tiene? —replicó Holmes—. Naturalmente que sabía que era sir Percival.

—Explíquese, se lo ruego.

—Varias pistas se hicieron evidentes para cualquiera con el discernimiento necesario para distinguir lo importante de la mera coincidencia. Para empezar, tenemos al demente, la primera víctima. Cuando hay más de un homicidio que considerar, Watson, siempre se ha de prestar especial atención al primero. A menudo el móvil, y por consiguiente el caso entero, reside en ese crimen en particular.

—Sí, pero la primera víctima no era más que un vagabundo estúpido.

—Quizá lo fuera en los últimos años, pero no siempre fue así. Recuerde, Watson, que en sus desvaríos siempre resaltaba una misma palabra: «Zanahoria».

Lo recordaba perfectamente, y la fascinación de Holmes con ella también. Lo que parecía del todo increíble era que aquello pudiese tener alguna relevancia.

—Continúe —dije.

—Existe un proceso, debe saber, por el que la piel del animal se baña en una solución de nitrato de mercurio de modo que su pelo sea más flexible y produzca así un fieltro de calidad superior.

Al pronunciar la palabra «fieltro», me miró para ver si lo había entendido.

—Fieltro —repetí—. ¿Como el que se usa para fabricar sombreros?

—Exacto. La solución es de color zanahoria. Sin embargo, este proceso tenía graves efectos secundarios en los trabajadores, razón por la que su uso hoy en día se ha restringido considerablemente. Cuando se inhalan los vapores de mercurio durante un período de tiempo suficiente, sobre todo en las pequeñas dependencias de un negocio familiar de fabricación de sombreros, los efectos tóxicos e irreversibles son prácticamente inevitables. Se sufren temblores en las manos, los dientes se vuelven negros y se pierde la facultad del habla. En los casos graves, pueden tener lugar la demencia o la locura total. De ahí que se diga que uno está «más loco que un sombrerero». —Holmes hizo un gesto con la mano, como quitándole importancia a lo que acababa de contarme—. Todo esto lo sé, claro está, debido a mi permanente interés por la química.

—Pero ¿qué tiene que ver esto con sir Percival? —pregunté.

—Procedamos de forma lineal, si no le importa. Recordará que el agente Frazier creía que nuestro vagabundo era un borracho y mencionaba como prueba su habla arrastrada y sus deficiencias motrices. Sin embargo, no detectó olor a alcohol en el aliento del hombre. Inmediatamente supuse que la verdadera causa de la aflicción de la víctima no era la embriaguez, sino más bien los efectos de la intoxicación por mercurio. Su obsesión con las zanahorias era su modo de explicar cómo se había producido, como consecuencia de la fabricación de fieltro, por su profesión de sombrerero. Lógicamente, entendí que no podía ser mera coincidencia la antigua ocupación de sir Percival y la súbita entrada en escena de aquel peculiar individuo. No. Aquel hombre había trabajado con sir Percival. Recuerde, si es tan amable, dos cosas. Primero, cómo despotricó este hombre de la traición, su insistencia en lograr la intervención de un tribunal de justicia. Segundo, que sir Percival hizo su fortuna con un proceso exclusivo de fabricación del fieltro, proceso que, si recuerda, se negó a comentar conmigo cuando abordé el tema en Aspern Hall.

El carruaje continuó avanzando a empellones en dirección a Hexham, y Holmes prosiguió:

—Apoyándome en estos hechos, empecé a considerar la posibilidad de que este hombre, ya tristemente mermado, hubiera sido en su día socio comercial de sir Percival y, quizá, el verdadero creador de ese proceso revolucionario de fabricación del fieltro. Ahora, años después, el hombre había vuelto para saldar cuentas con su antiguo socio, para exponerlo y arruinarlo. En otras palabras, todo este asunto comenzó como una mera disputa comercial que sir Percival resolvió a la manera tradicional: asesinándolo. Me pareció muy probable que, cuando este tipo apareció en Hexham, sir Percival le hubiera prometido alguna compensación y hubiera accedido a verse con él en algún lugar solitario al borde del pantano. Allí, sir Percival asesinó a su antiguo socio y, para que las sospechas jamás recayeran sobre él, desgarró el cuerpo de forma cruel, llegando hasta el punto de dejar leves marcas de mordiscos para que pareciera obra de una gran bestia salvaje, un lobo con toda probabilidad.

—Y, al hacerlo, en apariencia, había logrado su objetivo —dije—. Entonces ¿por qué volver a matar?

—Si lo recuerda, la segunda persona que murió era un naturalista de Oxford. Se le oyó en la posada desacreditando los rumores de que se tratara de un lobo, declarando que ya no quedaban lobos en Inglaterra. Al matar a este hombre, sir Percival lograba varios objetivos. Silenciaba la insistencia del hombre en la extinción del lobo inglés, porque lo último que quería sir Percival era que el primer asesinato fuera de nuevo objeto de atención. Además, por entonces, naturalmente él ya había oído en Hexham los rumores de que un lobo había sido el culpable de la muerte de su socio. Previendo que alguien pudiera verlo asesinando al naturalista, se vistió con un abrigo grande de piel de oso, con sus guantes de pezuña de lobo y las botas que, con su habilidad de sombrerero, podían resultar enteramente convincentes. Se sirvió de este disfraz para correr a cuatro patas de un lado a otro de la escena del segundo asesinato. Yo creo, Watson, que esta vez confiaba en que hubiera algún testigo, para exacerbar los rumores de un lobo devorador de hombres. En esto, al menos, tuvo suerte.

—Sí, veo una lógica cruel en semejante modo de actuar —dije—, pero entonces ¿el agente de policía?

—El agente Frazier era, si no el investigador más avezado del mundo, sí un hombre de gran audacia y perseverancia. No cabe duda de que sir Percival lo veía como una amenaza. Recuerde que el agente insinuó que la conducta del lobo le resultaba un tanto extraña. Me atrevería a decir que esas sospechas tenían que ver con el hecho de que las huellas del lobo entraran en el pantano pero no salieran. El agente debió de reparar en eso después del segundo asesinato, si no antes. Yo mismo encontré curioso este fenómeno tras la muerte del propio agente, cuando hice un recorrido del pantano. Los rastros del lobo los descubrí en la zona este, mientras que las huellas humanas las detecté en el oeste. Sir Percival debía de entrar en el pantano a cuatro patas, como lobo, y usaba la frondosa vegetación en el extremo opuesto para salir del marjal como persona, en caso de que alguien se lo topara. El agente debió de comentarle sus sospechas a sir Percival; recuerde, Watson, que nos dijo que había estado en la mansión el día anterior para aconsejar al joven Aspern que cesara su cacería del lobo, y al hacerlo firmó su propia sentencia de muerte.

Oír aquellas revelaciones presentadas en el tono complaciente de Holmes me resultaba, como poco, asombroso. Yo no paraba de mover la cabeza.

—Lo que desató todas mis sospechas fue la actitud caballeresca, ciertamente propiciatoria, de sir Percival con respecto a la cacería de la bestia por parte de su hijo. Parecía evidenciar una indiferencia total por el bienestar del joven Edwin. ¿Por qué? A esas alturas del juego, la respuesta era obvia para mí: sabía que su hijo no corría peligro alguno con el lobo, ¡porque el lobo era él! Luego, naturalmente, estuvo el modo en que sir Percival derramó el brandy.

—¿A qué se refiere?

—Hacía un esfuerzo sobrehumano por ocultar el temblor de las manos. Esa parálisis incipiente demostraba, para mi satisfacción, que también él era ya presa de la locura producida por la intoxicación de mercurio y que pronto se vería reducido al mismo estado lamentable que su antiguo socio.

Para entonces, habíamos llegado ya a la estación de Hexham; bajamos del coche con nuestras maletas y abordamos el andén justo a tiempo para el tren de las 8.20 a Paddington.

—Armado con estas sospechas —prosiguió Holmes— fui a Londres. No me llevó mucho tiempo encontrar los datos que buscaba. Hacía muchos años sir Percival en efecto había tenido un socio. Por entonces, acusó a sir Percival de haberle robado una valiosa patente, que aseguraba que era suya. Sin embargo, creyeron que estaba loco y lo recluyeron en un manicomio, por intervención del propio sir Percival. Al pobre desgraciado lo soltaron apenas unos días antes de la primera aparición de aquel loco de remate en el bosque de Kielder.

»Regresé de Londres con la absoluta certeza no solo de que no había lobo devorador de hombres, sino que el propio sir Percival era el asesino de los tres hombres. Lo único que me quedaba por decidir era cómo darle caza. No podía revelar la verdad, que no había lobo. No, debía encontrar un motivo para conseguir que sir Percival me convirtiera en su próximo blanco, y que fuera en su propio terreno, por así decirlo. De ahí mi dramático anuncio de que había resuelto el caso, y mi decisión de atajar de noche a campo abierto por el pantano y el límite del bosque, sitio de los anteriores asesinatos. Salvo que hubiera cometido algún error de cálculo, tenía la certeza de que sir Percival aprovecharía la oportunidad para convertirme en su cuarta víctima.

—Pero optó por ese camino solo porque al carruaje de sir Percival se le rompió el eje —dije—. ¿Cómo pudo prever semejante eventualidad?

—No la preví, Watson. La precipité.

—¿Insinúa que...? —me interrumpí.

—Sí. Me temo que cometí un acto de sabotaje contra la berlina de sir Percival. Quizá debería enviarle un cheque para su reparación.

Un suave silbido resonó en el cielo matinal. Al poco, apareció el expreso. En tan solo unos minutos, ya estábamos subiendo a bordo.

—Me confieso atónito —dije mientras entrábamos en nuestro compartimento—. Es usted como el artista que supera su obra maestra. Aún queda un detalle que no comprendo.

—En ese caso, mi querido Watson, desahóguese, por favor.

—Una cosa es, Holmes, hacer que un asesinato parezca obra de un animal, y otra muy distinta, devorar realmente fragmentos de un cuerpo humano. ¿Por qué continuó haciéndolo sir Percival y, de hecho, en progresivo aumento?

—La respuesta es sencilla —replicó Holmes—. Parece ser que sir Percival, víctima de su creciente locura, había empezado a tomarle gusto a su... presa.

El tema del lobo de Hexham no volvió a salir a la luz hasta quizá medio año después, cuando me topé en el *Times* con una nota que decía que el nuevo propietario de Aspern Hall y su prometida iban a casarse en St. Paul al mes siguiente. Al parecer, por lo menos a juicio de los habitantes de la zona, los triunfos militares del hijo y el coraje que había demostrado en la cacería del supuesto lobo habían compensado con creces las atrocidades del padre. En cuanto a mí, habría deseado pasar más tiempo, si las circunstancias hubieran sido más favorables, en compañía de una de las jóvenes más hermosas que había conocido: la señorita Victoria Selkirk.

En la única ocasión en que Holmes se refirió más adelante al caso, únicamente lamentó de forma pasajera que la excursión no le hubiera proporcionado ocasión de profundizar en el estudio de la *Sciurus vulgaris*, la ardilla roja.

48

Corrie terminó de leer el relato y, al levantar la vista, vio que los ojos plateados de Pendergast la miraban fijamente. Se dio cuenta de que había estado conteniendo la respiración y exhaló.

—Madre de Dios —dijo.

—Eso mismo.

—Esta historia... Me cuesta digerirla. —Se quedó pensativa—. Pero ¿cómo sabía que era fundamental?

—No lo sabía. Al principio, no. Pero piense en una cosa: Doyle era médico. Antes de ejercer la práctica privada, había sido el médico de un barco ballenero y cirujano de a bordo en un viaje por la costa de África occidental. Esos son dos de los puestos más complicados que un profesional de la medicina podía ocupar. Sin duda había presenciado muchas cosas desagradables, por decirlo suavemente, en esos viajes. Una historia que le hubiera hecho salir disparado de la mesa tenía que ser mucho más repugnante que una mera anécdota sobre un oso grizzly devorador de hombres.

—¿Y el relato perdido? ¿Qué le condujo a eso en particular?

—A Doyle le producía tanto desasosiego la historia que Wilde le había contado que hizo lo que tantos otros autores para exorcizar sus demonios: incorporarla a su ficción. Casi inmediatamente después de la reunión en el hotel Langham, escribió *El perro de los Baskerville*, que, por supuesto, guarda cierto paralelismo con el relato real de Wilde. Pero esta novela, aunque es una historia maravillosa en sí, no era más que un mero fantasma de la verdad. No le suponía un gran exorcismo. Se puede intuir que el relato de Wilde debió de seguir dándole vueltas en la cabeza mucho tiempo. Empecé a preguntarme si, en sus últimos años, Doyle por fin se habría visto obligado a escribir algo más próximo a la cruda realidad, que contuviera una dosis mayor de la verdad, a modo de catarsis. Hice algunas indagaciones. Un conocido mío inglés, experto en la sherlockiana, me confirmó el rumor del texto perdido de Holmes, que dedujimos que se titulaba «La aventura de Aspern Hall». Sumé dos y dos y fui a Londres.

—Pero ¿cómo supo que era ese precisamente?

—Según se dice, el relato de Aspern Hall fue rechazado rotundamente. Jamás se publicó. Piénselo: una nueva aventura de Sherlock Holmes, del puño del mismísimo maestro, la primera en muchos años... ¿y la rechazan? Es de suponer que contenía algo tremendamente censurable para el gusto victoriano.

Corrie frunció la nariz, disgustada.

—Tal y como lo cuenta, parece tan sencillo.

—La investigación, por lo general, es sencilla. Aunque no aprenda otra cosa de mí, confío en poder inculcarle eso.

Ella se ruborizó.

—Y yo descartando esta pista todo el tiempo. Qué imbécil soy. Lo siento, de verdad.

Pendergast hizo un gesto con la mano, como quitándole importancia.

—Centrémonos en el asunto que tenemos entre manos. *El perro de los Baskerville* apenas tocaba el tema del oso grizzly, pero este manuscrito incorpora mucho más de lo que a Doyle le contó Wilde, quien había conocido la historia gracias a ese tipo al que localizó usted, Swinton. Loable hallazgo, por cierto.

—Casualidad.

—La casualidad no es más que una pieza del puzle que aún no ha encontrado su sitio en el conjunto. Un buen detective reúne todas las «casualidades», por insignificantes que parezcan.

—Pero hay que averiguar qué relación existe entre el relato y las muertes reales —dijo Corrie—. Sí, vale, tenemos un puñado de asesinos caníbales que se comportan un poco como ese tal Percival. Matan y se comen a los mineros de las montañas y hacen que parezca que ha sido el oso grizzly.

—No. Si me permite que la interrumpa, la identificación de las muertes con un oso grizzly se hizo inicialmente por casualidad, como probablemente habrá averiguado después usted misma. Un grizzly pasó por allí y mordisqueó los restos de una de las primeras víctimas, y esa explicación satisfizo a los habitantes del pueblo. Los posteriores avistamientos esporádicos de osos grizzly parecen confirmar la relación. Es todo cuestión de cómo los seres humanos construyen una historia a partir de hechos aleatorios, suposiciones infundadas y prejuicios ingenuos. En mi opinión, la banda de asesinos de la que habla no pretendía que sus acciones pasaran por las de un grizzly devorador de hombres.

—Muy bien, entonces la banda no intentaba disfrazar sus asesinatos, pero, aun así, el relato no explica por qué mataban. ¿Cuál era la motivación? Sir Percival tiene una: mata a su socio para ocultar el hecho de que le había engañado y lo había encerrado en un manicomio. No veo qué tiene que ver con lo que pudiera mover a los asesinos de las montañas de Colorado.

—No tiene que ver. —Pendergast miró a Corrie un buen rato—. No directamente, en cualquier caso. No se está centrando en los puntos destacados. Uno debería preguntarse, en primer lugar: ¿por qué se comió sir Percival algunos pedazos de sus víctimas?

Corrie repasó mentalmente la historia.

—Al principio, para que pareciera que había sido un lobo, y después porque se estaba volviendo loco y pensó que empezaba a gustarle.

—¡Ah! ¿Y por qué se estaba volviendo loco?

—Porque sufría una intoxicación de mercurio, de fabricar fieltro. —Corrie titubeó—. Pero ¿qué tiene que ver la fabricación de sombreros con las minas de plata? No lo veo.

—Al contrario, Corrie, lo ve todo. «Debe ser más atrevida a la hora de extraer sus conclusiones.»

A Pendergast le brillaron los ojos al citar aquella frase.

Corrie frunció el ceño. ¿Qué relación podía haber? Ojalá Pendergast se lo dijera sin más, en lugar de aplicarle el método socrático.

—¿Podríamos prescindir del momento de enseñanza? Si es tan obvio, ¿por qué no me lo dice y ya está?

—Esto no es un juego intelectual. Es muy serio, sobre todo para usted. Me sorprende que aún no la hayan amenazado.

Hizo una pausa. En el silencio, Corrie pensó en el disparo a su coche, en el perro muerto, en la nota. Debía contárselo, era evidente que terminaría enterándose. ¿Y si se lo confesaba todo a Pendergast? Solo conseguiría que la presionara aún más para que se fuera de Roaring Fork.

—Mi primer instinto —prosiguió Pendergast, casi como si le hubiera leído el pensamiento— fue instarla a que se marchara inmediatamente de la ciudad, aunque para ello tuviera que requisarle una de las quitanieves al jefe Morris, pero la conozco lo bastante como para saber que sería inútil.

—Gracias.

—De modo que lo mejor es lograr que piense correctamente en este caso, en lo que significa, en por qué se encuentra en extremo peligro y debido a quién. Esto no es, como usted dice, un «momento de enseñanza».

La gravedad de su tono le afectó mucho. Tragó saliva.

—Muy bien. Lo siento. Tiene toda mi atención.

—Retomemos la pregunta que acabo de hacerle y que voy a formular en términos más precisos: ¿qué tienen en común la fabricación de sombreros en la Inglaterra del siglo XIX y la refinería de la plata en la América del mismo siglo?

Le vino a la cabeza de repente. ¡Era obvio!

—En ambos procesos se usaba mercurio.

—¡Exacto!

De pronto, todo empezaba a encajar.

—Según el relato, se usaba nitrato de mercurio para suavizar las pieles con las que hacían el fieltro que empleaban para fabricar los sombreros.

—Continúe.

—Y también se usaba mercurio en las fundiciones, para separar la plata y el oro del mineral pulverizado.

—Excelente.

La mente de Corrie iba ya a mil por hora.

—Así que la banda de asesinos era un grupo de mineros que debía de haber trabajado en la fundición. Y que se habían vuelto locos por intoxicación de mercurio.

Pendergast asintió con la cabeza.

—La fundición despidió a los mineros locos y contrató a otros nuevos. Quizá unos cuantos de los despedidos se juntaran. Sin empleo y sin posibilidades de que volvieran a contratarlos, completamente chiflados, se echaron al monte, furiosos y vengativos, y allí se volvieron cada vez más locos. Y, claro, también tenían que comer.

Otro lento gesto afirmativo de Pendergast.

—Así que asaltaron a los mineros solitarios en sus concesiones de la montaña, los mataron y se los comieron. Y, del mismo modo que los leones devoradores de hombres en Tsavo, y sir Percival, empezaron a cogerle el gustillo.

A esto siguió un largo silencio. «¿Qué más?», se preguntó Corrie. ¿De dónde procedía el peligro actual?

—Todo esto sucedió hace ciento cincuenta años —dijo al fin—. No veo cómo nos afecta a nosotros. ¿Por qué estoy yo en peligro?

—Aún no ha puesto en su sitio la última pieza, crucial. Piense en el dato «casual» que me ha dicho que ha descubierto recientemente.

—Deme una pista.

—Muy bien: ¿a quién pertenecía la fundición?

—A la familia Stafford.

—Prosiga.

—Pero el historial de abusos laborales y el uso de mercurio en la fundición ya son bien conocidos. Se encuentran en los archivos históricos. Sería una estupidez por parte de la familia pretender ocultar eso ahora.

—Corrie —dijo Pendergast negando con la cabeza—, ¿dónde estaba la fundición?

—Eh... pues más o menos por donde está ahora The Heights. De hecho, así fue como la familia llegó a ser propietaria de todas esas tierras para convertirlas en la urbanización.

—¿Y...?

—¿Y qué? La fundición desapareció hace tiempo. La cerraron en la década de 1890 y hace decenios que derribaron las ruinas. Ya no queda nada de... ¡Ay, Dios mío! —dijo llevándose una mano a la boca.

Pendergast guardó silencio y esperó.

Corrie se lo quedó mirando. Ya lo entendía.

—Mercurio. Eso es lo que queda de ella. ¡Los terrenos en los que está asentada la urbanización están contaminados de mercurio!

Pendergast cruzó las manos y se recostó en el asiento.

—Ahora empieza a pensar como una verdadera detective. Y confío en que viva lo suficiente para convertirse en ella. Temo por usted: siempre ha sido, y sigue siéndolo, demasiado impulsiva. Pero, pese a ese defecto, hasta usted debe ver lo que está en juego aquí, y el grave peligro en que se ha puesto continuando con esta investigación tan insensata. No le habría revelado nada de esto, no le habría hablado del relato perdido de Holmes, ni de la implicación de la familia Stafford, ni de las aguas subterráneas tóxicas, de no haber sido imprescindible, dada su naturaleza impetuosa, para convencerla de que se marche de este espantoso lugar tan pronto como yo pueda hacer los preparativos pertinentes.

49

A. X. L. Pendergast sondeó la población de Leadville con los labios muy fruncidos. Un rótulo anunciaba su altitud, 3.094 METROS, e informaba de que era EL MUNICIPIO MÁS ELEVADO DE ESTADOS UNIDOS. Se alzaba en fuerte contraste con Roaring Fork, al otro lado de la divisoria continental. El centro de la ciudad era una sola calle punteada de edificios victorianos en diversos estados de abandono y deterioro, con montones de nieve helada a lo largo de sus márgenes. Más allá, los bosques de abetos ascendían majestuosos hasta los picos de las inmensas montañas en casi todas las direcciones. El exceso de adornos navideños que decoraban cornisas, farolas, semáforos y pretiles daba cierto aire de desesperación a aquella triste ciudad, sobre todo a dos días de Navidad. Aun así, pese a lo temprano de la hora y el intenso frío, Pendergast experimentó cierto alivio al encontrarse lejos de la riqueza, la prepotencia y la suficiencia asfixiantes que flotaban como una miasma sobre Roaring Fork. Leadville, aunque empobrecido, era un sitio de verdad con gente de verdad, si bien le parecía del todo inconcebible que alguien quisiera vivir en aquel gehena blanco, en aquel álgido erial siberiano, aquel desierto de escarcha enterrado en las montañas, lejos de los deleites de la civilización.

Le había costado Dios y ayuda localizar a algún descendiente del anciano Swinton, de nombre desconocido, que había abordado a Oscar Wilde después de la conferencia en Roaring Fork y le había contado aquella fatídica historia. Con la ayuda de Mime, por fin había identificado a un descendiente aún vivo, un tal Kyle Swinton, nacido en Leadville hacía treinta y un años. Era hijo único y sus padres habían muerto en un accidente de coche más o menos en la época en que él había dejado el instituto. Después de eso, su rastro digital se había desvanecido. Ni siquiera Mime, el solitario y misterioso genio informático y recabador de información de Pendergast, había sido capaz de averiguar nada del hombre, salvo que no había registro alguno de su defunción. Al parecer, Kyle Swinton aún vivía, en algún lugar del país; eso era todo lo que Pendergast sabía.

Tan pronto como la nieve había parado en Roaring Fork (o más bien hecho una pausa, porque lo peor estaba por llegar), se había despejado la carretera y Pendergast había ido a Leadville a ver si podía encontrar algún rastro de aquel tipo. Enfundado en un jersey de punto, un grueso traje negro, un chaleco de plumas, un abrigo, dos bufandas, guantes y botas gruesos y un sombrero de lana bajo un sombrero de fieltro, salió del vehículo y se dirigió a lo que parecía la única farmacia de la ciudad al estilo de todo a cien. Echó un vistazo a la tienda y eligió al empleado de mayor edad: el farmacéutico a cargo del despacho de medicinas.

Desenroscándose las bufandas para poder hablar, Pendergast dijo:

—Intento averiguar el paradero de un hombre llamado Kyle Swinton, que fue al instituto de Leadville a finales de los noventa.

El farmacéutico miró a Pendergast de arriba abajo.

—¿Kyle Swinton? ¿Qué quiere de él?

—Soy abogado, y se trata de una herencia.

—¿Herencia? Su familia no tenía dónde caerse muerta.

—Es de un tío abuelo.

—Ah, bien. Me alegro por él, supongo. Kyle no viene a la ciudad muy a menudo. Quizá no venga hasta la primavera.

Estupendo.

—Si pudiera indicarme cómo llegar a su casa, se lo agradecería.

—Claro, pero estará atrapado por la nieve. No hay acceso por carretera. No podrá llegar allí salvo en motonieve. Además...

El hombre titubeó.

—¿Sí?

—Es uno de esos survivalistas. Vive recluido en Elbert Canyon esperando, yo qué sé, el fin de la civilización o algo así.

—¿En serio?

—Tiene un búnker ahí arriba, reservas de alimentos y un arsenal tremendo, o eso dicen. Así que, si sube, más vale que se ande con cuidado, porque puede que le abra un agujero.

Pendergast guardó silencio un momento.

—Dígame, ¿dónde puedo alquilar una motonieve?

—Hay un par de sitios, es un deporte popular por estos lares. —Volvió a mirar a Pendergast de arriba abajo, receloso—. ¿Sabe usted conducir eso?

—Naturalmente.

El farmacéutico le dio a Pendergast la información y le hizo un plano de cómo llegar a la casa de Kyle Swinton.

Pendergast salió del establecimiento y bajó despacio por Harrison Avenue, como si fuera de compras, pese a los quince grados bajo cero, los montones de nieve y las aceras tan cubiertas de hielo que hasta la sal se integraba en ellas. Finalmente fue a una armería que también era casa de empeños.

Salió a su encuentro un hombre con un pulpo tatuado en la cúpula afeitada de su cabeza.

—¿Qué puedo hacer por usted?

—Quería una caja pequeña de cartuchos Cor-Bon de calibre 45 ACP.

El hombre puso la caja encima del mostrador.

—¿Compra aquí un tal Kyle Swinton?

—Desde luego, buen cliente. Aunque es un capullo chiflado.

Pendergast pensó un instante en la clase de persona a la que un hombre como aquel podía considerar un loco.

—Tengo entendido que tiene un buen arsenal.

—Se gasta hasta el último centavo en armas y munición.

—En ese caso, le comprará a usted munición muy diversa.

—Ya le digo. Por eso tenemos todos estos cartuchos aquí. Tiene una colección de armas cortas de gran calibre que lo dejaría pasmado.

—¿Revólveres?

—Huy, sí. Revólveres, pistolas, todas las cargas. Igual tiene unos cien mil dólares en armas de fuego ahí arriba.

Pendergast frunció los labios.

—Pensándolo bien, me voy a llevar también una caja de calibre 44 S&W Special, una de calibre 44 Remington Magnum y otra de calibre 357 S&W Magnum.

El hombre puso las cajas en el mostrador.

—¿Más?

—Con eso bastará, muchas gracias.

El tipo registró la compra.

—No necesito bolsa, me lo guardo en los bolsillos.

Se lo metió por dentro del abrigo.

Las cosas no habían ido del todo bien en la tienda de alquiler de motonieves más próxima. Pendergast pudo superar la objeción inicial a alquilarle el vehículo por un día, pese a su tremendamente inapropiada indumentaria, su acento sureño y su ausencia total de conocimientos siquiera mínimos sobre cómo llevar ese tipo de moto. Le pusieron un casco con visera en la cabeza y le dieron una clase rápida de cómo conducir, lo sacaron a dar una vuelta de práctica de cinco minutos, le hicieron firmar múltiples descargos de responsabilidad y le desearon suerte. Mientras tanto, Pendergast se enteró de más cosas de Kyle Swinton. Al parecer, todo Leadville lo conocía como el «capullo chiflado». Sus padres, que eran alcohólicos, al final se habían salido de la carretera en Stockton Creek, borrachos como cubas, y habían rodado trescientos metros por el barranco. Kyle había vivido de la tierra desde entonces, cazando, pescando y buscando oro cuando necesitaba efectivo para comprar munición.

Cuando Pendergast se marchaba, el gerente de la tienda de motonieves añadió:

—Ahora no suba disparado a la cabaña, no lo vaya a poner nervioso. Acérquese muy despacio, con las manos siempre a la vista y una sonrisa amistosa en la cara.

50

El trayecto hasta la cabaña de Swinton fue extraordinariamente desagradable. La motonieve era un artilugio tosco, ensordecedor y engorroso, propenso a los acelerones y las paradas repentinas, sin el refinamiento de una moto de alto rendimiento; además, mientras Pendergast maniobraba en la tortuosa carretera nevada, iba dejando un rastro permanente de nieve que se le quedaba adherida a su caro abrigo, formando capas. No tardó en parecer un muñeco de nieve con casco.

Siguió el consejo que le habían dado y redujo la velocidad en cuanto divisó la cabaña, medio enterrada en la nieve, con un conducto de estufa en lo alto, del que ascendía, enroscándose, un hilillo de humo. Efectivamente, cuando estaba a unos doscientos metros de distancia, apareció un hombre en el porche, menudo y con aspecto de hurón, con una separación entre las dos palas que podía verse incluso a esa distancia. Sostenía una escopeta de pistón.

Pendergast detuvo la motonieve, que se paró con una sacudida. Las placas de nieve que se le habían formado en el abrigo se rompieron y cayeron al suelo. Manoseó torpemente el casco hasta que consiguió levantar la visera con los aparatosos guantes.

—¡Saludos, Kyle!

La respuesta fue un manifiesto accionamiento del gatillo.

—¿Qué desea, señor?

—He venido a verlo a usted. He oído hablar mucho del equipo que tiene aquí arriba. Yo también soy survivalista y estoy recorriendo el país viendo lo que hacen otras personas para un artículo de la revista *Survivalist*.

—¿Dónde ha oído hablar de mí?

—Las noticias vuelan, ya sabe.

Titubeó.

—Entonces ¿es periodista?

—Ante todo, soy survivalista y después periodista. —Una ráfaga de viento frío hizo girar la nieve alrededor de las piernas de Pendergast—. Señor Swinton, ¿sería tan amable de obsequiarme con su hospitalidad para que podamos continuar esta conversación al abrigo de su hogar?

Swinton vaciló. La palabra «hospitalidad» no había pasado inadvertida. Pendergast aprovechó la ventaja.

—Me pregunto si tener a un hombre congelándose en la nieve a punta de pistola es la clase de hospitalidad que uno debería conceder a un alma gemela.

Swinton lo escudriñó.

—Al menos es un hombre blanco —dijo bajando el arma—. Muy bien, adelante. Pero sacúdase bien antes de entrar, no quiero restos de nieve en mi casa.

Esperó mientras Pendergast avanzaba con dificultad por la nieve profunda hasta el porche. Junto a la puerta había una escoba rota, que aprovechó para quitarse la nieve lo mejor que pudo mientras Swinton lo observaba ceñudo.

Siguió a Swinton al interior de la cabaña. Era asombrosamente grande, y se extendía hacia un laberinto de habitaciones al fondo. Por todas partes podía verse el brillo metálico de las armas: soportes de fusiles de asalto soviéticos y estadounidenses AK-47 y M16 ilegalmente alterados para disparar de forma automática; un juego de subfusiles automáticos Uzi y fusiles de asalto bullpup TAR-21, ambos israelíes; otro juego de rifles de asalto chinos Norinco QBZ-97, también alterados para funcionar de modo completamente automático. En una vitrina cercana había una gran variedad de revólveres y pistolas, como le había dicho el hombre de la armería en Leadville. Más allá, en una de las habitaciones, Pendergast vislumbró una colección de granadas propulsadas, entre las que había un par de lanzacohetes antitanque rusos RPG-29, del todo ilegales.

Salvo porque las paredes estaban completamente forradas de armas, la cabaña era asombrosamente acogedora, y ardía un fuego en una estufa de leña con la portezuela abierta. Todos los muebles estaban hechos a mano, con leños y ramas pelados, cubiertos con pieles de vaca. Y todo estaba limpísimo.

—Quítese el abrigo y siéntese, voy a por café.

Pendergast se lo quitó y lo colgó de una silla, se estiró el traje y se sentó. Swinton cogió unas tazas y una cafetera de la estufa y sirvió dos cafés. Sin preguntar, añadió a ambos una cucharada de leche en polvo y dos de azúcar y le dio uno a Pendergast.

El agente cogió la taza y bebió con fingido entusiasmo. Sabía como si llevara días hirviendo en el fuego.

Vio que Swinton lo miraba intrigado.

—¿A qué viene el traje negro? ¿Se le ha muerto alguien? ¿Ha subido aquí en motonieve con ese atuendo?

—Lo encuentro funcional.

—No parece usted un survivalista, ni mucho menos.

—¿Qué parezco?

—Un profesor pijo de Nueva York. O, con ese acento, quizá de Nueva Orleans. Así que ¿qué esconde?

Pendergast sacó su pistola calibre 45 y la puso en la mesa. Swinton la cogió, inmediatamente impresionado.

—Les Baer, ¿eh? ¿Sabe disparar esto?

—Lo intento —dijo Pendergast—. Tiene usted una buena colección. ¿Sabe usted dispararlas todas?

Swinton se ofendió, como Pendergast sospechaba qué haría.

—¿Cree que tengo colgada toda esa mierda en la pared sin saber usarla?

—Cualquiera puede apretar el gatillo de un arma —dijo Pendergast bebiendo un sorbo de café.

—Disparo casi todas las armas que tengo al menos una vez a la semana.

Pendergast señaló la vitrina de las armas cortas.

—¿Qué me dice del Super Blackhawk?

—Es extraordinario. Un clásico del Viejo Oeste actualizado.

Swinton se levantó y lo cogió del soporte.

—¿Puedo verlo?

Se lo pasó a Pendergast. El agente lo sopesó, lo inspeccionó, luego abrió el tambor y lo vació.

—¿Qué hace?

Pendergast cogió uno de los cartuchos, volvió a meterlo en el cilindro y lo hizo girar, después dejó el revólver en la mesa.

—Se cree muy duro, ¿verdad? Juguemos a un jueguecito.

—¿Qué demonios...? ¿A qué juego?

—Apúntese a la cabeza y apriete el gatillo. Y le daré mil dólares.

Swinton se lo quedó mirando.

—¿Es usted imbécil o qué? Veo perfectamente que el puñetero cartucho ni siquiera está en la posición de disparo.

—Entonces acaba de ganar mil dólares. Si coge el arma y aprieta el gatillo.

Swinton cogió el arma, se apuntó a la cabeza y apretó el gatillo. Se oyó un clic. La dejó en la mesa.

Sin mediar palabra, Pendergast se llevó la mano al bolsillo de la chaqueta, sacó un fajo de billetes de cien dólares y extrajo diez. Swinton cogió el dinero.

—Está usted loco, ¿lo sabe?

—Sí, estoy loco.

—Ahora le toca a usted.

Swinton cogió el revólver, giró el tambor y lo dejó en la mesa.

—¿Qué me va a dar?

—Yo no tengo dinero y no pienso devolverle los mil.

—Entonces quizá quiera contestar una pregunta a cambio. Cualquier pregunta que yo quiera hacerle. La verdad y solo la verdad.

Swinton se encogió de hombros.

—Claro.

Pendergast sacó otros mil dólares y los puso a un lado en la mesa. Luego cogió el arma, se la llevó a la sien y apretó el gatillo. Otro clic.

—Y ahora la pregunta.

—Dispare.

—Su tatarabuelo fue minero en Roaring Fork en la época del boom de la plata. Sabía mucho de una serie de muertes supuestamente obra de un oso grizzly pero que, en realidad, fueron perpetradas por un grupo de mineros locos.

Hizo una pausa. Swinton se había levantado de la silla.

—¡Usted no es un puñetero periodista de ninguna revista! ¿Quién es?

—Soy yo quien le está haciendo una pregunta. Si es usted un hombre de honor, me dará una respuesta. Si desea saber quién soy, tendrá que esperar su turno en el juego. Siempre, claro está, que tenga la fortaleza necesaria para seguir.

Swinton no dijo nada.

—Su antepasado sabía de esas muertes más que la mayoría. De hecho, yo creo que él sabía la verdad, toda la verdad. —Pendergast hizo una pausa—. Mi pregunta es: ¿cuál es la verdad?

Swinton se revolvió en el asiento. La expresión de su rostro experimentó algunos cambios rápidos. Dejó ver sus dientes de hurón varias veces, los labios crispados. Esto duró un rato, después, por fin, se aclaró la garganta.

—¿Por qué quiere saberlo?

—Curiosidad personal.

—¿A quién se lo va a contar?

—A nadie.

Swinton miró codicioso los mil dólares que había sobre la mesa.

—¿Lo jura? La familia ha guardado el secreto mucho, mucho tiempo.

Pendergast asintió con la cabeza.

Otra pausa.

—Todo empezó con el Comité de los Siete —dijo Swinton al fin—. Mi tatarabuelo, August Swinton, era uno de ellos. O al menos eso es lo que me han contado —declaró con un dejo de orgullo en la voz—. Como usted ha dicho, no fue un grizzly lo que mató a los mineros. Lo hicieron cuatro cabrones, antiguos obreros de la fundición, que vivían como salvajes en la montaña y se habían vuelto caníbales. Un hombre llamado Shadrach Cropsey subió en busca del oso y descubrió que no era un oso en absoluto, sino aquellos tipos que vivían en una mina abandonada. Averiguó dónde se escondían y formó ese Comité de los Siete.

—¿Y qué pasó entonces?

—Eso es otra pregunta.

—En efecto. —Pendergast sonrió—. ¿Otra ronda? —inquirió, cogió el revólver, giró el cilindro y lo dejó en la mesa.

Swinton negó con la cabeza.

—Aún veo el cartucho, y no está en la posición de disparo. ¿Otros mil pavos?

Pendergast asintió.

Swinton cogió el arma y apretó el gatillo, después la dejó en la mesa y extendió la mano.

—Este es el juego más estúpido que he visto en mi vida.

Pendergast le dio los mil dólares que había dejado a un lado en la mesa. Luego cogió el arma, giró el tambor y, sin mirar, se la llevó a la sien y apretó el gatillo. Clic.

—Está usted como una auténtica chota.

—Al parecer, hay muchos como yo por esta zona —repuso Pendergast—. Y ahora mi pregunta: ¿qué hicieron Shadrach Cropsey y el Comité de los Siete?

—Por aquel entonces, resolvían los problemas como está mandado: los solucionaban ellos mismos. Al diablo la ley y toda esa mierda. Subieron allí y se cargaron a esos caníbales. Según tengo entendido, el viejo Shadrach la palmó en la pelea. Después de eso, el «grizzly» ya no atacó a nadie más.

—¿Y el lugar donde mataron a los mineros?

—Eso es otra pregunta, amigo.

Pendergast giró el tambor y dejó el revólver en la mesa. Swinton lo miró nervioso.

—No veo el cartucho.

—Entonces o está en la posición de disparo o en la recámara opuesta, oculto por el armazón. Lo que significa que tiene un cincuenta por ciento de probabilidades de sobrevivir.

—No juego.

—Acaba de decir que lo haría. No lo imaginaba un cobarde, señor Swinton. —Se llevó la mano al bolsillo y sacó el fajo de billetes de cien. Esta vez extrajo veinte—. Vamos a doblar la apuesta. Le daré dos mil dólares si aprieta el gatillo.

Swinton sudaba profusamente.

—No voy a jugar.

—¿Insinúa que pasa? No insistiré.

—Sí, eso insinúo. Paso.

—Pero yo no paso.

—Adelante. Usted mismo.

Pendergast cogió el arma, giró el tambor, se llevó el revólver a la sien y apretó el gatillo. Clic. Lo dejó en la mesa.

—Mi última pregunta: ¿dónde mataron a los mineros?

—No lo sé. Pero tengo la carta.

—¿Qué carta?

—La que heredé de mi familia. Explica un poco las cosas.

Se levantó de la silla chirriante y hurgó en los escondrijos en penumbra de la cabaña. Volvió al poco con un viejo papel amarillento y polvoriento envuelto en película de poliéster Mylar. Volvió a sentarse despacio y le entregó la carta a Pendergast.

Era una nota manuscrita, sin puntuación, sin fecha, sin encabezamiento ni firma. Decía:

Esta noche a las once en el Ideal se esconden en la mina cerrada Christmas en lo alto de Smugglers Wall son cuatro traed vuestras mejores armas y lámpara quemad esta nota antes de salir

Pendergast bajó la carta. Swinton le tendió la mano y él se la devolvió. Swinton aún tenía la frente empapada de sudor, pero la expresión de su rostro era de puro alivio.

—No puedo creer que haya jugado a ese juego sin mirar siquiera el tambor. Eso es peligroso de narices.

Pendergast volvió a ponerse el abrigo, las bufandas y el sombrero y luego cogió el revólver. Abrió el tambor y dejó que le cayera en la mano el cartucho de calibre 44 Magnum.

—No ha habido peligro en ningún momento. Traía este cartucho conmigo y lo he sustituido por el suyo después de descargar el arma. —Lo sostuvo en alto—. Está trucado.

Swinton se levantó.

—¡Será desgraciado!

Se abalanzó sobre Pendergast sacando el arma que llevaba encima, pero, en un segundo, Pendergast había vuelto a cargar el cartucho en el tambor, lo había hecho girar hasta la posición de disparo y apuntaba a Swinton con el Blackhawk.

—O a lo mejor no está trucado.

Swinton se quedó petrificado.

—Nunca lo sabrá. —Pendergast sacó su Les Baer y, mientras apuntaba con ella a Swinton, extrajo el cartucho del Blackhawk y volvió a guardárselo en el bolsillo de la chaqueta—. Y ahora responderé a su pregunta anterior. No trabajo para ninguna revista. Soy agente federal. Y le prometo una cosa: si me ha mentido, lo sabré, más pronto que tarde, y en ese caso no lo salvará ninguna de sus armas.

51

Ese mismo día, a las tres de la tarde, Corrie ganduleaba en la habitación que había reservado en el Sebastian, vestida con un albornoz del hotel, admirando primero las vistas y echando después una ojeada al minibar; aunque no podía permitírselo, le divertía curiosear de todas formas. Luego pasó al baño de mármol, abrió la ducha, ajustó la temperatura del agua, se quitó el albornoz y entró.

Mientras disfrutaba de la ducha caliente, pensó que las cosas empezaban a mejorar. Se sentía mal por lo que había ocurrido durante el desayuno el día anterior, pero incluso aquello palidecía al lado de las revelaciones de Pendergast. El relato de Doyle, los mineros enloquecidos por el mercurio y la implicación de la familia Stafford eran cosas verdaderamente asombrosas. Y verdaderamente aterradoras. Pendergast tenía razón: se había puesto en grave peligro.

Roaring Fork había recuperado el estatus de ciudad fantasma que en su día había tenido, salvo porque estaba decorada de Navidad por completo aunque no hubiera a dónde ir. Del todo surrealista. Hasta la prensa parecía haber recogido sus cámaras y sus micrófonos. El hotel Sebastian había perdido a casi todos sus huéspedes y su personal, pero el restaurante todavía estaba a tope, más que nunca, porque, por lo visto, todos los que quedaban en la ciudad querían comer fuera. Corrie había hecho un trato con el gerente del hotel y había conseguido la habitación y el desayuno gratis a cambio de seis horas de trabajo en la cocina todos los días. Y aunque su arreglo con el hotel le proporcionaba una sola comida al día, Corrie tenía mucha experiencia en bufets libres y confiaba en poder engullir de una sentada alimento suficiente para el día entero.

Salió de la ducha, se secó y se cepilló el pelo. Mientras se lo secaba, oyó que llamaban a la puerta. Volvió a enfundarse rápidamente en el albornoz, se acercó a la entrada de la habitación y miró por la mirilla.

Pendergast.

Abrió la puerta, pero el agente titubeó.

—No tengo inconveniente alguno en volver más tarde...

—No sea tonto. Siéntese, no tardo nada.

Volvió al baño, terminó de arreglarse el cabello, se apretó el albornoz un poco más, salió de nuevo y se sentó en el sofá.

Pendergast no tenía buen aspecto. Su habitual semblante pálido parecía enrojecido y llevaba el pelo como si hubiera pasado por un túnel de viento.

—¿Cómo ha ido? —preguntó Corrie.

Sabía que había ido a Leadville a ver si podía localizar a algún descendiente de Swinton.

En lugar de responder a la pregunta, le dijo:

—Me deleita encontrarla a salvo y cómodamente instalada en el hotel. Respecto al coste, será un placer contribuir...

—No es necesario, gracias —respondió Corrie enseguida—. He conseguido negociar el alojamiento y la comida gratis a cambio de unas horas de trabajo en la cocina.

—Qué emprendedor por su parte. —Hizo una pausa y se puso más serio—. Lamento que haya creído necesario engañarme. El jefe Morris me ha informado de que le dispararon mientras conducía y de que han matado a su perro.

Corrie se puso coloradísima.

—No quería preocuparlo. Lo siento. Se lo iba a contar, en algún momento.

—Lo que no quería era que me la llevara de Roaring Fork.

—Eso también. Y quería encontrar al desgraciado que mató a mi perro.

—No intente averiguarlo. Confío en que ahora entienda que se enfrenta a personas peligrosas y muy motivadas. Esto va mucho más allá de un perro muerto, y usted es lo bastante inteligente como para darse cuenta.

—Por supuesto. Lo entiendo perfectamente.

—Está en juego una urbanización valorada en doscientos millones de dólares, pero no es solo una cuestión de dinero. Se formularán importantes cargos contra las personas implicadas, algunas de las cuales pertenecen a uno de los clanes más ricos y poderosos de este país, empezando por su querida señora Kermode y muy probablemente terminando por miembros de la familia Stafford también. Quizá ahora entienda por qué no dudarán en matarla.

—Pero yo quiero que comparezcan ante la justicia...

—Y así será. Pero no lo hará usted, y menos estando aquí. Cuando se encuentre a salvo en Nueva York, traeré a la Agencia y todo se pondrá al descubierto. Así que, como ve, ya no tiene otra cosa que hacer aquí más que preparar las maletas y regresar a Nueva York, en cuanto el tiempo lo permita.

Corrie pensó en la tormenta que se avecinaba. La carretera volvería a quedar cortada. Supuso que podría empezar a redactarlo todo, concretar el esquema de su tesis antes de tener que marcharse.

—Muy bien —dijo.

—Entretanto, no quiero que salga del hotel. He hablado con la jefa de seguridad, una mujer extraordinaria, y me aseguró que usted estará a salvo. En cualquier caso, puede que se quede encerrada aquí unos cuantos días. El pronóstico meteorológico es terrible.

—Por mí bien. Bueno, ¿me va a hablar de su viaje a Leadville?

—No.

—¿Por qué?

—Porque saberlo solo la pondría innecesariamente en mayor peligro. Por favor, deje que yo me encargue de esto a partir de ahora.

A pesar de su tono afable, Corrie se sintió irritada. Había accedido a lo que él le había pedido. Iba a volver a Nueva York en cuanto el tiempo mejorara. ¿Por qué no podía confiarle lo que había averiguado?

—Si insiste —dijo ella.

Pendergast se levantó.

—La invitaría a cenar conmigo, pero tengo que hablar con el jefe Morris. No han progresado mucho con el caso del incendiario.

Se marchó. Corrie meditó un instante, luego se acercó al minibar. Estaba muerta de hambre y no tenía dinero para comida. Su acuerdo del desayuno gratis no empezaba hasta la mañana siguiente. La lata de Pringles costaba ocho dólares.

«Que le den», se dijo mientras arrancaba el precinto.

52

Eran las tres de la mañana del 24 de diciembre. Después de revolotear como un espectro por delante de los deteriorados escaparates y las oscuras ventanas del casco antiguo, a Pendergast le costó apenas unos segundos colarse en el Ideal Saloon, saltando la decimonónica cerradura, pintoresca pero inútil.

Entró en aquel espacio sombrío de bar-museo cuyo interior se hallaba iluminado tan solo por varias filas de fluorescentes de emergencia, que producían sombras llamativas por toda la estancia. La cantina estaba formada por una habitación central grande, por mesas circulares, sillas y suelos de tablones de madera. Una barra larga recorría todo el fondo. La mitad inferior de las paredes estaba revestida de friso, resplandeciente de barniz y oscurecido por los años; la mitad superior, forrada de papel pintado de terciopelo con un estampado de flores victoriano. Decoraban las paredes apliques de cobre y vidrio tallado. Detrás de la barra, a la derecha, una escalera conducía a lo que fuera un pequeño burdel en la planta superior. Más a la derecha, en un rincón en parte oculto bajo la escalera, había unas mesas de juego. Un cordón de terciopelo justo detrás de las puertas batientes conformaba una zona de observación e impedía la entrada de visitas en la restaurada cantina.

Con sigilo, Pendergast pasó por debajo del cordón y dio un paseo largo y meditabundo por toda la estancia. En la barra había una botella de whisky y unos vasos de chupito, y en varias mesas también había dispuestas botellas y vasos. Detrás de la barra había una estantería con fondo de espejo llena de botellas antiguas de alcohol rellenas de agua coloreada.

Cruzó la barra hasta la zona de juego. En un rincón había una mesa de póquer, cubierta de fieltro verde, con distintas clases de jugadas al descubierto: una combinación de cuatro ases frente a una escalera de color. Junto a una espléndida ruleta antigua con incrustaciones de marfil, jaspe rojo y ébano, había una mesa de blackjack, con sus cartas también dispuestas muy ingeniosamente.

Se deslizó más allá de la zona de juego hasta una puerta oculta debajo de las escaleras. Intentó abrirla, la encontró cerrada con llave y saltó de inmediato la cerradura.

La puerta conducía a un pequeño cuarto polvoriento que no se había restaurado, con paredes de yeso agrietado y papel pintado despegado, algunas sillas viejas y una mesa rota. Rascando el yeso de las paredes se habían grabado varias pintadas, algunas fechadas en los años treinta, cuando Roaring Fork aún era una ciudad fantasma. En un rincón, había un montón de botellas de whisky rotas. Al fondo del cuarto había otra puerta que llevaba, Pendergast lo sabía, a una salida trasera.

Se quitó el abrigo y la bufanda, los colgó con cuidado de una de las sillas y miró alrededor, lenta y detenidamente, como si tratase de memorizarlo todo. Permaneció inmóvil un buen rato; luego, por fin, se movió. Escogió un espacio vacío en el suelo, se tendió en los tablones de madera sucios y cruzó las manos sobre el pecho, como un cadáver en un ataúd. Despacio, muy despacio, cerró los ojos. En el silencio, se centró en los sonidos de la tormenta de nieve: el aullido sordo del viento azotando los muros exteriores, el crujido de la madera, el repiqueteo del tejado de zinc. El aire olía a polvo, a madera podrida, a moho. Dejó que su respiración y su pulso se ralentizaran y su mente se relajara.

Era en aquel cuarto, estaba convencido, donde el Comité de los Siete se había reunido. Pero, antes de enfilar ese camino, había otro sitio que quería visitar primero, una visita que tendría lugar enteramente en su imaginación.

Pendergast había pasado un tiempo en un remoto monasterio tibetano, estudiando una forma esotérica de meditación llamada «Chongg Ran». Era una de las disciplinas tibetanas de control mental menos conocidas. Las enseñanzas nunca se ponían por escrito y solo podían transmitirse directamente de maestro a alumno.

Él había tomado la esencia del Chongg Ran y la había combinado con algunas otras disciplinas mentales, como el concepto del «palacio de la memoria» detallado en un manuscrito italiano del siglo XVI, de Giordano Bruno, titulado *Ars memoriae*, «El arte de la memoria». El resultado era una forma única y muy compleja de visualización mental. Con entrenamiento, esmerada preparación y un grado extremo de disciplina intelectual, el ejercicio le permitía abordar un problema complicado, con miles de datos y conjeturas, e hilarlos mentalmente en una historia coherente, que entonces podía procesarse, analizarse y, sobre todo, experimentarse. Pendergast utilizaba esta técnica para resolver problemas de inaprensible solución, para visualizar, con la fuerza de su intelecto, lugares a los que no tenía acceso físicamente, localidades distantes, e incluso lugares del pasado. No obstante, la técnica era agotadora en extremo, y la usaba con mesura.

Estuvo tumbado muchos minutos, inmóvil como un cadáver, primero disponiendo en cuidadoso orden un conjunto de datos extraordinariamente complejo, luego sintonizando sus sentidos con el entorno al tiempo que acallaba la voz de su pensamiento y desactivaba así esa incesante retransmisión en directo que todos los seres humanos llevamos en la cabeza. Esa voz había estado especialmente locuaz en los últimos días, y le costó un gran esfuerzo silenciarla; Pendergast se vio obligado a trasladar su actitud meditativa del tercer nivel al cuarto, haciendo complejas ecuaciones mentales, jugando cuatro manos de bridge a un tiempo. Por fin, silenció la voz, y entonces inició los ancestrales pasos del Chongg Ran. Primero, fue bloqueando uno tras otro todos los sonidos, todas las sensaciones: el crujido de la madera, el rugido del viento, el olor del polvo, el suelo duro en el que estaba tendido, la aparente infinitud de su propia consciencia corporal, hasta que al fin llegó al estado de *stong pa nyid*, del vacío absoluto. Por un instante, hubo solo inexistencia, incluso el tiempo pareció desvanecerse.

Pero luego, despacio, muy despacio, algo empezó a materializarse a partir de la nada. Al principio era tan pequeño, tan delicado, tan hermoso como un huevo de Fabergé. Con idéntica ausencia de premura, fue haciéndose cada vez mayor y más nítido. Con los ojos aún cerrados, Pendergast dejó que tomara forma a su alrededor. Después, por fin, abrió los ojos y se encontró en un espacio intensamente iluminado, un espléndido y elegante comedor, refulgente de luz y cristal, con el tintineo de las copas y el murmullo de una conversación refinada.

Además del olor a cigarro y la melodía aprendida de un cuarteto de cuerda, Pendergast asimiló la opulenta sala. Sus ojos viajaron por las mesas hasta detenerse finalmente en una de un rincón apartado. Sentados a ella había cuatro caballeros. Dos de ellos reían de alguna u otra ocurrencia; uno llevaba una levita de velarte, el otro vestía traje de etiqueta. Pendergast, sin embargo, estaba más interesado en los otros dos comensales. Uno de ellos iba vestido de forma extravagante: guantes blancos de cabritilla, chaleco y chaqué de terciopelo negro, corbata grande con volantes, calzones de seda hasta la rodilla, medias y zapatillas adornadas con lazos de grogrén. Una orquídea prendida del ojal. Estaba en plena disertación, hablando animadamente, con una mano pegada al pecho, la otra apuntando al cielo, el dedo índice extendido como si parodiara a san Juan Bautista. El hombre que tenía al lado, que parecía pendiente de cada palabra pronunciada por su compañero, presentaba un aspecto completamente distinto, y el contraste era tan fuerte que casi resultaba cómico. Era un tipo bajo y fornido que vestía un traje inglés discreto y sombrío. Lucía un gran bigote y un porte desmañado.

Eran Oscar Wilde y Arthur Conan Doyle.

Despacio, mentalmente, Pendergast se aproximó a la mesa y escuchó con atención la conversación —o más bien el monólogo— que empezaba a ser audible.

—¿Eso cree? ¿Piensa usted que, porque soy capaz de sacrificarme en pos del esteticismo, no reconozco el horror cuando lo tengo delante?

No había ningún sitio vacío. Pendergast se volvió, le hizo un gesto al camarero y le señaló la mesa. El hombre trajo inmediatamente una quinta silla y la colocó entre Conan Doyle y el que Pendergast dedujo que sería Joseph Stoddart.

—Una vez me contaron una historia tan espantosa, tan inquietante en sus pormenores y en el alcance de su maldad que verdaderamente creo que nada más podría ya volver a asustarme.

—Qué interesante.

—¿Le apetece oírla? No es apta para cardíacos.

Mientras escuchaba la conversación que estaba teniendo lugar a su lado, Pendergast alargó el brazo y se sirvió una copa de vino, que encontró excelente.

—Me la contaron durante mi gira de conferencias por América, hace ya algunos años. De camino a San Francisco, me detuve en un pueblo minero, miserable pero pintoresco, conocido como Roaring Fork. —Wilde apretó con la mano la rodilla de Doyle para darle más énfasis—. Di la conferencia al fondo de la mina y las buenas gentes del pueblo la recibieron con aterrador entusiasmo. Tras la charla, se me acercó uno de los mineros, un anciano, la peor compañía para echar un trago, o tal vez la mejor. Me llevó a un lado y me dijo que le había gustado tanto mi historia que tenía que contarme una a mí. —Hizo una pausa para beber un sorbo de borgoña—. Venga, acérquese un poco más, eso es, y le contaré exactamente lo que me contaron a mí.

Doyle se acercó como le pedía. Pendergast también se aproximó.

—Traté de escapar de él, pero no hubo manera; me abordó

con descarada familiaridad, exhalando vapores de una bebida local. Mi primer impulso fue apartarlo de un empujón y seguir mi camino, pero le vi algo en la mirada que me detuvo. Confieso, Doyle, que además me intrigó, desde el punto de vista antropológico, ese espécimen vestido de cuero, ese tosco poeta, ese minero borrachín, y de pronto sentí curiosidad por lo que aquel tipo consideraba «una buena historia». Así que escuché, con bastante atención, porque su acento americano era casi indescifrable. Habló de los sucesos que habían tenido lugar hacía unos años, no mucho después del descubrimiento de las minas de plata que conformó el establecimiento de Roaring Fork. En el transcurso de un verano, un oso grizzly, o eso se pensaba, había empezado a merodear por las montañas que rodeaban la ciudad, atacando, matando ¡y devorando! a los mineros solitarios que trabajaban en sus concesiones.

Doyle asintió enérgicamente, con una expresión de entera concentración en el rostro.

—Como es natural, la ciudad se sumió en un estado de terror absoluto. Pero las matanzas continuaron, pues había muchos hombres solitarios en las montañas. El oso era despiadado, atacaba por sorpresa a los mineros cuando estaban fuera de sus cabañas, los mataba y los desmembraba salvajemente, y luego se daba un festín con su carne. —Wilde hizo una pausa—. Me habría gustado saber si... comenzaba a comérselos cuando aún estaban conscientes. ¿Imagina lo que debe ser verse devorado vivo por una bestia salvaje, verla arrancarle la carne a uno, masticarla y tragársela luego con visible satisfacción? Esa es una idea jamás contemplada por Huysmans en su novela *A contrapelo*. ¡Qué deficiente era el asceta, visto en retrospectiva!

Wilde echó un vistazo para ver qué efecto estaban teniendo sus palabras en el médico rural. Doyle agarró su copa y le dio un buen trago a su clarete. Pendergast, que seguía escuchándolo, bebió también un sorbo de su copa; luego le hizo una seña a un camarero para que le trajera la carta.

—Muchos fueron los que intentaron dar con el oso grizzly

—prosiguió Wilde—, pero ninguno de ellos tuvo éxito, salvo un minero, un hombre que había aprendido el arte del rastreo viviendo entre los indios. Albergaba la idea de que las muertes no habían sido obra de un oso.

—¿No habían sido obra de un oso, señor?

—No habían sido obra de un oso, señor. Y así este individuo, llamado Cropsey, esperó a que se produjera la siguiente muerte, rastreó y no tardó en descubrir que los autores de semejante atrocidad eran un grupo de hombres.

Al oír esto, Doyle se echó hacia atrás con brusquedad.

—Discúlpeme, señor Wilde, ¿insinúa usted que esos hombres eran... caníbales?

—Eso mismo. Caníbales americanos.

Doyle negó con la cabeza.

—Monstruoso. Monstruoso.

—Sin duda —confirmó Doyle—. No tienen las buenas maneras de los caníbales ingleses.

Doyle se quedó mirando espantado a su compañero de mesa.

—Este no es un asunto para tomar a la ligera, Wilde.

—Quizá no. Ya se verá. En cualquier caso, nuestro Cropsey siguió a estos caníbales hasta su guarida, un pozo minero abandonado en la montaña, en un lugar llamado Smuggler's Wall. No había policía en la ciudad, así que organizó un pequeño grupo de justicieros locales. Se hicieron llamar el «Comité de los Siete». Escalarían la montaña en la oscuridad de la noche, sorprenderían a los caníbales y les administrarían la cruda justicia del oeste americano. —Wilde jugueteó con la flor que llevaba prendida del ojal—. Ese mismo día, a medianoche, el grupo se reunió en la cantina local para debatir la estrategia y, lógicamente, armarse de valor para el mal trago que habrían de pasar. Luego salieron por una puerta trasera, armados hasta los dientes y equipados con lámparas, cuerdas y una antorcha. Aquí, mi querido Doyle, es donde la historia se vuelve... bueno, ¿para qué andarse con ambages?, espantosa. Prepárese, porque ahora viene lo bueno.

El camarero trajo la carta, y Pendergast centró su atención en ella. Tres o cuatro minutos después, lo sacó bruscamente de su inspección la súbita y violenta retirada de Doyle de la mesa, tan agitado que volcó la silla, y su inmediata huida del comedor, con una mezcla de asombro y repugnancia en el rostro.

—Pero ¿qué ocurre? —inquirió Stoddart, ceñudo, al ver a Doyle desaparecer en dirección al aseo de caballeros.

—Sospecho que han sido las gambas —respondió Wilde, y se limpió remilgadamente la boca con la servilleta...

Tan despacio como había llegado, la voz comenzó a desvanecerse en la mente de Pendergast. El suntuoso interior del hotel Langham empezó a oscilar, como si se disolviera en la niebla y la oscuridad. Despacio, muy despacio, se materializó otra escena, una muy distinta. Era la trastienda llena de humo y hedionda de whisky de una concurrida cantina, en cuyas finas paredes de madera penetraba el bullicio del juego, la bebida y las discusiones. Una trastienda, de hecho, considerablemente similar a la que Pendergast ocupaba en ese momento, en el Roaring Fork del presente. Tras un breve intercambio de voces resueltas, un grupo de siete hombres se alzó de una mesa grande; llevaban lámparas y armas. Siguiendo a su líder, un tal Shadrach Cropsey, salieron a la noche por la puerta trasera del pequeño cuarto.

Pendergast los siguió, y su incorpórea presencia flotó en el aire frío de la noche como una fantasma.

53

El grupo de mineros enfiló la sucia calle principal de la ciudad, despreocupados y sin prisa, hasta que llegaron al final, donde terminaba el pueblo y los bosques se adentraban en las montañas. Era una noche sin luna. El olor a fuegos de leña impregnaba el aire, y en las cuadras próximas los caballos se revolvían inquietos. En silencio, el grupo encendió las lámparas y procedió por una accidentada carretera minera que ascendía en zigzag y después seguía ascendiendo por entre los abetos.

La noche era fría y el cielo estaba salpicado de estrellas. Aulló en algún lugar de la gran cuenca montañosa un lobo solitario al que inmediatamente respondió otro. A medida que ganaban altitud, los abetos se hacían más pequeños, menos altos, retorcidos en formas grotescas por los vientos incesantes y las fuertes nevadas. Poco a poco, mermaba el número de árboles en favor de matorrales enmarañados y apelmazados, y luego el camino de carretas sobrepasaba el límite forestal.

Mentalmente, Pendergast siguió al grupo.

La línea de lámparas amarillas avanzó por la rocosa pendiente, aproximándose a Smuggler's Cirque. Estaban entrando en una zona minera recientemente abandonada, y alrededor de los hombres aparecieron relaves fantasmales, como pirámides; residuos tóxicos derramándose por los lados de la montaña. Los inmensos hoyos de las minas estaban precedidos por vertederos desvencijados, caballetes, cajas de esclusa y canalones.

A la derecha se alzaba en la oscuridad un inmenso edificio de madera, levantado en la parte baja y llana de Smuggler's Cirque: la entrada principal a la célebre mina Sally Goodin, aún operativa entonces, en el otoño de 1876. El edificio alojaba las máquinas y las poleas utilizadas para subir y bajar las cestas y los cubos; también encerraba la Ireland, una bomba de achique de doscientas toneladas capaz de bombear cerca de cuatro mil litros por minuto, usada para desaguar el complejo minero.

Entonces todas las lámparas se apagaron, menos una de vidrio rojo que producía un resplandor sangriento en la noche tenebrosa. El camino se dividió en muchos ramales tortuosos que ascendían hacia las laderas que se alzaban alrededor del circo. El objetivo de Cropsey y del Comité de los Siete se encontraba más arriba, en el más elevado de los túneles abandonados, en lo alto de la ladera conocida como Smuggler's Wall, situada a una altitud próxima a los cuatro mil metros. Solo un sendero iba en esa dirección, excavado a mano en el pedregal, zigzagueando marcadamente en su ascenso. Pasaba por encima de la cresta de una montaña y rodeaba un pequeño lago helado, el agua negra y quieta, la maquinaria de bombeo oxidada en la orilla y las viejas compuertas de esclusa.

Los siete hombres siguieron subiendo. Entonces se hizo visible a la tenue luz de las estrellas el hoyo cuadrado y oscuro de la mina Christmas, recortado sobre la ladera más alta, sembrada de rocas sueltas. Del hoyo partía un caballete, y debajo de este había un montículo de relave de color claro. En la ladera de debajo, había esparcido un revoltijo de maquinaria averiada.

El grupo hizo una pausa, y Pendergast oyó un suave murmullo de voces. Luego se dividieron en silencio. Uno de ellos subió y se ocultó entre unas piedras por encima de la abertura de la mina. Otro se puso a cubierto entre las rocas al lado de la entrada.

Apostados los centinelas, el resto —cuatro hombres conducidos por Cropsey, que ahora sostenía la lámpara— entró en el túnel abandonado. Pendergast los siguió. La pantalla de la lámpara roja estaba ajustada de modo que producía solo el mínimo brillo. Con las armas en ristre, los hombres pasaron en fila india por los raíles de hierro que conducían al interior de la mina, sin hacer ruido. Uno llevaba la tea, lista para encender.

Al avanzar, les llegó un olor que se hacía cada vez más horrible en aquella atmósfera caliente, húmeda y asfixiante.

Al túnel principal de la mina Christmas se interponía otro perpendicular: un corredor horizontal que formaba un ángulo recto con el principal. El grupo se detuvo y preparó las armas. Dispusieron la tea, encendieron una cerilla y la resina prendió. En ese momento, los hombres doblaron la esquina, apuntando con las armas, y enfilaron el túnel transversal. El olor era ya casi abrumador.

Silencio. Las llamas titilantes revelaron algo al fondo de la galería. El grupo avanzó con cautela. Era un bulto irregular, desigual. Al acercarse, comprobaron que se trataba de un montón de cosas blandas: arpillera en estado de putrefacción, viejos sacos de yute, hojas y agujas de pino, pedazos de musgo. Mezclados con todo este material había trozos de hueso mordisqueado, cráneos rotos y tiras de algo que parecía cuero disecado.

Piel. Piel sin pelo.

Alrededor de aquella pila, había heces humanas.

Uno de los hombres habló con voz ronca.

—¿Qué... es esto?

La pregunta no recibió en principio otra respuesta que el silencio. Finalmente, uno de los otros replicó:

—Es la guarida de un animal.

—No es ningún animal —dijo Cropsey.

—Dios Todopoderoso.

—¿Dónde están los malditos caníbales?

Se elevaron entonces sus voces, resonaron a medida que el miedo y la incertidumbre comenzaban a hacer mella en ellos.

—Esos cabrones deben de haber salido. A matar.

La tea chisporroteaba y ardía, y las voces se alzaban, discutiendo sobre lo que debían hacer. Bajaron las armas. Hubo desacuerdo, conflicto.

De pronto Cropsey levantó la mano. Los otros guardaron silencio, escucharon. Se oyó un arrastrar de pies y una brutal respiración gutural. Cesaron los ruidos. El que llevaba la tea la ahogó enseguida en un charco de agua, y Cropsey apagó la lámpara. Entonces se produjo un silencio total. Probablemente los asesinos hubieran visto la luz u oído las voces y supieran que unos intrusos estaban ahí.

—Encended alguna luz, por el amor de Dios —susurró uno de los hombres, con la voz tensa de angustia.

Cropsey abrió la lámpara un poquito. Los otros se estaban acuclillando, rifles y pistolas en ristre. La tenue luz apenas penetraba la penumbra.

—¡Más luz! —dijo alguien.

La lámpara iluminó entonces el túnel transversal por donde se habían encaminado antes. Silencio absoluto. Esperaron, pero nada apareció por la esquina que llevaba al corredor principal. Tampoco se oyó sonido alguno de huida.

—Vamos a por ellos —anunció Cropsey—. Antes de que escapen.

Nadie se movió. Al final, el propio Cropsey empezó a avanzar con sigilo. Los otros lo siguieron. Recorrió el túnel transversal con lentitud y luego se detuvo. Los demás esperaron detrás. Sosteniendo en alto la lámpara, se agachó, luego dobló la esquina repentinamente, empuñando el rifle con una mano, como si fuera una pistola, y cargando la lámpara con la otra.

—¡Ahora!

Sucedió con asombrosa velocidad. El destello de algo que atacaba, un fuerte sonido como de gárgaras, y luego Cropsey que daba media vuelta, dejando caer el rifle y retorciéndose de dolor. Llevaba a lomos a un hombre sucio y desnudo que le desgarraba la garganta, más como una bestia que como un ser humano. Ninguno de los otros cuatro, que ya se hallaban en el túnel principal, pudo disparar; el caníbal y Cropsey estaban demasiado pegados el uno al otro. Este último volvió a gritar, tambaleándose, tratando de deshacerse del hombre que le atacaba con uñas y dientes, desgarrándole todo lo que podía: orejas, labios, nariz; de pronto estalló un chorro de sangre del cuello de Cropsey, que se derrumbó, con el monstruo aún encima; la lámpara cayó al suelo y se hizo añicos.

Simultáneamente, de forma unánime, los otros empezaron a disparar, apuntando sin control a la oscuridad. Con los destellos de las bocas de las armas pudieron ver más figuras que corrían hacia ellos bramando como toros, una melé en medio de la erupción desordenada de disparos. Los dos centinelas entraron corriendo por el túnel, alertados por el alboroto, y se sumaron a la matanza con sus propias armas. Resonaron los disparos una y otra vez, y se repitieron los destellos de luz acompañados de nubes de horrendo humo gris. Luego se hizo el silencio. Por un instante, solo hubo oscuridad. Entonces se oyó el sonido de una cerilla raspada en una roca; otra lámpara se encendió, y su débil luz iluminó una siembra de cadáveres, los cuerpos destrozados de los cuatro caníbales esparcidos por el túnel, abatidos por las balas de gran calibre, desparramados como residuos viscosos sobre el cadáver desgarrado de Shadrach Cropsey.

Se acabó.

Quince minutos después, Pendergast abrió los ojos. La habitación estaba fría y silenciosa. Se levantó, se sacudió el traje negro, se abrigó y salió por la puerta de atrás de la cantina. La tormenta estaba en pleno apogeo, azotaba con furia Main Street y zarandeaba los adornos de Navidad como si fueran telarañas. Ciñéndose el abrigo, apretándose la bufanda y bajando la cabeza contra el viento, se dispuso a cruzar la ciudad, sacudida por la tormenta, para volver al hotel.

54

A las once de la mañana del día de Nochebuena, después de untar de mantequilla doscientas tostadas, lavar el doble de platos y fregar la cocina entera, Corrie volvió a su habitación, se enfundó en el abrigo y se aventuró a salir a la tormenta. La idea de que Kermode o sus secuaces pudieran estar fuera con aquel tiempo, esperándola, le parecía descabellada; aun así, sintió un escalofrío de miedo. Se consoló pensando que iba camino del lugar más seguro del mundo: la comisaría de policía.

Había decidido plantarle cara a Pendergast. Quizá no tanto plantarle cara como insistirle en que compartiera con ella la información que al parecer había obtenido en su excursión a Leadville. Tal y como ella lo veía, no era justo que se la ocultara. A fin de cuentas, ella había descubierto la implicación de Swinton en el caso y le había pasado el nombre a él. Si había averiguado algo de los antiguos asesinatos, lo mínimo que podía hacer era permitirle que los incluyera en su tesis.

El viento y la nieve arrastrada por este la abofetearon al volver la esquina en dirección a Main Street. Se inclinó hacia delante para combatirlo, agarrándose la gorra. El área de negocios de Roaring Fork era relativamente pequeño, pero, aun así, el trayecto se hacía bastante largo en plena ventisca.

La comisaría se alzó imponente en medio del remolino de nieve; en sus ventanas resplandecía una luz amarilla, perversamente acogedora. Por lo visto, todos estaban trabajando a pesar de la tormenta. Subió las escaleras de entrada, se quitó la nieve pateando el suelo del vestíbulo, sacudió el gorro y la bufanda de lana y entró.

—¿Está el agente especial Pendergast? —le preguntó a Iris, la mujer de recepción con la que había entablado amistad en los últimos diez días.

—Oh, cielo —suspiró—. No ficha nunca y lleva unos horarios rarísimos. No logro seguirle la pista —añadió negando con la cabeza—. Pasa si quieres a ver si está en su despacho.

Corrie bajó al sótano y agradeció por una vez el calor que hacía allí abajo. La puerta del despacho estaba cerrada. Llamó, pero no contestó nadie.

¿Dónde estaría, con aquella tormenta? En el hotel Sebastian no, porque no le había contestado al teléfono.

Bajó la manija, pero la puerta estaba cerrada con llave.

Se detuvo un instante, pensativa, sin soltar la manija. Luego volvió arriba.

—¿Lo has encontrado? —preguntó Iris.

—No ha habido suerte —dijo Corrie. Titubeó—. Perdona, creo que me olvidé algo importante en su despacho. ¿Tienes la llave?

Iris se lo pensó.

—Sí, pero me parece que no puedo dejarte entrar. ¿Qué te olvidaste?

—El móvil.

—Ah. —Iris se lo pensó un poco más—. Supongo que podría siempre y cuando me quede contigo.

—Eso estaría fenomenal.

Bajó de nuevo las escaleras, esta vez detrás de Iris. En un momento, la mujer había abierto la puerta y encendido la luz. Allí dentro hacía calor y el ambiente estaba muy cargado. Corrie miró alrededor. La mesa estaba cubierta de papeles cuidadosamente dispuestos. Exploró con la mirada la superficie, pero estaba todo demasiado ordenado de manera meticulosa para revelar cualquier información.

—No lo veo —dijo Iris mirando alrededor.

—Quizá lo haya guardado en algún cajón.

—No me parece bien que abras ningún cajón, Corrie.

—Vale. Claro que no.

Miró con frenesí por toda la mesa, de un extremo al otro.

—Tiene que andar por algún lado —dijo.

Entonces Corrie vislumbró algo interesante. Una página arrancada de una libreta pequeña, manuscrita con la inconfundible caligrafía de Pendergast. La parte superior de la hoja sobresalía entre un fajo de documentos. Tres palabras subrayadas saltaban a la vista: «Swinton» y «mina Christmas».

—¿Estará por aquí?

Corrie se inclinó sobre el escritorio como si mirara detrás de la lámpara mientras le daba un codazo «sin querer» a los cuadernos y dejaba al descubierto unas cuantas líneas más de la hoja arrancada en la que Pendergast había escrito:

Esta noche a las once en el Ideal se esconden en la mina cerrada Christmas en lo alto de Smugglers Wall son cuatro

—En serio, Corrie, ya está bien —dijo Iris con firmeza y frunciendo los labios al verla leer algo del escritorio.

—Vale, lo siento. ¿Dónde demonios habré metido ese condenado móvil?

De vuelta en el hotel, Corrie anotó enseguida las líneas que había memorizado y luego las miró pensativa. Era evidente que Pendergast había copiado una nota o algún documento antiguo donde se mencionaba el sitio en el que tendría lugar el ataque a los caníbales: la mina Christmas. En el archivo de la mansión Griswell había visto unos cuantos mapas del distrito minero en los que estaban marcados e identificados las minas y los túneles. Sería fácil encontrar la ubicación e incluso la distribución de las galerías subterráneas de esa mina Christmas.

Aquello era interesante. Aquello lo cambiaba todo. Había sospechado que los mineros enloquecidos por el mercurio se habían escondido en alguna mina abandonada. Si los habían matado en algún túnel o pozo, quizá los restos aún estuvieran allí.

La mina Christmas... Si recuperaba unos cuantos huesos y alguna muestra de pelo de los restos mortales, podía pedir que los analizaran en busca de indicios de intoxicación por mercurio. Ese análisis era barato y rápido; incluso se podía pedir un kit de herramientas para hacerlo en casa. Y si el análisis salía positivo, sería la guinda de su trabajo. Habría resuelto definitivamente los antiguos asesinatos y establecido un móvil de lo más inusual.

Pensó en lo que le había prometido a Pendergast: que no saldría del hotel, que se abstendría de buscar a la persona que le había disparado y que había decapitado a su perro. Bueno, ella ya había desistido de esa idea. Pendergast no debería haberle ocultado información, sobre todo información tan crucial para su tesis.

Miró por la ventana. La ventisca no había remitido. Como se acercaba la Nochebuena, todo estaba cerrado y la ciudad estaba casi desierta. Ahora mismo sería el momento perfecto para hacer una visita a los archivos de la mansión Griswell.

Corrie hizo una breve pausa, luego se guardó en el bolsillo su pequeño juego de ganzúas. La casa seguramente tendría una cerradura de época, no supondría problema alguno.

Volvió a abrigarse y se aventuró a salir a la tormenta. Por suerte para ella, mientras avanzaba penosamente por las calles desiertas comprobó que en efecto no había nadie por ahí fuera más que las máquinas quitanieves. Algunos de los adornos navideños, guirnaldas y cintas, se habían soltado con el viento y ondeaban y colgaban con tristeza de las farolas y las banderolas publicitarias. Las luces navideñas también se habían soltado y andaban chisporroteando erráticamente. No veía el perfil de las montañas, pero aún podía oír, amortiguado por la nieve, el zumbido y retumbo de los remontes, que seguían funcionando pese a todo lo que había sucedido y a la casi total ausencia de esquiadores. Quizá el esquí fuera algo tan enraizado en la cultura de Roaring Fork que los remontes y las máquinas quitanieves jamás dejaban de funcionar.

Al doblar la esquina de East Haddam, de pronto tuvo la sensación de que alguien la seguía. Se volvió bruscamente y escudriñó en la oscuridad, pero no pudo ver nada, salvo los remolinos de nieve. Titubeó. Quizá fuera un transeúnte, o tal vez imaginaciones suyas. No obstante, la advertencia de Pendergast resonó en su cabeza.

Había una forma de saberlo. Deshizo el camino, aún perfectamente visible en la nieve. Y, en efecto, había otras pisadas aparte de las suyas. Al parecer, habían estado siguiéndola, pero de repente habían virado y se habían metido por un callejón particular, más o menos en el momento en que ella se había vuelto.

Corrie descubrió de pronto que el corazón se le alborotaba. Muy bien, alguien la seguía. Quizá. ¿Sería el matón que había querido echarla de la ciudad? Claro que también podía ser coincidencia, aparte de sus justificadas paranoias.

—Que os den —dijo ella en voz alta, dio media vuelta y continuó avanzando a toda prisa por la calle. Volvió otra esquina y se encontró delante de la mansión Griswell. La cerradura, como suponía, era antigua. No le costaría nada entrar.

Pero ¿tendría alarma el edificio?

Una ráfaga de viento la azotó mientras se asomaba al cristal de la puerta en busca de algún indicio del sistema de alarma. No vio nada evidente como sensores infrarrojos o detectores de movimiento instalados en las esquinas; tampoco había disuasorios en la fachada del edificio. El sitio tenía cierto aire de abandono y tacañería. Quizá nadie pensase que los montones de documentos que había en su interior tuvieran valor o necesitaran protección.

Aunque hubiera alarma y Corrie la hiciera saltar, ¿respondería la policía? En esos momentos tenían asuntos más preocupantes que atender. Además, con aquella tormenta, los fuertes vientos, las ramas que caían y el hielo, debían de estar saltando alarmas por toda la ciudad.

Miró alrededor, se quitó los guantes y saltó la cerradura rápidamente. Luego se coló dentro, cerró la puerta e inspiró hondo. No había alarma, ni luces que parpadearan, nada. Solo la vibración del viento y la nieve en el exterior.

Se frotó las manos para calentárselas. Aquello iba a ser pan comido.

55

Media hora después, encorvada sobre un pila de papeles en un oscuro cuarto trasero, Corrie había encontrado lo que necesitaba. Un viejo mapa le mostraba la ubicación y distribución interna de la mina Christmas. Según la información que había recabado, la mina era un destrozo, una de las primeras que habían explotado y abandonado en el año 1875, y que supiera jamás la habían vuelto a abrir. Quizá por eso los mineros enloquecidos la habían usado como base de operaciones.

Echó otro vistazo, más detenido, al mapa. Aunque la mina se encontraba en la parte más alta de Smuggler's Wall, a casi cuatro mil metros de altitud, se podía acceder a ella fácilmente por la red de antiguas carreteras mineras de la montaña, ahora utilizada por los quads en verano y las motonieves en invierno. La mina se hallaba en una de las laderas que rodeaban el famoso complejo de antiguos edificios ubicado en una cuenca natural conocida como Smuggler's Cirque, destino popular para los turistas en verano. Uno de los edificios, el más alto de todos, era célebre por alojar los restos de la Ireland, supuestamente la bomba de achique más grande del mundo en el momento de su construcción, utilizada para desaguar las minas cuando se cavaban los pozos por debajo de la capa freática.

La mina Christmas seguramente estaría sellada; por lo que sabía, todas las viejas minas y túneles de Roaring Fork se habían tapiado o, en algunos casos, blindado con paneles de hierro.

Quizá le resultara difícil o incluso imposible entrar, sobre todo con la nieve. Pero merecía la pena intentarlo. Tenía razones sobradas para creer que los restos de los caníbales aún estarían allí, tal vez escondidos en algún lugar por los justicieros que los mataron.

Mientras echaba un vistazo a los documentos, los mapas y los diagramas, cayó en la cuenta de que, inconscientemente, se había formado un plan en su cabeza. Subiría a la mina, localizaría los cuerpos y tomaría unas muestras. Y lo haría ahora que las rutas de salida de la ciudad eran aún intransitables y antes de que Pendergast pudiera obligarla a volver a Nueva York.

Pero ¿cómo iba a subir allí arriba, a la parte más alta de la ladera de una montaña, con aquella terrible tormenta? Al tiempo que se planteaba la pregunta, le vino a la cabeza la respuesta. Había motonieves en la pista de esquí. Subiría a The Heights, cogería prestada una y haría una visita rápida a la mina Christmas.

Aquel era, sin duda, el momento perfecto: Nochebuena, cuando el noventa por ciento de la ciudad se había marchado y el diez por ciento restante estaba cómodamente recogido en su casa. Aunque alguien la estuviera siguiendo, nunca lo haría hasta la mina, y menos con ese tiempo. Una breve visita de inspección allí arriba y vuelta, y luego se encerraría en el hotel hasta que pudiera organizar su salida de la ciudad.

Se le pasó por la cabeza que no solo debía estar pendiente de los esbirros de Kermode, sino también del tiempo. Si alguien más estaba lo bastante loco como para salir con aquella tormenta, ¿no implicaba eso que también ella estaba haciendo una pequeña locura? Se dijo que iría paso por paso. Si la tormenta empeoraba demasiado o si le parecía que se estaba metiendo en una situación que no iba a saber manejar, abandonaría la inspección y regresaría.

Tras guardarse en el bolsillo el viejo mapa de la mina y otro de todo el distrito minero que mostraba las conexiones entre los túneles, volvió al hotel Sebastian, pendiente de la persona que supuestamente la seguía, pero sin detectar indicio alguno de la misma. Ya en su habitación, empezó a prepararse para la tarea que la esperaba. Metió en su mochila una botella pequeña de agua, bolsas de muestras, una linterna frontal con pilas de repuesto, guantes y calcetines de recambio, cerillas, cantimplora, unas chocolatinas Mars y unos Reese's Pieces, las ganzúas, una navaja, el spray de pimienta (que siempre llevaba a todas partes) y el móvil. Echó otro vistazo al mapa de la mina que había sacado de los archivos y observó con satisfacción que las vías subterráneas de los túneles estaban perfectamente delimitadas.

El conserje del hotel había podido proporcionarle un mapa —utilísimo— de las rutas de motonieve de todas las montañas de la zona. También pudo «prestarle», de la sección de mantenimiento del hotel, un martillo de carpintero, unas tenazas y una palanca.

Se abrigó, metió la mochila en el coche y enfiló Main Street en plena tormenta, con los limpiaparabrisas en marcha. Nevaba un poco menos, y el viento era menos fuerte. Las quitanieves aún seguían funcionando —las máquinas eran asombrosamente eficientes en aquella ciudad—, pero aun así la tormenta le había sacado ventaja a la limpieza y había entre ocho y diez centímetros de nieve en la mayoría de las carreteras. No obstante, el Ford Explorer lo llevaba bien. Mientras se aproximaba a The Heights, ensayó lo que le diría al guardia de servicio, pero al llegar a la entrada encontró la puerta abierta y la garita vacía. ¿Y por qué no? Los trabajadores querrían estar en casa en Nochebuena; además, ¿quién en su sano juicio andaría por ahí con aquella tormenta?

La carretera calefactada de esa zona no estaba mal, pese a que la tormenta desbordaba la capacidad del sistema térmico. Estuvo a punto de quedarse atascada unas cuantas veces, pero redujo la marcha y logró seguir adelante. Por lo menos, a la salida de The Heights sería casi todo cuesta abajo.

A través de los remolinos de nieve, divisó el club con las luces encendidas; los ventanales de vidrio laminado desprendían un acogedor resplandor amarillo. El aparcamiento, en cambio, estaba vacío, así que Corrie aparcó cerca del lateral del edificio y bajó del coche. Con una tormenta como esa, dudaba que hubiera alguien dentro. De todas formas, no quería que ningún entrometido la viera coger una de las motonieves de la pista de esquí. Tras sacudirse la nieve del cuerpo, rodeó el edificio hasta la puerta principal e intentó abrirla.

Estaba cerrada con llave.

Se asomó por la pequeña fila de ventanas del lado derecho de la puerta. Dentro, el sitio estaba iluminado y cargado de adornos navideños. Un hogar de gas ardía alegremente en la chimenea, pero no se veía a nadie.

Para asegurarse, recorrió el resto del edificio, asomándose a las ventanas, mientras el viento, aunque amainaba, le aullaba en los oídos. Le llevó cinco minutos de inspección lenta y detenida asegurarse de que no había nadie en el club.

Volvió al lateral del edificio, dispuesta a subir a la pista de esquí. Mientras cruzaba el aparcamiento, observó que casi había dejado de nevar. La carretera sin asfaltar que conducía a la pista aún sería transitable. Se subió al Explorer y arrancó el motor. Todo estaba saliendo según lo previsto. Podría elegir la motonieve que quisiera, y aún tenía la llave del candado del almacén.

Al rodear la entrada circular del club para salir a la carretera principal calefactada detectó un segundo juego de huellas de neumáticos en la nieve, superpuestas a las de su coche.

56

¿Coincidencia? Sin duda era posible. Corrie se dijo que las huellas podían ser de alguien de la urbanización; a fin de cuentas, había decenas de viviendas allí arriba. Quizá fuera algún residente, que volvía aprisa a su casa antes de que la tormenta empeorara. No obstante, ya la habían seguido antes, en la ciudad. Además, ¿para qué habría entrado aquel coche en el aparcamiento? De pronto, se atemorizó y echó un vistazo alrededor, pero no había otros vehículos a la vista. Miró el reloj: las dos de la tarde. Le quedaban tres horas de luz natural.

El Explorer subió la carretera derrapando, Corrie pisando el acelerador. Tomó la última curva patinando y detuvo el coche junto a la valla que rodeaba la pista de esquí. La nieve había aflojado aún más, pero al alzar la vista al cielo pudo ver densas nubes grises, promesa de nuevas nevadas.

Sin apagar el motor, comprobó de nuevo la mochila: todo estaba allí, en perfecto estado. No llevaba traje para motonieve, pero se había puesto prácticamente todas las capas de ropa de invierno que tenía, además de dos pares de guantes, un pasamontañas y unas gruesas botas de nieve Sorel.

Salió del coche, cogió la pesada mochila y se la colgó de un hombro. Había una siniestra quietud en la pista. Todo estaba bañado en una luz fría y gris; el aire era gélido, el aliento se le condensaba. Olía a bosque alpino. Las ramas de los árboles estaban cargadas de nieve y se encorvaban; el borde del tejado del almacén seguía cubierto por una gruesa capa de nieve y hielo, cuyos carámbanos se veían fríos y grises bajo la escasa luz.

Abrió el candado con su llave y entró en el almacén, luego encendió las luces. Las motonieves estaban todas allí, perfectamente alineadas, con las llaves en el contacto y los cascos colgados de un perchero de pared próximo. Recorrió la fila, examinándolas, comprobando los contadores de gasolina. Aunque nunca había conducido una, de adolescente había montado bastante en motos de cross en Kansas y le daba la impresión de que funcionaban igual, con el acelerador en el manillar derecho y el freno en el izquierdo. Sencillo. Escogió la que parecía más limpia, se aseguró de que tenía el depósito lleno, eligió un casco y guardó la mochila en el compartimento de debajo del asiento.

Acercándose a la entrada principal del almacén, abrió la puerta desde dentro con llave y la empujó con dificultad. La nieve que se había amontonado contra la puerta entró en avalancha en la nave. Arrancó la motonieve, se acomodó en el asiento y echó un vistazo a los controles, el acelerador, los frenos y el cambio de marchas; luego encendió y apagó las luces unas cuantas veces.

Pese al miedo y la angustia que la carcomían, no pudo evitar sentir una creciente emoción. Debía tomárselo como una especie de aventura. Si alguien la seguía, ¿se atrevería a ir también montaña arriba? Lo veía improbable.

Se puso el casco, le dio a la máquina un poco de gas y salió con cuidado. Una vez fuera, trató de cerrar el portón de la nave, pero la nieve que había caído dentro impedía que se deslizara.

Pensó que, en realidad, estaba robando una motonieve, algo que probablemente estuviera penado, pero entre las fiestas, la tormenta de nieve y la policía ocupada en la búsqueda del pirómano, las posibilidades de que la pillaran le parecían nulas. Según el mapa, la entrada a la mina Christmas estaba a unos cinco kilómetros de distancia, por antiguas carreteras mineras que ahora ya eran pistas de motonieve oficiales. Si procedía con cautela, podía estar allí en unos diez o quince minutos. Claro que muchas cosas podían ir mal. Quizá no pudiera entrar en el túnel, o tal vez se lo encontrara derrumbado; quizá hubieran enterrado u ocultado los restos humanos. O, Dios no lo quisiera, Pendergast se le hubiera adelantado y se lo encontrara allí. A fin de cuentas, había averiguado la ubicación de la mina indirectamente gracias a él. Pero al menos tenía la sensación de que lo había hecho lo mejor posible. En cualquier caso, podía subir y volver en menos de una hora.

Examinó con detenimiento los mapas, procurando memorizar la ruta; luego los guardó en la guantera de debajo del pequeño parabrisas. Avanzó un poco más en la nieve, y la moto empezó a hundirse de forma alarmante. Con un poco más de gas, sin embargo, logró deslizarse mucho más y de manera más segura. Acelerando con cautela ascendió por la vía de servicio que, según el mapa, desembocaba en la red de pistas de motonieve de las montañas, que finalmente conducía a la antigua carretera minera que la llevaría a Smuggler's Cirque y a la entrada de la mina que había en la parte más alta.

No tardó en cogerle el tranquillo a los controles y empezar a moverse a buena velocidad, a treinta kilómetros por hora, mientras el vehículo iba dejando una estela de nieve a su espalda. Le resultó inesperadamente estimulante bordear el bosque de abetos, con el gélido viento rozándole la cara, rodeado de espléndidos picos montañosos. Iba bastante calentita con todas las capas de ropa que llevaba puestas.

Al llegar a la cresta de la montaña, se topó con la principal pista de motonieves, convenientemente señalizada. La fuerte nevada había borrado cualquier huella que pudiera haber habido allí, pero los límites de la carretera, marcada con postes altos e indicadores naranjas fosforescentes, eran perfectamente visibles mientras ascendía por Maroon Ridge.

Continuó. A medida que aumentaba la altitud, los árboles eran cada vez más pequeños y más amorfos; algunos parecían simples protuberancias de nieve. Entonces, casi de repente, emergió por encima del límite forestal. Se detuvo a comprobar el mapa: todo iba bien. Las vistas eran impresionantes: Roaring Fork esparcido por el valle, un pueblo en miniatura, como de juguete, vestido de blanco. A su izquierda, la zona de esquí se adentraba en las montañas cubiertas de estelas blancas. Los remontes aún funcionaban, pero solo los esquiadores más empedernidos estarían fuera. A su espalda, se alzaban los impresionantes picos de la divisoria continental, de más de cuatro mil metros de altura.

Conforme al mapa, ya estaba a medio camino de la zona de los antiguos edificios mineros del Smuggler's Cirque.

De pronto, oyó un zumbido distante, procedente de la parte baja de la carretera, y se detuvo para escuchar con atención. Era el motor de una motonieve. Recorriendo con la vista el camino por el que ella había subido, divisó un punto negro que tomaba una de las curvas cerradas para luego desvanecerse entre los árboles.

Sintió una oleada de pánico. En efecto, alguien la seguía. ¿O sería solo otro motorista? No, una coincidencia era algo casual, pero aquella era la tercera vez en ese día que se sentía vigilada. Tenía que ser aquel tipo, el matón contratado por Kermode, estaba segura; la persona que la había amenazado, que había degollado a su perro. Al pensarlo, la asaltó una nueva oleada de miedo. Aquello no era una aventura. Era una absoluta temeridad: se había puesto en una posición vulnerable, sola en la montaña, lejos de cualquier ayuda.

Sacó enseguida el móvil. No había cobertura.

El sonido del motor aumentaba deprisa. No disponía de mucho tiempo.

Se le aceleró el pensamiento. No podía dar media vuelta y regresar; solo había una pista, salvo que descendiera directamente por la ladera casi vertical. Tampoco podía parar y esconderse, porque la moto dejaba un rastro inconfundible. Además, la nieve era demasiado profunda para bajar del vehículo e ir a pie.

Empezó a ser consciente de que se había puesto en verdadero peligro. Lo mejor, decidió, sería continuar y subir hasta la mina, entrar, si podía, y escaparse del hombre que la seguía allí dentro. Llevaba un mapa de la mina, y él seguramente no.

Cuando iniciaba de nuevo el ascenso por la pista, vio que la motonieve tomaba la última curva antes del límite forestal, acelerando en dirección a ella.

Aumentando la velocidad, arrancó pista arriba, primero a cincuenta kilómetros por hora, luego a sesenta, a sesenta y cinco. La motonieve casi volaba, con un barranco prácticamente vertical a un lado y una escarpada pared de nieve al otro. Cinco minutos después, la pista bordeaba un valle, y Corrie se encontró de pronto en el viejo complejo minero, alojado en la extensa hondonada marcada en el mapa como Smuggler's Cirque, rodeada de elevadas cordilleras, con edificios mineros abandonados por todas partes, los bordes de los tejados combados por el peso de la nieve y montones de tablones rotos. Se detuvo un instante para orientarse con el mapa. La mina Christmas estaba aún más arriba, en una pendiente escarpada a medio camino de la ladera de la montaña, justo encima de los viejos edificios. Smuggler's Wall. Mapa en ristre, miró hacia arriba y, pese a la escasa luz, localizó la entrada. La pista oficial para motonieves terminaba allí, pero en el mapa se veía una vieja carretera minera, aún existente, que conducía a la mina. Al contemplar la escarpada ladera, pudo distinguir el trazado de la carretera, que ascendía zigzagueando en una serie de aterradoras curvas, salpicadas de fuertes desplomes de nieve.

Oyó de nuevo la motonieve que se le acercaba.

Guardó el mapa y aceleró. Dejando atrás los viejos edificios, se dirigió al extremo más alejado de la cuenca, donde la pendiente se acentuaba de nuevo. Le sorprendió ver huellas frescas de motonieve entre los edificios, algo cubiertas de nieve reciente, pero visiblemente dejadas tras de sí por la moto hacía solo unas horas.

Alcanzó la base de la carretera. Aquello iba a ser aterrador. Pero mientras contemplaba la pared casi vertical que tenía encima, el sonido de la motonieve que la perseguía se hizo más fuerte y, al volverse, la vio rebasar el borde de la extensa hondonada, a poco menos de un kilómetro de ella.

Acelerando, inició el ascenso, lo más pegada posible a la pared de la montaña, atravesando amontonamientos de nieve. La primera curva cerrada era tan empinada y estrecha que casi se le para el corazón. Mientras trepaba por ella, reduciendo la velocidad considerablemente, estuvo a punto de quedarse atascada en un apilamiento de nieve, y sus esfuerzos por liberarse generaron una cascada de nieve e hicieron que la moto se escorara. Pisó fuerte el acelerador e hizo que el vehículo removiera la nieve a su alrededor. Por fin logró enderezarse. Hizo una pausa, respirando con dificultad, aterrada por el inmenso vacío blanco que se abría a sus pies. Se le pasó por la cabeza que el riesgo de alud en una pendiente tan escarpada debía de ser alto. Vio que su perseguidor atravesaba ya el complejo minero, pisándole los talones. Estaba lo bastante cerca como para verle el rifle que llevaba colgado del hombro.

Reparó en que se había dejado acorralar en la montaña. La carretera terminaba en la mina, y alrededor no había más que laderas escarpadas. Y un asesino unos kilómetros más abajo.

Pasó otra media docena de curvas espeluznantes, conduciendo frenética por la nieve profunda, sin dejar que la moto se detuviera y se ancorara. Finalmente llegó a la entrada de la mina Christmas, precedida por un caballete desvencijado y caracterizada por una boca cuadrada de inmensos maderos podridos. Llevó la motonieve hasta la misma boca, se quitó el casco, levantó el asiento y sacó la mochila. En cuanto se apagó el motor, pudo oír el rugido de la otra motonieve, mucho más cerca.

La puerta se encontraba en el interior del túnel, a tres metros de la entrada, lo que significaba que no estaría enterrada en la nieve. Era una puerta oxidada, encajada en un marco de acero remachado, tremendamente picada por el paso de los años, provista de un enorme cerrojo asegurado con un candado pesado y antiquísimo.

El sonido del motor se oía más fuerte. Corrie sintió pánico. Se quitó los guantes, sacó el juego de ganzúas e intentó insertar una llave maestra en el candado, pero enseguida resultó evidente que la cerradura estaba bloqueada por el óxido y no era posible saltarla. Mientras la manipulaba, oyó el rugido de la moto mucho más cerca.

Sacó las tenazas de la mochila, pero no eran lo bastante grandes para que los dientes encajaran en la gruesa barra del cerrojo. En cambio, sí encajaban en la hembrilla. Enganchó los dientes de las tenazas a esta pieza y apretó fuerte hasta que las pinzas de la herramienta se cerraron casi por completo. Con el martillo, golpeó con fuerza la hembrilla parcialmente cortada; luego dio otro golpe y dobló el metal lo suficiente como para poder cortar el resto de la pieza y dejar caer el candado. Aun así, todo estaba tan oxidado que tuvo que aporrear el cerrojo con el martillo para que cediera por completo.

Se lanzó contra la puerta de hierro con todo el cuerpo, pero apenas se abrió y tan solo soltó un enorme chirrido metálico de protesta.

El motor de la motonieve que se aproximaba profirió un súbito rugido; Corrie vio una ráfaga de nieve, y luego apareció la moto en la boca de la mina, conducida por un hombre con casco negro y traje de nieve acolchado. Se apeó y se dispuso a quitarse el casco y desenfundar el rifle al mismo tiempo.

Con un grito involuntario, Corrie se arrojó sobre la puerta, casi dislocándose el hombro, y tras un gran estrépito esta cedió lo justo para que ella se colara por la ranura. Cogió la mochila y entró, luego se volvió y se lanzó de nuevo contra el portón. Logró cerrarla un poco en el preciso instante en que se oía un sonoro disparo de rifle y una bala rozaba el borde de la puerta y entraba en la mina, produciendo chispas al impactar en las rocas a su espalda.

Con un segundo empujón, cerró completamente la puerta. Apoyada en ella, Corrie sacó como pudo la linterna frontal, se la puso por encima del pasamontañas y la encendió. Un par de balas se estamparon en la puerta con un ruido ensordecedor, pero, como estaba hecha de hierro macizo, solo consiguieron abollarla. Entonces notó que el perseguidor se abalanzaba sobre el portón, empujándolo unos centímetros. Una vez más, Corrie se arrojó contra la puerta y la cerró de golpe; luego sacó la palanca de la mochila y la encajó por debajo de la estructura de hierro, le dio un golpe con el martillo y después otro hasta que quedó anclada, al tiempo que notaba que, desde el otro lado, el hombre golpeaba la puerta con el hombro, intentando abrirla por la fuerza.

El tipo la siguió aporreando furioso, y la palanca se deslizó un poco. No aguantaría. Miró alrededor. Por todas partes había rocas partidas junto con viejos pedazos de hierro y maquinaria antigua.

¡Zas! El hombre se estaba tirando encima de la puerta, y la palanca iba cediendo.

Volvió a encajarla a martillazos y empezó a apilar rocas y hierros delante. Siguiendo los raíles, detectó una antigua carreta de mineral y, con gran dificultad, consiguió moverla y ladearla para que volcara contra la puerta. Hizo rodar algunas rocas más grandes. Ahora sí que aguantaría, al menos un rato. Se apoyó en la pared de roca, resoplando con fuerza e intentando recuperar el aliento y decidir qué hacer a continuación.

Se oyeron más disparos contra la puerta, que produjeron un clamor metálico ensordecedor en aquel espacio cerrado, y la sobresaltaron. Cogió la mochila, dio media vuelta y se adentró en el túnel. Por primera vez pudo ver el espacio en el que se encontraba. El aire era frío, pero no tanto como fuera, y olía a moho y a hierro. El túnel avanzaba en línea recta a través de la roca maciza, soportado cada tres metros por pesadas vigas de madera. Un conjunto de raíles de mineral conducían a la oscuridad.

Enfiló el túnel a paso ligero. Los ruidos de su perseguidor intentando entrar en la mina resonaban por el pasaje. Corrie llegó a un túnel transversal, giró hacia un lado y luego, al avanzar y llegar a un callejón sin salida, tuvo que parar a descansar. Y a pensar.

Había ganado tiempo, pero el hombre terminaría abriendo la puerta. El viejo mapa indicaba que una sección de la mina

Christmas conectaba con otras minas inferiores, formando un laberinto de túneles y pozos, suponiendo que todos ellos fueran aún transitables. Si lograba llegar a ellos, encontrar el camino de salida... Pero ¿de qué iba a servirle eso? La nieve de fuera tenía varios metros de profundidad, era imposible caminar por ella. Solo podía salir de la montaña de una forma: con la motonieve.

Además, nadie sabía que ella estaba allí arriba. No se lo había dicho a nadie. «Dios mío —se dijo—, en qué lío me he metido.»

En ese preciso instante, oyó un chirrido de metal, luego otro. Volvió sobre sus pasos, se asomó por la esquina del pasaje, miró a la puerta distante y vio un haz de luz. Otro chirrido, y el haz se hizo mayor.

El hombre estaba abriendo la puerta. Corrie distinguió un hombro, un rostro de aspecto cruel y un brazo con un arma corta.

Corrió en el momento en que el hombre le disparaba.

57

Las balas pasaron silbando junto a ella, chisporroteando al chocar contra el suelo de piedra del túnel principal, y los fragmentos de suelo que rebotaban zumbaban como abejas. Corrió aterrada hacia el otro extremo del túnel transversal, saltando por encima de los antiguos raíles de los carritos, esperando sentir en cualquier momento que una bala le atravesaba la espalda y la tumbaba. La galería desembocaba en otra perpendicular, de modo que se topó con una pared de roca. Otra ráfaga de disparos recorrió estrepitosamente el pasaje y chocó contra las vigas del techo, generando una descarga de astillas y polvo y produciendo destellos en la superficie de la roca que tenía delante.

Dobló la esquina derrapando y siguió corriendo. Trató desesperadamente de recordar la distribución de los túneles que había visto en el mapa, pero el pánico le había dejado la mente en blanco. Al volver la esquina, los disparos cesaron por el momento, y entonces vio otro corredor mucho más estrecho que se dirigía hacia la derecha y descendía en picado en una serie de primitivos escalones, como si fuera una escalera de piedra gigante. Los bajó a toda prisa, de dos en dos, y se encontró de pronto en un pasaje inferior por el que corría un hilo de agua. Allí hacía más calor, puede que incluso por encima de cero, y su abultada ropa de invierno la hizo sudar.

—¡No podrás escapar! —Oyó que gritaba a su espalda—. ¡Solo hay callejones sin salida!

«Bobadas —se dijo con una valentía que no sentía—. Tengo un mapa.»

Hubo otro par de disparos que impactaron a escasos metros de su espalda, y sintió que el polvillo de la piedra le rociaba la chaqueta. Miró alrededor. Otro túnel se abría a la izquierda; descendía también, con mayor pendiente aún. El agua hacía resbaladizos los escalones, y a lo largo de la pared, a modo de barandilla, había una soga, ya en estado de putrefacción.

Enfiló el túnel, corriendo a una velocidad imprudente. A mitad de camino, resbaló y, cuando quiso agarrarse a la cuerda, se le deshizo en las manos. Salió despedida hacia delante, amortiguó la caída con el hombro, rodó hasta el fondo y quedó despatarrada en la piedra húmeda. La ropa de abrigo abultada y el gorro de lana mitigaron el golpe, pero no mucho.

Se levantó y se tambaleó; le dolían las extremidades y tenía un corte en la frente que le escocía. Se encontraba en una cámara baja y ancha de apenas metro y medio de alto, con pilares de piedra que sostenían el techo. Se extendía en dos direcciones, hasta donde podía penetrar la luz de su linterna frontal. Corrió agachada, zigzagueando entre los pilares, iluminando apenas el camino para ver por dónde iba y luego apagando la linterna y avanzando en la oscuridad. Lo hizo un par de veces más y, a la tercera, mientras llevaba la linterna apagada, tomó una curva cerrada a la derecha, aminoró la velocidad y avanzó lo más sigilosamente posible.

La luz de la linterna del perseguidor acuchilló la oscuridad a su espalda, bamboleándose mientras el hombre avanzaba, sondeando aquí y allá. Corrie se escondió detrás de un pilar y se pegó a él, esperando. Despistado, pasó por delante de ella. Al poco, lo vio detenerse y mirar alrededor, con una pistola en la mano derecha. El hombre se dio cuenta de que la había perdido.

Ella salió sigilosamente de detrás del pilar y volvió por donde habían llegado, luego viró hacia un pasaje distinto, avanzando a oscuras, sin atreverse a encender la linterna, palpando el camino con las manos. Pestañeó y se limpió los ojos; la sangre del corte de la frente le corría libremente por la cara. Al poco, vio un destello de luz a su espalda y entendió que también él había dado la vuelta y retrocedía. Apretó el paso entonces, se quitó la linterna de la cabeza y la sostuvo en la mano, encendiéndola tan solo un segundo para ver por dónde iba y avanzar más rápido.

Mala idea. Resonaron un par de tiros y lo oyó correr; la luz de la linterna del perseguidor brillaba de un lado a otro, alumbrando a Corrie. Otro tiro. Pero el muy imbécil disparaba mientras corría, algo que solo funcionaba en las películas, así que ella aprovechó para esprintar como una loca.

A punto estuvo de no ver un pozo vertical que se abría justo delante. Frenó tan rápido que resbaló de lado como un corredor de base. Aun con todo, una pierna se le fue por el borde. Trepó y consiguió salir de aquel inmenso agujero con un involuntario alarido de terror. Cruzaba la sima una pasarela de hierro, pero parecía del todo podrida. Una escalera de hierro descendía a la negrura, también corroída.

Era una opción o la otra.

Se decidió por la escalera. Tanteó el primer escalón y se dispuso a bajar, buscando con el pie el siguiente, después uno más. La escalera crujía y se sacudía con su peso. Una ráfaga de aire viciado y todavía más caliente le llegó de abajo. Ya no había vuelta atrás. Empezó a bajar lo más rápidamente posible; la escalera entera se estremecía y se balanceaba. Se oyó un chasquido fuerte, luego otro, al soltarse los tornillos que la sujetaban a la piedra, y la escalera se zarandeó con violencia. Se aferró a ella, preparándose para una caída horrible y mortal, pero, chirriando, la escalera se detuvo y quedó colgando en medio del pozo.

Brilló una luz desde arriba, y destelló un arma. Agarrándose a los laterales de la escalera con los guantes y pegando los pies a los bordes de los mismos en vez de apoyarlos en los escalones, se deslizó; descendió más y más rápido, arrastrando consigo un torrente de óxido, hasta que tropezó de golpe con el fondo de la cavidad y se retiró rodando, justo cuando empezaron a llegar los disparos, que perforaron el suelo de piedra que ella acababa de pisar.

Maldita sea, se había hecho daño en el tobillo.

¿El perseguidor tendría el valor de descolgarse por esa escalera medio derruida? Cerca de Corrie había un montón de lona casi putrefacta y una pila de viejas tablas de madera. Cojeando, arrastró la lona hasta los pies de la escalera. Aquel material estaba seco como el polvo y casi se le deshacía entre las manos. La escalera se sacudía, crujía; el hombre estaba bajando.

Lo que significaba que no podría disparar el arma.

Aproximó aún más el rimero de lona a la escalera y amontonó encima los tablones, sacó el mechero y encendió la improvisada pira. Estaba todo tan seco que estalló como una bomba.

—¡Arde en el infierno! —gritó mientras se arrastraba por el túnel, procurando ignorar el dolor del tobillo. Dios, le parecía que se había fracturado. Cojeando, con aquel dolor insoportable, avanzó por otro túnel y luego otro, girando al azar, completamente perdida. En cualquier caso, era evidente que había salido ya de la mina Christmas y se había sumergido en los laberintos de la Sally Goodin o de una de las otras minas más bajas que recorrían como un panal la montaña. Oía ruidos a su espalda, lo que parecía indicar que su perseguidor, de algún modo, había sobrevivido al fuego, o quizá había esperado a que se extinguiera.

Más adelante, su linterna le reveló un derrumbe, un puñado de rocas dentadas esparcidas por el suelo y algunas vigas transversales encima. Sin embargo, entre los escombros podía entreverse un camino estrecho y tortuoso. De arriba venía aire frío. Se subió con dificultad a los montones de piedras y vigas rotas y se asomó. Por una grieta se veía un trozo de cielo gris, oscuro, pero nada más. No había salida.

Siguió abriéndose paso entre los escombros y llegó al fin al otro extremo del túnel. De repente, percibió un zumbido. Se detuvo, alumbró la zona con la linterna, dio un grito y retrocedió enseguida. Acurrucada entre las piedras, impidiendo el paso, había una masa gigantesca y viscosa de serpientes de cascabel en hibernación. Estaban medio dormidas en esa cámara de aire frío, pero la masa retorcida aún se desplazaba con una especie de movimiento lento y horrible, pulsátil, rotatorio, casi como una única entidad. Algunas estaban lo suficientemente despiertas como para traquetear a modo de advertencia.

Alumbró alrededor y descubrió que había aún más serpientes enroscadas en pequeñas grietas entre las rocas. Estaban por todas partes; había cientos de ellas, al parecer. Incluso observó con repugnancia la presencia de unas cuantas detrás de ella.

De repente, sonó un disparo, y notó un tirón en una mano en respuesta al impacto. Instintivamente, saltó por encima de la masa de serpientes y trepó por las piedras; el dolor del tobillo era cada vez más insoportable. Después hubo otro disparo, y luego otro, y Corrie se refugió detrás de una roca grande, justo al lado de una enorme cascabel dormida. Había algunos pedruscos cerca; aquella era una oportunidad que no podía dejar pasar. Cogió una piedra pesada con la mano derecha —algo le pasaba en la mano izquierda, pero ya se ocuparía de eso más tarde— y se subió a la roca grande, desde donde lanzó la piedra con gran violencia a la masa de serpientes.

El pedrusco golpeó el grupo de reptiles, y la reacción fue inmediata y aterradora: una erupción de zumbidos llenó el túnel de un sonido parecido al de mil abejas, acompañado de un explosivo movimiento al retorcerse. La perezosa masa de serpientes pronto se convirtió en un torbellino, enroscándose, atacando, desplazándose en todas las direcciones. Algunas se arrastraron hacia Corrie.

Retrocedió. Otro disparo alcanzó a las rocas de alrededor, rebotando, y Corrie cayó entre dos piedras. El zumbido inundó la cueva a modo de una inmensa dinamo. Se levantó y corrió, arrastrando el tobillo roto. Media docena de serpientes se abalanzaron sobre ella, pero se apartó de un salto. Sin embargo, dos le clavaron los colmillos en el grueso tejido de los pantalones de esquí. Soltando un alarido, se las quitó a manotazos, y parecía que estuviera bailando en medio de las fieras de cascabel mientras otro par de disparos aullaba entre las rocas. A los pocos segundos, estaba lejos de la masa furiosa y se alejaba cojeando, hasta que no pudo aguantar más y se derrumbó de dolor. Tendida en el suelo, resoplaba, y las lágrimas le corrían por la cara. Sí, tenía el tobillo fracturado. Y luego estaba la mano; aun en la oscuridad, vio que el grueso guante estaba empapado de un líquido caliente. Se lo quitó con muchísimo cuidado, levantó la mano a la luz y le asombró lo que vio: el meñique le colgaba apenas de un hilillo de piel, y la sangre le salía a borbotones.

—¡Joder!

Se sacudió aquel dedo inservible, casi desmayándose del mareo y del asco. Se quitó la bufanda, le arrancó una tira con la navaja y se vendó la mano y el muñón del dedo, apretándolo para detener la hemorragia.

«Mi dedo. Dios mío.»

Como en un sueño, casi conmocionada de incredulidad, volvió a ponerse el guante lo mejor que pudo para sujetar el vendaje improvisado. Mientras lo hacía, oyó un grito a su espalda, luego un chillido y los disparos descontrolados del arma. Sin embargo, esta vez los tiros no iban dirigidos a ella. La furia de los reptiles inundó el túnel de un atronador cascabeleo. Más disparos y gritos.

Debía seguir adelante; aquel tipo terminaría escapando de las serpientes, salvo que Corrie tuviera la enorme fortuna de que le mordieran. Se puso de pie como pudo, combatiendo el mareo y, de pronto, unas náuseas cada vez mayores. Por Dios, necesitaba una muleta, pero no había nada a mano que le sirviera. Cojeando muchísimo, siguió avanzando por el túnel, que descendía de forma constante durante un tramo, dejando atrás varios pasajes transversales. Al rato, llegó a un pequeño nicho lateral, bloqueado por rocas que formaban un muro improvisado, ahora medio derrumbado. ¿Un escondite? Se acercó, retiró algunas de las piedras y miró dentro.

El haz de luz cayó sobre una horda de ratas, que se volvieron histéricas y salieron corriendo en todas las direcciones en medio de un coro de chillidos, dejando al descubierto los restos de varios cuerpos.

Se quedó mirando estupefacta. Había cuatro en total. Era una fila de esqueletos o, más bien, momias parciales, porque aún tenían carne seca pegada a los huesos, ropa podrida, botas viejas y pelo. Las cabezas estaban echadas hacia atrás, las mandíbulas, completamente abiertas como si gritaran, exponiendo sus bocas momificadas llenas de dientes negros y podridos.

Al aproximarse para mirarlos de cerca, vio todos los indicios. Les habían disparado. Había numerosos orificios en los cráneos, y muchos otros huesos rotos por lo que parecían impactos de bala. El ataque de un pelotón de fusilamiento más de lo que habría sido necesario para matarlos, un despliegue de furia violenta y homicida.

«Los cuatro mineros enloquecidos por el mercurio.»

Los habían matado en alguna parte de aquel sistema de túneles, probablemente en la mina Christmas, y habían arrastrado los cuerpos hasta allí para ocultarlos.

Junto a los cadáveres había una vara larga y pesada, una porra, de hecho, que quizá llevara alguno de los asesinos. Le serviría de muleta improvisada.

Lo más rápido que pudo, y sin poner en peligro la integridad de las pruebas, Corrie se descolgó la mochila, sacó las bolsas de muestras y las extendió. Se quitó el guante de la mano buena, se puso de rodillas y se acercó a los cuerpos arrastrándose para coger de cada uno de ellos una muestra de pelo, un fragmento de carne seca apergaminada y un pequeño hueso. Se arrodilló de nuevo, cerró las bolsas herméticas y las guardó en la mochila. Fotografió los cuerpos con el móvil y se colgó de nuevo el morral.

Con un gemido de dolor, logró ponerse de pie, apoyándose en la muleta. Ahora debía averiguar dónde estaba y hallar la salida, sin que le dispararan mientras tanto.

Casualmente, oyó más disparos a su espalda, muy cerca del

derrumbe. Casi le parecía distinguir el zumbido de las cascabel, un suave silbido a lo lejos, agradable como el batir de las olas.

Siguió avanzando por el túnel, jadeando de dolor, tratando de vislumbrar algún punto de referencia que pudiera localizar en el mapa y le permitiera orientarse hacia una salida. Para gran alivio suyo, después de vagar sin rumbo diez minutos, llegó a la confluencia de varios túneles, tres perpendiculares y otro tangencial. Se apoyó en la pared, sacó el mapa y lo escudriñó.

Y allí estaba.

Gracias a Dios. Una brecha, por fin. Según el mapa, se hallaba en la mina Sally Goodin, no lejos de una salida inferior. Un túnel de desaguado, que contenía una gran tubería, se encontraba a unos cientos de metros de donde ella estaba y conducía a la bomba de achique Ireland, en el circo de debajo de la mina Christmas. Plegó el mapa, lo guardó y enfiló el túnel indicado.

En efecto, después de unos cuantos minutos de insoportable caminata, finalmente llegó hasta un curso bajo de agua que cubría el suelo de roca y después a la boca de una antiquísima tubería, de casi un metro de diámetro, que corría por un lateral del pasaje. Se agachó y trepó a la boca del conducto, agradecida de no tener que sostenerse de pie, y empezó a avanzar por él.

Estaba oscuro, y la sensación era de encierro. La ropa abultada de Corrie no paraba de engancharse y rasgarse con las zonas oxidadas de la tubería, pero el camino estaba despejado, sin desplomes ni estrechamientos. Al cabo de unos diez minutos, pudo sentir que el flujo de aire se hacía más frío y más fresco y le pareció percibir un olor a nieve. Unos minutos más tarde, vislumbró una luz levísima al fondo y no tardó en acceder, primero a través de un puente y luego de una puerta de madera parcialmente abierta, a un espacio oscuro y lóbrego, repleto de tuberías oxidadas y válvulas gigantes. De repente hacía mucho frío, y la exigua luz gris se filtraba por las rendijas y las grietas del techo de madera. Supuso que se encontraba ahora en alguna estancia en las entrañas del viejo edificio de la bomba Ireland.

Con un sollozo de alivio, miró alrededor y vio una antigua escalera que conducía hacia arriba. Cuando se dirigía cojeando hacia los escalones vio, con el rabillo del ojo, una figura oscura que se movía. Una forma humana que se acercaba a ella deprisa.

«Se ha librado de las serpientes. Como sea, ha conseguido deshacerse de las cascabel y me ha dado alcance...»

Un brazo le rodeó la cintura, otro la atrapó por el cuello, tapándole la boca, ahogando un grito y echándole la cabeza hacia atrás. Entonces apareció un rostro en la penumbra, un rostro que pudo reconocer.

Ted.

—¡Tú! —espetó Ted soltándola de repente y destapándole la boca—. ¡Eres tú! ¿Qué demonios haces aquí...?

—Ay, Dios mío —gimoteó ella—. ¡Ted! Hay un hombre por ahí dentro... Ha intentado matarme... —añadió, incapaz de continuar, mientras él la sostenía.

—¡Estás sangrando! —exclamó él.

Corrie empezó a sollozar.

—Gracias a Dios, Ted, gracias a Dios que estás aquí. Tiene un arma...

El brazo de Ted volvió a ceñirle la cintura para sujetarla.

—Pues como salga está jodido —dijo en voz baja y en un tono lúgubre.

Ella sollozó y resopló.

—Me alegro tanto de verte... Me ha arrancado el dedo de un disparo... Necesito ir a un hospital...

Ted siguió abrazándola.

—Yo me encargo de ti.

58

A las dos y media en punto de la tarde, un hombre vestido con un enorme gabán, abrigado con guantes, bufanda de seda y sombrero de fieltro, con una botella de champán en la mano, llamó al timbre de la gran mansión de estilo italiano en el número 16 de Mountain Trail Road. Una criada, enfundada en un uniforme negro almidonado con delantal y cofia blancos, abrió la puerta.

—¿Puedo ayudarle...? —empezó, pero el tipo entró a grandes zancadas con un jovial saludo navideño, sin dejarle acabar la frase. Le entregó el sombrero, los guantes, la bufanda y el abrigo, dejando al descubierto un traje completamente negro.

—¡Parece que la tormenta ha amainado! —le dijo a nadie en particular, y su voz fuerte resonó en el vestíbulo de mármol—. ¡Cielos, qué frío hace fuera!

—La familia está disfrutando de su comida en la víspera de Nochebuena... —trató de decir de nuevo la criada, pero el hombre de negro no pareció oírla, pues cruzó el vestíbulo y pasó al lado de la gran escalera de caracol hasta llegar al largo pasillo que llevaba al comedor. La criada fue corriendo detrás del individuo, cargada con su ropa de abrigo—. ¿Su nombre, por favor, señor?

Pero el hombre no le prestó atención.

—Se supone que debo anunciarlo...

Apenas podía darle alcance. Llegó a la gran puerta doble del comedor, cogió los pomos y, abriéndola de par en par, se encontró con la familia en pleno, al menos una docena de personas, sentadas alrededor de una elegante mesa refulgente de plata y cristal, y los restos de un cochinillo en una bandeja gigante en el centro. El cerdo había quedado reducido a un costillar rodeado de pedazos de sebo y huesos; lo único que seguía intacto era la cabeza, con sus orejas rizadas y crujientes, y la manzana asada de rigor en la boca.

Todos los comensales miraron asombrados al hombre.

—Yo he intentado... —se defendió la criada, pero el caballero de negro volvió a interrumpirla, sosteniendo en alto la botella de champán.

—¡Una botella de Perrier-Jouët Fleur de Champagne y feliz Navidad a todos y cada uno de ustedes! —anunció.

Se hizo un silencio de perplejidad. Entonces Henry Montebello, sentado en la cabecera de la mesa, se levantó.

—¿A qué viene esta interrupción? —Entrecerró los ojos—. Usted... usted es ese agente del FBI.

—Ciertamente lo soy. Aloysius Pendergast, a su servicio. ¡Estoy haciendo visitas a todos mis amigos, deseándoles unas felices fiestas!

Se sentó en la única silla libre que quedaba en la mesa.

—Discúlpeme —le dijo Montebello con frialdad—, esa silla está reservada para la señora Kermode, que llegará en cualquier momento.

—Bueno, la señora Kermode aún no ha llegado, y yo sí. —El hombre dejó el champán en la mesa con un golpe seco—. ¿La abrimos?

Las facciones patricias de Montebello se endurecieron.

—No sé quién se ha creído que es, señor, para irrumpir de este modo en una comida familiar privada, pero debo pedirle que se vaya de esta casa de inmediato.

El agente hizo una pausa, meciéndose suavemente en la silla, con una expresión dolida en el rostro.

—Si no quiere abrir el champán, estupendo, pero no me eche de aquí sin ofrecerme al menos una copita de algo. —Alargó la mano, cogió de la mesa una botella de vino medio llena y examinó la etiqueta—. Mmm, un cabernet Castle's Leap del año 2000.

—¿Qué hace? —espetó Montebello—. ¡Deje eso y váyase inmediatamente o llamaré a la policía!

Ignorándolo, el hombre cogió una copa que tenía cerca, se sirvió un poco de vino y montó un tremendo espectáculo agitándolo, asomando la nariz a la copa, sorbiéndolo, inspirando ruidosamente, inflando las mejillas, sorbiendo de nuevo. Dejó la copa.

—Posee cierto regusto afrutado agradable, pero carece de cuerpo y presenta un acabado corto. Soso, me temo; muy soso. ¿Qué clase de vino es ese para servirlo en una comida en la víspera de Nochebuena? ¿Acaso somos bárbaros, señor Montebello? ¿Filisteos?

—Lottie, llama a la policía. Esto es un allanamiento de morada.

—Ah, pero si me han invitado a entrar —replicó Pendergast. Se volvió hacia la criada—. ¿No es así, querida?

—Yo no he hecho más que abrir la puerta...

—Y lo que es peor —dijo Montebello, con la voz quebrada de rabia mientras el resto de la familia lo miraba con muda consternación—, ¡está usted borracho!

En ese instante, muy oportunamente, entró una criada de la cocina, flanqueada por dos ayudantes, cargada con un enorme plato flambeado, cuyas llamas saltaban desde la bandeja de plata.

—¡Cerezas flambeadas! —gritó Pendergast poniéndose de pie de un brinco—. ¡Qué maravilla! —Se abalanzó sobre la cocinera—. Es demasiado pesado para usted, déjeme ayudarla. Ese fuego podría resultar peligroso, ¡sobre todo aquí, en Roaring Fork!

La cocinera, alarmada al ver que aquel hombre borracho se le echaba encima, retrocedió un paso, pero no fue lo bastante rápida. El agente del FBI agarró la enorme bandeja; hubo un momento repentino de desequilibrio, luego la bandeja volcó y las cerezas, el helado y el brandy ardiendo cayeron a la mesa y salpicaron los restos del cochinillo.

—¡Fuego! ¡Fuego! —gritó Pendergast, horrorizado al ver trepar las llamas, con una mezcla de consternación y pánico en el rostro—. ¡Qué horror! ¡Corran! ¡Salgan todos!

Un coro de gritos y chillidos inundó la mesa mientras todos se retiraban torpemente, volcando las sillas y vertiendo el vino.

—¡Fuera, rápido! —exclamó Pendergast—. ¡Activen la alarma! ¡La casa se quema! ¡Nos achicharraremos vivos como los otros!

El terror de su voz resultaba contagioso. Hubo un instante de desmadre. Saltó el detector de humo, algo que no hizo más que incrementar la histeria descontrolada de todos por salir, por alejarse a toda costa del fuego. En cuestión de segundos, los comensales, la cocinera y el personal de servicio habían abandonado el comedor, empujándose unos a otros, presas del pánico, enfilando en tropel el pasillo y cruzando el vestíbulo. Uno tras otro fueron saliendo a la noche por la puerta principal. El hombre de negro se quedó solo en la casa.

Con súbita calma, alargó el brazo, cogió una enorme salsera y vació su contenido sobre las llamas del flambeado, que ya casi se estaban apagando con el helado derretido y los jugos del cochinillo asado. Un chorro de vino de la botella de cabernet de escasa calidad completó la extinción del fuego. Después, con asombroso aplomo y eficiencia de movimientos, cruzó el comedor hasta el salón y pasó al fondo, a una serie de habitaciones de decoración muy formal, donde Henry Montebello tenía su despacho de abogado. Una vez allí, Pendergast fue directo a unos archivadores. Examinando las etiquetas en la parte frontal de cada cajón, eligió uno, lo abrió con un movimiento rápido y decidido, hojeó los documentos, sacó una gruesa carpeta de acordeón, cerró el cajón y se llevó la carpeta por toda la casa hasta el vestíbulo, cogiendo de camino su botella de champán de la mesa del comedor. En el vestíbulo, recogió su abrigo, su bufanda, su sombrero y los guantes del suelo, donde la criada los había soltado en su aterrada huida; escondió la carpeta bajo el bulto del abrigo y salió fuera.

—Damas y caballeros —anunció—, el fuego ya está apagado. Pueden volver a entrar.

Se arrojó con calma a la tarde nevada, se dirigió a su coche, que tenía aparcado fuera, y se marchó.

59

Corrie sintió que los brazos fuertes de Ted la rodeaban, la abrazaban con fuerza. Esa fuerza le hizo sentirse segura. La inundó un gran alivio. Se relajó y se liberó de la presión en el tobillo roto al dejar que Ted la sujetara.

—Yo me encargo de ti —volvió a decirle, algo más alto.

—No me puedo creer que estés aquí —sollozó—. Ese tipo de la mina... es un matón contratado por Kermode para echarme de la ciudad. Es el mismo que mató a mi perro, el que me disparó al coche... y ahora quiere matarme a mí.

—Kermode —dijo Ted, con voz de pronto algo inquieta—. Era de esperar. Esa zorra. Ay, Dios, vaya si me voy a encargar de esa zorra.

A Corrie la dejó algo perpleja tanta vehemencia.

—Tranquilo —replicó—. Dios, qué mareada estoy. Creo que necesito tumbarme.

No pareció haberla oído. Sus brazos la estrujaron aún más.

—Ted, ayúdame a sentarme...

Se volvió un poco porque la estaba apretando tanto que empezaba a hacerle daño.

—Maldita zorra —repitió él, más alto.

—Olvídate de Kermode... Por favor, Ted... Me estás haciendo daño.

—No hablo de Kermode —dijo Ted—. Hablo de ti.

Corrie no estaba segura de haber oído bien. Estaba tan mareada. Los brazos de Ted la estrujaron aún más, hasta el punto de que casi no podía respirar.

—Ted... Me haces daño. ¡Por favor!

—¿Es eso todo lo que tienes que decir en tu defensa, zorra? Su voz sonaba distinta ahora. Cruda, áspera.

—Ted... ¿qué?

—«¿Qué, Ted, qué?» —la imitó con voz de pito—. Menuda pieza estás hecha.

—¿De qué estás hablando?

La estrujó tan fuerte que ella soltó un grito.

—¿Te gusta eso? Porque sabes muy bien de qué estoy hablando. No te hagas ahora la niñita inocente.

Ella se revolvió, pero casi no le quedaban fuerzas. Era como una pesadilla. Quizá fuera una pesadilla. Quizá todo aquello lo fuera.

—¿Qué estás diciendo?

—«¿Qué estás diciendo?» —volvió a imitarla.

Corrie se retorció, intentando zafarse de Ted, y él la volvió bruscamente hasta que su rostro casi rozó el de ella. La expresión encendida, sudorosa, deformada, furiosa que desfiguraba su rostro la aterró. Tenía los ojos inyectados en sangre y llorosos.

—Mírate —le dijo bajando la voz, con los labios fruncidos de rabia—. Seduciéndome, siempre provocándome, prometiendo algo y luego negándomelo, dejándome en ridículo.

De pronto la estrujó con violencia entre sus brazos fuertes y ella notó que le crujían las costillas y el dolor le atravesaba el pecho como una lanzada. Gritó, jadeó, trató de hablar, pero él volvió a estrujarla, haciéndola resoplar.

—Pues la seducción se termina aquí mismo, ahora mismo.

La saliva de él le salpicó la cara. Sus labios, cubiertos de una película blanca, rozaron los de ella, su aliento extrañamente fétido la inundó como los vapores de un cadáver en fase de putrefacción.

Corrie trató de respirar, pero no podía. El dolor combinado del tobillo, la mano y ahora también las costillas era tan insoportable que le resultaba imposible pensar con claridad. El miedo y la estupefacción le desbocaron el corazón, ya acelerado por la persecución en las minas. En su vida había visto un rostro más retorcido ni tan aterrador. Estaba completamente loco.

«Loco. Loco...»

No quería pensar en las implicaciones de eso, no podía, no quería seguir ese pensamiento y llegar a una conclusión.

—Por favor... —logró decir con un hilo de voz.

—¿No es perfecto? Que hayas venido corriendo a mí de este modo. Qué karma. Me ahorra todos los preparativos habituales. El universo quiere darte una lección, y yo seré tu maestro.

Dicho esto, la tiró al suelo. Ella se despatarró con un grito de dolor. Ted la remató con una patada en las costillas rotas. El dolor era insufrible, y Corrie volvió a gritar, con la respiración entrecortada. Sintió que el mundo le daba vueltas, tuvo la extraña sensación de que flotaba, etérea; el dolor, el terror y la incredulidad dominaban todo su pensamiento. Se le nubló la vista y perdió la consciencia.

Parecía haber pasado un buen rato de oscuridad cuando otra lacerante punzada de dolor la hizo volver en sí. Seguía en aquel cuarto lóbrego. Debían de haber pasado solo unos instantes. Ted estaba de pie a su lado, su rostro todavía grotescamente distorsionado, sus ojos llorosos, sus labios cubiertos de aquella pegajosa eflorescencia blanca. Se agachó, la agarró de la pierna, la hizo girar y empezó a arrastrarla por el tosco suelo de madera. Ella quiso gritar, pero no pudo. Se dio un fuerte golpe en la cabeza y casi vuelve a desmayarse.

Ted la arrastró desde el cuarto trasero hasta la sección principal del edificio. La inmensa bomba de achique se alzaba sobre ella, un titánico gigante de colosales tuberías y cilindros. El alto edificio crujía con el viento. La arrastró hasta una tubería horizontal, le quitó bruscamente los guantes, reparó en la herida de la mano —con una malévola sonrisa—, y luego le levantó el otro brazo y le esposó con rudeza la muñeca a la tubería.

Ella se quedó allí, perdiendo y recuperando la consciencia.

—Mírate ahora —le dijo, y le escupió.

Mientras se esforzaba débilmente por incorporarse, jadeando de dolor, su cabeza le decía, por un lado, que aquello no le estaba sucediendo a ella, sino a otra persona, y que ella lo observaba desde lejos, desde muy lejos. Por otro lado, su cabeza fría y despiadada no paraba de decirle exactamente lo contrario. Aquello era real. Y no solo eso: Ted iba a matarla.

Después de esposarla a la tubería, retrocedió, se cruzó de brazos y supervisó su obra. La niebla oscura que la envolvía pareció disiparse un poco, y Corrie fue más consciente de su entorno. El suelo estaba sembrado de viejos trozos de madera. Un par de lámparas de queroseno colgaban por allí cerca y producían una tenue luz amarilla. En un rincón había un catre con un saco de dormir encima, una caja de esposas, un par de pasamontañas y varias latas grandes de queroseno. En una mesa, había varios cuchillos de caza, bobinas de cuerda, cinta americana, un frasquito con tapón de cristal que contenía un líquido claro, montones de calcetines de lana y gruesos jerséis, todos negros. También había un arma, que a Corrie le pareció una Beretta 9 mm. ¿Por qué tenía Ted un arma corta? De los clavos de la pared colgaban un abrigo de piel oscura y —qué perverso— un surtido de máscaras de payaso.

Aquello parecía un escondite, un refugio. El refugio de Ted. Pero ¿para qué necesitaba uno? ¿Y para qué eran todas aquellas cosas?

A un lado ardía una estufa de leña, cuya luz brillaba entre las rendijas de la forja de hierro, produciendo calor. Entonces percibió cierto hedor en el aire, un hedor nauseabundo.

Ted acercó una silla, le dio la vuelta y se sentó en ella a horcajadas, apoyando los brazos en el respaldo.

—Pues aquí estamos —dijo.

Algo horrible le pasaba. Sin embargo, el Ted furioso, violento y medio demente de hacía unos minutos había cambiado. Ahora estaba sereno, burlón. Corrie tragó saliva, incapaz de digerir todo aquello. Quizá si hablaba con él averiguaría lo que le preocupaba, lo rescataría del lugar oscuro en el que estaba. Pero, al intentarlo, solo consiguió emitir un lamentable sonido gutural.

—Cuando llegaste a la ciudad, pensé que quizá eras distinta de los demás de por aquí —dijo él. Volvió a cambiarle la voz, como si la rabia hubiera quedado profundamente enterrada en el hielo. Resultaba distante, frío, indiferente, como si hablara consigo mismo, o quizá con un cadáver—. Roaring Fork. Cuando yo era niño, solía ser una ciudad de verdad. Ahora se han apoderado de ella todos esos desgraciados que valen su peso en oro, esos anormales y sus muñecas obsesionadas con escalar socialmente, las estrellas de cine, los altos ejecutivos y los maestros del universo. Esquilmando las montañas, talando indiscriminadamente los bosques. ¡Tanto defender el medio ambiente! Tanto hablar de volver a lo orgánico, de reducir la huella de carbono comprando compensaciones de emisiones de CO_2 para sus jets Gulfstream, de lo verdes que son sus mansiones de tres mil metros cuadrados. Cabrones. Qué asco me dan. Son parásitos de nuestra sociedad. En Roaring Fork es donde se juntan todos, halagándose unos a otros, quitándose los piojos unos a otros como malditos chimpancés. Y a los demás, a la gente de verdad, a los residentes nativos nos tratan como escoria, solo válida para barrerles los palacios y engordarles el ego. No hay más que un remedio para todo eso: el fuego. Este lugar debería arder. Debe arder. Y está ardiendo.

Sonrió y su cara reveló una distorsión endemoniada, aterradoramente próxima al rostro que le había mostrado antes.

Queroseno. Esposas. Cuerda. «Debe arder.» Entonces, pese a la neblina en su mente, Corrie lo entendió: Ted era el pirómano. Un enorme escalofrío de miedo la recorrió entera, y trató en vano de zafarse de las esposas pese al dolor que le paralizaba el cuerpo. Pero, de pronto, en cuanto empezó a revolverse, paró de nuevo. Él la apreciaba, sabía que sí. Tenía que llegar a él de algún modo.

—Ted —graznó por fin—. Ted. Tú sabes que yo no soy como ellos.

—¡Huy, claro que sí! —gritó él inclinándose hacia ella; aquella pasta blanca le goteaba de los labios. Tan rápido como había llegado, la fachada gélida y metódica se desvaneció, y dio paso a la ira descontrolada y animal—. Conseguiste engañarme un tiempo, pero no... ¡Eres igual que ellos! Estás aquí por la misma razón: ¡por dinero!

Tenía los ojos tan inyectados en sangre que casi parecían rojos. Las manos le temblaban de ira. Le temblaba el cuerpo entero. Y su voz sonaba tan rara, tan distinta. Mirarlo era como mirar al mismísimo diablo. Tenía una expresión tan horrible, tan inhumana, que Corrie tuvo que apartar la vista.

—Si yo no tengo dinero —dijo ella.

—¡Exacto! ¿A qué has venido? A enganchar a algún capullo rico. ¡Yo no era lo bastante rico para ti! Por eso has jugado conmigo. Provocándome de ese modo.

—No, no, eso no ha sido así en absoluto...

—¡Cierra la puta boca! —le gritó con un volumen aterrador, tan fuerte que Corrie sintió que los tímpanos le vibraban por la presión.

Luego, con la misma brusquedad con que había desaparecido, volvió el gélido control. Esa fluctuación, de los alaridos homicidas, brutales y apenas controlados a la distancia fría y calculadora, se le hacía insoportable.

—Deberías estar agradecida —le dijo alejándose, sonando por un instante como el Ted de siempre—. Te he conferido sabiduría. Ahora lo entiendes. Los otros, los demás a los que he enseñado, no aprendieron nada.

Entonces, de repente, se volvió y la miró fijamente con una horrible sonrisa.

—¿Has leído alguna vez a Robert Frost?

Corrie no consiguió responder.

Ted empezó a recitar:

> *Unos dicen que el mundo acabará en fuego,*
> *otros dicen que en hielo.*

Por cuanto sé del deseo
me sumo a los que prefieren el fuego.

Alargó el brazo, cogió un palo de madera largo y seco de los muchos que había tirados por el suelo y, con la punta, levantó el pasador de la portezuela de la estufa de leña. Las llamas bañaron la estancia de una titilante luz amarilla. Metió el palo en el fuego y esperó.

—Ted, ¡por favor! —Corrie inspiró hondo—. No hace falta que hagas esto.

Él empezó a silbar una tonada poco melodiosa.

—Somos amigos. Yo no te he rechazado. —Sollozó un instante, hizo todo lo posible por calmarse—. No quería precipitarme, eso es todo...

—Bien. Eso está muy bien. Yo tampoco te he rechazado. Y tampoco voy a precipitarme. Dejaremos que la naturaleza siga su curso.

Retiró el palo. La punta ardía con intensidad, chisporroteando. Los ojos de Ted, en los que se reflejaba la luz danzarina del fuego, se volvieron despacio hacia ella, y el blanco inyectado en sangre le pareció asombrosamente grande. Entonces Corrie miró el tizón, luego a Ted, de nuevo el tizón, y supo lo que estaba a punto de ocurrir.

—¡Ay, Dios mío! —dijo alzando la voz hasta el chillido—. Por favor, no. ¡Ted!

Ted dio un paso hacia ella, agitando el palo en llamas delante de su cara. Un paso más. Corrie sentía el calor del tizón.

—No —fue lo único que consiguió decir.

Por un instante, él se la quedó mirando, con el palo chisporroteando resplandeciente en la mano. Y cuando habló, su voz sonó tan serena, tan controlada, que casi la volvió loca.

—Es hora de arder —dijo sin más.

60

Pendergast llegó a su despacho del sótano de la comisaría y dejó la carpeta de acordeón en su escritorio. Contenía los documentos que había buscado con anterioridad en el registro mercantil de la ciudad, pero que, según el archivero, habían desaparecido misteriosamente hacía unos años. Como esperaba, los había encontrado —o quizá fueran copias— en el archivo del despacho de la casa de Henry Montebello, el arquitecto que había reunido toda esa documentación. La carpeta contenía todos los registros relativos a la fase inicial de The Heights, documentos que, por ley, se suponía que debían ser objeto de un registro público: planos, sondeos, solicitudes de permisos, mapas de subdivisiones y planos de gestión de terrenos.

Hurgando en la carpeta de acordeón, Pendergast sacó varias subcarpetas de color vainilla y las dispuso en filas, con las pestañas alineadas. Sabía exactamente qué buscaba. Los primeros documentos que examinó se referían a la agrimensura original de los terrenos, de mediados de los años setenta, con las correspondientes fotografías. Comprendían un estudio topográfico detallado de las tierras y un montón de fotos que mostraban el aspecto exacto del valle y la cordillera antes de que se urbanizara la zona.

De lo más revelador.

El valle original era mucho más estrecho y reducido, casi un barranco. A lo largo de este, en una terraza a unos treinta metros por encima del arroyo conocido como Silver Queen Creek, se encontraban las ruinas de un extenso complejo de procesado de mineral construido por los Stafford en la década de 1870, fuente de buena parte de su riqueza. El primer edificio que se levantó alojaba la unidad de «muestreo», donde se comprobaba la riqueza del mineral extraído de la mina; luego construyeron un edificio «concentrador» mucho más grande, que contenía tres molinos pulverizadores a vapor que aplastaban el mineral y obtenían una plata diez veces más concentrada; y, por último, la fundición propiamente dicha. Las tres unidades generaban desechos, o pilas de residuos de roca, y estos se veían claramente en el estudio como enormes montones de escombros y gravilla. Los desechos de todas las unidades contenían minerales y compuestos tóxicos que se filtraban a la capa freática, pero era el último conjunto de residuos, el de la fundición, el que resultaba en realidad letal.

La fundición Stafford de Roaring Fork usaba el proceso de amalgama de Washoe. En la fundición, el mineral pulverizado, concentrado, se trituraba aún más hasta convertirlo en una pasta y se le añadían diversos compuestos químicos, incluidos casi treinta kilos de mercurio por tonelada de mineral concentrado procesado. La plata se disolvía en el mercurio y formaba una amalgama; la pesada pasta resultante se depositaba al fondo de la cuba, de forma que el residuo líquido subía a la superficie para su vertido. La plata se recuperaba calentando la amalgama en una retorta, con lo que se liberaba el mercurio, que se recogía de nuevo por condensación, dejando atrás la plata cruda.

El proceso no era eficaz. En cada tanda, se perdía aproximadamente un dos por ciento del mercurio. Ese mercurio tenía que terminar en algún sitio, y ese sitio eran los abundantes desechos que se vertían al valle. Pendergast hizo un cálculo mental rápido: una pérdida del dos por ciento equivalía a medio kilo de mercurio por cada tonelada de concentrado procesado. La fundición procesaba cien toneladas de concentrado al día. Por deducción, eso significaba que se habían vertido diariamente al medio ambiente cuarenta y cinco kilos de mercurio, durante los casi veinte años que la fundición había estado operativa. El mercurio era una sustancia perniciosa y tremendamente tóxica que, con el tiempo, podía causar lesiones cerebrales severas e irreversibles a las personas que habían estado expuestas a él, sobre todo a los niños, y más a los nonatos.

Todo se resumía en una cosa: The Heights, o al menos la parte del complejo levantada en el valle, se hallaba básicamente asentada en un enorme solar contaminado, sobre un acuífero tóxico.

Mientras guardaba aquellos primeros documentos, todo empezó a encajar en la cabeza de Pendergast. Lo vio clarísimo, incluidos los ataques del pirómano.

Con mayor rapidez, inspeccionó los archivos de la primera fase de la urbanización. El plan de gestión urbanística proponía utilizar las inmensas pilas de desechos para rellenar el estrecho barranco y crear el espacioso e interesante valle actual. El club se había construido un poco más abajo de donde estaba la vieja fundición, y en el interior del valle se había ubicado una docena de viviendas grandes. Henry Montebello, arquitecto jefe, se había encargado de todo: la demolición de las ruinas de la fundición, las alteraciones del terreno, la conversión de los desechos en una extensa y bonita planicie donde emplazar la parte baja de la urbanización y el club. Y su cuñada, la señora Kermode, había sido también parte activa del plan.

Interesante, se dijo Pendergast, que la mansión de Montebello se hallara en el lado opuesto de la ciudad y la vivienda de la propia Kermode se hubiera construido en la parte más alta de la cordillera, lejos de la zona de contaminación. Ellos, y los otros miembros de la familia Stafford responsables de la creación de The Heights, debían de saber lo del mercurio. Se le ocurrió que la verdadera razón por la que querían construir un club balneario nuevo —que en todo momento había parecido un capricho innecesario— y ubicarlo en el emplazamiento del antiguo cementerio de Boot Hill era, en realidad, para disponer del mismo fuera de la zona de contaminación.

Pendergast pasó de una subcarpeta a la siguiente, hojeando los documentos relativos a las subdivisiones originales y a la organización de la comunidad de vecinos. Las parcelas eran grandes, mínimo de una hectárea, y, en consecuencia, no había sistema de aguas comunitario: cada propiedad tenía su propio pozo. Las casas situadas en la base de valle, así como el club, habrían obtenido el agua de los pozos abiertos directamente en el acuífero contaminado de mercurio.

Y, en efecto, allí estaba el dossier de los permisos de los pozos. Pendergast lo examinó. Cada pozo requería el análisis de la calidad del agua, un procedimiento estándar. Y todos y cada uno de ellos habían superado la prueba: no se registraba contaminación por mercurio.

Resultados falsificados, sin lugar a dudas.

Después venían los contratos de compraventa de las primeras viviendas en The Heights. Apartó los de la docena de propiedades situadas en la zona contaminada para estudiarlas con detenimiento. Examinó los nombres de los compradores. La mayoría parecían ricos y mayores, jubilados. Esas casas habían cambiado de manos unas cuantas veces, sobre todo porque los precios de la vivienda se habían puesto por las nubes en los años noventa.

Sin embargo, Pendergast reconoció el nombre de dos de los compradores: Sarah y Arthur Roman, un matrimonio. Indudablemente los padres de Ted Roman. La fecha de compra: 1982.

La casa de los Roman se había levantado sobre el solar de la fundición, la zona de mayor contaminación. Trató de recordar lo que Corrie le había contado de Ted. Suponiendo que fuera de su edad, e incluso algo mayor, no cabía duda de que se había visto expuesto al mercurio en el seno materno y había crecido en una vivienda tóxica, bebiendo agua tóxica, dándose duchas tóxicas...

Pendergast dejó a un lado los documentos, pensativo. Al cabo de un rato, cogió el teléfono y llamó al móvil de Corrie. Saltó el buzón de voz.

A continuación llamó al hotel Sebastian y, tras hablar con varias personas, supo que había salido poco después de que acabara su turno de trabajo, a las once. Había cogido el coche, con rumbo desconocido. Pero le había pedido al conserje un mapa de las rutas de motonieve de las montañas que rodeaban Roaring Fork.

Con algo más de presteza, telefoneó a la biblioteca pública. Nadie contestó. Buscó el número particular de la directora. Cuando esta respondió, le explicó que el 24 de diciembre solían trabajar solo media jornada, pero que había decidido no abrir por la tormenta. En respuesta a su siguiente pregunta, contestó que Ted, en efecto, le había dicho que iba a aprovechar el día libre para disfrutar de una de sus actividades favoritas: recorrer las montañas en motonieve.

Pendergast volvió a colgar. Llamó al móvil de Stacy Bowdree, y también en este caso saltó el buzón de voz.

Su pálida frente se frunció. Mientras colgaba, reparó en algo que habría detectado inmediatamente si no hubiera estado preocupado: los papeles de su mesa estaban desordenados.

Los miró fijamente, y su memoria casi fotográfica le indicó cómo los había dejado. Una hoja —en la que había copiado el mensaje del Comité de los Siete— estaba más visible y los papeles de alrededor, movidos:

Esta noche a las once en el Ideal se esconden en la mina cerrada Christmas en lo alto de Smugglers Wall son cuatro

Pendergast salió corriendo de su despacho y subió a recepción, donde Iris seguía ocupando responsablemente su puesto.

—¿Ha entrado alguien en mi despacho? —preguntó con voz agradable.

—Oh, sí —contestó la secretaria—. Hace unas horas, esta misma tarde, he llevado a Corrie allí unos minutos. Buscaba su móvil.

61

El repugnante olor a podrido del aire parecía intensificarse a medida que Ted agitaba el tizón. Las llamas que lamían la punta del palo empezaron a extinguirse y a convertirse en brasas, y Ted volvió a meter el palo en la estufa.

—«El amor es el fuego de la vida, o consume o purifica» —citó mientras giraba el palo entre las llamas como si fuera una nube de azúcar. Después de su fiera y apasionada diatriba, había algo terrible en la deliberada calma con que se movía de repente—. Preparémonos para la purificación.

Sacó el palo de la estufa y volvió a pasárselo a Corrie por delante de la cara con un gesto extrañamente delicado, cauteloso, medroso, y aun así lo tenía tan cerca que, aunque se apartaba retorciéndose, le chamuscó el pelo.

Corrie procuró controlar aquel pánico desmedido. Debía llegar a él, convencerlo de que abandonara su propósito. Tenía la boca seca y le costaba articular palabras en medio de aquella bruma de dolor y miedo.

—Ted, me caías bien, es decir, me caes bien. De verdad. —Tragó saliva—. Mira, déjame ir y olvidaré todo esto. Saldremos. Nos tomaremos una cerveza. Como antes.

—Claro. Seguro. Ahora dirías cualquier cosa.

Soltó una carcajada tranquila, demencial.

Corrie tiró de las esposas, pero tenía la anilla muy apretada a la muñeca, bien sujeta a la tubería.

—No te meterás en ningún lío. No se lo diré a nadie. Nos olvidaremos de todo esto.

Ted no respondió. Apartó el tizón y lo inspeccionó con detenimiento, como quien examina una herramienta antes de utilizarla.

—Lo hemos pasado bien, Ted, y podemos seguir haciéndolo. No tienes que hacer esto. Yo no soy como los demás, no soy más que una estudiante pobre. ¡Tengo que lavar platos en el Sebastian para pagarme la habitación! —Sollozó, aunque procuró dominarse—. Por favor, no me hagas daño.

—Tienes que tranquilizarte, Corrie, y aceptar tu destino, que será el fuego, un fuego purificador. Te limpiará de tus pecados. Deberías estarme agradecida. Te estoy dando la oportunidad de expiar tus faltas. Sufrirás, y eso lo lamento, pero es por tu bien.

El horror de lo que le decía, la certeza de que lo decía de verdad, le impidió hablar.

Ted retrocedió y miró alrededor.

—De pequeño, yo solía jugar en todos estos túneles. —Su voz era distinta, de pena, como de alguien que se ve obligado a hacer algo que le desagrada—. Conocía hasta el último centímetro de estos edificios mineros. Conozco todo esto como la palma de mi mano. Aquí pasé mi infancia. Aquí fue donde empezó todo, y aquí es donde terminará. ¿Esa puerta por la que tú has salido? Esa era la entrada a mi parque infantil. Esas minas eran... un parque mágico.

Su voz se cargó de nostalgia, y Corrie albergó una esperanza momentánea. Pero entonces, con terrible rapidez, su actitud cambió por completo.

—¡Y mira lo que han hecho! —gritó—. ¡Mira! Esta era una ciudad bonita. Agradable. Todo el mundo se conocía. Ahora es una maldita trampa turística para multimillonarios... Multimillonarios y todos sus lameculos, pelotas, lacayos. ¡Gente como tú! ¡Tú...!

Su voz retumbó en aquel espacio en penumbra, ahogando

temporalmente el rugido de la tormenta, el viento y el crujido de las vigas de madera.

Corrie empezó a ser consciente, con una especie de terrible rotundidad, de que nada que pudiera decir tendría efecto alguno.

El arrebato volvió a pasar tan pronto como había llegado. Ted enmudeció. En un ojo se le formó una lágrima, que le corrió muy despacio por la mejilla. Cogió la pistola de la mesa y se la metió por la cinturilla del pantalón. Sin mirarla, dio media vuelta de pronto y se alejó; salió totalmente del campo de visión de Corrie, dirigiéndose a una zona oscura detrás de la bomba de achique. Lo único que veía ahora era la punta del palo en llamas. Estas bailaban y flotaban en la oscuridad, mermando lentamente hasta que al final también desaparecieron.

Esperó. Todo estaba en silencio. ¿Se habría ido? Casi no se lo podía creer. La esperanza volvió a inundarla enseguida. ¿Adónde habría ido? Miró alrededor, esforzándose por ver en la oscuridad. Nada.

Pero no, demasiado bueno para ser cierto. En realidad, no se había ido. Tenía que estar por ahí, en algún sitio.

Entonces le llegó un leve olor a humo. ¿De la estufa? No. Se estiró, asomándose en la oscuridad, olvidando de repente el dolor de la mano, de las costillas y del tobillo. Empezó a haber más humo, y mucho más. Luego vio un resplandor rojizo procedente del extremo más alejado del motor.

—¡Ted!

Una lengua de fuego surgió súbitamente de la oscuridad, y luego otra, trepando por la pared del fondo, propagándose descontroladamente.

Ted había prendido fuego al viejo edificio.

Corrie gritó, intentó de nuevo zafarse de las esposas. Las llamas trepaban con terrible velocidad, formando enormes columnas de humo asfixiante. El rugido se intensificó, hasta que su ferocidad se convirtió en una fuerte vibración. Notó el repentino calor en su rostro.

Todo había sucedido en cuestión de segundos.

—¡No! ¡No! —chilló.

Entonces, entre gritos desesperados, distinguió la alta silueta de Ted enmarcada en el umbral de la puerta del cuarto oscuro del que ella había salido al principio. Vio la puerta abierta que conducía a la mina Sally Goodin, con el conducto de desagüe que desembocaba en la oscuridad. Ted estaba totalmente inmóvil, contemplando el fuego, esperando; cuando este se hizo más brillante e intenso, Corrie logró ver la expresión de su rostro: una emoción pura y absoluta.

Ella apretó los ojos con fuerza un breve instante y rezó; rezó por primera vez en su vida, para que su final fuera rápido y clemente.

Cuando las llamas empezaron a rodearla, devorando el edificio de madera por todos lados, provocando un calor insoportable, Ted dio media vuelta y desapareció.

Las llamas rugían alrededor de Corrie, tan fuerte que ni siquiera podía oír sus propios gritos.

62

A las tres en punto de la tarde, Mike Kloster había sacado de la nave de materiales la quitanieves VMC 1500, equipada con una cuchilla limpiadora de ocho salidas hidráulicas, lista para ponerse en marcha. Cincuenta centímetros de nieve habían caído durante las últimas cuarenta y ocho horas, y al menos veinte más estaban por caer. Iba a ser una noche larga, y Nochebuena, nada menos.

Subió la calefacción de la cabina y dejó que la máquina se calentara mientras acercaba al vehículo el enganche de remolque y lo amarraba a la parte de atrás. Al agacharse sobre el amarre, sintió una presencia a su espalda. Irguiéndose, se volvió y vio acercarse una extraña figura, enfundada en un abrigo negro y con sombrero de fieltro y gruesas botas. Casi parecía un payaso.

Estaba a punto de hacer un comentario jocoso cuando sus ojos repararon en el rostro de aquel hombre. Era tan frío y blanquecino como el paisaje que lo rodeaba; sus ojos eran como esquirlas de hielo, y las palabras se le quedaron atrancadas en la garganta.

—Eh... esta es una zona de acceso restringido —empezó, pero el hombre ya estaba sacándose algo del abrigo, una cartera de piel de cocodrilo desgastada, que al abrirse reveló una placa.

—Agente Pendergast. FBI.

Kloster se quedó mirando fijamente la placa. ¿FBI? ¿En serio? Pero, antes de que pudiera contestar, el hombre prosiguió.

—¿Su nombre, por favor?

—Kloster. Mike Kloster.

—Señor Kloster, desenganche ese artilugio enseguida y suba a la cabina. Me va a llevar a lo alto de la montaña.

—Bueno, necesito, ya sabe, algún tipo de autorización primero...

—Hará lo que le digo o se le acusará de obstaculizar la labor de un agente federal.

Su tono de voz era tan terminante y tan convincente que Mike Kloster decidió que haría exactamente lo que aquel hombre le indicaba.

—Sí, señor.

Soltó el enganche para remolque, subió a la cabina y se instaló al volante. El hombre accedió al asiento del copiloto con movimientos notablemente ágiles, dada su torpe indumentaria.

—Eh... ¿adónde vamos?

—A la mina Christmas.

—¿Y eso dónde está?

—Se encuentra encima del viejo complejo minero de Smuggler's Cirque, donde se halla situado el edificio de la antigua bomba de achique Ireland.

—Ah. Claro. Ya sé dónde es.

—Entonces proceda, por favor. Rápido.

Kloster arrancó el vehículo, ajustó la cuchilla frontal e inició el ascenso por las pistas. Pensó en llamar a su jefe por radio para decirle que subía, pero decidió no hacerlo. Aquel tipo era como un grano en el culo e igual le montaba un número. Ya se lo contaría a toro pasado. A fin de cuentas, su pasajero era del FBI ¿y qué mejor excusa iba a encontrar?

Mientras subían por la carretera, la curiosidad empezó a apoderarse de Kloster.

—Bueno, ¿y de qué va todo esto? —preguntó en tono amistoso.

El hombre de pálido semblante no contestó. No parecía haberle oído.

El VMC tenía un increíble equipo de audio, y Kloster llevaba el iPod conectado y listo para funcionar. Alargó la mano para encenderlo.

—No —le dijo el hombre.

Kloster retiró la mano como si le hubieran mordido.

—Haga que esta máquina vaya más rápido, por favor.

—Se supone que no debemos sobrepasar las tres mil revoluciones por segundo...

—Le agradecería que hiciera lo que le digo.

—Sí, señor.

Aceleró, y la cuchilla comenzó a arrastrarse un poco más rápido por la montaña. Había empezado a nevar otra vez y ahora, además, soplaba el viento. Los copos eran como perdigones de una pistola BB de aire comprimido —por experiencia, Kloster conocía todas las variedades de copos de nieve que había— y rebotaban y repiqueteaban ruidosamente en el cristal. Kloster accionó el limpiaparabrisas y puso las luces al máximo. El haz de luz se clavó en la negrura, los perdigones de nieve brillaron. A las tres y media ya empezaba a oscurecer.

—¿Cuánto tardaremos? —preguntó el hombre.

—Quince minutos, quizá veinte hasta los edificios de las minas. No creo que esta máquina pueda subir más arriba... Las pendientes son muy pronunciadas por encima de Smuggler's Cirque. Además, el peligro de aludes es extremo. Como siga nevando así, tendrán que detonar explosivos para controlarlos durante todo el día de Navidad.

Se dio cuenta de que parecía una cotorra —aquel hombre lo ponía nervioso—, pero tampoco esta vez el agente parecía haberle oído.

Al final de la pista de esquí, Kloster tomó la vía de servicio que conducía a lo alto de la montaña, donde desembocaba en la red de pistas de motonieve. Al llegar allí, le sorprendió ver huellas frescas. Quien fuera tenía agallas de aventurarse a salir en un día como aquel. Continuó, preguntándose qué demonios andaría buscando su pasajero...

Entonces, por encima de las oscuras píceas, vio algo. Un resplandor, en lo alto de la montaña. Instintivamente aminoró la marcha y se quedó mirando. El agente del FBI lo vio también.

—¿Qué es eso? —preguntó con brusquedad.

—No lo sé.

Kloster escudriñó la montaña. Vislumbraba, más allá de los árboles y por encima de estos, la parte superior de Smuggler's Cirque. Un resplandor anaranjado intermitente bañaba las escarpadas pendientes y los picos.

—Parece un fuego.

El hombre pálido se inclinó hacia delante, agarrándose con fuerza al salpicadero, con la mirada tan brillante y tan dura que inquietó a Kloster.

—¿Dónde?

—Maldita sea, yo diría que es en el antiguo complejo minero.

Mientras lo observaban, aumentó la intensidad del resplandor, y entonces Kloster pudo ver un humo oscuro que ascendía ondeante hacia la tormenta de nieve.

—Rápido. ¡Vamos!

—Sí, claro.

Kloster aceleró más esta vez, y el VMC avanzó ruidosamente por la nieve a máxima velocidad, a treinta kilómetros por hora, pero bastante rápido para una máquina quitanieves tan poco manejable.

—Más rápido.

—Va a tope, lo siento.

Al tomar la última curva antes del límite forestal, pudo ver que el fuego del circo era grande. Enorme, de hecho. Las llamas se alzaban al menos treinta metros, lanzando al aire imponentes pilares de chispas y humo negro, tan denso como una erupción volcánica. Debía de ser el edificio de la bomba Ireland, no había nada más allí arriba lo bastante grande para producir esa clase de infierno. Aun así, no podía ser un incendio natural; nada natural se propagaba tan rápido y con tanta violencia. A Kloster se le ocurrió que debía de ser obra del pirómano, y sintió una punzada de miedo, y la rara intensidad del hombre que llevaba al lado no lo tranquilizó nada. Siguió pisando el acelerador.

Dejaron atrás los últimos árboles frondosos y se encontraron de pronto en la montaña desnuda. Allí la nieve era más superficial, debido a la acción erosiva del viento, y Kloster logró sacarle a la máquina unos cuantos kilómetros por hora más. Dios santo, lo de allí arriba era como una tempestad de fuego, nubes de humo en forma de champiñón y llamas aporreando el firmamento; hasta le parecía que podía oír el bramido del fuego por encima del estrépito de los motores diésel.

Cruzaron el último tramo de la montaña y ascendieron por el borde hasta una parte llana. La nieve de nuevo era más profunda, y el VMC avanzaba con dificultad. Pasado el borde, Kloster se detuvo instintivamente. Era, en efecto, el edificio de la Ireland, y había ardido tan rápido, con tanta violencia, que lo único que quedaba era un esqueleto de vigas de madera en llamas, que, mientras lo observaban, se derrumbó con atronador estrépito, lanzando al cielo una colosal lluvia de chispas. Solo quedó en pie la bomba de achique, desnuda, la pintura descascarillada y humeando. El fuego empezó a extinguirse tan rápido como había estallado: tras el desplome del edificio, cayeron sobre los escombros en llamas enormes pilas de nieve, que proyectaron al cielo volátiles columnas de vapor.

Kloster se quedó pasmado contemplando la violencia de la escena, la tremendamente súbita inmolación del edificio.

—Acérquese más —le ordenó el hombre.

Deslizó la quitanieves hacia delante. El armazón de madera se había consumido a una velocidad extraordinaria, y la nieve que caía sobre el edificio derrumbado y la ventisca incesante estaban reduciendo lo que quedaba del fuego. Ninguno de los otros edificios había ardido; sus tejados cargados de nieve los protegían de la increíble lluvia de chispas que les caía encima como si se tratara de los detritos de innumerables fuegos artificiales.

Kloster condujo la VMC entre los viejos edificios mineros.

—Hasta aquí puedo llegar —dijo.

El hombre pálido, en lugar de obsequiarlo con la objeción que esperaba, abrió la puerta y bajó. Kloster observó, primero asombrado, luego horrorizado, que se dirigía a los restos humeantes del edificio abrasado por el fuego y los rodeaba despacio, como una pantera, cerca, demasiado cerca.

Pendergast contempló aquella escena infernal. El aire que lo rodeaba estaba impregnado de cenizas incandescentes que caían mezcladas con los copos de nieve; algunas le ensuciaban el sombrero y el abrigo, otras se extinguían con un chisporroteo en la humedad. La bomba y todas sus conducciones habían quedado intactas, pero el edificio había desaparecido por completo. Columnas de humo y vapor ascendían de cientos de pequeñas bolsas de calor, y las vigas de madera yacían esparcidas por todas partes, chisporroteando y humeando, con lenguas de fuego titilando por doquier. Percibió un hedor acre, junto con algo más: el olor a pelo chamuscado y carne quemada. Lo único que se oía ya era el leve siseo del vapor, el chasquido y estallido de fuegos aislados, y el sonido del viento aullando entre las ruinas. Recorrió el perímetro del incendio. Había luz suficiente de los múltiples fuegos en vías de extinción para poder verlo todo.

Llegado a cierto punto, se detuvo bruscamente.

Entonces, muy despacio, se adentró en la zona del incendio, levantándose la bufanda para taparse la boca y protegerse del humo asfixiante. Abriéndose paso entre tuberías y válvulas, haciendo crujir con sus pies el suelo de cemento agrietado plagado de clavos y cristales, se acercó a lo que lo había detenido en seco. Parecía un leño largo y negro y también siseaba y humeaba. Al aproximarse más, confirmó que se trataba de los restos de un cuerpo humano, que había sido esposado a un conjunto de tuberías. Aunque el fuego había arrancado el brazo y el cuerpo había caído al suelo, una mano carbonizada seguía sujeta a las esposas, con los dedos curvados como las patas de una araña muerta, y los huesos ennegrecidos sobresalían de donde debía de haber estado la muñeca.

Se hincó de rodillas. Fue un movimiento involuntario, como si de pronto le hubieran quitado toda la energía de su cuerpo, obligándolo a derrumbarse contra su voluntad. Agachó la cabeza y entrecruzó las manos. Un sonido salió de su boca, grave, apenas audible, pero fruto innegable de un dolor que no podía expresar con palabras.

63

Pendergast no estuvo mucho tiempo de rodillas junto al cadáver carbonizado. Alzó su figura entre las ruinas humeantes y examinó con su mirada fría los restos quemados del edificio que albergaba la bomba. Durante un instante, permaneció inmóvil como una estatua; solo sus dos ojos claros exploraban la escena, deteniéndose aquí y allí para interiorizar algunos detalles.

Transcurrió un solo minuto. Luego sus ojos se volvieron hacia el cadáver. Se llevó la mano al bolsillo, sacó despacio su Colt Les Baer 1911 personalizada, expulsó el tambor, lo comprobó, volvió a cargarlo y metió un cartucho en la recámara. Mantuvo el arma en la mano derecha.

Después empezó a avanzar, con una pequeña linterna de pronto en la otra mano. El calor del fuego había derretido buena parte de la nieve en las inmediaciones, dejando charcos de agua e incluso, esporádicamente, hierba chamuscada, que la nieve recubría enseguida de blanco. Recorrió el edificio en ruinas, escudriñando entre la nieve caída, pisando los innumerables montones de escombros carbonizados y humeantes. Empezaba a oscurecer, y la nieve le espesaba en los hombros y el sombrero, dándole el aire de un fantasma errante.

Al fondo del edificio devastado, donde los flancos de las laderas empezaban a alzarse, se detuvo a examinar una pequeña puerta de madera calcinada que tapaba lo que parecía la entrada a un túnel. Un instante después, se arrodilló y examinó el pomo,

El túnel estaba repleto de giros y vueltas, subidas y bajadas, divisiones y subdivisiones. Múltiples galerías menores, excavaciones y pozos se abrían en inesperadas direcciones. Tirados por todas partes había viejos materiales de minería: poleas, cestos, cables, cubos, carretillas y cuerdas podridas en diversos estadíos de deterioro. En varios puntos, se precipitaban al vacío unos hoyos profundos. Examinó detenidamente cada uno de ellos, alumbrando con la linterna las paredes descendientes y comprobando el calado arrojando piedras a su interior.

Con uno de los hoyos, se detuvo un poco más. La piedra tardó dos segundos en tocar fondo; un rápido cálculo mental le indicó que la distancia sería de unos veinte metros. Suficiente. Examinó la roca que conformaba la pared del pozo y la encontró recia, sólida, con abundantes asideros válidos para los pies, apropiada para el fin que tenía en mente.

Cuando rodeaba la boca del pozo, dio un traspié y cayó estrepitosamente; la linterna fue a parar al suelo con un fuerte estruendo metálico y se apagó. Maldiciendo, encendió una cerilla e intentó bordear el hoyo, pero la varilla se consumió, quemándole los dedos, y tuvo que tirarla, maldiciendo una vez más por lo bajo. Se levantó e intentó encender otra cerilla. El fósforo cobró vida chisporroteando, y él dio varios pasos, pero se movía demasiado rápido y la luz volvió a apagarse, justo cuando estaba en la orilla del agujero; resbaló y, al hacerlo, se desprendió una roca del borde, y Pendergast profirió un sonoro alarido al ver que también él se caía al interior. Sus dedos fuertes se aferraron a una fisura justo por debajo del borde del hoyo, y se descolgó hasta quedar suspendido en el interior de aquel abismo oscuro, invisible desde el túnel de arriba. Interrumpió con brusquedad el sonoro alarido cuando la roca que se había desprendido accidentalmente chocó con el fondo.

Silencio. Suspendido de los dedos, halló un asidero para los de los pies y flexionó bien las rodillas para disponer de la palanca que necesitaba. Esperó, colgado de la orilla del pozo, escuchando con atención.

No tardó en oír a Ted Roman avanzando con cautela por el túnel. La luz de una linterna titiló por encima del agujero a la vez que cesaban los pasos. Entonces, lo oyó acercarse al pozo muy lentamente. Los músculos de Pendergast se tensaron al notar que el tipo se aproximaba con sigilo al borde bajo el que él se ocultaba. Un instante después, apareció el rostro de Roman, sus ojos feroces inyectados en sangre, la linterna en una mano, un arma corta en la otra.

Desenroscándose como una serpiente, Pendergast soltó una mano y agarró a Roman por la muñeca, tirando de él y arrastrándolo hacia el abismo. Con un grito de sorpresa y angustia, Roman reculó; como tuvo que servirse de ambas manos para rechazar el ataque y contrarrestar el tirón, su arma y su linterna salieron disparadas por el suelo rocoso. Sorprendentemente, era muy fuerte y rápido, y logró corregir el súbito desequilibrio; con el talón golpeó a Pendergast en el antebrazo emitiendo un bramido casi osuno. Pero el agente trepó en un segundo por el borde del pozo, y Ted Roman retrocedió tambaleándose. Pendergast empuñó su arma para disparar, aunque ya estaba oscuro, y Roman, sospechando que iba a hacerlo, se tiró de lado. La bala rebotó en la piedra sin causar daños, pero el destello de la descarga reveló al agente la posición de Roman. Pendergast volvió a disparar; sin embargo, esta vez el destello apagado no reveló nada; Roman se había esfumado.

Pendergast hurgó en el bolsillo interior de la chaqueta y sacó la luz de repuesto, una linterna LED de mano. Al parecer, Roman se había tirado por un pasadizo estrecho de techo bajo que descendía con pronunciada pendiente desde el túnel principal. Poniéndose de rodillas, el agente se introdujo en la estrecha galería y lo siguió. Delante de él, pudo oírlo huir aterrado, reptando por el angosto pasaje, resoplando de miedo. Por lo visto, también él tenía otra linterna, porque Pendergast podía distinguir un resplandor errático en la oscuridad del pasadizo que recorrían.

Persiguió a su presa sin descanso, pero, por más que apretaba el ritmo, Roman siempre le llevaba la delantera. El joven es-

taba en excelente forma física y contaba con la ventaja de conocer los túneles, cuya extraordinaria complejidad redundaba en
su favor. Pendergast no hacía otra cosa que avanzar a ciegas, siguiendo el sonido, la luz y, ocasionalmente, las huellas.

Entonces Pendergast llegó a una zona de grandes túneles,
grietas e inmensas chimeneas. Siguió persiguiendo a su enemigo
con monomaníaca intensidad. Roman, el agente lo sabía bien,
había perdido el arma y era presa del pánico; él, por el contrario,
conservaba el arma y el ingenio. Para incrementar el terror del
joven y desequilibrarlo, de cuando en cuando el agente disparaba una bala en la dirección de su presa, y la bala chascaba y zum-
baba por el túnel. Había pocas probabilidades de que le acertara, pero aquella no era su intención: el bramido ensordecedor
de los disparos y el aterrador rebotar de las balas ya tenía el efecto psicológico deseado.

Roman parecía dirigirse a alguna parte, y pronto comenzó
a ser evidente, a medida que el aire de los túneles fue haciéndose
cada vez más puro y frío, que se encaminaba al exterior. A la
tormenta, donde Pendergast, desprovisto de su ropa de abrigo,
jugaría en desventaja. Puede que Ted Roman estuviera muerto
de miedo, pero aún era capaz de prever e idear estrategias.

Unos minutos después, sus sospechas se confirmaron: volvió una esquina y vio, justo delante, una pared de acero oxidada
con una puerta abierta, sacudida por el viento, el rugido de la
tormenta inundando la entrada. Precipitándose hacia la salida,
el agente alumbró con su linterna la oscuridad. Todo estaba negro, había caído la noche. La exigua luz le permitió vislumbrar
una entrada a la mina, un caballete roto y la pronunciada pendiente del circo, que se desplomaba en un ángulo de cincuenta
grados. El haz de luz no llegaba muy lejos, pero, aun así, podía
distinguir las huellas de Roman en la nieve profunda, perdién-
dose en la tormenta. Más allá, a través de la oscuridad, vio un
puñado de puntos refulgentes —los restos incandescentes del
edificio de la bomba— y las luces de la quitanieves parada que
esperaba cerca.

Apagó la linterna. Entonces entrevió el brillo débil y saltarín de la linterna de Roman, que bajaba la pronunciada pendiente, a unos cien metros. El hombre se movía despacio. Pendergast levantó el arma. Sería un disparo muy difícil, debido a los fuertes vientos y la complicación añadida de la altitud. No obstante, apuntó a la temblorosa luz, compensando mentalmente la fuerza del viento y la parábola. Muy poco a poco, apretó el gatillo. El arma se sacudió con el disparo, que resonó con estrépito en toda la ladera, y el eco le llegó desde varias direcciones.

Tiro errado.

La figura seguía moviéndose, más rápido ahora, avanzando a trompicones cuesta abajo, alejándose, cada vez más fuera de tiro. Sin ropa de abrigo, no tenía esperanza de atraparlo.

Ignorando la nieve que le cortaba el rostro y el recio viento que le calaba el traje, Pendergast apuntó de nuevo y disparó, y volvió a fallar. Las posibilidades de acertarle empezaban a ser nulas. Entonces, cuando apuntaba por tercera vez, oyó algo: un chasquido apagado, seguido de un retumbo de baja frecuencia.

Por encima y por delante de donde el agente estaba, la gruesa superficie de nieve se fragmentaba en grandes placas, que se desprendían y resbalaban cuesta abajo, despacio al principio, luego cada vez más rápido, rompiéndose y precipitándose al caos. Era un alud, provocado por el estrépito de los disparos y, sin duda, por el torpe deambular de Roman. Con un rugido creciente, el frente de nieve desprendido se deslizó como una bala por delante de la entrada de la mina. El aire se volvió de pronto opaco, enturbiado por la furia de la nieve, y la ráfaga de viento que generó tumbó a Pendergast al pasar como un trueno por su lado.

En cuestión de treinta segundos, el fragor se había extinguido. Había sido solo un pequeño desprendimiento. La pendiente que Pendergast tenía delante había quedado limpia de nieve profunda; la poca que quedaba acumulada se deslizaba montaña abajo en riachuelos. Todo estaba en silencio salvo por el aullido del viento.

64

A menos de un kilómetro de allí, en la pendiente más baja y oriental del circo, se abrió una puerta metálica a la entrada del túnel de una mina. Instantes después, salió tambaleándose una figura, arrastrando una pierna, apoyándose en un palo y tosiendo con violencia. La figura se detuvo en la boca de la mina, se balanceó y se reclinó en una viga de refuerzo, luego se dobló víctima de otro ataque de tos. Despacio, se deslizó, incapaz de sostenerse, y terminó en la nieve, recostada sobre la viga vertical.

Era ella. Como él había esperado. Sabía que tenía que salir en algún momento, y ahora era un blanco fácil. No iba a ir a ninguna parte, y tenía todo el tiempo del mundo para preparar el disparo.

El francotirador se acuclilló a la entrada de una vieja cabaña minera, se descolgó del hombro el fusil Winchester 94, accionó la palanca para insertar un cartucho en la recámara, luego se apoyó el arma en el hombro y miró por la mirilla. Aunque era de noche, había aún suficiente luz natural para situar el retículo sobre la forma oscura y derrumbada de aquella mujer. La chica ya parecía estar en bastante mal estado: el pelo chamuscado, el rostro y la ropa ennegrecidos por el humo. Creía que al menos uno de sus disparos anteriores la había alcanzado. Mientras la perseguía por los túneles, había visto abundantes gotas de sangre. No estaba seguro de dónde le había dado, pero un cartucho de calibre 30-30 con bala expansiva no era ninguna broma, independientemente de dónde acertara.

El francotirador no acababa de entender qué hacía ella allí arriba, por qué la quitanieves había pasado de largo a toda velocidad al subir la montaña, ni por qué había ardido el edificio de la bomba de achique. No necesitaba saberlo. Los líos en los que se hubiera metido, fueran cuales fuesen, no eran asunto suyo. Montebello le había encargado un trabajo y le había pagado muy bien por hacerlo, estupendamente bien, de hecho. Sus instrucciones habían sido sencillas: espanta a esa chica llamada Corrie Swanson para que se vaya de la ciudad. Si no se marcha, mátala. El arquitecto no le había dicho nada más, y tampoco él quería saber más.

El disparo al parabrisas del coche no había servido. Decapitar al chucho no había servido, aunque recordaba la escena con cierto agrado. Se sentía orgulloso del cuadro que había montado, con la nota entre los dientes del perro, y le había decepcionado y sorprendido que eso no la espantara. Había resultado ser una zorra resistente. Pero ahora no parecía tan resistente, derrumbada contra la viga, medio muerta.

Había llegado el momento. Llevaba ya casi treinta y seis horas siguiéndola sin parar, esperando una oportunidad. Como cazador experto, conocía el valor de la paciencia. No la había tenido a tiro ni en la ciudad ni en el hotel, pero, cuando había ido a The Heights, robado una motonieve y subido la montaña con quién sabe qué demencial fin, le había brindado la ocasión en bandeja, como un regalo. Había cogido prestada otra motonieve y la había seguido. Sin duda había demostrado ser inusualmente resolutiva; con lo de las cascabel en el túnel se lo había puesto muy difícil. Pero había encontrado otra forma de salir de la mina y, cuando había descubierto que la motonieve de ella aún seguía allí, había decidido quedarse por la zona. Se había apostado un poco más abajo en la montaña, en la oscuridad de una cabaña minera, un punto ciego que le proporcionaba una vista excelente de casi todos los viejos edificios y las entradas a los túneles en las paredes abruptas del circo. Si aún estaba en el interior de la montaña, había pensado él, terminaría saliendo por una de esas aberturas. O quizá por la mina Christmas, donde se había dejado la motonieve. En cualquier caso, iba a tener que pasar por delante de él al bajar.

Y ahora allí estaba. Y en un buen sitio, lejos de la actividad de alrededor y de arriba, donde había ardido el edificio de la bomba y donde estaba aparcada la quitanieves. Alguien había hecho unos disparos, que, al parecer, habían desatado un alud. Desde su escondite, por la mira telescópica, los había visto cavar como posesos y desenterrar el cuerpo. Algo muy gordo estaba pasando; drogas, se figuraba. Pero no tenía nada que ver con él, y cuanto antes asesinara a su objetivo y saliera a toda prisa de allí, mejor.

Exhalando despacio, con el dedo en el gatillo, apuntó a la chica desplomada en el suelo. Fijó el retículo y tensó el dedo. Por fin, había llegado el momento. La eliminaría, se subiría a la motonieve, aparcada detrás de la cabaña, e iría a cobrar. Un disparo, una muerte...

De pronto, alguien lo desarmó por la espalda con un golpe brutal; el rifle se disparó y la bala se alojó en la nieve.

—Pero ¿qué...?

El francotirador agarró el rifle, intentó levantarse y, al hacerlo, notó algo frío y duro en la sien. La boca de un revólver.

—Ni pestañees, cabrón, o te esparzo los sesos por la nieve.

Una voz de mujer, grave y autoritaria.

Una mano le agarró el rifle por el cañón.

—Suéltalo.

Soltó el rifle y ella lo arrojó fuera, a la nieve profunda.

—Todas tus armas, tíralas a la nieve. ¡Ya!

Titubeó. Aún tenía un arma corta y un cuchillo y, si la obligaba a registrarlo, quizá tuviera una oportunidad...

El golpe que le dio en la sien fue tan fuerte que lo tumbó. Estuvo tendido en el suelo de madera un rato, preguntándose qué demonios hacía allí tirado y quién era aquella mujer que había de pie a su lado. Luego todo empezó a volverle a la memoria mientras ella se inclinaba sobre él, lo registraba con brusquedad, le quitaba el cuchillo y la pistola y los lanzaba lejos, a la nieve también.

—¿Quién... quién coño eres tú? —preguntó él.

La respuesta llegó con otro asombroso golpe en la cara, un culatazo que le dejó los labios desgarrados y ensangrentados por dentro, y la boca llena de trocitos de dientes rotos.

—Soy —contestó secamente— la capitana Stacy Bowdree, de las Fuerzas Aéreas de Estados Unidos, y lo peor que te ha pasado en toda tu puñetera vida.

65

Corrie Swanson vio la alta y hermosa figura de Stacy Bowdree emerger del torbellino de nieve, conduciendo a un hombre con las manos atadas y la cabeza greñuda agachada. Se preguntó vagamente si sería todo un espejismo. Desde luego que lo era. Stacy jamás habría subido allí.

Cuando se detuvo delante de ella, Corrie consiguió decir:

—Hola, espejismo.

Stacy se quedó pasmada.

—¡Dios mío! ¿Qué te ha pasado?

Corrie intentó recordar todo lo que había sucedido, pero no lograba verlo con claridad. Cuanto más se esforzaba por recordar, más extraño se volvía todo.

—¿Eres real?

—¡Joder, claro! —Stacy se inclinó hacia delante, examinó a Corrie de cerca, y sus ojos azules se tiñeron de preocupación—. ¿Qué haces con estas esposas sujetas a la muñeca? Y tienes el pelo quemado. Cielo santo, ¿estabas tú en ese incendio?

Corrie intentó formar las palabras.

—Un hombre... ha intentado matarme en los túneles, pero...

—Sí. Es este.

Stacy empujó al hombre de bruces a la nieve delante de Corrie y le pisó con la bota el cuello. Corrie reparó en la pistola de calibre 45 que Stacy blandía. Procuró enfocar al hombre tirado en el suelo, pero le lloraban los ojos.

—Este es el tío al que han contratado para que te mate —prosiguió—. Lo he pillado cuando estaba a punto de apretar el gatillo. No quiere decirme cómo se llama, así que lo he llamado Basura.

—¿Cómo? ¿Cómo...?

Todo le parecía tan confuso.

—Escucha. Hay que llevarte al hospital, y a Basura, a la comisaría. Hay una quitanieves a menos de medio kilómetro, cerca del edificio de la bomba quemado.

«El edificio de la bomba.»

—Quemado... Ha intentado quemarme viva.

—¿Quién? ¿Basura?

—No... Ted. Llevaba encima las ganzúas... He saltado la cerradura... justo a tiempo.

—Estás diciendo unas cosas muy raras —señaló Stacy—. Déjame que te ayude. ¿Puedes andar?

—Me he roto el tobillo. He perdido... un dedo.

—Mierda, deja que le eche un vistazo.

Notó que Stacy la examinaba, palpándole con cuidado el tobillo, haciéndole preguntas y explorándola en busca de heridas. Se sintió reconfortada. Unos minutos después, volvió a enfocar el rostro de Stacy, cerca del suyo.

—Vale, tienes algunas quemaduras de segundo grado. Y sí, te has roto el tobillo y has perdido el dedo meñique de la mano izquierda. No son buenas noticias, pero, por suerte, parece que eso es todo. Menos mal que ibas forrada de ropa de abrigo, si no te habrías quemado mucho más.

Corrie asintió con la cabeza. No acababa de entender lo que decía Stacy. Pero ¿era Stacy de verdad, no era un espejismo?

—Habías desaparecido...

—Lo siento. Cuando me tranquilicé, caí en la cuenta de que esos desgraciados habían pagado a un matón para que te echara de la ciudad, así que te estuve vigilando un tiempo y enseguida descubrí que Basura, aquí presente, andaba detrás de ti como un chucho detrás de la mierda. Lo seguí. Al final, robé una motonieve en el almacén de materiales, igual que vosotros dos, y seguí vuestras huellas hasta aquí arriba, justo a tiempo para ver a Basura meterse con sigilo en la mina. Te perdí en el interior de las minas, pero supuse que él también y conseguí desandar el camino a tiempo.

Corrie asintió con la cabeza. Nada tenía sentido para ella. Habían intentado matarla, eso lo tenía claro. Pero Stacy la había salvado. Era lo único que necesitaba saber. La cabeza le daba vueltas y no podía ni siquiera sostenerla. Se le formaban manchas negras delante de los ojos.

—Muy bien —prosiguió Stacy—, quédate aquí, llevaré a Basura hasta la quitanieves y luego vendremos a por ti. —Notó que la mano de Stacy le apretaba el hombro—. Aguanta un minuto más, guapa. Estás un poco tocada, pero te pondrás bien. Confía en mí, lo sé. He visto... —Hizo una pausa—. He visto cosas mucho peores.

Dio media vuelta.

—No —sollozó alargando la mano para retener a Stacy—. No te vayas.

—Tengo que irme. —Con delicadeza, se zafó de la mano de Corrie colocándola a un costado de ella—. No puedo tener controlado a Basura y ayudarte a la vez. Es preferible que no camines. Dame diez minutos, como mucho.

Le pareció mucho menos de diez minutos. Oyó el rugido de un motor diésel, luego vio un montón de faros que saeteaban la oscuridad, acercándose rápido y deteniéndose a la entrada de la mina en medio de un remolino de nieve. Apareció una extraña figura pálida —¿Pendergast?— y de pronto notó que la estrechaba en sus brazos, que la cogía como si volviera a ser una niña, con la cabeza recostada en su pecho. Sintió que los hombros de él se estremecían apenas, de forma regular, casi como si llorara. Pero eso, por supuesto, era imposible, porque Pendergast jamás lloraría.

Epílogo

El intenso sol invernal entraba a raudales por la ventana y formaba franjas en la cama de Corrie en el hospital de Roaring Fork. Le habían dado la mejor habitación de todo el sanatorio, una individual en un rincón de la última planta, con un ventanal desde el que podía verse casi toda la ciudad y las montañas del fondo, todo cubierto de un mágico manto blanco. Era la vista con la que había despertado después de que la operaran de la mano, y la había animado bastante. Eso había sido hacía tres días, e iban a darle el alta dentro de dos. La lesión del tobillo no había sido grave, pero había perdido el dedo meñique de una mano. Algunas de las quemaduras que había sufrido podían dejarle cicatriz, pero solo un poco, y solo en la barbilla.

Pendergast estaba sentado en una silla a un lado de la cama, y Stacy en otra. Los pies de la cama estaban forrados de regalos. El jefe Morris había ido a presentarle sus respetos —la había visitado con regularidad desde la operación— y, tras preguntarle cómo se encontraba y agradecerle a Pendergast profusamente su ayuda en la investigación, había añadido al montón su regalo: un CD de grandes éxitos de John Denver.

—Bueno —dijo Stacy—, ¿los vamos a abrir o qué?

—Corrie debería ser la primera —señaló Pendergast entregándole un sobre delgado—. Para celebrar que ha concluido su investigación.

Corrie lo rasgó y lo abrió, perpleja. Del sobre salió un documento impreso por ordenador, repleto de columnas de cifras apretadas, gráficos y tablas. Era un informe del laboratorio forense del FBI en Quantico: un análisis de la contaminación por mercurio en doce muestras de restos humanos, los de los mineros enloquecidos que había encontrado en los túneles.

—¡Dios mío! —exclamó Corrie—. Las cifras se salen de las gráficas.

—Los últimos datos que precisa para su tesis. No me cabe duda de que será la primera estudiante no licenciada en la historia del John Jay que ganará el Premio Rosewell.

—Gracias —dijo Corrie, y entonces titubeó—. Eh... le debo una disculpa. Otra disculpa. Una muy grande esta vez. La he fastidiado pero bien. Usted me ha ayudado mucho, y nunca se lo he agradecido como es debido. He sido una... ingrata. —A punto estuvo de decir una palabra malsonante, pero lo arregló sobre la marcha—. Debería haberle hecho caso y no haber subido allí sola jamás. Qué estupidez por mi parte.

Pendergast inclinó la cabeza.

—Ya hablaremos de eso en otro momento.

Corrie se volvió hacia Stacy.

—También a ti te debo una gran disculpa. Me avergüenzo muchísimo de haber sospechado de ti y de Ted. Me has salvado la vida. De verdad, no tengo palabras para agradecértelo...

Notó que se le hacía un nudo en la garganta de la emoción.

Stacy sonrió y le apretó la mano.

—No seas tan dura contigo misma, Corrie. Eres una amiga de verdad. Y Ted... Dios, me cuesta creer que fuera el pirómano. Me produce pesadillas.

—En cierta medida —intervino Pendergast—, Roman no fue responsable de lo que hizo. Fue el mercurio, que llevaba envenenándole las neuronas desde que estaba en el vientre de su madre. No era más delincuente que esos mineros que enloquecieron trabajando en la fundición y después se volvieron caníbales. Todos ellos fueron víctimas. Los verdaderos delincuentes son otros, una familia cuyos malévolos actos se remontan a hace siglo y medio. Y ahora que el FBI está en ello, esa familia pagará sus fechorías. Quizá no de forma tan brutal como lo hizo la señora Kermode, pero las pagarán en cualquier caso.

Corrie se estremeció. Hasta que Pendergast se lo había contado, no había tenido ni idea de que todo el tiempo que ella había estado esposada a la tubería, la señora Kermode había estado también en el edificio, fuera de su vista, esposada al otro lado de la bomba, probablemente inconsciente después de que Ted le diera una paliza. «Ay, Dios, vaya si me voy a encargar de esa zorra», le había dicho.

—Tenía tanta prisa por escapar de las llamas que ni siquiera la vi —se disculpó Corrie—. No creo que nadie merezca que lo quemen vivo de ese modo.

El gesto de Pendergast parecía indicar que quizá disintiera.

—Pero Ted no pudo saber que Kermode y los Stafford eran responsables de su locura, ¿no? —inquirió Corrie.

Pendergast negó con la cabeza.

—No. El que ella terminara en sus manos fue justicia poética, nada más.

—Confío en que todos los demás se pudran en la cárcel —dijo Stacy.

Después de un silencio, Corrie preguntó:

—¿Y en serio pensó que el cuerpo carbonizado de Kermode era el mío?

—No lo dudé ni un solo momento —respondió Pendergast—. Si hubiera pensado con mayor claridad, quizá habría caído en la cuenta de que Kermode era la siguiente víctima potencial de Ted. Representaba todo lo que él detestaba. Todo aquel auto de fe de la montaña lo organizó para ella, no para usted. Usted solo cayó en su regazo, por así decirlo. Pero tengo una pregunta, Corrie: ¿cómo soltó las esposas?

—Ah, eran unas esposas viejas de mala calidad. Además, cuando intentaba saltar la cerradura de la entrada a la mina, me guardé las ganzúas entre el guante interior y el exterior, porque, como usted bien sabe, siempre hay que usar varias herramientas simultáneamente.

Pendergast asintió con la cabeza.

—Impresionante.

—Tardé un rato en acordarme de que las llevaba encima, estaba aterrada. Ted... En mi vida había visto nada igual. Cómo pasaba de la rabia más desmedida a una serenidad fría y calculadora... Dios, casi me daba más miedo que el fuego.

—Una consecuencia habitual de la locura provocada por el mercurio. Quizá eso explique el misterio de las tuberías dobladas del segundo incendio...

Stacy dijo enseguida:

—Bueno, dejemos de hablar de esto y abramos el resto de los regalos.

—Siento no tener nada para nadie —dijo Corrie.

—Estaba ocupada con otras cosas —la excusó Pendergast—. Aprovecho para decirle que, teniendo en cuenta lo que le sucedió en Kraus's Kaverns, en Medicine Creek, convendría que en el futuro evitara los laberintos subterráneos, sobre todo cuando los ocupan maníacos homicidas. —Hizo una breve pausa—. Por cierto, siento mucho lo de su dedo.

—Supongo que me acostumbraré. Hasta resulta pintoresco, como llevar un parche en el ojo o algo así.

Pendergast cogió un paquetito y lo examinó. No llevaba tarjeta, solo su nombre escrito en él.

—¿Esto es suyo, capitana?

—Desde luego.

Pendergast le quitó el papel, que escondía un estuche de terciopelo. Lo abrió. Dentro, un Corazón Púrpura descansaba sobre satén.

Lo miró fijamente un buen rato. Finalmente dijo:

—¿Cómo voy a aceptar esto?

—Porque yo tengo tres más y quiero que usted tenga este. Merece una condecoración, me ha salvado la vida.

—Capitana Bowdree...

—Lo digo en serio. Yo estaba perdida, confusa, bebiendo para olvidar cada noche, hasta que usted llamó inesperadamente. Me trajo aquí, me contó lo de mi antepasado, le dio sentido a mi vida. Y lo más importante, me respetó.

Pendergast titubeó. Sostuvo en alto la medalla.

—La guardaré como un tesoro.

—Feliz Navidad, con tres días de retraso.

—Y ahora abra usted el suyo.

Stacy cogió un sobrecito. Lo abrió y extrajo de él un documento de aspecto oficial. Lo leyó, frunciendo el ceño.

—Ay, Dios mío.

—No es nada, en realidad —dijo Pendergast—. Solo una cita para una entrevista. El resto depende de usted. Pero, con mi recomendación y su expediente militar, albergo la esperanza de que la acepten. El FBI necesita agentes como usted, capitana. No he visto muchos candidatos más aptos. Corrie quizá sea un digno rival algún día, lo único que le falta es una pizca de seso.

—Gracias.

Por un momento, dio la impresión de que Bowdree iba a abrazar a Pendergast, pero luego pareció decidir que el gesto no tendría buena acogida. Corrie sonrió para sus adentros; toda aquella ceremonia, con sus correspondientes muestras de afecto y emoción, lo estaba incomodando un poco.

Había dos regalos más para Corrie. Abrió el primero y descubrió bajo el envoltorio un libro de texto muy usado: *Técnicas para el análisis y la investigación del escenario del crimen. Tercera edición.*

—Conozco este libro —dijo—. Pero ya tengo un ejemplar, de una edición bastante posterior, que usamos en el John Jay.

—Soy consciente de eso —señaló Pendergast.

Corrie lo abrió y, de pronto, comprendió. El texto del interior estaba repleto de anotaciones al margen: comentarios, glosas, preguntas, percepciones sobre el tema tratado. La caligrafía era exquisita, y la identificó enseguida.

—Este... ¿este es su ejemplar?

Pendergast asintió.

—Dios mío. —Acarició la cubierta de forma casi reveren-
cial—. Menudo tesoro. Quizá leyendo esto algún día sea capaz
de pensar como usted.

—Había considerado otros regalos más frívolos, pero, dado
su evidente interés en convertirse en profesional de las fuerzas
del orden, este me pareció quizá el más útil.

Quedaba un regalo. Corrie lo cogió y le quitó con cuidado
el envoltorio, que parecía carísimo.

—Es de Constance —le explicó Pendergast—. Regresó de la
India hace un par de días y me ha pedido que le diera esto.

Dentro había una estilográfica Waterman antigua, con fili-
grana de oro y un librito de piel estriada con bordes de color
crema. Una hermosa obra de artesanía. Del interior cayó una
nota, que cogió y leyó:

> Estimada señorita Swanson:
>
> He leído con interés algunos de sus «blogs» (odiosa palabra)
> en internet y he pensado que quizá el disfrutar de una expresión
> más perdurable y privada de sus observaciones podría resultar-
> le una ocupación útil. Yo misma he llevado un diario durante
> muchos años. Siempre ha sido para mí una fuente de interés,
> consuelo e introspección personal. Albergo la esperanza de que
> este pequeño volumen contribuya a conferirle esos mismos be-
> neficios.
>
> CONSTANCE GREEN

Corrie observó los regalos esparcidos a su alrededor. Luego miró a Stacy, sentada al borde de la cama, y a Pendergast,
relajado en su silla, con una pierna cruzada elegantemente sobre
la otra. De pronto, se echó a llorar.

—¡Corrie! —exclamó Stacy levantándose de la cama como
un resorte—. ¿Qué te pasa? ¿Te duele?

—No —dijo Corrie entre lágrimas—. No me duele. Soy feliz, muy feliz. Jamás he pasado una Navidad más feliz.

—Con tres días de retraso —masculló Pendergast con una contracción de sus facciones que bien podría haber sido una sonrisa.

—Y con nadie me habría gustado más celebrarlo que con los dos, de verdad.

Corrie se limpió nerviosa las lágrimas y, avergonzada, se volvió a mirar por la ventana, donde el sol de la mañana doraba Roaring Fork, los flancos bajos de las montañas y, más arriba, la cuenca de Smuggler's Cirque y la pequeña mancha oscura en la nieve donde un incendio casi había acabado con su vida.

Dio una palmadita al diario.

—Ya sé cuál será mi primer post —dijo.

El papel utilizado para la impresión de este libro
ha sido fabricado a partir de madera
procedente de bosques y plantaciones
gestionados con los más altos estándares ambientales,
garantizando una explotación de los recursos
sostenible con el medio ambiente
y beneficiosa para las personas.
Por este motivo, Greenpeace acredita que
este libro cumple los requisitos ambientales y sociales
necesarios para ser considerado
un libro «amigo de los bosques».
El proyecto «Libros amigos de los bosques» promueve
la conservación y el uso sostenible de los bosques,
en especial de los Bosques Primarios,
los últimos bosques vírgenes del planeta.

Papel certificado por el Forest Stewardship Council®